# 덴데라

DENDERA by SATO YUYA

# 덴데라

사토 유야 지음

임정은 옮김

학고재

차례

## 주요 등장인물

사이토 가유 (70)
가쓰라가와 마쿠라 (88)
후쿠자와 하쓰 (74)
이즈미 소모 (85)
이시즈카 호노 (86)
소카베 나키 (88)
히다카 노코비 (88)
오부치 이쓰루 (94)
미쓰야 메이 (100)
호시이 고테이 (79)
기쿠치 마카 (83)
아마미 아테이 (81)
닛타 지누 (84)
아사미 히카리 (85)
기리야마 소우 (81)
야마모토 시기 (87)
마카베 이누이 (82)
나가오 마쓰키 (91)
구보 란 (71)
구레 구와 (79)
야기 사사카 (88)
호시나 규우 (87)
고마키 다이 (72)
오노데라 고토 (84)
가스가이 가가 (67)

도가와 구리 (78)
오오이 쓰구 (77)
가미오카 쓰이나 (68)
기타지마 다히 (69)
이타노 우메 (74)
도미나가 간 (73)
가네다 미쓰기 (62)
이이지마 시마 (68)
쓰쓰미 우스마 (84)
하마무라 효우 (74)
쓰카모토 데마 (81)
오오히라 무미 (85)
미나미데 다미시 (81)
히이라기 쓰사 (75)
시이나 마사리 (89)
구로이 구라 (71)
마쓰우라 세토 (91)
노사카 사요레 (92)
고마쓰 노이 (76)
오제 호토리 (87)
다치바나 이레 (87)
다치바나 구시 (87)
다카미야 호기 (75)
이이쿠보 시지라 (75)
구사치 마루 (75)

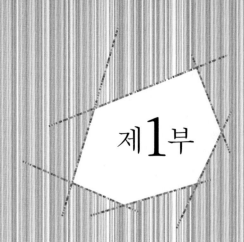

제1부

## 제1장 경계선

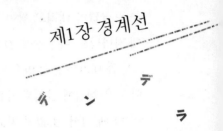

1

으레 그래 왔듯 사이토 가유도 '산'에 버려졌지만, 으레 그래 왔듯 마음은 평온하고 충만했습니다. 사이토 가유는 이날을 간절하게 기다려 왔기에 공포는커녕 오히려 안도감이 들었습니다.

살아 있는 자가 죽음 이후를 알기란 불가능하므로, 태어나서 지금까지 귀에 못이 박이도록 들어 온 '산맞이' 이야기가 과연 진실인지, 고통도 괴로움도 없는 극락정토가 정말 존재하는지는 누구도 알 수 없습니다. 그리하여 사이토 가유는 생각하기를 멈추고 오로지 만족감에 충만한 상태로 눈 덮인 '산' 속에 홀로 서 있었던 것입니다.

일흔 살을 맞은 노인이면 누구든지, 어떤 사정이 있든지 간에 새해 초, 겨울날 한 명씩 '산맞이'를 하는 것이 마을의 관습입니다. 반드시 따라야만 하는 일입니다. 결정된 사항을 부정하기란 사이토 가유로서는 감히 엄두도 못 낼 일이었습니다.

눈은 끝없이 내리고 쌓여 '산'을 온통 뒤덮었습니다. 쌓인 눈에 땅바닥도, 마른 풀도 깊숙이 파묻혔습니다.

그만큼 내리는 눈의 양은 엄청났습니다.

이 같은 계절에 사이토 가유는 '산' 중턱 부근에 자리한 '산맞이 터'에 서서 쉼 없이 빌고 있었습니다. 몸이 얼어붙었고, 양발이 보랏빛으로 물들었으며, 소복에도 눈이 스며들어 뼈가 불거진 살갗이 비쳐 보였으나 아랑곳하지 않고 끊임없이 빌었습니다. 절실하게 무엇을 비는지는 자신도 알지 못했습니다. 배운 적도, 생각한 적도 없기 때문입니다. 그저 한결같이 빌고 또 빌 뿐이었습니다.

사이토 가유의 뇌리에 떠오르는 것은 한 번도 밖에 나가 본 일 없이 살아왔던 '마을'도, 일찍이 배 아파 낳아 키웠으며 조금 전 자신을 '산'까지 업어 온 아들도, 칠십 해 인생도 아니었습니다.

아무것도 없었습니다.

그것은 사이토 가유가 텅 빈 인간이었기 때문이 아니라 양손을 모아 비는 행위만으로도 더할 나위 없이 만족스러워서였습니다. 슬픔도 괴로움도 안타까움도 사이토 가유에게는 존재하지 않았습니다.

노인이 '산맞이'를 함으로써 이 세상에서 깨끗하게 사라져 극락왕생할 수 있다는 가르침은 어린 시절부터 줄곧 들어 온 터였습니다. 극락정토 같은 것은 존재하지 않는다며 뒤에서 수군거리는 이도 있었고 '입을 던다'라는 말을 들은 적도 있었지만, 설령 그렇더라도 달리 어쩔 도리가 없기에 사이토 가유는 아무 생각도 않기로 하였습니다. '산맞이'를 거부하고 도망가는 노인도 있었으나 변변찮은 머리로 많은 것을 생각하기 때문이라고 여겼습니다. '깊이 사고(思考)한다' '어려운 문제에 골몰한다' 하는 일은 그런 일을 할 그릇이 되는 이가 할 일이고, 머리를 쓰자마자 어지럼증을 느낄 법한 이는 손을 모으기만 하면 된다고 여겼습니다. 그렇기에 사이토 가유는 그저 빌기만 계속하였습니다. 흉작이 든 해에 '산'에 들어가는 것은 좋은 일이라는 생각까지 더해져 오히려 뿌듯한 마음으로 빌기만 계속하였습니다.

오랜 세월 가난에 시달려 말라비틀어진 데다가 노동으로 혹사당해 닳아빠진 몸은 곧 한계에 이르렀습니다. 손을 모으고 있기조차 이내 어려워졌습니다. 손가락에 힘이 들어가지 않았고, 눈에 묻힌 발은 감각을 잃었으며, 코털은 꽁꽁 얼었고, 숨은 뱉자마자 가느다란 결정이 되었고, 백발은 딱딱하게 굳었지만 사이토 가유는 두려움을 품지 않았습니다. 이대로 이 세상에서 사라지면 극락정토에 갈 수 있고, 먼저 '산'에 들어간 이들이 친절하게 마중을 나올 테니 무서워할 까닭은 없다고 판단해서였습니다.

밤이 되었습니다.

'산'이 어둠에 녹아드는 동안에도 사이토 가유는 두 발로 땅을 딛고 곧게 서서 변함없이 빌기를 계속했습니다. 피로와 배고픔으로 머리에 열이 올랐으나 몸의 다른 부분은 완벽하게 온기를 잃고 이제 떨림조차 멎었습니다. 마음과 몸이 생명 유지를 포기한다는 증거였습니다. 눈치 빠른 까마귀 몇 마리가 머리 위를 빙글빙글 돌았습니다. 사이토 가유의 몸이 고깃덩어리가 되기를 기다리는 것입니다. '산맞이'로 죽은 노인은 까마귀나 여우처럼 겨울의 '산'에 사는 짐승들의 식량이 되었습니다. 식량을 축내는 것 말고는 할 수 있는 일이 없어진 몸뚱이가 식량이 되는 것입니다. 그러한 일에 대해서도 역시 깊이 생각하지 않는 사이토 가유는 육체의 말로를 그저 수긍하며 받아들였습니다.

까마귀가 울음소리를 키우면서 고도를 낮추어 점차 다가왔습니다. 그중 사이토 가유에게 가장 가까이 접근한 녀석과 눈이 마주쳤습니다. 칠흑 같은 눈동자에 비치는 자신의 모습이 환영인지 몰라도 선명하게 보였습니다. 사이토 가유는 떨지도 않고 그 눈동자를 지그시 바라보았습니다. 얼굴이 얼어붙지 않았다면 미소를 지었겠지만 지금으로서는 무리였습니다. 사이토 가유는 자신의 반응을 상상하는 것도 힘이 들 만큼 온몸이 꽁꽁 언 상태였으므로, 자연스럽게 힘이 다해 곧바로 벌렁 나자빠졌습니다. 전신이 눈에 묻혀도 차갑지 않았고 까마귀가 게걸스럽게 쪼아도 아프지 않았습니다. 진이 빠져버린 사이토 가유의 눈으로는 희푸른 달빛을 볼 수는 없었으나, 달빛이 온몸으로 쏟아져 아주 조금 온기가 전해지는 것만 같은 기분을 느꼈습니다. 달빛의 효과로 의식이 조금이나마 돌아온 덕에 사이토 가유는 버석거리는 소리를 내며 얼어붙은 눈꺼풀을 밀어 올려 눈을 떴습니다. 극락정토가 코앞에 있다고 생각했습니다. 자신과 얽힌 모든 것이 사라진다고 생각했습니다. 사이토 가유는 만족감에 다시금 눈을 감았습니다.

마침내 여러 명의 발소리가 들려왔습니다.

사이토 가유는 귀를 기울여 짐승의 발소리가 아님을 확신했으나, 그 다음 단계까지 추측할 수는 없었습니다. 암흑이 지배하는 시간대에 '산'에 들어가는 것은 '마을'에서 금지되어 있었습니다. '산맞이'도 마찬가지입니다. '산맞이' 행사는 아침에 시작되는데, 촌장과 '산맞이'를 할 노인의 가족들이 이날을 위해 마련한 술을 돌려 마십니다. 전원 술기운이 돌즈음 '산'에 들어갈 노인과 그 노인을 '산'으로 옮길 가족의 대표자가 집 한가운데에 앉아 촌장에게 '산맞이'의 법도를 듣습니다. 이어 다시 술을 돌려 마신 뒤 해가 중천에 다다를 무렵, 대표자가 노인을 업고 '산'에 들어가 이곳 '산맞이 터'까지 옮기는 것이 관례입니다.

본디 이 시각에 사람의 발소리가 들리면 안 되었습니다.

까마귀의 날갯짓 소리가 멀어지고 발소리가 가까워진 것으로 미루어 사이토 가유는 상황이 새로운 국면에 접어들었음을 직감했습니다. 의식은 몽롱해졌으나 그것만큼은 알 수 있었습니다.

숨소리가 들려왔습니다.

여자의 숨소리였습니다.

'산'에 여자가 들어가는 것 또한 마을의 금기였습니다. 사타구니에서 부정(不淨)한 피를 흘리는 여자는 같은 여자인 '산'에게 몹시 미움받고 있으므로, 입산(入山)하려 들다가는 불에 관련된 재앙이 여자의 집을 덮친다고 하여 모두 두려워했습니다. 여자가 '산'에 들어가도록 허락받는 경우는 달거리가 끊기고 여자로서의 기능을 잃어버린 뒤, 다시 말해 '산맞이'를 할 때뿐이었습니다.

발소리가 사이토 가유를 둘러쌌습니다.

움직이지 못하는 사이토 가유는 도망은커녕 눈을 뜰 수조차 없었습니다. 여러 개의 손이 뻗어 왔지만, 볼 수조차 없었습니다. 온기를 품은 손이 사이토 가유의 뺨에 닿았으나, 느낄 수조차 없었습니다. 그래도 귀만큼은 제 기능을 했기에 아직 살아 있다는, 흥분하여 가래가 섞인 노파의 목소리는 들을 수 있었습니다.

사이토 가유의 의식은 일단 여기서 한 번 멎습니다.

2

그날은 몇 번이나 잠에서 깼습니다. 머리가 맑아지지를 않고, 시야는 붉고, 명료한 것은 무엇 하나 없었지만 그토록 팔팔하던 귀가 제대로 들리지 않는 것과 온몸을 감싼 나른함으로 열이 난다는 것을 알고 그대로 실신했습니다. 다시 정신이 들었을 때는 자신의 몸이 짚가리 속에 들어 있음을 알았지만 왜 이런 상태에 놓였는지는 몰랐습니다. 꿈이 아닌가 싶기도 했으나 꿈속에서는 아직 어린 소녀일 때가 대부분이었기에 그 생각은 바로 제쳐 놓았습니다. 그러다 또다시 실신하여 진짜 꿈을 꾸었습니다. 역시나 얼굴과 목에 주름도 새겨지지 않았고, 손바닥과 발바닥도 갈라지지 않았고, 귀와 이도 아직 팔팔한 채 아름답게 활동하던, 자신이 아직 소녀였던 시절의 꿈이었습니다. 꿈속에서 자신은 들을 뛰어다니며 까닭도 없이 웃고 있었으나 실제 인생에서 그런 광경은 전무에 가까웠습니다. 밭에 나가 척박한 땅을 갈고, 집 안에서 콩을 고르고, 어린 남동생을 재우다 성인이 되어 아이를 낳는 것으로 젊은 시절을 마쳤을 뿐입니다. 웃음다운 웃음을 띨 여유 따위 없었습니다. 그래도 스스로 불행하다고 여기지는 않았습니다.

꿈이 끝나고 사이토 가유는 제 의지로 눈을 떴습니다.

우선 천장이 보였고 그다음에는 온몸이 짚가리에 푹 싸인 자신이 보였습니다. 사이토 가유는 짚에서 오른팔을 꺼냈습니다. 눈에 익었을 터인 오른팔이 어쩐 일인지 자신과 관계없는 물건 같았습니다. 자신과 함께 존재해 온 신체의 일부가 왜 남의 것처럼 느껴지는지 아무리 봐도 이해가 안 되었습니다.

사이토 가유는 일어섰습니다. 몸이 심하게 비틀거렸으며 관절과 관절 사이에 노곤함도 남아 있었지만 마음 쓸 정도까지는 아니었습니다. 엉성한 바닥을 힘껏 디디자 몸이 앞으로 휘청였는데 그 역시 남의 일 같았습니다.

밖으로 나와 보았습니다.

처음에는 '마을'에 돌아온 것이려니 여겼습니다. 이유는 단순했습니다. 집이 있고, 사람이 있고, 게다가 뽀얗게 눈을 뒤집어쓴 '산'이 보였으므로 착각하는 것도 무리는 아니었습니다. 사이토 가유가 인식을 달리하여 여기가 '마을'이 아님을 깨달은 것은 몇 걸음 걷지 않았을 때였습니다. 그 이유 또한 단순했습니다. 집 수가 '마을'보다 훨씬 적었던 데다, 어디를 둘러봐도 노파밖에 없어서였습니다.

노파 중 한 명이 사이토 가유의 기척을 알아챘습니다. 그 노파는 표정을 굳히더니 쉰 목소리를 내서 사이토 가유가 깨어났음을 주위에 알렸습니다. 몇 개나 되는 얼굴이 사이토 가유 쪽을 향했습니다. 놀란 것 같기도 하고 화난 것 같기도 한, 그리 명쾌하지 않은 표정이었습니다. 사이토 가유는 얼굴을 하나하나 마주 보며 순간 흠칫했습니다.

모두 본 기억이 있는 얼굴이었기 때문입니다.

어쩌면 이곳이 극락정토일지도 모르겠다 싶어 목구멍 안쪽에 달콤한 맛이 퍼졌으나, 사이토 가유는 곧바로 그 맛을 꿀꺽 삼키고 이래서야 사는 것이나 다를 바가 없다고 낙담했습니다.

마침내 노파 중 한 명이 가까이 다가왔습니다. 사이토 가유의 집 바로 뒤편에 살던 가쓰라가와 마쿠라였습니다. 아직 어린 계집애였을 적, 당시 성인이던 가쓰라가와 마쿠라가 곧잘 놀아 주었던 기억이 자동으로 떠올랐습니다. 그랬던 가쓰라가와 마쿠라는 열여덟 해 전에 일흔 살을 맞아 '산맞이'를 했었을 터입니다. 죽었어야 할 가쓰라가와 마쿠라는 이전보다 늙고 바싹 여위었으며 동상 때문인지 코가 떨어져 나가 있었습니다.

가쓰라가와 마쿠라는 입가를 우호적으로 휘어 보이며 "정신이 들었구나" 하더니, 이내 "오랜만이야, 가유, 오랜만이야" 하고 말을 이으며 하얀 숨을 뱉었습니다. 사이토 가유는 대답해야겠다고 생각했지만, 마른 혀가 좌우로 움직일 뿐 말커녕 목소리도 나오지 않았습니다. 가쓰라가와 마쿠라가 끈질기게 "가유, 오랜만이야" 하고 계속 말을 걸었습니다. 자신이 반응하지 않으면 진전이 없겠다는 생각에 사이토 가유는 타액을 짜내어 말문을 열었습니다.

"여긴 어디지?"

오랜만에 목소리를 낸 것 같은 기분이 들었습니다.

가쓰라가와 마쿠라는 떨어져 나간 코를 감추려는 듯 얼굴에 손을 대더니, "구해 준 거야"라고 대답했습니다.

"구해 줬다고? 구해 줬다니, 그게 무슨 말이야?"

"극락정토가 아니야. 여긴 말일세, '마을'과 '산'을 사이에 두고 반대편에 있는 곳이라네. 그러니까 '마을' 사람들은 못 찾아. 좋은 데야. 썩 괜찮은 곳이야."

가쓰라가와 마쿠라가 미소 지으며 대답했습니다.

일흔이 될 때까지 '마을' 안에서만 살아온 사이토 가유는 '마을' 바깥을 상상해 본 적이 없었기에, 가쓰라가와 마쿠라의 말에서 신선한 울림을 느꼈습니다. '마을' 바깥이라는 개념은 이해할 수 있었지만 자신이 '마을'과는 다른 장소에 있다는 실감을 지닐 수가 없었습니다. 새가 뭔지는 알아도 하늘을 나는 상상은 못 하는 것과 마찬가지입니다.

"가유도 '산맞이'를 했구나. '산맞이 터'에서 자네가 쓰러지는 걸 보고 슬펐지 뭐야. 하지만 이제 괜찮다네. 다 같이 '덴데라'로 자네를 데리고 왔으니까."

가쓰라가와 마쿠라는 얼굴을 가린 채 위로를 건넸습니다.

"덴데라?"

"우리는 여기를 그렇게 불러. 열여덟 해 전에 '산'에 버려졌을 때, 난 무섭고 추워서 어쩔 줄 모른 채 까마귀한테 쪼이고 있었지. 그때 지금의 자네처럼 '덴데라' 사람들이 구해 줬다네. 같은 해에 '산'에 들어간 야기 사사카랑 소카베 나키랑 히다카 노코비도 구출됐어."

"여기는…… 당신이 '산'에 들어가기 전부터 있었던 건가?"

"봐봐, 아는 얼굴이 있지? 여기서 죽어 버린 할멈이나 애초에 못 구한 할멈도 많지만, 그래도 이렇게 살아들 있다고. 어때, 기쁘지 않나? 행복하지 않나?"

"이게 무슨 짓이냐!"

사이토 가유가 덤벼들었습니다.

가쓰라가와 마쿠라를 밀쳐 쓰러뜨리고 목을 졸랐습니다.

"왜 나를 살렸나!"

'산'에 들어갔는데 죽지 않다니, 죽기는커녕 '덴데라'라는 장소를 만들어 살고 있다니, 사이토 가유는 용서할 수가 없었습니다. 열여덟 해 전에 아름답게 이 세상에서 사라진 줄로만 알았던 가쓰라가와 마쿠라가 이리도 한심스럽게 살아 있음을 용서할 수가 없었습니다. 다른 무엇보다도 더럽혀졌다는 감각이 들었습니다.

'설령 다시 '산맞이'를 하더라도, 본의는 아닐지언정 '산'을 내려오고 말았다는 사실을 '산'은 알고 있다. 더럽혀졌으니 다시 한 번 '산맞이'를 해 봤자 극락정토는 받아들여 주지 않을 것이다. 극락정토로 가는 길이 영구히 막히고 말았다.' 사이토 가유의 안에 그러한 발상(發想)이 확 퍼졌습니다. 모든 분노를 가쓰라가와 마쿠라에게 내쏟을 필요를 느꼈습니다.

가쓰라가와 마쿠라가 발버둥을 쳤지만 사이토 가유에게는 저항하지 않는 것과 별반 다름없이 느껴졌습니다. 목에 휘감은 열 손가락에 한층 더 힘을 줬습니다. 보다 못한 노파 두 명이 뛰쳐나와 사이토 가유를 눈 깜짝할 사이에 붙잡더니 팔을 틀어쥐고 땅바닥에 쓰러뜨려 눌렀습니다.

"이것 놔라!"

사이토 가유를 붙잡은 이는 네 해 전에 '산맞이'를 한 후쿠자와 하쓰와 열다섯 해 전에 '산맞이'를 한 이즈미 소모였습니다. 이미 한 번 '산'에 들어갔는데 창피한 줄 모르고 살아 있는 두 노파에게도 사이토 가유는 분노를 내뿜었습니다.

"진정해, 가유. 왜 그래, 깨자마자."

후쿠자와 하쓰가 사이토 가유의 등을 꾹 밟았습니다.

"아직 꿈이라도 꾸는 거 아니야?"

이즈미 소모가 말했습니다.

"내가 당신들 같은 줄 아나!"

사이토 가유가 울부짖었습니다. 몸의 기능을 회복한 사이토 가유에게는 바닥에 쌓인 눈이 너무나 차갑게 느껴졌는데, 그것이 안타깝기 그지없었습니다.

"가, 가유."

가쓰라가와 마쿠라가 격렬하게 기침을 하면서 일어나더니, 겁먹은 듯한 시선으로 사이토 가유를 보았습니다.

"젠장, '덴데라'가 뭐야! 당신들, 도대체 왜 이런 데 있나?"

"왜라니……." 가쓰라가와 마쿠라가 목을 쓰다듬으며 말을 이었습니다. "그거야, 죽기 싫으니까. 당연한 거 아니야?"

"창피한 줄도 모르고!"

사이토 가유가 증오 어린 목소리로 호통쳤지만, 가쓰라가와 마쿠라는 그 말을 듣지 않고 달아나 버렸습니다. 쫓아가려고 노파 둘을 뿌리쳐 떼어 내려던 찰나 사이토 가유 앞에 새로운 노파가 나타났습니다. 지저분한 소복 위에 개의 털가죽을 걸친 그 노파를 사이토 가유는 알고 있었습니다. 옻칠장이 집에 시집가 살다 열여섯 해 전에 '산맞이'를 했을 터인 이시즈카 호노입니다. '이 여편네도 죽지 않았네' 하고 생각하며 사이토 가유는 새로운 겁쟁이를 노려보았습니다.

"가유 씨, 어서 오세요." 이시즈카 호노가 사이토 가유를 내려다보았습니다. "'덴데라'에서는 폭력을 금지하고 있답니다. 다음에 또 그러시면 감옥에 들어가게 돼요. 날뛰시면 안 되지요. 다른 여러분에게 피해가 가니까요. 물론 자기 자신에게도 피해가 가죠. 모처럼 더 살게 된 목숨에 미안하다고 생각지 않으시나요?"

"누가 살려 달라고 했어? 이시즈카 호노, '마을'에서는 괜찮은 사람인 줄 알았는데 실망이로군."

사이토 가유는 땅바닥에 눌려 엎드린 채 대꾸했습니다.

"죽으라고 시키면 시키는 대로 죽으려고 한 사람 말은 설득력 있게 안 들리는군요."

"'산맞이'도 안 하고, 죽지도 않고 이런 데서 뭘 하는 건가?"

"살고 있지요."

"왜 살고 있는지 묻는 거다."

"가유 씨, 당신은 사는 데 이유가 필요한가요? 죽기 싫으니까 사는 거라고요."

"시끄럽다. 어쨌든 이놈들한테 날 좀 놓으라고 해라."

"놓으라고요? 아휴, 바보 같은 소리. 놓아 주면 당신은 틀림없이 날뛰면서 난리 법석을 떨겠지요. 게다가 저한테는 그런 명령을 내릴 권한이 없어요."

이시즈카 호노는 신경질적으로 코를 씰룩이며 대꾸했습니다.

"그러면 권한이 있는 놈을 만나게 해 줘."

"그런 말씀 않으셔도," 이시즈카 호노가 살짝 고개를 끄덕였습니다. "신참인 가유 씨는 지금부터 '덴데라'의 우두머리를 좀 만나 주셔야겠어요."

"우두머리?"

"당신도 잘 아시는 분이랍니다."

3

단순히 면적만 놓고 비교한다면 '덴데라'는 '마을'에 필적

할 만큼 넓었지만, 주춧돌도 없이 기둥만 박아 세운 엉성한 집들이 드문드문 흩어져 있을 뿐인 너무나 휑한 곳이었습니다. 그런 곳을 소복 위에다 도롱이를 두른 노파들이 바싹 마른 낙엽이 버스럭거리는 것보다 조용히 걷고 있었습니다. 때에 절고 흙이 묻은 데다 '산맞이'를 할 때보다 더 늙은 탓에 누가 누구인지 한 번 봐서는 모를 정도였지만, 잘 보면 하나같이 한때 '마을'에 살았던 노파들입니다. 그런 노파들이 기대와 경계가 뒤섞인, 충혈되고 번들거리는 눈으로 사이토 가유를 쳐다보았습니다. 노파 세 명에게 포위된 채 걸으면서도 사이토 가유는 그런 눈들을 하나하나 관찰하면서, '이렇게 창피한 놈들이 있을 수가 있나' 하고 생각했습니다. 그러나 한동안 걷고 나서 커다란 건축물과 마주했을 때, 사이토 가유는 인식을 다소 수정했습니다. 창피하다는 생각에 변함은 없었지만, 그들이 얼마나 진지하게 살고 있는지 알았기 때문입니다.

그 집은 이 층짜리 목조 건축물이었습니다.

번듯하다고 할 정도는 아니었으나, 흙을 발라 지은 주홍색 벽이 집을 둘러쌌고 이 층에는 밖에 나와 주위를 둘러볼 수 있게 터놓은 누각도 보였습니다. 앞에서 걷던 이시즈카 호노가 멈춰 서더니 주름 사이로 정체 모를 미소를 띠었습니다.

"가유 씨, 이제부터는 스스로 생각하고 판단하시길 바라요."

무슨 뜻인지 알 수가 없었지만, 그대로 사이토 가유는 이 층짜리 목조 저택을 향해 발을 내디뎠습니다.

안으로 들어가자 진흙으로 만든 봉당이 있었고, 노파 세 명이 봉당을 돌아다니고 있었습니다. 가쓰라가와 마쿠라와 마찬가지로 열여덟 해 전에 '산맞이'를 한 소카베 나키와 히다카 노코비, 스물네 해 전에 '산맞이'를 한 오부치 이쓰루였습니다. 사이토 가유는 오부치 이쓰루까지 살아 있다는 사실에 놀랐습니다. 이렇게 살아 있으니 지금 오부치 이쓰루의 나이는 아흔넷이라는 말이 됩니다.

노파 셋은 고약한 냄새가 가득 찬 실내에서 나무를 깎고, 물을 끓이고, 털가죽을 말리며 바쁘다는 것을 과시하듯 움직이느라 아무도 사이토 가유를 알은체하지 않았습니다. 사이토 가유에게는 고마운 일이었으므로 이 층으로 이어지는 사다리에 곧장 발을 디뎠습니다. 이 층은 아담했지만 짚이나 나무를 엮은 것이 아니라 썩 말쑥하지는 않아도 널빤지로 벽이 만들어져 있었습니다.

그 방의 중심에 노파가 한 명 있었습니다.

노파는 두건을 두르고 더러워질 대로 더러워진 소복을 걸친 채, 어느 짐승의 것인지 모를 털가죽 위에 양반 다리로 떡하니 앉아 있었습니다. 옆에는 오래 써서 닳은 듯한 지팡이가 놓여 있었습니다.

사이토 가유는 두건 안을 들여다보았습니다. 거기서 발견한 것은 시커멓게 그을린, 기억에 있는 얼굴이었습니다.

데
데
라

"뭐냐! 잊어버렸나? 아니면 노망이라도 났나, 사이토 가유!"

윤기 없는 목 피부가 파르르 떨릴 정도로 활기 있게 외치는 음성으로 사이토 가유는 상대의 정체를 바로 깨닫고, 신기하고도 그리운 기분을 동시에 느꼈습니다. 외모는 많이 변했어도 목소리는 변하지 않은 그 노파는 미쓰야 메이였습니다. 서른 해 전에 '산'에 들어간 노파입니다. 나이 차가 났던 터라 친교는 전혀 없었으나 미쓰야 메이는 당시 '마을' 아낙네들을 통솔하던 위치였기에 잘 아는 바였습니다.

"미쓰야 메이로군? 이봐, 어찌 된 일이야. 이게 도대체……."

"나의 '덴데라'는 어떤가!" 미쓰야 메이는 거침없이 큰 소리를 냈습니다. "일단 앉게나. 편하게 앉아도 된다네. '덴데라'에는 권위는 있어도 상하 관계는 없으니까."

머릿속 혼란은 여전했지만, 사이토 가유는 미쓰야 메이를 마주 보고 앉았습니다.

"사이토 가유, 오랜만일세. 내가 마지막으로 자네를 봤을 때 자네는 마흔 살쯤 된 젊은이였는데, 보기 좋게 나이가 들었구먼. 빌어먹을 '마을'에서 현명하게 살아온 것 같구먼. '덴데라'는 어떤가? 좋은 곳이지?"

"여긴, 자네가 만든 건가?"

"좋은 곳인지 아닌지 물었어! 하지만 특별히 봐주지. 특별히 질문에도 대답해 주겠네. 여기는 내가 만든 게 맞네. 서른 해 전, '산'에 들어가긴 했지만 물론 죽을 생각은 없었어. '마을' 반대편으로 '산'을 내려가서 이 땅에 도착했네. 맨 처음엔 아무것도 없었고 아무도 없었지만 말이야! 도구도, 지식도 없었으니 얼마나 힘들었던지. 비바람은 고스란히 다 맞지, 사람은 없지, 식량도 없지. 그래도 나는 포기하지 않고 분노와 집념을 양식 삼아 한 해를 어찌어찌 살아남았어. 그리고 '산맞이' 할 시기를 어림해서 '산'에 들어가서는 버려진 할멈들을 구해 왔지. 동료가 된 할멈들과 협력해서 '덴데라'를 발전시킨 걸세. 그러기를 서른 해, 물론 죽는 사람도 많이 나왔지만 '덴데라'는 이만큼 커졌어. 버려진 사람들끼리 사는 '덴데라'가 말이야."

"서른 해……."

서른 해라는 시간이 사이토 가유에게는 터무니없이 막막하게 느껴졌습니다.

"나는 백 살이 됐어. 백 년쯤 살다 보면 사람이라는 느낌이 안 들지. 귀신이나 마찬가질세!"

미쓰야 메이는 벌건 입을 크게 벌려 그야말로 귀신처럼 껄껄거리며 웃었습니다.

"이곳 '덴데라'에는 몇 명이 사나?"

사이토 가유는 간신히 제정신을 되찾고 질문했습니다.

"마흔아홉 명." 미쓰야 메이가 이를 드러냈습니다. "자네가 들어와서 딱 쉰 명."

"미쓰야 메이, 자네는 서른 해나 들여 그런 짓을 한 건가?"

"그런 짓? 그게 뭔가! 더 나은 표현도 있을 텐데!"

"없어, 그런 건."

"사이토 가유, 아무래도 자네 정신이 좀 오락가락하는 것 같구먼. 보기가 창피하구먼."

"창피한 게 누군데?"

"자네도 '덴데라'의 일원이 되었어. 하나 마나 한 소리는 관두게. 자네는 오늘부터 쉰 명의 노파 중 하나야."

"남자는…… 없나? 아까 둘러봤을 때는 할멈밖에, 여자밖에 없었는데."

사이토 가유는 궁금하던 것을 확인했습니다.

"바보 같은 소릴! 남자를 구해 줄 리가 없잖나!"

미쓰야 메이는 벌떡 일어서더니 화가 나서 미치겠다는 듯 지팡이를 바닥에 내던졌습니다.

사이토 가유는 적합한 표현이 떠오르지 않았지만, 미쓰야 메이의 말과 분노가 지닌 의미를 이해했습니다. 여자만이 지니는 공통의 인식, 공통의 감정, 공통의 고생스러움이 있었기에 가능한 일이었습니다.

"남자 따위 절대 못 들어와! 이 '덴데라'는 여자들만의 것이야! 사내자식들은 당해도 싸!"

'당해도 싸'라는 말이 사이토 가유의 내부에 빠르게 침투하여 따끈따끈한 만족감이 우러났으나, 그 만족감을 부정하고

자 사이토 가유는 "제대로 죽었으면 좋았을 걸" 하고 말해 버렸습니다.

"제대로 죽는다고? 무슨 뜻인지 모르겠구먼."

미쓰야 메이는 사이토 가유를 내려다보았습니다.

"제대로 '산맞이'를 했다면 이런 데서 눌어붙듯 안 살아도 되지 않겠나? 극락정토에 갈 수 있지 않았겠나?"

사이토 가유가 그렇게 말하자 한동안 침묵이 흐른 뒤, 미쓰야 메이는 웃었습니다. 비명에 가깝도록 큰 소리로 웃었습니다. 그 웃음에는 머리를 쓰지 않는 이에 대한 경멸이 담겨 있었습니다. 사이토 가유는 수치스러운 시간을 가만히 참고 견뎠습니다.

"사이토 가유! 자네가 그렇게 멍청한 줄은 몰랐네." 미쓰야 메이는 웃으면서 다시 앉았습니다. "극락정토라고? 그런 동화 속 이야기를 진심으로 믿었단 말인가? 어린애인가?"

"죽은 다음의 일을 자네는 몰라."

"내가 모르면 극락정토가 있는 것이 되나?"

"내 말은 그저 올바르게 '산맞이'를 해서 올바르게 이 세상에서 사라지는 게 제일 좋다는 거야."

"있는지 없는지 아무도 모르는 극락정토를 기대하고 얼어 죽느니, 이렇게 사는 편이 훨씬 낫지! 사이토 가유, 자네는 자신을 속이고 있군. 우둔한 놈 같으니."

"뭐라고?"

"자네는 살기가 싫었을 뿐이야. 빨리 죽어서 편해지고 싶었을 뿐이야."

뜻밖의 말을 듣고 화가 치밀었지만, 말문이 막혔으므로 미쓰야 메이의 말은 그리 틀리지 않았다 싶어 사이토 가유는 자기 자신에게 깜짝 놀랐습니다.

자신이 '산맞이'를 바랐던 것은, 또 극락정토를 꿈꾸었던 것은 '산맞이'라는 정당한 이유에 힘입어 꺼림칙함을 느끼지 않고 죽을 수 있어서가 아니었던가?

사이토 가유는 그런 생각을 자신이 품고 있는지, 또 그런 생각이 창피한 것인지를 따져보고 싶었으나 그러기 위한 사고 방법을 전혀 알지 못합니다.

"'덴데라'를 만든 지 서른 해가 돼 가지만, 그런 말을 나한테 한 사람은 자네가 처음이네. 아무리 힘들어도 살고 싶어할 텐데 말이야, 보통은."

미쓰야 메이는 따분한 듯한 표정을 지었습니다.

한편 사이토 가유는 머릿속에서 불안정하게 튀어 흩어지는 말과 기분을 이론으로 정리하느라 고생하고 있었습니다. 사이토 가유는 칠십 해란 세월을 살면서도 머리를 쓴 경험이 한 번도 없었습니다. 그럴 필요가 없었기 때문입니다. '마을' 안에서는 아무 생각도 않고 살 수 있었고, 혹독한 노동에 파묻혀 머리를 쓸 여유도 없었습니다.

하지만 지금은 다릅니다.

이곳은 새로운 땅입니다. 새로운 규율로 움직입니다. 사이토 가유에게는 말이 필요했습니다. 사상이 필요했습니다. 주의(主義)가 필요했습니다. 지금까지 가진 적 없었던 그것들을, 가지고 있었다 해도 애매하고 불확실했던 그것들을 설령 다소 거짓이 담기더라도 만들어 내야 했습니다.

"왜 그래? 말을 하게. 말하고 싶은 게 있으면 말하게. 지금 여기에서!"

미쓰야 메이가 재촉했습니다.

"나는…… 자네 말대로, 살기가 싫어졌던 걸지도 모르겠어." 사이토 가유는 가까스로 입을 뗐습니다. "아무 생각도 않고 '산'에 들어가서, 극락정토가 정말 있는지도 생각지 않고 죽어서 끝이 났으면 좋겠다는 마음이었는지도 몰라."

"자백했군! 약해 빠진 놈."

"하지만 이렇게 '덴데라'를 만들어서까지 사는 건 한심해 보이기만 해. 위엄이라곤 없고 창피한 줄도 모르는 것만 같아. 이렇게 사는 건…… 원숭이야. '산맞이'를 해서 깨끗하게 죽을 수 있었는데 그러지 않고 산다니, 손에 넣을 수 있었을 자부심을 버리다니, 사람이 할 짓이 아니야."

"그게 자네 의견인가? 죽고 싶어 안달하는 이유인가?"

"몰라. 한번에 이렇게 많이 말한 건 처음이니까."

사이토 가유는 문득 심한 갈증에 휩싸였습니다.

"자네는 지금 자부심이 중요하다고 말했네. 그 점만은 평가

해 주지. 아무렴, 중요하지, 자부심은! 그런데 자네는 하나 오해하고 있어. 우리는 원숭이가 아니라 사람이야. 다음에 할 일을 준비해 놨으니 말일세."

미쓰야 메이는 주름 가득한 얼굴을 씰룩이며 대꾸했습니다.

"다음에 할 일?"

"설마 내가 그저 여생을 편히 보내고 싶어서 '덴데라'를 만들었다고 생각하진 않겠지?"

"그럼 아니란 건가?"

"그렇다면 원숭이겠지." 미쓰야 메이가 사이토 가유의 시선을 똑바로 받아쳤습니다. "내가 '덴데라'를 만든 이유는 자부심을 손에 넣기 위해서라네."

"그러면 지금 당장 '산'에 들어……."

"'산맞이'를 해서 죽는 건 자부심도 뭣도 아냐. 자부심은 스스로 싸워 이겨서 얻어 내는 거다."

"뭐?"

"'마을'을 습격한다!"

미쓰야 메이가 선언했습니다.

"습격이라고? 죽다 말고 살아남은 년들끼리 그 짓을 한다고?"

"'마을'의 눈을 피해 살아 봤자 무슨 영화를 보겠나. 우리를 버린 '마을'이 있는 한, 희희낙락 뻔뻔스레 사는 놈들이 '마을'에 있는 한 만족 못 해. '마을'에 맞서 들고 일어나는 거다.

부정하고, 부수고, 정복해 주마!"

미쓰야 메이의 얼굴이 확 붉어졌습니다.

그 모습을 본 사이토 가유는 미쓰야 메이를 지배하는 감정이 오직 증오라는 사실을 알았습니다. 열이 올라 쉭쉭 소리가 날 만큼 얼굴이 달아오른 미쓰야 메이는, '마을'에 사는 지난날의 이웃들에게 '당해도 싸'라고 말하고 싶어 어쩔 줄을 모르는 것 같았습니다. 버려진 이의 일방적인 증오입니다. 미쓰야 메이는 그 감정을 '자부심'이라고 표현하는 것입니다.

"이봐, 그 얼굴은 뭐야? 비아냥거리는 것 같은데?"

미쓰야 메이는 눈물방울이 눈꼬리에 맺힐 만큼 흥분한 눈으로 사이토 가유를 보았습니다.

"겨울의 '산'을 넘다니, 못 해. 가다가 쓰러져 죽을 걸."

"머리를 써라. 내가 '마을'의 규율에서 단절된 삶을 얼마나 오래 해 왔다고 생각하나? 서른 해다. 그동안 '산'에는 몇 번이나 들어갔어. 속속들이 다 알지."

"어리석은 얘기야. 흥분해서 눈에 뵈는 게 없는 거야. 설령 '마을'에 도착한대도 지쳐 빠진 노파 따위 몽둥이 세례나 받는다고. 엽총에 맞기나 한다고."

"그러니까 머리를 써야지! 그런 건 말 안 해도 안다. 나는 서른 해 동안 그 생각만 했으니까!" 미쓰야 메이는 흥분한 나머지 입에서 냄새 나는 물방울을 튀겼습니다. "휴식을 취한다. 무장도 한다. 그리고 습격은 '마을' 놈들이 잠자리에 들 때를 틈타 할 거다. 우리를 잊고 행복하게 자는 사이 불의의 일격을 휘둘러 주겠단 거다!"

"잘될 리가 없어. 복수당할 뿐이야. 다 같이 죽을 뿐이야."

사이토 가유는 냉정하게 대응했습니다.

"그럴지도 모르지. 더욱 확실하게 성공하기 위해서는 한 명이라도 머릿수가 간절한 때다. 사이토 가유, 힘을 보태 주지 않겠나? 이겨서 자부심을 손에 넣는 습격에?"

미쓰야 메이의 얼굴은 달아올라 있었지만, 어조는 냉정했습니다.

"멋대로 해라. 마흔아홉 명이서 멋대로 해라."

"그러고 싶지만, 내 의견에 동의하지 않는 녀석도 많아서 말이지. 여기서 조용히 살고 싶다고 지껄이는 원숭이 같은 녀석들이 있다고. 내가 뭘 위해 '덴데라'를 만들었다고 생각하는 건지!"

"몇 명 있나? 자네 의견에 반대하는 사람은."

사이토 가유는 머리를 쓰는 데 서서히 익숙해졌습니다.

"절반은 된다! 무시할 수 없는 숫자야. 이놈이나 저놈이나 누가 시키지도 않았는데 알아서 굴복해서는 한심하게 배를 드러내고 있어. 그놈들한테는 위엄이 없어."

"미쓰야 메이, 자네 말은 알겠네. '덴데라'에 대해서도 알겠네." 사이토 가유는 부글거리는 기분을 숨기면서 말문을 열었습니다. "하지만, 자네가 하려는 일은, 아무래도 틀린 것 같아."

"돼먹지 못한 놈!"

"'마을'을 습격해 봤자 아무것도 안 바뀌고, 자부심을 얻지
도 못해."

사이토 가유는 '덴데라'에 와서 처음으로 선언다운 선언을
했습니다.

"자네가 어떻게 생각하든, '덴데라'의 절반이 움직이든 말
든, 난 할 거야. 준비되는 대로 '마을'을 습격한다. 학살한다.
비겁하게 사는 '마을' 녀석들을 엉망으로 들쑤셔 주마! 머리
도 몸뚱이도 전부 엉망으로 들쑤셔 주마!"

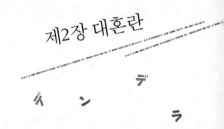

## 제2장 대혼란

1

'덴데라'에서 생활한 지도 사흘째에 접어들었습니다.

넋 놓고 늘어진 채 시간을 보내지 않을까 하고 예상했지만, 일 거리가 많아 사이토 가유는 하품할 짬도 없었습니다. 일은 젊었을 적 '마을'에서 노동하던 기억이 떠오를 만큼 고됐습니다.

사이토 가유가 종잇집에 시집간 것은 열다섯 살 무렵이었습니다. 열다섯 소녀의 하루는 물 긷기로 시작되었습니다. 어둑어둑한 새벽에 일어나 밭 두 개를 지난 곳에 흐르는 강까지 가서 물을 길었습니다. 한 번 길어서 모자란 것은 당연합니다. 종이 뜨는 일은 물을 대량으로 소비하기에 몇 번을 길어 와야 했습니다. 종잇집 하루 일에 쓸 물을 나르느라 왕복 일곱 번, 생활용수를 담는 물독을 채우느라 왕복 세 번, 욕조에 부을 물을 퍼 오느라 왕복 여섯 번을 했습니다. 물 긷기를 마치면 아침을 차리고 밭일을 하다가 하루를 다 보내고, 다음 날 눈을 뜨자마자 다시 물부터 길어 오는 나날이었습니다. 나이가 들어 기운이 빠진 뒤에는 손자 뒤치다꺼리와 닭치기와 집 주변 풀 뽑기로 하는 일이 바뀌었습니다. 노동의 성격은 단순했지만, 마구잡이로 돌아다니는 어린애와 가축 꽁무니를 쫓다 보면 파김치가 되는 데는 변함이 없었습니다. 게다가 사내들이 집에 와서 배를 채울 저녁도 차려야 합니다. 이처럼 노인이 되어도 쉬기를 허락받지 못하고 끊임없이 일하다 일흔 살 되는 해 정월에 '산맞이'를 하는 것입니다.

'산맞이'를 하여 극락정토에 가면 마침내 쉴 수 있으리라 믿었던 사이토 가유는, '덴데라'에 들어온 탓에 노동하는 일상에서 아직 해방되지 못했습니다.

노파 쉰 명은 식량 찾기로 거의 온종일을 보냈습니다.

꽁꽁 언 눈이 녹아 밭의 흙이 드러날 때까지는 작물을 재배하지 못하기에 '산'에 들어가 식량을 찾아야 합니다. 겨울의 '산'에는 풀도 열매도 없으니 작은 산짐승을 잡아먹는 수밖에 도리가 없습니다. 밭일과 물 긷기로 세월을 보낸 사이토 가유가 짐승 잡는 법을 알 리 만무합니다. 주름투성이 아기나 다름없는 처지에서 사냥 지식과 기술을 배워 나갔습니다. 어느 날인가는 후쿠자와 하쓰, 이즈미 소모, 호시이 고테이, 기쿠치 마카와 조를 짜서 아침부터 토끼잡이를 배우기로 했습니다. 노파들 중 '마을' 사내들이 산토끼를 잡을 때 곧잘 쓰던 짚판 사냥법을 아는 이가 있었던 덕에 짚판 사냥법은 '덴데라'에서 가장 널리 쓰이는 사냥법이 되었습니다. 짚판 사냥법이란 지푸라기를 가지고 냄비 받침 모양으로 넓적하게 짠 판에 나뭇가지를 붙인 도구를 사용하는 기술입니다. 짚판을 던지면 산토끼는 매가 자기를 덮치는 줄로 착각하고 눈 속으로 파고드는데, 그때 잡으면 되는 것입니다. 사이토 가유도 짚판을 던져 보았지만 잘 되지 않았습니다. 짚판이 날아가며 바람을 가르는 소리가 중요합니다. 소리가 제대로 나지 않으면 뭉친 지푸라기를 던지는 것이나 진배없어 산토끼에게 경계심을 심어 주지 못합니다.

"내가 할 테니까 잘 봐."

후쿠자와 하쓰가 멀리 떨어진 곳에 있는 산토끼를 찾더니 소리나 냄새로 눈치 채이지 않게끔 바람에 맞서 이동했습니다. 회전을 걸어 짚판을 날리자 휙 하는 소리와 함께 짚판이 공중에서 춤을 추며 토끼에게 겁을 줍니다. 세 번을 던지자 놀란 토끼가 눈 속으로 파고들었습니다. 호시이 고테이와 기쿠치 마카가 날렵하게 토끼를 붙들었습니다.

'마을'에서는 여자가 산토끼를 먹는 것을 금지해 왔습니다. 여자가 산토끼 고기를 입에 넣으면 언청이 아이가 태어난다는 속설 때문입니다. 언청이의 윗입술이 토끼 주둥이와 비슷하다는 데서 온 미신입니다. 하지만 '마을'은 수많은 미신과 비합리적 약속으로 지탱되는 공간이었기에 사이토 가유도 평생 산토끼 고기 맛을 모르고 살았습니다. 아이를 낳을 수 없는 나이가 되어도 산토끼 고기를 먹는 것은 허락되지 않았습니다.

"히힛, 잡았다!"

호시이 고테이가 겁에 질려 벌벌 떠는 토끼 뒷다리를 덥석 쥐었습니다.

"한 건 했구먼."

기쿠치 마카가 씩 웃자 호시이 고테이도 미소를 지었습니다.

이 둘은 '마을'에서는 별 교류가 없었을 터인데, 지금은 함께 어울려 웃고 있습니다. '덴데라'라는 새로운 장소에서 새로운 관계가 만들어지고 있음에 사이토 가유는 문득 소름이 끼쳤습니다.

"아마 금방 익숙해질 거야. 짚판 던지기가 쉽지 않거든. 내가 '덴데라'에 들어온 건 네 해 전인데, 처음엔 할 줄 아는 게 아무것도 없었어."

뚫어지게 바라보는 시선을 오해한 후쿠자와 하쓰가 사이토 가유의 어깨에 손을 얹었습니다.

"짚판 던지기를 이 할망구한테 가르쳐 준 게 바로 나야. 그렇게 서투르던 사람이 제법 실력이 늘었어. 이제 남을 가르치기까지 하다니……."

이즈미 소모가 하얀 김을 내뿜었습니다.

노파들이 산토끼를 잡았다며 흥겨워하는 광경이 사이토 가유가 보기에는 꺼림칙하기만 했습니다. 그러다 자기도 같은 상황에서 같은 목적을 위해 움직이고 있다는 사실을 깨닫고

덴
데
라

진저리가 났습니다.

'덴데라'에 돌아간 다음에는 산토끼 해체 작업을 하게 되었습니다. 쓸모없는 사람이 되는 것을 가장 싫어하는 사이토 가유는 숨 돌릴 새도 없이 작업에 뛰어들었습니다. 그러나 '덴데라'에는 물자도 없고 물자를 만들 기술도 없습니다. '마을'에서 줄곧 김만 매던 노파들에게는 전문 지식을 배울 기회가 없었던 탓입니다. '덴데라'의 건물이 마구간만 못한 것도 같은 까닭이었습니다.

그래도 미쓰야 메이가 '덴데라'를 만든 지 서른 해가 흘렀습니다.

서른 해만큼의 지식은 있었습니다.

서른 해만큼의 기술은 있었습니다.

사이토 가유는 후쿠자와 하쓰의 지시에 따라 산토끼를 거꾸로 매단 뒤, 몸뚱이에서 머리통 방향으로 단숨에 뒤집듯이 털가죽을 벗겼습니다. 내장을 들어내고 네 발을 잘랐습니다. '덴데라'에서 쇠 대신 쓰이는, 부수면 날카로운 조각이 떨어져 나오는 까만 돌을 가지고 작업했습니다. 짐승을 잡아본 경험이 없는 데다 돌칼이 무딘 탓에 주위는 피바다가 되었습니다. 내장이 터져 고약한 냄새도 진동했습니다.

"처음치고는 잘하네."

이즈미 소모가 칭찬했습니다.

"손끝이 야무지군. 가유는 빨리 배우는 것 같아."

후쿠자와 하쓰가 고개를 주억거렸습니다.

"걸림돌이 되기 싫어서 그래."

사이토 가유는 피에 물든 자기 손을 내려다봤습니다.

"아직 젊으니까 그런 건 걱정하지 마. 팔다리만 성하면 돼."

"팔다리만이라니?"

"'덴데라'에는 할멈들밖에 안 살잖나. 몸이 성치 않은 할멈
도 많다고."

"그런 사람들은 어떻게 되지?"

"어떻게 되긴. 돌봐 줘야지."

당연한 이야기였습니다. 버려진 노파를 다시 버릴 곳은 아
무 데도 없습니다. '덴데라'에 사는 노파 쉰 명은 이제 '산맞
이'가 불가능한 몸입니다. 극락정토에 가는 길은 막혔습니다.
일을 못하는 사람을 내치는 짓은 '마을'에서 버려진 것보다
더 가혹한 행위입니다. '덴데라'가 사람을 내팽개치는 일은
결코 없었습니다.

사이토 가유는 그 점만큼은 '덴데라'가 옳다고 내심 인정하
면서 손에 묻은 산토끼 피를 눈에 비벼 씻었습니다. 그러던
와중에 아무리 머리를 쓰는 데 익숙하지 않더라도 왜 지금까
지 생각하지 못했을까 싶은 의문이 떠올랐습니다. 제정신이
었다면 맨 처음에 품었어야 할 의문이었습니다.

"자네들, 설마 구로이 구라도 데려온 거야?"

"구로이 구라? 작년에 '산'에 온 할망구 말이야?" 이즈미 소

모가 백발을 쓸어 넘기며 말했습니다. "나한테 감사해야 해. 구라는 내가 처음 찾았거든."

"하지만 구로이 구라는……."

"자리보전하고 있어. '마을'에 살 때부터 그랬으니 어쩔 수 없지, 뭐."

"그게 아니라!"

"뭐야?"

"구로이 구라는 나랑 똑같이 '산맞이'를 기다리고 있었어. 극락정토에 가기를 진심으로 믿으며 빌고 있었다고." 사이토 가유는 벌떡 일어서며 툭 내뱉었습니다. "쓸데없는 짓을 했군."

"제 발로 죽으려는 사람이 있을 줄 누가 알았겠나?"

이즈미 소모가 바로 대꾸했습니다.

"가유, 자네 잠깐 착각한 게 아니라 진짜 죽으려고 했던 건가?"

후쿠자와 하쓰가 놀란 표정을 지으며 물었습니다.

"처음부터 말하지 않았나? 자네들은 죽다 말고 염치없이 살아남은 뻔뻔한 족속들이라고."

"뭐라고?"

후쿠자와 하쓰가 사이토 가유에게 덤벼들려는 것을 호시이 고테이가 뛰어들어 말렸습니다.

"뭘 하는 거야?" 호시이 고테이는 후쿠자와 하쓰의 팔에 자기 팔을 감아 붙잡고서 사이토 가유를 쏘아보았습니다. "자네도 그렇지. 정말 죽고 싶었다고? 자네야말로 뻔뻔한 소리 작작 하게. 맘대로 헛소리하고 속 시원하면 다인가? 자네도 이제 '덴데라' 사람이라고."

"'덴데라' 사람이라니? 누가 구해 달라고 했어?"

사이토 가유가 팔을 치켜드는 순간, 기쿠치 마카가 사이토 가유를 쓰러뜨렸습니다.

"폭력을 쓰면 안 돼. 여기 규칙이야. 난 가르쳐 줬다. 이제 무슨 일이 일어나도 나는 몰라." 사이토 가유의 등에 올라탄 기쿠치 마카가 불안한 기색으로 속삭였습니다. "들키면 큰일 나."

"좋은 거 하나 알려줄까?" 이즈미 소모가 사이토 가유를 지그시 내려다보았습니다. "구로이 구라는 구해 줘서 고맙다고 했어."

"거짓말이야!"

"거짓말 아냐. 나도 분명히 들었네. 구라가 '덴데라'에 실려 오면서 '고마워'라고 말하는 걸."

후쿠자와 하쓰도 거들었습니다.

"거짓말이야……."

사이토 가유는 '마을'에서 타인과 거의 사귀지 않았습니다. 말수가 많은 편이 아니었고 말재주도 좋지 않았던 데다, 매일 일에 쫓기다 보니 잡담할 틈이 없었습니다. 잠시 앉을 짬이라도 내려고 애쓰면서 잠들기 직전까지 노동하느라 바빴습니다. 나이를 먹고 물을 긷기 어려워졌을 즈음에야 겨우 노동량이 줄었습니다. 집 안에서만 일하게 되었기에 예전과 비교하면 조금이나마 자유 시간을 챙길 수 있었습니다.

그때 가까스로 친교를 맺은 타인이 바로 구로이 구라였습니다.

나이 차이가 한 살밖에 나지 않았기에 소녀 시절부터 구로이 구라를 알고는 있었지만, 둘 사이의 접점은 전혀 없었습니다. 앞에서 설명한 이유에 더해 구로이 구라는 병으로 내장이 다 상한 탓에 거의 종일 몸져누워 지냈기 때문입니다. 일을 못하는 몸뚱이를 지닌 구로이 구라는 마을 사내들에게 달갑잖은 취급을 받았는데, 노화로 몸이 말을 듣지 않는 것을 느끼면서 사이토 가유는 구로이 구라에게 동병상련의 심정을 품게 되었습니다. 틈날 때마다 구로이 구라를 찾아가 이 얘기 저 얘기를 나눴습니다. 빨리 '산맞이'를 하고 싶다며 기대에 찬 목소리로 말하는 구로이 구라를 보고 사이토 가유는 낯선 감정과 맞닥뜨렸으나, 그 감정의 정체까지는 알 수 없었습니다. 노인이 되면 새로운 것을 받아들일 자세는 되어 있다 하더라도 새로운 것이 도대체 무엇인지를 파악하기는 어렵습니다. 결국 사이토 가유가 자신이 품은 감정이 무엇인지 깨닫기 전에 구로이 구라는 '산'에 들어갔습니다. 평소에는 한발 앞서 '산맞이'를 하는 노인들을 부러워했지만, 사이토 가유도 그때만큼은 마음 상태도, 입에서 나오는 말도 안정을 잃었습니다. 외톨이가 되었다는 생각이 들었습니다. 세 해 전에 남편이 '산'에 들어간 것도 불안을 부른 원인이었을 터입니다.

그랬던 구로이 구라가 '덴데라'에 살아 있다니, 거기에 더해 살아남았다는 걸 고마워하고 있다니⋯⋯. 어떡해야 할지 모르는 사이토 가유에게는 등에 올라탄 기쿠치 마카를 밀쳐내는 정도밖에 할 수 있는 일이 없었습니다.

뒤에서 여럿이 웅성거리는 소리가 들렸습니다. 생선을 잡으러 다녀온 아마미 아테, 닛타 지누, 아사미 히카리, 기리야마 소우, 가쓰라가와 마쿠라였습니다.

"두 마리밖에 못 잡으셨네요?"

아마미 아테는 어수선한 분위기를 눈치채지 못한 양 사이토 가유 일행이 가져온 전리품에 눈길을 던졌습니다.

"우리는 가르치면서 했다고."

후쿠자와 하쓰가 화풀이에 가까운 목소리로 대들자 호시이 고테이와 기쿠치 마카도 입을 삐죽이며 거들었습니다. 에둘러 핀잔을 주는 것 같아 달갑게 들리지는 않았습니다.

"뭐라고 하는 게 아니에요. 저희도 영 소득이 없었어요. 생선은 코빼기도 안 보이고, 돌아다니느라 다리만 꽁꽁 얼었지 뭐예요. 너무 무섭게들 그러지 마세요."

아마미 아테가 변명했습니다. 거칠게 짜인 바구니에는 생선 네 마리가 덩그러니 들었을 뿐이었습니다.

"올해는 흉년이 들었어. 식량 구하기가 너무 어렵네."

아사미 히카리가 얼다 만 물방울을 바구니에서 털어 냈습니다.

"거지 같은 피 껍질이나 뭉쳐 먹다 목구멍 다치기는 싫은데 말이야."

이즈미 소모의 말을 듣고 사이토 가유는 적잖이 놀랐습니다. '마을'에서 피나 조를 일상적으로 먹긴 했지만 피 껍질까지는 먹지 않았습니다. 이유는 간단합니다. 사람이 먹을 것이 못 되었기 때문입니다. 사이토 가유는 그제야 '덴데라'의 식량 사정이 얼마나 쪼들리는지를 깨닫고 본격적으로 위기감을 느꼈습니다.

"겨울용으로 비축한 식량은 있나?"

사이토 가유는 걱정스레 물었습니다.

"저쪽에 창고 보이시죠?"

아마미 아테가 가리킨 곳에 그나마 말쑥해 보이는 건물이 두 채 있었습니다. 처마 끝에 옥수수가 매달린 것도 보였습니다. 마주 보는 위치에 뚫은 출입구 앞에 나무창을 든 노파가 둘씩 서서 망을 보고 있었습니다. 밤이나 낮이나 그 건물 앞에 노파가 지키고 섰다는 것을 알고는 있었지만 왜 그런지 질문할 기회를 찾지 못하던 차였습니다.

"잡곡이랑 말린 생선은 저장해 둔 게 있어요." 아마미 아테가 잠시 숨을 고른 다음 말을 이었습니다. "노파 쉰 명의 배를 겨우내 든든히 불릴 정도는 아니지만요."

"왜 창고를 하나로 합치지 않은 거지? 그리고 창고지기들은 왜 저러고 있어? 서로 감시하는 것 같잖아."

"예리하시네요. 짐승뿐 아니라 도둑질하는 놈들한테서 식량을 지키려고 창고지기를 두었던 건 '마을'에서도 똑같았지요? 여기는 '마을'보다 훨씬 식량이 부족해요. 창고지기마저 식량을 훔칠지도 몰라서예요."

아마미 아테가 때가 낀 목덜미를 긁으며 대꾸했습니다.

"'덴데라'가 겨울엔 그만큼 사정이 어렵다는 얘기야." 가쓰라가와 마쿠라는 떨어져 나간 코를 손으로 가리며 말을 이었습니다. "눈이 녹아서 땅이 드러날 때까지 참을 수밖에 없어."

"그렇게까지 살고 싶나?"

"가유……."

가쓰라가와 마쿠라는 다시 겁을 먹었는지 뒷걸음질했습니다.

"여자들이 산토끼를 먹고 파수꾼까지 세워 놓은 꼴이라니." 사이토 가유의 안에서 불만의 불길이 다시 활활 솟았습니다. 얼어붙은 콧구멍이 소리를 내며 부풀었습니다. "나는 자네들이 무슨 생각을 하는지 도무지 모르겠네. '산'에서 달아나 '덴데라'를 만들어서 뭘 어쩌려고? 뭘 하고 싶은 거지?"

"메이한테 들었을 텐데? '마을'을 습격할 거야. 우리는 습격하기 위해 살아 있어."

후쿠자와 하쓰가 대답했습니다.

"어이가 없군. 복수는 무슨 복수란 건지……."

"가유, 자네도 그런 건 아니잖나? '덴데라'에서 언제까지나 삶을 질질 끌어가고만 싶은 건 아니지 않나?"

"염치없는 무리와 똑같이 취급하지 마라. 나는 아니야. 이런 데서 언제까지나 살아갈 생각은 없어."

"자네야말로 뭘 하고 싶은 건가? '마을'을 습격하지도 않아, '덴데라'에서 살아가고 싶지도 않아. 그럼 뭘 하고 싶다는 건데?"

사이토 가유는 그저 '산맞이'를 해서 극락정토에 가고 싶을 뿐이었습니다. 하지만 원하든 원치 않든 '덴데라'에 속하고 말았기에 그 소망을 영원히 이룰 수 없게 되었습니다. 그러니 할 수 있는 대답이 없습니다. 이제 새로운 길을 찾아야 하지만, 아직 생각이 모자라 새로운 길이 뭔지 어렴풋이 상상할 수조차 없습니다. 사이토 가유는 답답하기도 하고 창피하기도 하여 얼굴을 찡그렸습니다.

"아이고, 벌써 시간이 이렇게 됐네요."

아마미 아테가 시선을 돌렸습니다.

이 층짜리 목조 건물, 즉 미쓰야 메이의 저택에서 히다카 노코비와 소카베 나키를 거느린 미쓰야 메이가 나왔습니다. 노파 셋은 휘청거리는 걸음으로 저택 앞의 광장을 향하고 있었습니다. 나무창을 멘 노파들이 광장으로 모여들었습니다.

"훈련하는 거야."

가쓰라가와 마쿠라가 사이토 가유의 궁금증을 꿰뚫어 본 듯 설명했습니다.

훈련. '마을'에서는 한 번도 들어본 적 없는 한가로운 단어를 듣고 사이토 가유는 엄청난 수치심에 휩싸였습니다. 지금 당장 자신을 포함한 전원이 죽어 사라지길 간절히 바랐습니다.

"우린 훈련할 건데," 후쿠자와 하쓰가 틈을 두고 물었습니다. "자네는 어쩔 텐가?"

"나는……."

"어머, 억지로 참가할 필요 없답니다. 야만스러운 데다 의미도 없으니까요. 저렇게 쓸데없는 일에 낭비할 시간이 있으면 식량 찾는 데 쓰는 게 낫지 않겠어요?"

새로운 목소리는 개 털가죽을 걸친 노파 입에서 나온 것이었습니다. 이시즈카 호노였습니다.

"창피한 생각을 뻔뻔스레 퍼뜨리려고 오셨구먼."

후쿠자와 하쓰는 이시즈카 호노의 정면에 버티고 섰지만, 이시즈카 호노는 꼼짝할 기색 없이 "창피한 건 당신들이죠" 하고 대꾸했습니다.

"우리가 어디가 창피하단 거냐. 이렇게 진지한데!"

"우스꽝스러운 짓을 진지하게 하는 게 창피하다는 거예요. 우리는 달리 해야 할 일이 있어요. 식량을 더 많이 모아서 '덴데라'를 개척해야……."

"여긴 '마을'이 아니야. 해야 할 일은 그런 게 아니야. 안정된 삶은 필요 없어."

"당신들이 '마을'을 습격하는 데 정신이 팔린 탓에, 열 해 전 '덴데라'에 무슨 일이 일어났는지 잊어버린 건가요?"

이시즈카 호노의 입에서 그 말이 나온 순간, 표정이 바뀌지는 않았으나 후쿠자와 하쓰는 꿀 먹은 벙어리가 되어 훈련을 시작하려는 노파들 곁으로 가 버렸습니다.

"이시즈카 호노. 자네 말은…… 그저 입바른 소리야."

아사미 히카리가 백발을 쓸어 넘기며 나무랐습니다.

"입바른 소리가 뭐 어때서요?"

"내 생각엔 틀렸어……."

아사미 히카리도 광장으로 향했습니다. 이즈미 소모, 아마미 아테, 호시이 고테이, 기쿠치 마카, 닛타 지누도 뒤를 따랐습니다. 가쓰라가와 마쿠라는 잠시 머뭇거리는 것 같았지만 결국 광장 쪽으로 발걸음을 돌렸습니다.

"가유 씨, 당신은 어쩌실 건가요? 훈련할 건가요? 나무창을 휘두를 건가요?"

"'마을'을 습격하는 데 찬성하지 않는 무리가 있다고 듣기는 했는데, 패거리 두목이 자넨가 보지?"

"패거리 두목이라니요. 말씀도 험하시긴." 이시즈카 호노는 쓴웃음을 지었습니다. "'마을'을 습격할 생각은 버리고 '덴데라'를 더 살기 좋은 곳으로 만들기 위해 일하려는 거예요. 온건파라고 불리고 있답니다. 지휘하는 건 제가 아니라 시이나 마사리 씨예요. 알고 계시죠? 열아홉 해 전에 '산'에 들어가신."

"시이나? 소금집 딸 말인가?"

"맞아요."

소금집 주인이 '마을'의 식량을 훔친 사건은 사이토 가유가 아직 어린 계집애였을 적 일어났지만, 기억의 벽에 찰싹 달라붙어 한 번도 잊은 적이 없었습니다. 소금집 주인은 착실한 남자였지만 갑작스레 아귀가 들리고 말았습니다. 자기 집 식량을 다 먹어 치우더니 잡초를 뜯어 먹거나 강에 얼굴을 담근 채 물을 먹고 돌멩이까지 핥아 먹기 시작했습니다. 식량이 바닥난 소금집 주인의 아내는 뼈가 드러날 만큼 야위었고 아이들은 굶어 죽었습니다. 가난에 허덕이는 소금집을 위해 '마을'에서 공양미를 내놓았지만, 그것마저 소금집 주인이 밤에 훔쳐다가 전부 먹어 버렸습니다. 사건은 그달에 일어났습니다. 소금집 주인이 남의 감자 밭을 파헤쳐 날감자를 볼이 미어지도록 먹다가 발각된 것입니다. 소금집 주인은 바로 잡혀 뭇매질을 당하고 두 눈이 짜부라졌습니다. 아내와 가족들도 전부 끌려 나와 꽁꽁 묶여 땅바닥에 패대기쳐졌습니다. 다른 집에 시집간 딸 시이나 마사리도 예외는 아니었습니다. 갓난아기를 제외한 '마을'의 모든 사람이 몰려나와 '산벌'을 내리기 시작했습니다.

'산벌'이란 금기를 저지른 집에서 당하는 형벌입니다. 우선

덴
데
라

가재도구와 가축을 비롯한 재산을 전부 '마을' 사람들끼리 나눠 가집니다. 다음엔 집을 부숩니다. 그다음에는 부서진 집에서 나온 나무 기둥을 가져다가 산벌을 당할 일가를 사정없이 때립니다. 그때 산에 못 간다는 말을 염불을 외듯 뇌까려야 합니다. 규칙을 지키지 않은 파렴치한 자에게 '산맞이'를 할 자격은 없습니다. 더욱이 이런 존재가 있다는 사실을 규율과 질서를 중시하는 '산'이 알게 된다면 분노한 나머지 날씨를 어지럽혀 농사를 망칠지도 모릅니다. 그러기 전에 '마을' 사람들 손으로 먼저 입단속을 하는 것입니다. 소금집 주인과 그 아내는 맞아 죽었지만, 시이나 마사리는 호되게 구타당하긴 했어도 목숨은 간신히 부지했습니다. 스물일곱 살이었던 시이나 마사리는 다른 집에 시집가 성을 바꾼 상태였기에 왼쪽 눈이 짜부라졌을지언정 죽임을 당하지는 않았습니다.

'산벌'을 당하고 소금집은 사라졌습니다. 다음 날부터는 아무도 소금집 이야기를 입에 올리지 않았습니다. 항상 식량이 부족한 '마을'에서는 도둑질, 특히 식량을 훔치는 행위는 일가를 멸할 만큼 무거운 죄였습니다. 어린 사이토 가유는 '산벌'이 눈앞에서 내려지는 것을 보며 '아무리 배가 고파도 도둑질은 절대 하지 말아야겠다, '산맞이'를 못 하게 되고 극락정토에도 못 가게 되니까' 하고 겁에 질려 떨면서도 굳게 다짐했습니다.

"맞아요, '산벌'은 잊을 수가 없죠." 사이토 가유가 무엇을 회상하는지 눈치챈 듯 이시즈카 호노가 중얼거렸습니다. "그런 야만스러운 행위가 '덴데라'에서 일어나지 않는다고는 장담할 수 없어요. 여기도 식량이 부족한 건 마찬가지니까요. 그런 일을 막기 위해, '덴데라'를 유지하고 더욱 발전시키기 위해 온건파는 열심히 식량을 모으고 있는 거지요."

"시이나 마사리와 자네가 중심이 되어서 말인가?"

"네."

"그렇게 해서 '덴데라'가 자리를 잡으면 그다음엔 어쩔 건데? '마을'을 습격하려고?"

"그럴 리가 있나요." 이시즈카 호노가 어깨를 으쓱이더니 말을 이었습니다. "자리 잡으면 그걸로 끝이에요. 왜 굳이 자리 잡은 '덴데라'를 다시 어지럽혀야 하나요? 저도 '마을'에 품은 한이 없는 건 아니에요. 하지만 그렇다고 해서 습격한다는 건 바보 같은 짓인 데다, 애초에 할머니들이 이길 수도 없지요."

"그건 나도 동감이야. 미쓰야 메이 말로는, 뭐랬지, 온건파랬나? 온건파가 절반 정도라던데 몇 명이나 되지?"

"우리 온건파는 다 해서 열두 명이에요."

"절반에 한참 못 미치는데?"

"아마 메이 씨는 태도가 불분명한 분들까지 합쳐서 말씀하셨을 거예요. 습격파가 스물여덟 명, 온건파가 열두 명, 나머지 아홉 명은 판단을 보류하고 계시기도 하고 무슨 생각인지 확인이 안 되기도 하죠."

사이토 가유는 습격파와 온건파, 거기에 생각을 확실히 알 수 없는 이들로 '덴데라'가 구성되어 있음을 알게 되었습니다. 즉 '덴데라'는 하나로 뭉친 공동체가 아니라는 말입니다. 버려진 처지끼리 공유하는 연대감이 있기에 폭력으로 발전할 일까지는 없을 테지만, 그래도 불안정한 것은 불안정한 것입니다. 사이토 가유는 어금니를 자근자근 갈며 역시 수치스러운 무리라는 생각을 되새겼습니다.

"'덴데라'에서 주류는 안타깝게도 습격파예요. '덴데라'의 우두머리가 습격파의 우두머리이기도 한 메이 씨니까 하는 수 없죠. 가유 씨, 당신은 어느 쪽을 택할 건가요? 당신의 주의를, 주장을 알려 주세요. 온건파인가요? 습격파인가요?"

"어느 쪽도 아냐."

"무슨 말씀이신지……."

"'마을'을 습격하고 싶지도 않고 '덴데라'를 발전시키고 싶지도 않아."

"그러면 어떻게 하고 싶은 건가요?"

"죽어라."

"……네?"

"죽으라고. 우리는 일흔 살을 넘긴 노인이야. 살아 있으면 안 될 텐데? 죽는 게 맞을 텐데? 자네는 부끄럽지도 않나?"

사이토 가유는 이시즈카 호노를 노려보았습니다.

"비겁하시군요."

이시즈카 호노가 나직이 응수했습니다.

"난 비겁하지 않아. 뻔뻔하지도 않아. 습격파든 온건파든 전부 죽어라. 죽어 버리라고."

사이토 가유는 발걸음을 옮겼습니다.

"어디 가시나요?"

"훈련인지 뭔지를 보고 올 거다."

"조심해서 다녀오세요. 산토끼는 제가 마저 치워 놓지요."


2


광장에는 습격파 노파 스물여덟 명이 모여 있었습니다. 세 줄로 나란히 서서 미쓰야 메이의 구령에 맞춰 볼품없는 나무 창을 휘두르고 있었는데, 오히려 나무창에 자기가 휘둘리는 것처럼 보여 우스꽝스러웠습니다.

사이토 가유가 온 것을 알아챈 미쓰야 메이가 노파들에게 훈련을 계속하라고 명령한 뒤, 누런 이를 드러내며 사이토 가유에게 큰 소리로 물었습니다.

"자세도 참가할 건가?"

"아니, 보기만 할 거야."

"씩씩하지 않은가! 이 무리를 이끌고 '마을'을 멸할 것이야."

미쓰야 메이는 나무창을 휘두르는 노파들을 일별했습니다.

"미쓰야 메이, 자네는 '산벌'을 기억하나?"

"'산벌' 말인가? 옛날 생각이 새록새록 나는구먼."

"'산벌'이 내려질 때 나는 어린 계집애였지만 또렷하게 기억이 나. 소금집을 부수고 소금집 일가를 흠씬 패 주던 '마을' 사람들은 잔인했어. 힘이 셌어."

사이토 가유는 '산벌'이 내려지던 광경을 다시금 돌이켰습니다.

"무슨 말을 하고 싶은 거냐?"

"이런 쭈그렁이들을 데리고 '마을'을 공격해 봤자 이길 수 없을 거야."

사이토 가유가 내뱉은 말에 노파들의 시선이 한꺼번에 모여들었습니다.

"'산벌'을 내릴 때 머뭇거리던 아낙네들을 부추긴 건 나였어. 그랬던 내가 지금 지휘를 하고 있네. 승산은 있어. 그때 '마을' 사람들의 머릿속에는 분노밖에 없었지. 먹을 것을 잃었다는 분노밖에 없었어. 사람은 말이야, 분노가 있으면 잔인해질 수 있다네. 엉망으로 들쑤셔 놓을 힘이 생긴다네!"

미쓰야 메이가 입을 크게 벌려 웃었습니다. 사이토 가유는 대꾸할 말을 찾지 못하고 불그죽죽한 미쓰야 메이의 목젖을 묵묵히 바라봤습니다.

습격파 스물여덟 명은 훈련을 계속했습니다. 여전히 우스
꽝스러운 광경이었지만 어느 눈동자에나 분노의 정념이 깃
들어 있음은 확연했습니다. 그 정념은 지글거리며 뜨겁게 타
오르고 있었습니다. '마을'에 살던 시절, 성별과 나이를 떠나
누구나 불만을 품고 화를 냈으나 그래 봤자 삶에는 변화 한
점 없었습니다. 분노한다고 해서 아무것도 바뀌지 않음을 노
파들은 알고 있을 터입니다. 잊어버린 것인지 잊으려는 것인
지 알 수 없습니다. 다만 훈련에 몰두하는 그네들의 얼굴에
불안한 기색은 없었습니다. 사이토 가유는 훈련 견학을 중단
하고 자기에게 배정된 집으로 돌아갔습니다.

집이란 표현을 쓰기는 했지만, 사실상 넓기만 넓었지 널빤
지와 지푸라기로 얼기설기 엮은 움막에 불과한 곳이었습니
다. 식량이 저장된 창고나 미쓰야 메이의 저택과 비교할 것이
못 됩니다. 노파들은 그런 누추한 집을 할당받아 잠자리로 삼
고 있었습니다. 사이토 가유는 아마미 아테, 야마모토 시기,
마카베 이누이와 같이 살게 되었습니다.

집에는 야마모토 시기만 남아 화로 앞에 앉아서 무슨 말인
지 모를 소리를 웅얼거리고 있었습니다.

사이토 가유는 짚신을 벗고 맞은편에 앉아 화로 속에 묻어
둔 감자를 꺼냈습니다. '덴데라'에서 식사는 엄격하게 제한되
어 있었습니다. 하루 동안 자유롭게 입에 넣을 수 있는 것은

고작 감자 한 개뿐이었습니다. 뜨거운 감자의 열기가 전해져 곱은 손이 욱신거렸지만 그게 오히려 기분이 좋았습니다. 감자를 두 조각으로 쪼개자 구수한 냄새가 섞인 훈김이 확 밀려들면서 주린 배 속이 거칠게 요동쳤습니다. 사이토 가유는 감자를 크게 한 입 베어 물었습니다. 베어 물었다고는 해도 이가 거의 다 빠졌기에 잇몸으로 눌러서 뭉개 먹을 수밖에 없었습니다. 찝찔한 타액으로 간신히 식힌 감자를 제대로 씹지도 못한 채 꾸역꾸역 삼켰습니다. 고달픈 식사였습니다.

사이토 가유는 감자를 우물거리며 야마모토 시기를 쳐다보았지만, 야마모토 시기는 화로만 물끄러미 바라볼 뿐 별반 반응이 없었습니다. 항상 비몽사몽인 상태 같았습니다. 식량을 입에 넣기만 할 뿐 대화도 않고 밖에 나가지도 않은 채 하루하루를 보냈습니다. 이처럼 교류랄 만한 것은 없었으나 사이토 가유는 어쩐지 야마모토 시기의 속내를 이해할 수 있을 것만 같았습니다. 야마모토 시기도 '산맞이'를 하고 싶었으리라고 혼자 상상한 것입니다.

사이토 가유와 야마모토 시기는 열일곱 살 정도 나이 차가 났습니다. '마을'에 살던 야마모토 시기는 활발하고 언변이 좋은 여자라는 인상이었습니다. 넓은 약초밭이 있는 집에 시집가 기운차게 일하던 모습도 기억납니다. 하지만 지금은 그때의 흔적을 찾아볼 수 없습니다.

해가 저물고 저녁 먹을 시간이 되었습니다. 분배된 식량을 그대로 먹어도 배가 부를 리 없기에 한데 모아 솥에 넣었습니다. '덴데라'에 쇠로 된 솥 따위는 물론 없었습니다. 돌과 짐승 뼈로 깎아 만든 돌솥을 사용했으나, 불의 열기가 잘 전달되지 않기에 국물이 끓기까지 시간이 오래 걸렸습니다. 그렇게 만든 저녁 식사는 국물 속에 오늘의 수확물인 토끼 고기와 연골, 채소 조금, 옥수수 경단이 들었을 뿐인 초라한 것이었습니다. 노파들은 추위와 피로에 지친 몸을 웅크린 채 묵묵히 국물을 홀짝였습니다. 밍밍한 끼니를 일사불란하게 배 속에 집어넣는 그때, '덴데라'는 으스스하도록 쥐 죽은 듯한 정적에 잠겼습니다.

다들 배가 꺼지기 전에 얼른 잠자리에 들었습니다. 사이토 가유도 짚가리 속으로 파고들었으나 발가락과 엉덩이를 괴롭히는 추위를 견디지 못하고 눈을 떴습니다. '마을'에서 추위는 그리 두려운 상대가 아니었지만, '덴데라'에서는 실로 버티기 어려운 고통이었습니다. 걸칠 만한 것이라고는 '산'에 들어올 때 입은 소복과 짚으로 짠 도롱이뿐이었고, 집은 지붕에 쌓인 눈을 자주 치워 주지 않으면 폭삭 주저앉을 만큼 허술했습니다. 추위는 거침없이 벽을 뚫고 들어와 온몸을 저미듯 할퀴었습니다.

이런 괴로움을 맛보며 살아야 할 이유가 도대체 무엇일까. 습격파처럼 복수심을 불태우지도 않을뿐더러 온건파처럼 '덴데라'를 일구는 데 심혈을 기울이지도 않는 사이토 가유

는 도대체 알 수가 없었습니다. 왜 살아야 하는지를 생각해야
했습니다. 처음 하는 경험이었습니다. 다시 눈을 감자 구로이
구라의 모습이 떠올랐습니다. 내일은 짬을 내서 구로이 구라
를 만나러 가야겠다고 생각하며 추위보다 힘센 수마(睡魔) 덕
에 잠에 빠져들었습니다. 꿈은 꾸지 않았습니다.

다음 날, 체온을 송두리째 빼앗아 가는 듯한 한기에 잠이
깬 사이토 가유는 속눈썹에 붙은 서리를 손가락으로 비벼 떼
며 짚가리에서 나왔습니다. 아마미 아테, 야마모토 시기, 마
카베 이누이는 추위에 익숙해졌는지 솥 바닥에 남은 국물이
얼어붙을 만큼 추운 와중에도 곤히 잠들어 있었습니다. 사이
토 가유는 목구멍 안쪽이 퉁퉁 부은 것을 깨달았습니다. 건강
이 상할 조짐이 보였습니다. 새로운 생활에 적응하기엔 역부
족인 몸을 질질 끌며 어둑어둑한 바깥으로 나갔습니다. 밤새
내린 눈이 소복하게 쌓여 있었습니다. 새벽녘의 맑은 공기가
새로운 하루를 예감하게 했습니다. 입에서 나오는 숨결이 뽀
얀 냉기가 되어 아름답게 흩어졌습니다. 그러나 사이토 가유
의 마음에서는 신선한 기운이 솟지 않았습니다.

기묘한 냄새가 문득 코를 찔렀습니다.

역겨울 만큼 짙고 끈끈한 그 냄새의 정체를 사이토 가유는
알 수가 없었습니다. 노파들이 깨어 나다니는 낮이라면 몰라
도 온 동네가 텅 빈 새벽에 풍길 만한 냄새는 아니었습니다.

사이토 가유는 코를 킁킁거리며 냄새의 근원을 추적했습니다. 시선이 닿은 곳은 창고 두 채였습니다. 처마에 매단 옥수수가 흐트러져 떨어진 것을 보고 깜짝 놀라 달려갔습니다. 동시에 냄새가 더욱 짙어져 후각이 거의 마비되었지만, 그래도 멈추지 않고 뛰었습니다.

노파들이 고깃덩어리가 되어 널브러져 있었습니다.

피, 내장, 뽑힌 이, 머릿가죽이 붙은 머리채 따위가 창고 앞에 흩어져 있었습니다. 어느 부위가 누구 것인지도 알 수 없을 만큼 갈기갈기 찢긴 채였습니다. 한쪽 창고 벽에 뚫린 구멍이 눈에 들어왔습니다. 사이토 가유는 전신에 치받는 열기를 느끼며 이제 무엇을 해야 할지 생각했지만, 머리가 잘 돌아가지 않아 생각과 생각을 연결할 수가 없었습니다. 정신이 들자 사이토 가유는 그 자리에 엉덩방아를 찧은 채 언제 왔는지 모를 미쓰야 메이에게 걷어채고 있었습니다.

몇 번이나 등을 차인 끝에 사이토 가유는 겨우 정신을 차리고 일어섰습니다. 미쓰야 메이의 얼굴에 패인 주름이 한 줄 한 줄 파들파들 떨리고 있었습니다. 벌벌 떨리는 몸을 지팡이에 기대 간신히 지탱하는 것 같았습니다. 미쓰야 메이는 갈기갈기 찢긴 노파의 이름을 차례차례 불렀습니다. 죽은 이가 나가오 마쓰키, 구보 란, 구레 구와, 야기 사사카란 것을 알게 되었지만, 사이토 가유와 면식 있는 사람은 없었기에 충격이 더해지지는 않았습니다.

"곰이야."

미쓰야 메이가 중얼거렸습니다.

이런 소행을 저지를 만한 것은 곰 말고는 없습니다. 이미 아는 사실이었지만 사이토 가유는 등줄기에 전율이 흐르는 것을 느꼈습니다. 엽총이 있어서인지 '마을'에 곰이 나온 일은 사이토 가유가 아는 한 단 한 번도 없었습니다. 곰이 묘지를 헤집었다는 둥, 폐사한 소와 말을 먹었다는 둥, 나물 캐는 아낙네를 덮쳤다는 둥 소문은 무성했지만 어디까지나 소문으로 그칠 따름이었습니다. 사이토 가유는 '마을'과 '덴데라'의 결정적인 차이를 본 것만 같은 기분이 들었습니다.

미쓰야 메이는 부러진 나무창을 휘둘러본 뒤 벽에 뚫린 구멍을 통해 창고에 들어갔습니다. 사이토 가유도 뒤를 따랐습니다. 난장판이 된 창고 안이 시야에 들어왔습니다. 저장해 놓았던 말린 생선, 감자, 콩 등이 거의 다 먹히고 찌꺼기가 바닥에 흩어져 있었습니다. 귀중한 식량을 대부분 잃었음을 안 사이토 가유는 곰에 대한 공포보다도 내일을 살아야 하는 절망에 휩싸였습니다.

"이런 몹쓸 놈을 봤나!" 미쓰야 메이가 지팡이를 바닥에 내어 꽂았습니다. "이게 무슨 일이냐, 왜 이런 짓을 하는 게냐! 염병할 곰 같으니! 우리가 뭘 어쨌다고……. 우리의 삶을 방해하다니! 짐승 주제에! 반드시 찾아서 찢어 죽일 테다!"

3

곰은 사람 말을 이해하지 못할뿐더러 이름도 없지만, 이 곰은 등에 난 털이 불그스름하다는 것이 특징이므로 편의상 '붉은 등'이라고 부르겠습니다. '붉은 등'이 언어를 지녀 발언할 기회를 얻었다고 가정한다면, 이 산은 자신의 영토이지 두발짐승의 소유물이 아니라고 격노했을 터입니다. 실제로 인간이 이곳을 '산'이라고 부르기 시작한 지 한참 전부터 이곳에는 '붉은 등'의 선조가 살고 있었습니다. 그러나 뻔뻔스럽게 나타난 두발짐승이 끈기를 가지고 도구로 나무를 베더니 원래 자기 땅이었다는 양 '산'을 점거한 탓에, '붉은 등'은 자기 영토인 산에서 자유롭게 움직이기가 불가능해지고 말았습니다.

'붉은 등'은 자신의 힘을 명확히 인식하고 있었습니다.

이 일대에서 자신이 누구보다도 강하고 누구보다도 고귀하다는 사실을 잘 알았으며, 주위의 짐승들 역시 그 점을 이해하고 '붉은 등'에게 권리와 길을 양보했습니다. 이처럼 당연한 흐름을 무시하는 두발짐승의 행태를 그냥 보아 넘길 수는 없었습니다. 두발짐승에게 도리를 가르치고 자신의 힘을 각인시키기 위해 '붉은 등'은 두발짐승이 사는 땅으로 향했습니다. 하지만 '붉은 등'의 행차는 실패로 돌아갔습니다. 산에서 내려가던 도중 마주친 두발짐승이 겨눈 기묘한 막대기가 불을 뿜은 순간, 그때까지 맛본 적이 없는 맹렬한 고통과 함께 '붉은 등'의 뒷발 뼈가 부서졌기 때문입니다. 그 뒤로 '붉은 등'은 두발짐승 앞에 모습을 드러내기를 삼갔습니다. 자신보다 강한 생물이 출현했다면 그에 거스르지 않는 것이 자연의 상식이자 야생의 이념이었기 때문입니다.

그러나 상황이 '붉은 등'의 판단력을 흐리게 했습니다.

지금은 겨울. 겨울잠을 자지 않고 산을 헤매는 것은 곰에게 그야말로 비상사태였습니다. 연어, 월귤나무 열매, 산딸기를 대량으로 섭취해 배를 불리고 지방을 두껍게 만들어 굴속으로 들어갔어야 하는데, 지난해는 먹을거리가 부족해 겨울잠을 잘 만큼 배 속을 넉넉히 채우지 못했던 것입니다. 눈이 내리기 시작하고 찬바람이 체온을 앗아 갔습니다. 텅 빈 위장이 꼬르륵거렸습니다. '붉은 등'은 생명의 위기를 느꼈습니다. 나무뿌리를 갉아 굶주림을 견디는 하루하루에 분노에 가까운 감정이 쌓였습니다. 이 일대에서 누구보다도 강하고 누구보다도 고귀한 자신이 이런 꼴이 되었다는 데 불만이 치밀었습니다.

게다가 '붉은 등'은 재작년에 새끼를 낳아 데리고 있었습니다.

어미와 마찬가지로 수컷 새끼 곰도 겨울잠을 잘 기회를 놓쳤습니다. 처음 경험하는 극한의 배고픔에 시달리며 새끼 곰은 '붉은 등'의 꽁무니에서 떨어질 듯 말 듯 쫓아오고 있었습니다. 처량한 새끼 곰을 볼 때마다 '붉은 등'의 생존 본능이 활성화했습니다. 사람의 언어로 표현한다면 자식이 살아남기를 간절히 빌었다고 할 수 있겠습니다. 그러나 겨울이 물러가려면 멀었고 식량은 보이지 않았습니다. '붉은 등'과 새끼 곰의 체력은 떨어지기만 할 따름이었습니다. 분비나무 속껍질과 눈을 파내 겨우 찾은 썩은 풀 부스러기를 입에 넣었으나 위장은 채워지지 않았습니다. 힘겨운 하루하루가 이어지던 끝에 새끼 곰이 배고파 제대로 걷지도 못하게 된 어느 날, 마침내 '붉은 등'의 판단력은 흐려졌습니다.

두발짐승이 모여 사는 땅은 두 군데 있었습니다. 한 군데는 지난번에 가려다가 불을 토하는 기묘한 막대기 때문에 호되게 다친 적이 있지만, 반대편 땅에는 가 본 적이 없었습니다. '붉은 등'은 반대편으로 쳐들어가기로 마음먹었습니다. 평소 같았다면 그럴 생각은 절대로 안 했겠지만, 산속에 식량이 없는 것은 확실한 데다 애당초 이 일대가 자신의 영토라는 의식이 등을 떠밀어 주었습니다. '붉은 등'은 네 발에 남은 힘을 집중하고 등에 난 불그스름한 털을 곤두세웠습니다. 나뭇가지 위에서 쉬던 까마귀가 일제히 날아올랐습니다.

새끼 곰이 잠든 한밤중에 '붉은 등'은 이동을 개시했습니다. 비록 암컷이었고 전성기를 지나기는 했어도, '붉은 등'의 머리는 놀랍도록 컸고 덩치는 웬만한 수컷보다도 우람했으며 발톱과 어금니도 날카롭고 튼튼했습니다. '붉은 등'이 전투에서 패한 적은 단 한 번, 기묘한 막대기를 가진 두발짐승과의 대결에서뿐이었습니다. 불가사의하면서도 격렬했던 아픔을 떠올리는 '붉은 등'의 정신은 평온하지 않았지만 그래도 발을 멈추지 않았습니다. '붉은 등'뿐 아니라 곰은 대체로 큰 덩치와 어울리지 않을 만큼 빠른 속도로 산을 탑니다. 덕분에 금방 두발짐승이 사는 땅에 도착할 수 있었습니다.

그곳은 쥐 죽은 듯 고요했습니다. 뒷발에 상처를 입힌 기묘한 막대기는 매캐한 냄새를 내뿜었는데, 그 냄새도 나지 않았습니다. 그래도 '붉은 등'은 방심하지 않고 나무와 어둠 사이로 큰 몸뚱이를 감추면서 주변을 확인했습니다. 마침내 두발짐승을 발견했습니다. 두발짐승이 지었을 건물 앞에 막대기를 손에 쥔 두발짐승 네 마리가 서 있었습니다. 벽에는 옥수수가 매달려 있었습니다. '붉은 등'은 매캐한 냄새가 나지 않는지 다시금 확인한 뒤 접근하기 시작했습니다.

위풍당당한 행차였습니다. 일대를 지배하는 '붉은 등'의 입장에서 이 행위는 약탈이 아니라 자기 영토 안에서 거둔 결과물을 먹는 일에 불과했기 때문입니다. 힘없는 작은 짐승이 두발짐승의 식량을 훔치는 것과는 전혀 다른 성격을 띠었습니다. '붉은 등'은 당연한 권리를 행사한다는 듯이 곧장 다가가 옥수수를 깨물었습니다. 두발짐승은 그저 당황한 기색으로 그 모습을 지켜보았습니다. 유유히 옥수수를 먹는 '붉은 등'에게 어떻게 대처해야 할지 모르는 것 같았습니다. 그렇다고 해서 묵묵히 구경만 할 생각은 없었는지, 두발짐승 중 한 마리가 막대기로 '붉은 등'의 엉덩이를 냅다 쳤습니다. 그때 큰 발톱으로 뼈째 살덩이를 채어 가는 정도는 하려고만 하면 얼마든지 할 수 있었습니다. 그런데 굳이 뒷다리를 써서 일어선 까닭은 자긍심을 주장하기 위해서였습니다. 정면 대치하여 자신의 모든 것을 드러낸 상태에서 상대를 쓰러뜨리겠다는 태도의 표명이었습니다.

실제 확인 단계로 넘어갔습니다. 반격을 각오하고 두발짐승 중 한 마리를 공격해 보았습니다. 머리가 싱겁게 몸뚱이에서 떨어져 나가고 절단면에서 피가 분수처럼 솟았습니다. 나머지 두발짐승들은 공포와 당혹에 휩싸인 듯했으나, 사실은 '붉은 등'이 더 큰 공포와 당혹을 느끼고 있었습니다. '붉은 등'은 시험 삼아 다른 두발짐승에게도 발톱을 휘둘러 보았습니다. 그러자 내장이 배 속에서 튀어나오며 어이없을 만큼 맥없이 그 자리에 쓰러졌습니다. '붉은 등'이 알던 무서운 두발짐승이 아니었습니다. 뭐가 뭔지 알 수 없어진 '붉은 등'은 다른 두발짐승에게도 공격을 가했습니다. 두발짐승은 '붉은 등'의 거대한 몸 쪽으로 끌려갔다가 그대로 건물 벽에 세차게 부딪혀 벽과 함께 산산조각이 났습니다. '붉은 등'이 머리로 벽을 뚫어 버리는 바람에 한 마리 남은 두발짐승에 대처하는 시기를 한발 놓쳐 버렸습니다. 머리를 뺐을 때 '붉은 등'은 두발짐승이 쥐고 있는 막대기로 제 항문을 노리는 것을 보았습니다. 급소를 찔리면 끝장이라고 판단해 엉덩이 각도를 틀자 막대기는 뒷다리를 치고 힘없이 부러졌습니다. '붉은 등'은 앞발을 휘둘러 두발짐승을 밀어 쓰러뜨렸습니다. 거대한 덩치로 깔고 앉은 뒤 머리를 깨물어 보았습니다. '붉은 등'의 강인한 턱과 어금니 사이에서 머리는 실로 손쉽게 으스러졌습니다. 두발짐승은 '붉은 등'의 입속에서 아주 짧은 비명을 질렀습니다. 피와 살과 뇌수가 '붉은 등'의 혀를 자극했습니다.

그 순간, '붉은 등'은 경험을 통해 두 가지 사실을 퍼뜩 깨달았습니다.

하나는 두발짐승이 약하다는 것.

또 하나는 두발짐승이 맛있다는 것.

머리통을 다 먹은 '붉은 등'은 남은 고기도 입에 넣어 보았습니다. 오랫동안 음미하지 못한 고기 맛이 입 안을 그득 채웠습니다. 흥분에 겨워 고기를 게걸스레 먹으면서도 야생의 본능을 잊지는 않았습니다. 얼굴을 들어 피투성이가 된 입을 반쯤 벌린 채 코를 벌름거려 보았습니다. 다른 두발짐승이 오는 기척은 없었습니다. 대신 맡은 것은 새로운 식량 냄새였습니다. 두발짐승을 내던져 죽였을 때 건물 벽에 난 구멍에서 풍겨 나오고 있었습니다. 발톱을 능숙하게 놀려 구멍을 넓히고 거대한 덩치를 밀어 넣었습니다. 말린 생선, 콩, 곡식이 눈앞에 펼쳐졌습니다. '붉은 등'은 미칠 듯한 식욕에 휩싸여 식량을 닥치는 대로 입에 쑤셔 넣었습니다. 위장을 그득히 채운 뒤 밖으로 나가서 널브러진 두발짐승 중 상태가 양호한 놈을 입에 물었습니다. 등에 풍성하게 돋아난 불그스름한 털을 흔들며 산으로 돌아가는 뒷모습이 그렇게 의젓할 수가 없었습니다. 이 일대를 통치하는 영주의 자부심을 완벽하게 드러내는 풍채였습니다.

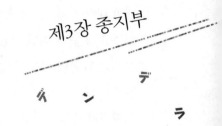

제3장 종지부

1

"오늘부터 결사대를 꾸린다. 곰을 퇴치할 것이다."

미쓰야 메이가 저택 이 층에서 노파들을 내려다보며 잘라 말했습니다. 몸을 뜻대로 가눌 수 있는 노파 마흔한 명을 광장에 불러 모은 참이었습니다. 부서진 식량 창고와 처참한 시체로 막을 연 그날 아침, 미쓰야 메이는 해가 뜨기도 전에 온 집을 돌아다니며 노파들을 깨워 소집했습니다.

"곰 자식이 '덴데라'에 싸움을 걸었다. 식량을 먹어 치우고 동료를 넷이나 죽였다. 퇴치할 이유는 차고 넘친다! 곰 사냥을 해야 할 이유를 알겠나!"

"메이 씨, 아직 해도 안 떴는데 팔팔하신 것도 좋고 결사대를 꾸리시는 것도 좋은데 말이지요. 곰한테 어떻게 이기시려는 거죠? 저는 의문스럽군요."

무리에서 앞으로 나온 이시즈카 호노가 이 층 누각에 선 미쓰야 메이를 올려다보았습니다. '산'의 봉우리에서 빼꼼 얼굴을 내민 태양이 이시즈카 호노의 등을 비추었습니다.

"겁먹을 것 없다. 한갓 짐승한테 못 이기겠느냐?"

"우리는 곰한테 어떻게 맞서야 할지 모르지 않나요? 엽총도 없고 말입니다."

"머릿수가 있다." 미쓰야 메이는 곧장 대답하더니 바짝 말라 갈라진 입술을 핥았습니다. "우리는 여럿이다. 한데 모여 달려들면 제아무리 곰이라도 한 방에 쓰러질 것이야!"

우렁찬 외침에 노파들이 덩달아 웅성거렸습니다. 금세 호전적인 열기가 퍼졌습니다. 물러날 곳도, 달아날 곳도 없는 노파들에게 싸워야겠다는 판단은 지극히 자연스러운 결론이었습니다.

사이토 가유는 흥분하는 노파들 틈바구니에서도 냉정함을 지켰으나, 결사대를 꾸리는 데에는 찬성하는 입장이었습니다. 자신을 비롯한 노파들이 여기에서밖에 살 수 없음은 확실합니다. 곰이 쳐들어왔다면 저항하는 것이 당연하다는 생각이었습니다. 한편, 이시즈카 호노의 발언에도 동의 내지는 이해되는 부분은 있었습니다. 싸우려고 단결해 봤자 엽총도 없고 사내도 없습니다. 있는 거라고는 변변찮은 무기와 휘청거리는 노파뿐인 것이 사실입니다.

"곰 사냥을 하려면 빨리 하는 게 나을걸. 놈들이 사사카의 몸을 다 먹어 버리기 전에."

호시나 규우가 의견을 내놓았습니다.

덴
데
라

호시나 규우는 야마모토 시기처럼 열일곱 해 전 '산맞이'를 했는데, 죽지도 않고 '덴데라'의 노파들에게 발견되지도 않은 채 '산' 속에서 세 해를 혼자 살았습니다. 세 해만에 자기 힘으로 '덴데라'까지 온 저력의 소유자였기에 습격파 안에서는 미쓰야 메이 다음가는 권위를 인정받고 있었습니다.

"그렇겠군. 야기 사사카의 시체가 먹혀 없어지기 전에 도로 가지고 와야겠어! 이 할멈들과 함께 장사를 치러 줘야겠다!"

미쓰야 메이는 발치에 놓인 바구니를 내려다보았습니다.

그 안에는 땅바닥에서 주워 모은 노파들의 살점이 들어 있었습니다.

곰이 발기발기 찢어 놓은 살점은 바구니 속에 있어 잘 보이지는 않았지만, 사이토 가유의 눈에는 무의미한 것으로 비쳤습니다. 노력하고, 꾹 참고, 도전하면서 살았는데 그런 고생을 알 리가 만무한 곰에게 잡아먹혀 황당하게 끝나 버린 무의미한 인생의 잔재로 보였습니다. 다만 동정의 친척뻘쯤 되는 감정은 느껴졌습니다. 불쾌감은 없었습니다.

"빨리 사사카를 찾아야겠어."

호시나 규우가 말했습니다.

야기 사사카의 시체에는 몸통이 없었습니다. 다른 시체들도 무참히 뜯어 먹히긴 했으나 몸통이 한 조각도 남김없이 사라지지는 않았습니다. 야기 사사카의 시체에서 남은 부분은 목뿐이었습니다. 핏자국이 '산' 쪽으로 점점이 이어진 것으로 보아 야기 사사카의 몸통은 곰이 물어 갔다는 게 다수 의견이었습니다. 곰은 사냥감을 안전한 장소에 가져다 놓는 습성을 지녔다는 말을 사이토 가유는 '마을' 사내에게 들은 적이 있습니다.

"습격파든 온건파든 상관없다! 우리의 '덴데라'가 공격받았다. 식량 창고를 망쳐 놓고, 동료를 넷이나 죽이고, 야기 사사카의 시체까지 가져갔다. 자! 결사대에 지원할 할멈은 없나? 용맹한 자는 없나? 손을 들어라!"

미쓰야 메이의 부르짖음에 가장 먼저 손을 든 이는 사이토 가유였습니다. 모두 깜짝 놀란 기색을 내비쳤습니다.

사이토 가유는 '덴데라'에서 산 지 나흘밖에 안 됐지만, '덴데라'에 존재하는 개념을 몽땅 부정하는 언행을 거듭하는 바람에 노파들의 주목을 받고 있었습니다. 그런 인물이 다른 누구보다도 빨리 결사대에 지원했다는 것은 노파들의 예상을 뒤엎는 일이었습니다. 이시즈카 호노에 이르러서는 배신감 어린 표정까지 지을 정도였습니다.

"습격파든 온건파든 상관없다고 했지?" 사이토 가유는 이시즈카 호노를 흘낏 보더니 미쓰야 메이에게로 시선을 돌렸습니다. "나도 결사대에 지원하겠어."

호시나 규우가 잽싸게 앞으로 나와 사이토 가유에게 미소를 건넸습니다. 미쓰야 메이와 똑같이 시커멓게 탄 얼굴에는 박력이 서려 있었습니다. 사이토 가유보다 열일곱 살이나 더

먹은, 죽어 가는 노인네로는 도무지 보이지 않았습니다.

결사대는 미쓰야 메이, 사이토 가유, 호시나 규우, 가쓰라가와 마쿠라, 이즈미 소모, 후쿠자와 하쓰, 호시이 고테이, 아마미 아테, 닛타 지누, 아사미 히카리, 기리야마 소우, 고마키 다이, 오노데라 고토, 소카베 나키, 히다카 노코비, 오부치 이쓰루, 가스가이 가가, 도가와 구리, 오오이 쓰구, 가미오카 쓰이나, 기타지마 다히, 이타노 우메, 도미나가 간, 가네다 미쓰기, 이이지마 시마, 쓰쓰미 우스마, 하마무라 효우, 쓰카모토 데마, 오오하라 무미, 미나미데 다미시, 히이라기 쓰사까지 모두 서른한 명이 되었습니다. 습격파든 온건파든 상관없다고 했으나 대부분은 습격파로 구성됐습니다. 이시즈카 호노는 마지막까지 손을 들지 않았습니다.

결사대에 지원한 노파들이 의기양양하게 앞으로 나올 때 사이토 가유는 반대편을 향한 조그마한 움직임을 발견했습니다. 백발이 치렁치렁한 노파가 무리를 빠져나가려는 것이었습니다. 행색은 단정했으나 긴 머리채가 얼굴을 가린 모습이 부자연스러워 오히려 으스스한 분위기를 자아냈습니다. 그때, 휙 스쳐 간 바람 한 줄기에 머리채가 순간 공중에 나부꼈습니다. 드러난 얼굴에는 왼쪽 눈이 없었습니다.

시이나 마사리였습니다.

연좌제에 휘말려 '산벌'을 당해 왼쪽 눈을 잃은 장본인입니다. 시이나 마사리는 머리채도 결사대도 신경 쓰지 않는 기색으로 발걸음을 재촉해 자기 집으로 돌아갔습니다.

동녘 하늘이 밝자마자 결사대 서른한 명은 '산'으로 들어 갔습니다. 지금은 '산맞이'의 계절이 아니기는 했지만, '산맞이'는 보통 대낮과 해 저물 무렵 사이에 이루어지는 터라 '마을' 사람과 마주치지 않으려면 아침이 안전하다고 판단했습니다. 그리고 언제 내릴지 모르는 눈에 묻혀 핏자국이 사라질 것을 우려했기 때문이었습니다. 그리고 무엇보다도 야기 사사카의 시체를 곰이 먹어 치우기 전에 구해 오겠다는 간절함에 발 빠르게 움직인 결과였습니다. 서두르느라 결사대는 아침밥은커녕 물 한 방울도 입에 대지 못했습니다. 여느 때보다 더한 공복을 견디며 사람이 오가지 않는 산길을 걷다 보니 사이토 가유는 금세 숨이 찼습니다. 나무창으로 체중을 지탱하며 하얀 언덕과 붉은 핏자국 위를 어찌어찌 걸어 보려고 했으나 발이 말을 듣지 않았습니다. 부드러운 눈에 발이 쑥 빠져 픽 쓰러졌습니다. 앞서 가는 결사대의 힘찬 발걸음을 응시하며 사이토 가유는 오래전 기억을 떠올렸습니다.

열 해 전, 올해의 흉년과는 비교도 못 할 엄청난 기근이 '마을' 일대를 덮쳤습니다. '마을' 사람들은 푸성귀 부스러기와 맷돌 바닥에 남은 가루를 긁어모아 만든 손톱만 한 건더기로 국물을 우려내 배를 채웠습니다. 그마저 안 될 때는 짐승처럼 나무뿌리를 갉아 먹으며 하루하루 연명했습니다. 결국, 가축이 굶어 죽자 그 시체까지 전부 먹어 버리고 전멸할 위기에 놓인 '마을' 사람들은 '산맞이'의 규칙에 손을 댔습니다. 기근이 닥쳤을 때는 집집이 판단하여 일흔 살이 안 된 노인이 '산맞이'를 해도 무방하도록 내용을 바꾼 것입니다. 당시 예순 살이었던 사이토 가유는 '산맞이'를 하길 원했으나 아들의 만류로 그러지 못했습니다. 하지만 새로운 규칙을 실천에 옮기는 집도 적지 않았습니다. 그해에는 일흔 살이 아직 안 된 고마키 다이, 가스가이 가가, 도가와 구리, 오오이 쓰구, 가미오카 쓰이나, 기타지마 다히, 이타노 우메, 도미나가 간, 가네다 미쓰기, 이이지마 시마까지 열 명이 '산'에 들어갔습니다. 그 열 명 전원이 이번 결사대에 참여했습니다. 당시 나이에서 열 살을 더해도 가스가이 가가는 예순일곱, 가네다 미쓰기는 예순둘밖에 안 됩니다. 사이토 가유는 깊이 쌓인 눈 속에 주저앉아 문득 젊음이 부럽다는 생각을 했습니다. 그러다 열 해 전 '산'에 들어온 노파들은 대부분 자기보다 연상이니 일흔 살인 자신은 '덴데라'에서는 젊은 축에 든다고 생각을 고쳐먹으며 몸을 일으켰습니다.

결사대는 '산'을 익숙하게 헤치며 나아갔습니다. 사이토 가유는 노파들의 걸음에 요령이 있음을 알아차렸습니다. 다리를 튕기듯 뻗으며 지면의 반동을 활용해 힘을 덜 들이는 것입니다. 눈동냥으로 흉내를 내 보니 그럭저럭 따라갈 수 있었기에 기분이 나아졌습니다. 속도를 올렸지만, 체력을 다 쓴 상태라 또 넘어지고 말았습니다. 뒤처진 사이토 가유에게 돌아와 손을 내민 노파가 있었습니다. 호시나 규우였습니다.

"혼자 설 수 있어."

사이토 가유는 황급히 일어났습니다. 여든일곱된 노인의 손을 빌릴 수는 없었습니다.

"걸림돌이 되기는 싫지? 하쓰가 그러더군. 태도가 됐어."

호시나 규우는 땀과 때 냄새를 풍기며 웃음을 지었습니다.

"아냐, 나는 이미 걸림돌이야."

사이토 가유가 낙담한 채 대꾸했습니다.

"실망하기 전에 아직 할 일이 있지 않나?"

"뭐?"

"걷는 것 말일세. 다리를 들어야지. 다리가 올라가지 않으면 갈 것도 못 가잖나. 자!"

호시나 규우의 말에 사이토 가유는 호흡을 가다듬었습니다. 입에서 대량으로 뿜어져 나오는 하얀 김을 다독여 삼킨 뒤 다리를 들고 곧장 전진했습니다.

"자기한테 맞는 속도로 가면 돼." 호시나 규우가 등 뒤에서 조심스레 다시금 말을 걸었습니다. "저기, 가유. 자네는 왜 그렇게 늘 화가 난 것처럼 보이지?"

뜻밖의 지적에 놀라 사이토 가유는 걸음을 멈췄습니다. 자기가 항상 화내고 있다고 생각한 적은 없었기 때문입니다. 흥분한 '덴데라'의 노파들에 비하면 자신은 오히려 침착한 편이라고 여겨 왔습니다.

"자네는 '산맞이'를 원했다고 들었어. 극락정토에 가고 싶었다면서? 화가 난 건 그래서인가? 그런데 말이지, 자네처럼 생각하는 사람은 아마 없을 거야."

호시나 규우는 사이토 가유와 나란히 걸으며 조곤조곤 이야기를 해 나갔습니다.

"극락정토를 의심하는 건 당신들이 삶에 구질구질하게 매달리기 때문이야."

무시하려고 했으나 극락정토 얘기가 나오면 사이토 가유는 입을 다물 수가 없었습니다.

"나는 극락정토를 믿긴 해."

"정말인가?"

사이토 가유는 예상외의 고백에 놀랐습니다.

"몸뚱이가 사라져도 넋은 남을 텐데, 그 넋이 어디로 가겠어? 어디로 날아갈까? 이 땅을 계속 맴돌지는 않겠지?"

"극락정토로 날아간다는 소리로군."

"죽은 자들의 넋이 다다르는 장소를 극락정토라고 부른다……. 나는 그렇게 믿고 있어."

"호시나 규우, 극락정토를 믿는다면서 왜 죽지 않았지? 자네는 '산'에서 세 해를 살았다고 들었는데."

사이토 가유는 이해가 가지 않아 물었습니다.

"극락정토에 가고 싶지 않아서 그랬네."

"극락정토를 믿는데도?"

"나는 '산'에서 잡초와 지렁이를 먹으며 살아남았어. 녹록잖은 삶이었지. 그 탓에 살갗도 타 버렸고 이도 다 빠졌어. 그래도 극락정토에 가느니보다는 낫다고 생각했다네. 아무리 힘들어도 사는 게 나아. 산 사람은 이렇게 움직일 수도 있고 이야기도 할 수 있잖은가."

호시나 규우는 극한의 영양실조로 이가 다 빠졌으리라고 짐작되는 텅 빈 입을 벌려 웃었습니다. 그러나 곧 표정을 굳히고는 이야기를 못 하게 되는 것이 가장 괴롭다고 중얼거렸습니다. 사이토 가유는 야기 사사카 이야기로 알아들었습니다. 호시나 규우와 야기 사사카가 유독 친했음은 알고 있었습니다. 야기 사사카가 '산맞이'를 한 당일, '산맞이'를 한 노인을 생각하며 우는 것은 금지되어 있는데도 호시나 규우가 사람들 앞에서 퍼질러 앉아 울음을 터뜨렸던 일도 기억이 났습니다.

"야기 사사카도 '산맞이'에서 도망쳤지. 대신 곰에게 잡아먹혔어. 그러니 극락정토에 가기는 글러 먹었네그려."

하지만 사이토 가유는 일부러 무정한 말을 내뱉었습니다. 그에 호시나 규우가 조심스레 물었습니다.

"가유, 왜 자꾸 말을 그렇게 해? 내가 '덴데라'를 찾았을 땐 참 좋았어. 사사카도 그렇고 다들 살아 있는 걸 보니 얼마나 반갑고 고맙던지 몰라. 자네는 그런 마음 안 들어? 죽은 줄로만 알았던 이들이 살아 있어서 반갑지 않았어?"

물론 사이토 가유도 사람이기에 그런 감정이 있기는 합니다. 가쓰라가와 마쿠라를 봤을 때나 미쓰야 메이를 봤을 때 어느 정도 반가운 마음에 휩싸이긴 했습니다. 기쁨을 느꼈다고 할 수도 있습니다. 그러나 극락정토에 가고자 하는 소망과 '산맞이'를 피해 달아난 노파들의 뻔뻔함에 대한 분노가 기쁨보다 강렬했습니다. '덴데라'에 사는 노파들은 단지 살아 있다는 사실만으로 사이토 가유를 더럽혔습니다. 자신이 더럽혀졌다고 느꼈을 때, 집착이나 애착을 실로 쉽게 버리는 것이 바로 사람입니다.

"극락정토에 가면 영원한 행복을 누릴 수 있어."

사이토 가유는 복잡한 감정을 정리하기 어려워 쩔쩔매다가 겨우 한마디를 꺼냈습니다. 그러자 호시나 규우가 바로 대꾸했습니다.

"영원한 행복이 어디 있어? 극락정토에 가면 행복해진다고 믿는가 보지? 정말 그럴까?"

"그럼 아니란 건가?"

"내 생각에 극락정토는 수많은 사람의 미련, 소망, 원한 같은 것들이 모이고 쌓여 득시글거리는 곳이야. 그런 데서 행복할 리가 있겠어? 죽었다고 바뀌는 건 없고, 끝나는 것도 없어."

"그럼 우리는 언제 편해질 수 있는 거지?"

"편해질 수 없어. 그러니까 살아야 해."

호시나 규우의 등이 멀어졌습니다.

어찌나 힘 빠지고 불쾌한 결론인지요. 극락정토의 존재를 부정하는 말보다 극락정토가 어떤 곳인지 맘대로 단정하는 말을 듣는 것이 더 괴로웠습니다. 불안해진 나머지 사이토 가유는 비탈길을 열심히 오르며 결사대를 쫓아가는 데 집중했습니다.

결사대는 때때로 멈춰 서서 나뭇가지에서 떨어지는 눈덩이에 일일이 반응할 만큼 온 신경을 곤두세우고 있었습니다. 야기 사사카의 유골을 본격적으로 찾으려는 모양이었습니다. 미쓰야 메이가 종종거리며 바삐 지시를 내렸습니다. 결사대를 작은 그룹으로 쪼개려 하고 있었습니다. 아마미 아테, 후쿠자와 하쓰, 이즈미 소모, 소카베 나키를 살짝 높은 둔덕에 솟은 큼직한 분비나무 쪽에, 가쓰라가와 마쿠라, 기리야마 소우, 가스가이 가가, 도가와 구리, 이타노 우메를 거기서 조금 떨어진 위치에 있는 분비나무 쪽에, 호시이 고테이, 아사미 히카리, 고마키 다이, 기타지마 다히, 미나미데 다미시를 그 뒤에 늘어선 눈잣나무 쪽에, 닛타 지누, 오노데라 고토, 이이지마 시마, 하마무라 효우, 쓰카모토 데마, 히이라기 쓰사를 일렬횡대로 나란히, 히다카 노코비, 오부치 이쓰루, 호시나 규우, 오오이 쓰구, 가미오카 쓰이나, 도미나가 간, 가네다 미쓰기, 쓰쓰미 우스마, 오오하라 무미를 후방에 세우고 미쓰야 메이 자신은 결사대를 바로 옆에서 지켜보는 위치에 자리잡았습니다. 사이토 가유가 뒤늦게 도착하자 미쓰야 메이는 꽤 썸하다는 듯 흘겨보더니 늦었다며 나무랐습니다.

"야기 사사카는 찾을 수 있을 것 같나?"

사이토 가유는 잔소리를 무시했습니다.

"핏자국은 여기서 끊겼어. 사이토 가유, 자네는 저기 서라고."

후방에 서라고 지시받고 이동하려던 찰나, 소리가 저들끼리 부딪치는 것 같은 농밀한 기척에 사이토 가유는 등줄기가 오싹 떨려 왔습니다. 불시에 일어난 사건이었습니다. 맥락도 예감도 없었습니다. 무엇 하나 보이지도, 들리지도, 알 수도 없었습니다. 그러나 알아야 할 필요는 충분했습니다.

검은 덩어리가 출현한 것입니다.

덩어리는 눈잣나무 뒤에서 나타났습니다. 호시이 고테이, 아사미 히카리, 고마키 다이, 기타지마 다히, 미나미데 다미시는 별안간 나타난 검은 덩어리에 화들짝 놀라 펄쩍 뛰거나 엉덩방아를 찧었습니다. 결과적으로 검은 덩어리와의 충돌은 피할 수 있었습니다. 하지만 험한 비탈길에서 균형을 잃는 바람에 그들은 그대로 데굴데굴 굴렀습니다. 검은 덩어리는 움직임을 멈추지 않고 이번에는 분비나무 근처를 수색하던 노파들에게 돌진했습니다. 혼비백산한 가쓰라가와 마쿠라가 무슨 말인지 모를 괴성을 지르며 나무창을 무턱대고 휘둘렀습니다. 검은 덩어리는 나무창을 작은 조각과 큰 조각으로 두 토막을 냈습니다. 작은 조각이 이타노 우메에게 날아가 세게 부딪쳤습니다. 그 충격에 이타노 우메가 종잇장처럼 가볍게 날아갔습니다.

"곰이다!"

누군가가 소리쳤습니다.

사이토 가유는 곰이 새끼를 데리고 있는 광경에 더 놀랐습니다. 어젯밤 '덴데라'에 나타난 곰이 암컷이었다는 데에도 놀랐습니다. 곰도 사람과 똑같이 암컷이 새끼를 키운다는 이야기를 들은 적이 있습니다. 암컷일 터인 곰은 몸집이 컸습니다. 네발로 걷고 있는데도 말을 능가할 만큼 우람했습니다.

통나무를 연상하게 하는 두툼하고 긴 앞발.

산맥처럼 우뚝 솟은 양어깨.

힘차게 불룩 나온 복부.

바싹 끓인 설탕처럼 누런 갈고리 모양 이빨.

몸과 견주어 눈에 띄게 큰 머리.

위협하는 듯 불쑥 튀어나온 어금니.

어둠이 넘실대는, 조그마한 두 눈.

어느새 밤이 완연히 물러가고 햇빛이 쨍쨍한 '산' 속에, 이질적이고 거대한 덩어리가 새끼를 데리고 존재하고 있었습니다.

덩어리가 포효했습니다.

압도적인 힘의 차이를 인정하고 굴복하도록 하겠다고, 앞으로 숱한 살육이 벌어지더라도 어쩔 수 없다고 선언하는 듯한 울부짖음이었습니다.

곰의 갑작스러운 출현으로 노파들은 넋이 빠져 아우성쳤습니다. 난리 속에서 곰은 덩치에 어울리지 않는 초롱초롱한 눈으로 노파들을 잠시 관찰하다가 다시 돌진했습니다. 노파들은 자기가 지켜야 할 자리를 잊어버리고 우왕좌왕했습니다. 나무에 올라가는 노파가 있는가 하면 비탈길을 구르는 노파도 있었고, 나무창을 팽개치고 웅크리는 노파도 있었습니다. 비참한 절규가 몇 번이나 울리는 '산'에서 곰은 참으로 자유롭게 노파들을 갖고 놀듯 쫓아다녔습니다.

사이토 가유가 비탈길을 뛰어오르는데 뒤를 따라오는 이가 있었습니다. 호시나 규우였습니다. 호시나 규우는 나무창 두 자루를 손에 든 채 비탈길을 오르는 중이었습니다. 시선이 마주쳤습니다. 딱히 신호는 없었으나 둘은 같은 행동을 취했습니다. 나무와 나무 사이를 가로막고 서서 길을 막은 것입니다. 전략은 적중했습니다. 곰은 사이토 가유와 호시나 규우의 눈앞으로 덤벼들었습니다. 눈덩이를 발밑에서 튕기며 돌진하는 곰의 걸음에는 중량감은 물론 속도감까지 있었습니다. 곰이 이렇게까지 민첩하게 움직일 수 있음을 사이토 가유는 방금 전까지도 몰랐습니다. 이 새롭고 잔혹한 발견에 공포를 느꼈지만 그래도 나무창을 내밀어 앞을 겨누고 곰과 대치했습니다. 곰과의 거리는 나무창 한 자루 길이도 채 안 되었습니다.

곰은 쉴 새 없이 코를 벌름거리며 힘을 어림하려는 듯 사이토 가유를 뚫어지게 쳐다보았습니다. 곰의 엉덩이 뒤에 새끼가 불안한 기색으로 숨어 있었습니다. 새끼 곰의 눈동자에 살의는커녕 오히려 공포에 가까운 감정이 서린 것이 보였습니다. 사이토 가유는 새끼 곰을 향한 경계심을 풀고 어미 곰을 조심스레 위협하는 데 그만큼 더 집중했습니다.

곰이 뒷발로 버티고 서서 몸을 일으킨 뒤 양 앞발을 펼쳤습니다.

두 발로 서자 곰의 키가 두 배는 더 커진 것 같았습니다. 사이토 가유의 시야가 다갈색 털로 뒤덮였습니다.

"사사카는 어디에 뒀느냐!"

호시나 규우의 목소리는 비록 떨림은 있었으나 곰을 위압할 만한 기운이 느껴졌습니다.

곰에게서는, 당연하게도 대답이 없습니다. 공중으로 들어올린 앞발의 두툼한 발바닥에서 발톱 다섯 개가 튀어나왔습니다. 사이토 가유는 아침에 목격한 시체의 참혹함을 떠올리고는 그만 다리 힘이 쭉 빠져 버렸습니다. 호시나 규우처럼 분노를 연료로 삼아 용기를 다시 불태우고자 마음을 추스르려 했습니다. 그러나 '덴데라'에서 앞으로 어떻게 살아갈지를 정하지 못하고 목표 없이 방황하는 중인 사이토 가유에게는 구체적인 분노가 없었습니다. 있는 거라고는 허무함뿐이었습니다. 허무는 인간을 고집스럽게 만들지만 강하게 하지는 않습니다. 뭘 어떻게 해야 하는지 모르는 사이토 가유의 마음속에서 불안이 싹텄습니다. 마음이 약해지면 허점을 드러내 곰에게 당한다는 사실을 알고는 있습니다. 그렇다 해도 한번 푹 꺾인 마음을 바로 일으켜 세울 수 있는 이는 없습니다. 사이토 가유의 귀에 딱딱거리는 불쾌한 소리가 새어 들어왔습니다. 덜덜 떠는 자신의 이가 부딪치는 소리였습니다. 이제 죽었다 싶었습니다. 죽어서 극락정토에는 못 가고 아무것도 없는 장소에 떨어질 것이라는 생각이 들었습니다.

곰은 일어선 채 가만히 이 둘을 쳐다보다가, 앞발을 지면에 다시 디디더니 서서히 방향을 바꿔 등에 난 붉은 털을 여봐란 듯이 흔들며 '산'으로 자취를 감췄습니다. 새끼 곰은 당황한 듯 그 뒤를 졸졸 따라갔습니다.

위기는 넘겼으나 온몸이 긴장으로 굳어 버린 나머지 손가락 하나 뜻대로 움직여지지 않았습니다. 호시나 규우도 상황은 비슷했습니다. 돌아온 노파들이 어깨와 등을 툭툭 칠 때까지 둘은 그렇게 경직된 채 서 있었습니다. 제정신을 차린 사이토 가유의 시야에 곰에게 맞은 유일한 피해자인 이타노 우메를 눈 속에서 일으키는 광경이 들어왔습니다. 눈이 충격을 완화해 주었는지 상처는 없었습니다. 노파 결사대가 곰의 급습을 기적적으로 이겨 낸 것입니다.

미쓰야 메이가 지팡이를 휘두르면서 빨리 야기 사사카를 찾자고 했습니다. 그러나 곰을 상대로 할 수 있는 일이 없음을 실감한 결사대는 오합지졸로 전락하고 말았습니다. 미쓰야 메이의 말을 듣는 노파는 아무도 없었습니다. 야기 사사카를 찾기는커녕 한군데 몰려 무리의 중심에 있으려고 저희끼리 서로 밀치느라 법석입니다. 보기 흉한 몸싸움을 자발적으로 멈추게 한 것은 호시나 규우의 행동이었습니다. 아직 비틀거리는 몸을 억지로 움직여 '산'의 더 깊은 골짜기를 혼자 헤치고 들어간 것입니다. 호시나 규우를 본 후쿠자와 하쓰가 자네들은 저 할멈이 죽든 말든 내버려 둘 거냐는 핀잔과 함께 뒤를 쫓았습니다. 남은 노파들도 침착함을 되찾고 후쿠자와 하쓰를 따랐습니다.

분비나무 주변을 수색하던 가네다 미쓰기가 소리를 질렀습니다. 쌓인 눈이 동산처럼 튀어나오고 핏자국이 번진 곳을 찾아낸 것입니다. 가네다 미쓰기가 눈을 파헤치자 찢어진 옷가지와 살점이 나왔습니다. 피에 물든 소복. 지푸라기 끄나풀이나 다름없어진 짚 도롱이. 약지가 없는 오른팔. 이빨 자국이 난 양다리. 이것이 전부였습니다. 나머지는 곰이 다 먹어 버린 듯했습니다.

"사사카……."

호시나 규우는 주위에서 말리는 것도 뿌리치고 한때 야기 사사카였던 살점을 가까이에서 보더니 까무러치고 말았습니다.

결사대가 졸도한 호시나 규우와 야기 사사카의 시체를 안고 '덴데라'에 돌아온 시각은 정오를 조금 지난 즈음이었습니다.

2

"먹으면서 들어라!"

주린 배를 채울 겨를도 없이, 움직이는 데 지장이 없는 노파 마흔한 명은 미쓰야 메이의 명령으로 다시 광장에 모였습니다. 노파들은 감자를 먹으면서 불편하게 쭈그려 앉아 바싹 마른 뺨과 입술의 당김을 느끼며 미쓰야 메이를 올려다보았습니다.

"눈앞에 닥쳤던 '마을' 습격은 연기하겠다. 곰을 죽이는 게 먼저다." 미쓰야 메이의 목소리에는 풀 죽은 기색이 섞여 있었습니다. "곰을 죽이기 위한 결사대를 다시 모집하려고 한다."

반응은 없었습니다. 노파들은 엄습하는 피로에 굴복해 파김치처럼 늘어져 버렸습니다. 식어 빠진 감자를 싹이 난 부분을 파낸 뒤 입에 넣는 것만도 벅찼습니다. 머리를 쓰기도, 판단을 내리기도 어려운 상태였습니다.

미쓰야 메이는 반응 없는 노파들에게 짜증이 나는 듯 눈꼬리를 바르르 떨었습니다.

"그리고 식량 말인데…… 곰이 창고를 덮쳐서 감자, 옥수수, 콩, 말린 고기, 말린 생선이 거의 다 없어졌다."

"저장해 둔 식량은 이제 없는 건가?"

집단 속 누군가가 꺼낸 그 질문은 침잠한 분위기를 각성시키는 데 충분한 효과를 발휘했습니다. 노파들은 무엇보다도 굶주림을 두려워했습니다. 굶어 죽는 것은 곰보다 더 현실적인 공포였습니다.

"다른 창고 하나는 무사하지만, 식량이 반으로 줄어들어 버렸다. 앞으로 감자 배급을 중지하겠다. 끼니 양도 줄 것이다. 이 모두가 곰 탓이다. 곰을 처치하지 않으면 '마을' 습격도, '덴데라'의 번영도 없을 것이다!"

노파들은 제 손에 쥔 감자의 귀중함을 깨닫고 성급히 입에 욱여넣던 손을 멈추었습니다. 감자 맛을 천천히 음미하면서 곰을 향한 강렬한 불만을 차곡차곡 쌓아 갔습니다.

"곰을 죽일 때까지 마음을 놓을 수 없다. 곰을 죽일 때까지 밤에도 잘 수 없다." 미쓰야 메이는 노파들이 품은 불만이 분개와 공포가 되도록 부추겼습니다. "우리가 지금 해야 할 일은 단 하나, 곰을 죽이는 것이다. 결사대는 매일 곰 사냥을 한다! 나머지는 평소처럼 식량을 찾는다! 창고지기 숫자는 여섯으로 늘린다. 몸이 성치 못한 자들을 서쪽의 바깥쪽 집으로 피신시킨다. 창고에서 떨어져 있으니 위험하지는 않을 거다. 몸이 성치 못한 자가 있는 집은 알아서 옮겨 주길 바란다. 궁금한 게 있나?"

"사사카의 장사는 언제 지낼 건가?"

정신이 돌아온 호시나 규우가 조용히 일어났습니다.

"오늘 밤이다. 호시나 규우, 후쿠자와 하쓰, 아사미 히카리, 기리야마 소우, 이타노 우메, 자네들 집을 장례식장으로 쓸 것이다. 호시나 규우, 장례식은 자네가 진행하도록! 장사를 거들고 싶은 할멈이 있으면 호시나 규우한테 말해라. 이상이다. 이제 아무도 죽지 마라!"

미쓰야 메이는 그 말을 끝으로 발길을 돌려 저택으로 들어갔습니다.

사이토 가유는 내심 배를 채운 다음 쉬고 싶었지만, 멀건 국물을 마신 정도로는 한참 모자란다는 것을 알았을 뿐더러 눈을 감으면 방금 마주친 곰의 생생한 환영을 보며 악몽을 꿀 것만 같았습니다. 그래서 장례식 준비를 돕겠다고 호시나 규우에게 말을 걸었습니다. 사이토 가유 말고도 후쿠자와 하쓰, 이즈미 소모, 오부치 이쓰루, 아마미 아테, 오오이 쓰구, 미나미데 다미시가 돕겠다고 나섰습니다. 하지만 해야 할 일이 그리 많지는 않았습니다. 냄새를 참으며 살점을 대충 네 명분으로 나누고, 살점 위에 빼곡히 앉은 쌀알 같은 파리 알을 닦아내고, 즉석에서 만든 바구니에 각각 시체를 담았습니다. 그걸로 끝이었습니다. '덴데라'에는 경을 읊을 줄 아는 이도, 흰쌀도, 술도 없었기 때문입니다.

"가유, 이리 좀 와 봐."

작업을 마치고 집에 돌아가려던 차에 후쿠자와 하쓰와 아마미 아테가 사이토 가유를 불러 세우더니, '덴데라'를 안내

해 주겠다고 했습니다. '산'의 측면을 따라 만들어진 '덴데라'
는 옆으로 길쭉한 형태입니다. 저택을 '덴데라'의 중심이라고
치면 앞에는 광장이, 동쪽에는 창고 두 채가 있었습니다. 그
바깥쪽에 집 다섯 채가 띄엄띄엄 세워져 있었습니다. 서쪽에
는 동쪽과 마찬가지로 간격을 두고 세워진 집이 네 채 있었습
니다. 세 노파는 서쪽 집들을 통과해 오른쪽의 '산' 방향으로
가까이 갔습니다. 아무도 밟지 않은 깨끗한 눈밭이 펼쳐지고
'덴데라'인지 '산'인지 구별이 안 되는 곳까지 다다랐을 즈음,
눈앞에 나타난 것이 있었습니다.

　눈이 소복한 들판 위에 봉긋하게 쌓인 돌무더기가 여러 개
보였습니다. 그 옆에 서투르게 이름을 새겨 놓은 널빤지가 꽂
혀 있었습니다.

　공양탑과 비석임을 사이토 가유는 직감했습니다.

　"'덴데라'에서 죽은 이들의 묘지라네."

　후쿠자와 하쓰가 곁에 섰습니다.

　"서른 해가 지나면 죽는 이도 나오지요. 더구나 노인이라
면……." 아마미 아테가 말을 이었습니다. "여기엔 스물일곱
명이 잠들어 있어요. 이제 서른 명이 될 테지만요."

　"그렇게나 많이?"

　사이토 가유는 정직하게 놀라움을 표현했습니다.

　"가유 씨, 당신이 알고 지내던 이들 여럿이 이렇게 뼈만 남
을 때까지 고생해서 '덴데라'를 만든 거랍니다. '덴데라'엔 탄

탄한 역사가 있어요."

"무슨 말을 하고 싶은 거야?"

"모르시겠어요? '덴데라'를 조금은 따뜻한 눈으로 봐 주었으면 한다는 말씀이에요." 아마미 아테는 발치의 비석에 쌓인 눈을 털어냈습니다. "저는 말이죠, '산맞이'가 싫었어요. 몸이 가루가 되도록 수십 년을 일하다, 입에 풀칠하려고 일하다, 가족을 위해 일하다, '마을'을 위해 일하다, 그러다가 마지막에 이제야 편해질 수 있겠다 싶어지자 '산'에 버려지다니. 이상하지 않나요?"

사이토 가유의 귀에는 새로울 것 하나 없는 푸념으로밖에 들리지 않았습니다. 그래서 바로 반박했습니다.

"일흔이 되면 누구나 '산맞이'를 한다는 걸 알고 있었잖아. 왜 금시초문인 양 말하지? 비겁하군."

"비겁하고 안 비겁하고 얘기가 아니에요. '마을'이 돌아가는 모양이, '산맞이'가 애초에 이상하다는 말이지요."

"노인이 '산'에 들어가지 않으면 '마을'의 식량은 바닥나지 않나. 자기 가족한테 폐를 끼치는 일이야. 내 말이 맞지?"

"그렇긴 하지만……."

"습격파인 자네한테 묻고 싶은 게 있어."

"말씀하세요."

"자네들은 자식을 죽일 건가? 자식들 가족도 죽일 건가? 동네 친구들도 죽일 건가? '마을'을 습격한다는 건 곧 그런 뜻이라고.”

사이토 가유가 질문한 것은 다름 아닌 각오였습니다.

“저희는, 습격파는…… 거기에 대해 생각을 많이 했어요. 그리고 이런 각오를 다졌지요.” 아마미 아테는 목소리를 낮춰 대답했습니다. “가족과 친구들은 자기 손으로 처리하지 않는다.”

“남의 손으로 대신 죽인다는 뜻인가? 자네는 동료의 가족과 친구들을 죽이겠다고?”

“우스우세요?”

아마미 아테의 얼굴은 심각했습니다. 대꾸하는 사이토 가유의 얼굴도 심각했습니다.

“안 우스워. 당연한 거 아닌가? 자기 자식이나 이웃 사람을 죽이고 싶은 사람이 어디 있겠어.”

아마미 아테는 고민에 휩싸인 표정을 솔직하게 드러냈습니다.

“아들은 저를 ‘산’에 데려갈 때 울었어요. 착한 애였지요. 그리고 나서 열한 해가 지났어요. 아들도 이제 예순일곱 살이에요. 세 해만 더 지나면 ‘산맞이’를 하겠지요.”

“남자니까 ‘덴데라’에도 못 들어오겠지. ‘마을’에서도 버려지고 ‘덴데라’에서도 버려지는 거야. 결국은 이렇게 골치 아파지잖아. 전부 다 ‘산’에서 죽지 않아서 그래.”

“제 아들은 잘 있나요?”

“잘 있어. 부지런히 일하면서 ‘마을’을 지키고 있지.”

사이토 가유는 고개를 끄덕이며 답했습니다.

"다행이다……." 아마미 아테는 해맑은 웃음을 띠었습니다. "가유 씨네 아드님은 나이가 어떻게 되지요?"

"쉰다섯이야. 내 아들을 죽이겠다는 건가? 내가 가만 놔둘 줄 알아?"

사이토 가유는 분노에 차 대답하며 아들과 가족에 얽힌 수 없이 많은 기억을 돌이켰습니다.

"가유 씨 말씀대로 생각하면 할수록 복잡해지네요." 아마미 아테는 하늘을 우러러보다 시선을 천천히 묘지로 돌렸습니다. "'덴데라'나 여기서 죽은 이들이나, 생각하면 할수록 모든 것이 원망스럽고, 전부 파괴하고 싶어져요. 하지만 '마을'이나 '마을'에 사는 자식들을 생각하면 저야말로 가장 나쁜 사람이 아닌가 하는 생각도 들어요."

"그럼 죽이지 마라. 그냥 죽어."

사이토 가유는 '나쁜 사람'이라는 말에 반응한 자신의 감정을 숨겼지만, 왜 반응했는지, 왜 숨겨야 했는지는 알지 못했습니다.

"하지만 가유 씨, 우리는 이제 예전과 달라요. 우리에게 있는 건 '마을'과 '산'만이 아니에요. 지금 우리는 '덴데라'에 있어요. 예전과는 다른 새로운 생각을 할 수 있는 거예요."

"'마을'을 습격하는 게 새로운 생각이라고? 창피한 줄 알아라."

"가유, 이 묘지 앞에 서서도 아직 그런 말이 나오나?"

묵묵히 대화를 듣던 후쿠자와 하쓰가 끼어들었습니다.

"어디인들 말을 못 할까."

"여기 묻힌 할멈들도 열심히 살았을 거야. 죽기 싫다는 마음을 품고 열심히 살았을 거야. 그런 노력을 부정하다니! 자네에게는 그럴 자격이 없어." 후쿠자와 하쓰는 비석 앞에 쭈그려 앉아 쌓인 눈을 털어내고는 말을 이었습니다. "여기 좀 보게나, 추위 때문에 비석이 금이 갔지 뭔가."

'내가 안 그랬어.'

사이토 가유의 머릿속엔 당연하게도 그런 생각이 떠올랐으나, 그 생각은 말이 되지 못했습니다. 자잘한 자갈이 목구멍에 꽉 찬 듯한 감각이 찾아들면서 지금까지처럼 자신의 주의나 주장을 당당히 입에 올리기 어려워져 간다는 사실을 문득 깨달았습니다. '산맞이'를 하고 싶다는 진심에서 나오는 자신의 말이 역겹게 들린다는 것을 알게 되었기 때문입니다. 사이토 가유는 스스로가 역겹다는 생각을 털끝만치도 안 했습니다. 오히려 '덴데라'에 사는 노파들이야말로 역겹다고 판단을 내려 버렸습니다. 그러나 말이 되고 주장이 되었을 때 그 의견은 너무도 반드르르하기만 했습니다. 사이토 가유는 처음으로 자신이 추잡하다고 느끼면서 아마미 아테가 꺼냈던 '나쁜 사람'이라는 말을 새삼 돌이켜 생각했습니다. 종류는 달라도 자신에게 들어맞는 이야기가 아닐까 싶었습니다.

"'마을'을 습격하면 나는 아마미 아테와 이즈미 소모의 자식과 친구들을 죽여야 하는데," 후쿠자와 하쓰가 자리에서 일어섰습니다. "솔직히 말하면 쉽진 않을 거야."

"그럼 죽이지 마라. 그냥 죽어."

사이토 가유는 그 말을 반복했습니다. 후쿠자와 하쓰가 사이토 가유와 눈을 마주치며 대꾸했습니다.

"그래도 죽일 거야. 죽지는 않을 거야. 왜냐하면 나는 '덴데라'의 일원이니까. 이제 '마을' 사람이 아니니까."

"주의(主義)를 내세워 살겠다는 건가? 잘난 척하긴."

"자네도 그렇지 않나? 게다가 자네는 우리보다 더 뻔뻔해. 우리보다 더 잘난 척하고 있어. 아무것도 결정하지 않고, 모든 것에 불평만 늘어놓는 자네야말로 파렴치한 인간이야. 자네야말로 나쁜 사람이야. 뭐가 됐든 결정하고 행동해 보라고."

후쿠자와 하쓰의 말은 정곡을 찔렀습니다. 하지만 생각을 바꿀 마음은 없었기에 사이토 가유는 노파 둘과 스물일곱 개의 비석을 뒤로하고 묘지를 나섰습니다. 삶과 죽음, 살림과 죽임을 곰곰이 생각한 결과 죽은 듯이 사는 이들의 이야기를 듣고 싶어져 서쪽의 바깥쪽 집으로 갔습니다. 고양감도 아닌, 긴장감도 아닌 감각이 뒤통수에 달라붙어 빙빙 맴돌았습니다.

서쪽의 바깥쪽 집에는 노파 여섯이 있었습니다. 그중 두 명은 가네다 미쓰기와 이이지마 시마였고, 세 명은 안면이 있는 것도 같고 없는 것도 같았습니다. 나머지 한 명은 구로이 구라였습니다.

구로이 구라는 해골이나 마찬가지였습니다. 마지막으로 봤을 때보다 더 여윈 모습이었습니다. 두개골 윤곽이 드러나 보이는 머리통이 이상하리만큼 유난히 커 보였습니다. 종잇장처럼 얄팍해진 몸뚱이에 소복이 참으로 잘 어울렸습니다.

"아아…… 가유로군. 더 빨리 만나러 와 줄 줄 알았는데. 늦었네그려. 아이고, 왜 그래? 아무 말도 없이. 나야, 나. 봐봐, 목숨이 잘 붙어 있잖아? 아직 송장은 안 됐어. 껍데기만 남은 게 아니라고. 무서워하지 마. 슬퍼할 것 없어. 그렇게 잠자코 있지 않아도 돼."

딱딱한 마루에 널브러진 구로이 구라가 '끙' 하고 머리를 간신히 움직이며 인사를 건넸습니다.

"말은 잘하네. 그동안 잘 있었나 보지?"

사이토 가유는 억지로 쥐어짠 끝에 겨우 그 한마디를 할 수 있었습니다.

"이봐, 여기 좀 거들어 줘. 이 할망구들 잠자리를 만들어 줘야지."

마루에 짚을 깔던 가네다 미쓰기가 도움을 청했습니다.

사이토 가유는 고개를 끄덕이고 봉당에 쌓인 짚가리에서 짚을 들어 내리는 작업을 도우면서 노파들을 휘둘러보았습니다. 노화 탓에, 그리고 머리카락과 피부에 얼룩진 때 탓에 처음엔 알아보지 못했지만 그중 한 명이 마쓰우라 세토임을 눈치챘습니다. 스물한 해 전에 '산맞이'를 한 마쓰우라 세토는 '마을'에서 아낙들의 상담을 도맡는 언니 격인 인물이었습니다. 그 똑똑하던 마쓰우라 세토가 홀랑 치매가 들었는지, 원숭이처럼 웅크린 채 입을 헤 벌리고 앉아 있었습니다. 사이토 가유는 그걸 보는 게 내키지 않아 짚을 들어서 내리는 작업에 집중하는 척했습니다. 그때 짚가리에서 짚 무더기가 한 덩이 떨어져 내려서는 앉아 있던 노파의 등을 쳤습니다. 그 노파가 엄살을 부리듯 철퍼덕 쓰러지는 광경도 보기에 썩 내키지 않았습니다.

"비켜!"

사이토 가유는 감정을 실어 말했습니다.

"음, 그러긴 어려울걸. 눈이 안 보이니까."

이이지마 시마의 말이었습니다.

장님이라는 정보로 그 노파가 노사카 사요레라는 것을 알았습니다. 동시에 나머지 한 명도 생각이 났습니다. 고마쓰 노이였습니다. 고마쓰 노이는 콩을 헤아릴 줄도 모를뿐더러 사람 얼굴도 제대로 기억 못 할 만큼 머리가 나빴지만, 꽃잎의 즙이나 모래로 아름다운 그림을 잘 그렸습니다. 남편과 아이가 없는 노사카 사요레와 고마쓰 노이 같은 이들은, '마을'에서는 외진 곳에 따로 집을 지어 모여 살게 되어 있었습니다. 그러나 몸이 어쩌하든, 머리가 어떻든 일흔 살이 되면 '산'

에 가야 하는 것은 똑같았습니다.

"몸이 성치 못하다는 게 이 할멈들인가?"

사이토 가유가 묻자 가네다 미쓰기는 살짝 고개를 끄덕이며, '자네네 집 야마모토 시기처럼 집에서 나오려고 하질 않아' 하고 일러 주었습니다.

"가유, '덴데라'에서도 열심히 일하고 있나 봐. 그러고 보면 자네가 불평하는 건 한 번도 본 적이 없어. 항상 아무렇지도 않은 얼굴이었는데. 어떻게 매일같이 그런 태도로 살 수 있을까? 이상한 일이야." 구로이 구라가 드러누운 채 미소를 띠며 얘기했습니다.

"자네가 불평하는 것도 한 번 본 적이 없어. 줄곧 몸이 그랬는데도 말이지."

사이토 가유는 작업을 계속하며 대꾸했습니다.

"그냥 익숙해진 거야."

구로이 구라는 힘없는 목소리로 대답했습니다.

"곰 말인데, 죽일 수 있을 것 같아?"

노사카 사요레가 엉뚱한 쪽을 향한 채 물었습니다.

"응, 걱정하지 마. 미쓰야 씨가 아주 자신만만하더라고."

이이지마 시마가 목덜미를 훔치며 대꾸했습니다.

"이럴 때 보탬이 될 수 없다니. 이 몸이 눈만 보였어도 곰 정도야 한 방에 해치웠을 텐데."

"장님이 어딜 건방진 소릴. 조용히 잠이나 자. 팔팔하고 몸성한 할멈들한테 맡겨 놓으라고. 곰을 잡으면 고기를 배불리 먹게 해 줄게."

가네다 미쓰기가 쿡쿡 웃었습니다.

"기대되는데? 여기 오고 나서부터 고기는 손가락만 한 것밖에 못 먹었어."

"엄청나게 큰 곰이었거든." 이이지마 시마는 상상 속 거대한 덩치를 우러러보는 듯 얼굴을 들어 천장을 보며 말을 이었습니다. "그렇게 큰 곰이면 우리 모두 배를 채울 만큼 고기가 나올 거야."

"잘됐네. 매일 배가 너무 고파서 내 주름투성이 배가 거의 없어질 참이었거든."

"구로이 구라, 자네 몸속은 먹을 때만 멀쩡한가 보구먼."

구로이 구라의 푸념에 가네다 미쓰기가 농담을 던지자 잔잔한 웃음의 물결이 번졌습니다. 웃지 않은 이는 사이토 가유와 고마쓰 노이뿐이었습니다. 고마쓰 노이는 마루에 널린 짚을 엄청나게 빠른 속도로 다시 늘어놓으며 풍경을 하나 만들고 있었습니다. '마을'의 밭을 지난 곳에 흐르는, 사이토 가유가 매일 몇 번이나 물을 길으러 갔던 강의 풍경이었습니다.

작업을 마치고 집을 나오려던 참에 구로이 구라가 사이토 가유를 불러 세웠습니다.

"가유, 여기서 살아 보니 어때?"

"대답하기 싫어."

"그렇겠지. 자네라면 그렇게 말할 것 같았어. 그렇게 말할 줄 알고 있었어. 그래도 우리에게 주어진 새로운 생활이야. 받아들이든 거부하든 무시하든, 머리를 써야 해. 자네는 참을성이 강하고 끈질긴 성격이지만, 영리하진 않아. 새로운 것 앞에서는 갈팡질팡할 거야. 자네의 뇌가 그렇다는 걸 잘 알아."

"구로이 구라, 자네는 습격파인가?"

"설마. 그렇게 신세를 많이 진 동생이 사는 '마을'을 공격할 수는 없지. 그렇다고 온건파도 아니지만. 가유도 그렇지? 머리를 써서 그런 결론이 나온 거려나?"

"난 온건파야." 노사카 사요레는 꿇었던 무릎을 펴더니 눈이 보이는 방향보다 귀가 잘 들리는 방향으로 얼굴 각도를 틀고는 말을 이었습니다. "'마을'에 친한 사람도 없고, 변변한 대접을 받아 본 적도 없으니까 '마을'이 사라지건 말건 상관은 없어. 하지만 습격을 해서 '덴데라'가 없어져 버리면 눈이 안 보이는 나는 살 도리가 없거든."

"노사카 사요레, 자네처럼 단순한 처지가 부럽네. 우리는 자네랑은 달라서 복잡해. 죽이는 것도 사는 것도 어려워."

사이토 가유는 노사카 사요레의 보이지 않는 눈을 바라보며 대꾸했습니다.

"눈뜬 년이 무슨 헛소리야. 너는 눈이 보이니 죽기도 살리기도 쉽겠지. 나는 죽이려고 해도 살려고 해도 다른 사람 힘을 빌어야 해. 얼마나 고생인데. 뭐, 정말 고생인 건 자기 주장도 못 하는 인간이겠지만."

노사카 사요레의 목소리는 날카로웠습니다.

마쓰우라 세토는 마루에 앉은 채 침묵했습니다. 고마쓰 노이는 짚을 늘어놓아 새로운 그림을 만들고 있었습니다. 주장하지 못하는 두 노파에게 시선을 옮긴 사이토 가유는, 자신이 진짜 하고 싶은 말을 회피하고 있는 건 아닌가 하는 생각이 느닷없이 들었습니다. 구로이 구라를 보며 조심스럽게 말을 꺼냈습니다.

"진심을 말해도 될까?"

사이토 가유의 목소리는 자기도 놀랄 만큼 쉬어 있었습니다.

"응. 괜찮아."

"구로이 구라…… 자네가 '산'에 들어갔을 때 나는 내가 외톨이가 되었다고 생각했어. 남편도 '산'에 들어갔으니까. 아들 부부는 있었지만 중요한 건 그게 아니라…… 혼자 남겨진 것 같은 기분이었어. 하지만 사실 안심하기도 했어. 이제 정말 후련하게 '산맞이'를 할 수 있겠구나 하고 안심하기도 했어." 사이토 가유는 구로이 구라에게서 눈길을 떼고는 다시금 말을 이었습니다. "나는 '산맞이'가 무섭지도 않았고 싫지도 않았어. 하지만 말이지, 내가 바랐던 건 극락정토에 가는 거였지 '산맞이'를 하는 건 아니었어. 알겠어?"

"알지."

"그런데 우린 아직 살아 있잖아."

"그렇지. 자네나 나나 죽지 못했지."

"습격파 할멈들이랑 이야기를 해 봤는데, 고민은 되지만 그래도 진심으로 '마을'을 공격할 생각인 것 같았어. 친구들도, 제 배로 낳은 자식도 전부 죽여 버릴 셈인가 봐." 사이토 가유는 후쿠자와 하쓰, 아마미 아테와 나눈 대화를 되새기고 있었습니다. "나는 극락정토에 가고 싶었어. 정말 그 생각밖엔 없었다고. 난 습격파가 될 수는 없어."

"그리고 온건파도 될 수 없지. 자네는 죽고 싶잖아. 당연한 거야."

구로이 구라가 바로 대답했습니다.

"구로이 구라, 하지만 자네는 이제 살고 싶어졌지? 변절한 거야."

"변절이라고? 듣기가 그렇군."

"자네는 '마을'에 살 때 빨리 '산맞이'를 하고 싶다고 나한테 얘기했었어. 그런데 구조되고 나서는 고마워했다고 하더군. 어쩌다 그렇게 바뀐 거야?"

"여기에선 괜찮으니까. '마을'이랑은 달리 이 몸을 부끄럽게 여기지 않아도 돼. 여기에선 누구나 다 똑같아. 누구나 배고픈 할멈들이야. 먹을 것에 넋이 빠진 아귀들이야. 아귀임을 자각하면 몸이 성한 이들은 성치 않은 이들을 자연스레 도와주고, 몸이 성치 않은 이들은 자연스레 그걸 받아들이지."

"나도 동감이야. 아무리 용을 써도 우리는 할망구일 뿐이야."

노사카 사요레가 고개를 주억거렸습니다.

"그래, 자네들 말대로 여기선 다들 똑같긴 해. 평등하게 노인이고, 평등하게 여자고, 평등하게 힘이 없어. 구로이 구라, 그런데 정말 그게 다야? 자네도 진심을 꺼내 보게."

사이토 가유는 거의 용기에 가까운 감정을 쥐어짠 끝에 다시 구로이 구라를 직시했습니다.

구로이 구라는 흔들림 없는 두 눈동자를 똑바로 사이토 가유에게로 향했습니다. 그 눈빛은 완강했습니다.

"'덴데라'에서 죽고 싶어 하는 사람은 곧 나쁜 사람이야. '마을'을 습격하는 것도, '덴데라'에서 조용히 사는 것도 자네가 보기엔 파렴치하고 나쁜 일이란 건 이해해. 하지만 그런 말을 그저 되풀이하기만 하는 사람이 여기에선 제일 나쁜 사람이야."

"그래서 살고 싶어졌다고? 헛소리 집어치워. 나는 그렇게 쉽게 생각을 바꾸진 못 해. 구로이 구라, 자네는…… 살아 있다는 게 정말 행복한 거야? 만족스러운 거야?"

"행복해."

돌아온 대답은 그뿐이었습니다. 그래서 사이토 가유는 집을 나올 수밖에 없었습니다.

밤이 되고 장례식이 거행됐습니다.

장례식이라고는 해도 호화롭게 차릴 형편은 아니었습니다. 바구니에 담긴 시체 네 구를 늘어놓고 그 앞에서 각자 손을 모았다가 자리를 뜨는 간소한 행사였습니다. 술 한 방울도, 향 한 자루도 없었습니다. 사이토 가유, 호시나 규우, 미쓰야 메이, 후쿠자와 하쓰, 기리야마 소우, 마카베 이누이, 이타노 우메, 아사미 히카리, 오부치 이쓰루, 이즈미 소모까지 열 명은 마지막까지 남아 침묵 속에서 모닥불을 지폈습니다. 미쓰야 메이의 검붉은 얼굴이 분노로 더욱 붉게 달아올랐고, 호시나 규우는 아무 말 없이 손을 모으고 있었습니다. 이타노 우메는 종종 목구멍을 끅끅 울리며 눈물을 훔쳤습니다. 그 밖에는 장작이 타닥타닥 타는 소리와 시체에서 풍기는 썩는 냄새를 쫓기 위해 코로 숨을 내쉬는 소리만이 방 안을 채울 따름이었습니다.

"용서할까 보냐."

미쓰야 메이가 침묵을 갈랐습니다. 호시나 규우가 동의한다는 듯 고개를 끄덕이며, 내일이라도 당장 곰을 잡아 족치지 않으면 분이 안 풀리겠다고 맞장구쳤습니다.

"지당하신 말씀이야, 곰을 죽이지 않고서 '마을' 습격은 엄두도 못 낼 테니까 말일세."

오부치 이쓰루가 주름투성이 팔을 뻗어 새 장작을 모닥불에 던져 넣었습니다.

"흥! 오부치 이쓰루! 온건파인 자네는 아주 고소하겠구먼!"

미쓰야 메이가 고함을 질렀습니다.

"자네는 아무리 늙어도 기운이 넘치는구려. 나랑 여섯 살밖에 차이가 안 나는데 처녀 적과 똑같구먼. 정말 백 해나 산 게 맞는 게야?"

오부치 이쓰루가 쉰 목소리로 물었습니다.

"사람이 아니라 귀신이 됐지."

미쓰야 메이는 누런 이를 훤히 드러내며 대꾸했습니다.

"우리는 늙은이니까 쉬어도 아무도 뭐라고 안 해."

"내가 뭐라고 할 거야. 그리고 오부치 이쓰루, 자네는 아직 늙은이가 아닐세. 결사대에 참가하지 않았나?"

"곰이 있는 걸 알았는데 어떻게 빈둥거리고만 있겠나. 그건 그렇고, 한겨울에 웬 곰인가 그래?"

"들어가 잘 굴이 없나 보지. 곰은 원래 봄이 될 때까지 겨울잠을 자지. 하지만 식량을 충분히 배 속에 저장해 놓지 못했거나 몸에 맞는 구멍을 못 찾았을 때…… 먹이를 찾아 돌아다닌다네."

봉당 옆에 서 있던 아사미 히카리가 입을 열었습니다.

"그 곰도 잘 곳이 없다고? 사람도 곰도 배고프고 잘 곳이 없다니, 비참한 이야기로세."

"그렇다 하더라도 곰이 사람 사는 곳을 덮친다니, 나는 들어 본 적이 없는걸."

후쿠자와 하쓰가 팔짱을 끼며 끼어들었습니다.

"곰에게 만만하게 보인 게 아니겠어? '덴데라'에는 죽다가만 할망구들밖에 없으니 말일세."

"오부치 이쓰루, 흰소리 좀 작작해라!"

"아니, 정말 그럴지도 몰라. 곰은 영리하다고 하더라고. '덴데라'에 엽총이 없다는 걸 알아챘는지도 모르지."

후쿠자와 하쓰가 맞장구를 쳤습니다.

"짐승 나부랭이한테 그런 머리가 있겠어?"

"곰은 코가 예민해. 엽총은 기름과 화약 냄새가 나니까."

"아사미 히카리, 아까부터 뭐냐! 네가 뭔데 곰을 그렇게 잘 알아!"

"남편이 곰 사냥꾼이었어. 곰에 대해서라면 웬만한 건 남편한테 들었다네."

"그랬군." 미쓰야 메이가 순간 계산적인 표정을 띠며 슬쩍 물었습니다. "여보게, 승산이 있을 것 같나?"

"어렵겠지……."

"왜?"

"엽총이 없으니까."

"창이라면 있어!"

"옛날엔 엽총이 없어도 창으로 곰을 잡았다지만, 창끝에 쇠가 달려 있었어. 우리한테 있는 건…… 나무창뿐이지."

"함정을 파는 건 어떨까? 커다란 구덩이를 파서 곰을 유인하는 거야."

"멍청하긴. 네가 잘하는 짚판 사냥법으로 잡아 보지 그래?"

이즈미 소모의 제안에 후쿠자와 하쓰가 입꼬리를 올려 웃으며 비아냥거렸습니다.

"입 다물어. 함정을 쓰기 어렵다면 독초를 써도 돼."

"독초? 그런 게 어디 있어?"

"뭐든 상관없어. 곰을 죽일 수 있으면 뭐든지 돼."

호시나 규우가 손을 모은 채 다시금 강하게 의지를 내비쳤습니다.

"규우, 우리끼리 복수극을 펼치세나."

후쿠자와 하쓰가 호시나 규우의 어깨를 다독였습니다.

"나도 어차피 머지않아 죽을 몸이야." 호시나 규우는 힘없이 미소 짓더니 모았던 손을 떼며 말을 이었습니다. "저승 가는 길에 곰 대가리를 기념으로 가져가는 것도 나쁘지 않겠지."

"곰 대가리라고? 듣기 좋은 말이군!" 미쓰야 메이는 벌떡 일어나더니 나란히 늘어선 바구니 네 개 앞에 섰습니다. "너희한테 곰 대가리를 선물해 주마. 저승에서 좋아하겠지? 원 없이 저 세상에 갈 수 있겠지?"

"사사카와 다른 할멈들이 극락정토에 가면 좋겠는데 말이지. '산맞이'는 안 했지만 곰이 죽였으니까, '산'도 용서해 주지 않겠어?"

"죽은 할멈들은 지금쯤 극락정토에서 배불리 곰 고기를 먹고 있을 게 틀림없어."

후쿠자와 하쓰는 그렇게 말하더니 호시나 규우를 쳐다보며 함께 웃었습니다.

활기를 되찾아 가는 노파들 사이에서 사이토 가유는 침묵을 지켰습니다. 구로이 구라와 나눈 대화가 머릿속에서 떠나지 않아서가 아니라, 아까부터 들리는 기묘한 소리에 마음이 쓰였기 때문입니다. 벽 너머에서 들리는 소리였습니다. 부스럭거리며 무언가가 움직이는 소리였습니다. 처음에는 눈발이 벽에 부딪히는 건가 싶었지만 눈이 내리는 기색은 없었습니다. 맑은 하늘 아래 달빛이 눈 덮인 땅을 고요히 비추고 있을 뿐이었습니다. 무슨 소린지 확인하려고 일어난 찰나, 생전 처음 들어 보는 엄청난 꿍음과 함께 땅이 울렸습니다. 검은 덩어리가 벽을 부수고 들어와 시체가 든 바구니 네 개를 흐트러뜨렸습니다. 뒤이어 검은 덩어리는 이타노 우메를 거침없이 쳐서 날려 버리더니, 모닥불을 발로 문질러 꺼버렸습니다.

불빛이 사라지기 직전, 사이토 가유의 눈동자에 곰의 얼굴과 앞발이 또렷이 비쳤습니다.

3

가지고 온 다리 두 쪽을 먹고 오랜만에 배가 불러 온 '붉은
등'은, 자신과 마찬가지로 배가 땡땡해진 새끼 곰과 함께 산
죽(山竹) 덤불에 몸을 누이고 잠을 청했습니다. 냉기가 감돌았
으나 배가 불러 체온이 상승해서 덜 추웠고, 무엇보다도 너무
나 졸렸습니다. '붉은 등'도, 새끼 곰도 평소라면 봄이 올 때까
지 굴속에서 졸고 있어야 했습니다. 깬 상태에서 호흡하는 것
만으로도 체력이 소모되는 건 당연했습니다.

곰이 꿈을 꾸는지는 알 수 없으나, '붉은 등'은 잠에 빠져 풍
요로웠던 시절을 떠올렸습니다. 두릅, 파드득나물, 머루, 도
토리, 연어…… 풍부한 영양소 공급원이 여기저기 굴러다니
던 시절을 떠올렸습니다. 자연의 산물이기에 물론 매년 나오
는 양이 같지는 않습니다. 그렇긴 해도 작년과 같은 흉년은
처음 겪었습니다. 여름 끝무렵부터 내리기 시작한 기나긴 비
가 원흉이었습니다. 비는 강에도 영향을 끼쳤습니다. 넘쳐흐
를 듯한 찬물이 쿨렁쿨렁 흘러갈 뿐 비쩍 마른 연어조차 찾기
어려웠습니다. 기온과 물의 양이 변화함에 따라 물고기가 다
니는 길도 바뀌어 버린 것입니다. 그러고 나서 식량은 자취를
감췄습니다. '붉은 등'의 굶주림은 불만이 되었고, 분노가 되
었고, 마침내 두발짐승을 향한 혐오로까지 번졌습니다.

'붉은 등'은 사실 두발짐승이 두려웠습니다.

자신이 못 가진 알 수 없는 힘으로 나무를 베어 쓰러뜨리고, 기묘한 막대기로 엄청난 고통을 느끼게 하는 두발짐승이 두려웠습니다. 하지만 불을 뿜는 기묘한 막대기가 없는 두발짐승은 나약했습니다. 한 방에 비슬거리며 쓰러지고 말았습니다.

'기묘한 막대기가 없는 두발짐승은 약하구나.'

게다가 두발짐승의 고기 맛은 각별했습니다. 한 번에 다 먹지 못할 양인 데다 연어나 사슴보다 훨씬 쉽게 잡을 수 있습니다. '붉은 등'은 그런 행운을 되새김질하며 잠들었습니다.


다음 날 만족스러운 기분으로 눈을 뜬 '붉은 등'은 분비나무 아래를 파헤쳐 어제 남긴 두발짐승 고기를 꺼냈습니다. 그 뒤 새끼 곰의 뺨에 코를 가져다 대고 깨워서 고기를 먹으라고 불렀습니다. 새끼 곰은 환희의 소리를 떠들썩하게 지르며 고기와 뼈를 한데 모아 입에 욱여넣었습니다. '붉은 등'은 정신없이 고기를 먹는 새끼 곰과 그 주변에 집중력 대부분을 쏟으며 자리를 지켰습니다.

새끼 곰은 아직 어렸습니다. 재작년 겨울잠을 자려고 판 굴에서 낳은 녀석입니다. 굴속에서 조그만 눈이 뜨이고, 이빨이 자라고, 솜털이 빈틈없이 자라고, 생쥐만 한 몸뚱이가 어엿한 곰답게 성장했습니다. '붉은 등'은 새끼 곰과 함께 굴을 나와 일대를 호령하는 영주로서 군림하기 위한 교육을 시작하려 했습니다. 그러나 올해는 식량을 확보하는 데만도 바빠서 교육할 짬이 없었습니다. '붉은 등'과 새끼 곰은 흉년이 든 산을 느릿느릿 돌아다녔습니다. 계절은 흐르고 예년보다 빨리 눈이 내렸습니다. 겨울잠을 잘 기회를 놓친 어미와 새끼는 아사할 운명이었습니다. 그것이 야생의 법칙입니다. 하지만 '붉은 등'은 두발짐승과 싸워 승리했습니다. 자연에서 비롯한 산물에만 의지해 살아온 '붉은 등'에게는 그 승리가 새로운 생활로 나아가는 첫걸음이 되었습니다.

'붉은 등'의 코가 반응했습니다. '붉은 등'은 새끼 곰에게 식사를 멈추라는 신호를 보냈습니다. 새끼 곰은 무슨 일이 벌어졌다는 눈치를 챘으나 어떻게 대처해야 할지 몰라, 입에서 침이 섞인 고깃점을 흘리며 어미의 배에 파고들려 했습니다. '붉은 등'은 새끼 곰을 단호하게 막으며 남은 고깃점을 분비나무 밑에 도로 갖다 놓은 뒤, 새끼 곰과 함께 눈잣나무 뒤로 몸을 숨겼습니다.

두발짐승이 산비탈을 올라오는 모습이 보였습니다.

걸음걸이가 느려서 눈으로 좇을 필요조차 없었습니다. '붉은 등'은 겁에 질려 양쪽 귀를 막은 새끼 곰에게 다음 행동을 알리는 신호를 보냈습니다. 새끼 곰은 코를 킁킁거리며 주저하는 기색이었지만 '붉은 등'의 결의는 바뀌지 않았습니다. 움직임은 둔해도 두발짐승은 확실히 이쪽으로 다가오고 있었습니다. 아무래도 핏자국을 따라오는 것 같았습니다. '붉은 등'은 두발짐승이 고기를 다시 빼앗으러 온다는 사실을 깨달았습니다. 두발짐승 중 몇 마리가 '붉은 등'과 새끼 곰이 숨은 분비나무로 접근했습니다. '붉은 등'은 결의를 폭발시키듯 거대한 덩치에 힘을 주고 새끼 곰과 더불어 돌격을 시도했습니다. 두발짐승은 도망치려고 우왕좌왕하며 우스꽝스러운 꼴로 넘어져 굴렀습니다. '붉은 등'은 각도를 바꿔 이번엔 고기를 감춘 분비나무 주변을 얼쩡대는 무리에게 돌진했습니다. 그러자 달아날 기회를 놓친 한 마리가 앞도 제대로 안 본 채 막대기를 휘둘렀습니다. 보아하니 굳이 피할 대상은 아니었으나, 두발짐승은 무섭다는 교육을 단단히 받은 새끼 곰이 돌진하던 길을 벗어났습니다. 그러다 다른 두발짐승과 충돌했지만 깨닫지 못한 듯 새끼 곰은 끊임없이 달렸습니다. '붉은 등'은 공격을 일단 중지하고 새끼 곰을 멈추게 했습니다. 새끼 곰은 혼란과 불쾌함에 빠져 신음을 내질렀지만, 어미를 보고 다소나마 안심한 듯 '붉은 등'의 거대한 엉덩이 뒤에 숨었습니다.

'붉은 등'은 두발짐승 쪽을 돌아보며 포효했습니다. 그 소리는 일대를 쩌렁쩌렁 울릴 정도였습니다. 날개를 접고 쉬던 새나 작은 산짐승이 도망치는 소리가 들렸습니다. 두발짐승도 공포심을 자극받은 듯 맥없이 비명을 지르며 사방팔방으로 달아났습니다. '붉은 등'은 공격하는 대신 그 모습을 지그시 관찰했습니다. 왜 이런 것들을 이제까지 그리도 두려워했을까? 왜 이런 것들이 으스대는 걸까? 왜 이런 것들이 존재하는 걸까? 말로 표현한다면 이런 생각을 하면서 두발짐승을 관찰했습니다.

그리고 문득 자신이 해야 할 일을 이해했습니다.

'붉은 등'은 다시 돌진했습니다. 걸음은 아까보다 더 확신에 차 있었습니다. 땅을 내딛는 걸음에는 주저함이 없었고 시선도 당당히 정면을 향했습니다. '붉은 등'은 하나의 생물로서, 하나의 의지를 지니고, 지극히 명료한 발상을 머릿속에 새로이 품었습니다.

'잡아먹어라'라는 것이었습니다.

그 발상에 충실히 따르기로 한 '붉은 등'은 앞뒤 가릴 것 없이 날뛰며 힘을 드러냈습니다. 이제 '붉은 등'에게 두발짐승은 위협은커녕 한낱 꾸물거리는 고깃덩이에 지나지 않습니다. 나무에 오르거나 도망치려고 뛰어다니거나 소리를 지를 뿐인 두발짐승을 '붉은 등'은 본능과 우월감 속에서 쫓았습니다.

그러나 이때 두발짐승에 대한 태도를 바꾸는 사건이 일어났습니다. 비탈을 달려 오르는 두발짐승 두 마리에게 돌진할 때였습니다. 구석에 몰아넣었다 싶었던 두발짐승이 몸을 돌려 버티고 서더니 막대기를 쥐고 전투 자세를 취한 것입니다. '붉은 등'은 돌진하기를 멈췄습니다. 본래 두발짐승에게 느껴 온 공포를 떠올리고 겁이 나서 머뭇거리는 감정이 되살아

났지만, 애써 뿌리치듯 두 발로 일어나 위협했습니다. 그래도 두발짐승은 달아나지 않았습니다. '붉은 등'과 두발짐승 각자가 지닌 의지와 자긍심이 부딪쳐 불꽃이 튀기는 순간이었습니다. '붉은 등'을 따라온 새끼 곰이 불안한 듯 어미의 엉덩이에 코를 박았습니다. 두발짐승이 아직 무서운 새끼 곰은 상대가 뿜어내는 위압적인 기운을 고스란히 느끼는 모양이었습니다.

휴전을 선포한 쪽은 '붉은 등'이었습니다. 그러나 주눅이 들어 후퇴한 것은 아니었습니다. 언뜻 허술해 보이는 동작으로 앞발을 다시 땅에 디디고, 빈틈을 그대로 노출한 채 등을 보이며 당당히 모습을 감추었습니다. 엉덩이를 실룩이며 천천히 이동함으로써 자신이 상대와 비교해 얼마나 여유 만만한지를 전달한 것입니다. 동시에 두발짐승의 역량이 정말 어느 정도인지를 확인하려는 심산이기도 했습니다. 두발짐승한테 힘이 있다면 자신이 무방비해진 순간 공격을 시도할 것이 틀림없었습니다. 두발짐승은 움직이지 않았습니다. '붉은 등'은 두발짐승의 시야에서 벗어난 뒤 새끼 곰을 데리고 십리 밖까지 전속력으로 뛰었습니다.

경계 태세로 산속에 종일 숨었던 '붉은 등'은 밤이 되어서야 고픈 배를 안고 보금자리로 돌아왔습니다. 분비나무 밑에 감춰 놓은 고기를 마저 먹으려고 찾은 순간, 송두리째 빼앗겼음을 깨달았습니다. 분노가 온몸을 점령하고 등에 난 붉은 털

텐
데
라

이 꼿꼿이 섰습니다. 짐승의 냄새가 주위에 퍼졌습니다. 고기를, 식량을, 소유물을 빼앗겼으니 '붉은 등' 입장에서 두발짐승의 행위는 법을 위반한 격이나 마찬가지였습니다. 몸속에 넘실대는 분노를 앞세우고 붉은 털을 꼿꼿이 세운 채 '붉은 등'은 두발짐승이 사는 땅으로 다시금 향했습니다.

곧 도착한 '붉은 등'은 거대한 덩치를 밤의 어둠 속에 숨기고 주위를 관찰했습니다. 먹을 것이 든 건물을 발견했지만, 이번 목적은 식욕을 채우는 데가 아니라 고기를 되찾아 오는 데 있었습니다. 질서를 깬 두발짐승에게 대가를 치르게 해야만 했습니다. '붉은 등'은 불어오는 바람에 후각을 집중했습니다. 눈 냄새, 그 아래에 펼쳐진 대지의 축축한 냄새, 나무에서 풍기는 질척한 냄새, 산짐승들의 냄새……. 익숙한 냄새들 속에서 썩는 냄새를 감지했습니다. 썩는 냄새가 나는 방향에도 건물이 있었습니다. 제가 지닌 힘이라면 한 방에 파괴할 수 있을 것 같은 건물이었습니다. 안에서는 썩는 냄새와 함께 두발짐승이 내는 소리가 들렸습니다.

'붉은 등'은 건물을 머리로 들이받았습니다. 벽은 예상보다 훨씬 수월하게 무너져 구멍이 뚫렸습니다. 힘이 과했던 나머지 빼앗긴 고기가 담긴 바구니도 같이 튕겨 나가 버렸습니다. '붉은 등'은 실내에서 모닥불을 둘러싸고 앉은 두발짐승 열 마리를 발견하고, 한층 더 큰 힘을 과시하기 위해 가까이에 있던 한 마리를 거침없이 쳐서 날려 버렸습니다. 뒤이어 숨

돌릴 겨를도 없이 모닥불을 휘저어 꺼 버렸습니다. 이제 모두 자기 앞에 완벽히 굴복했으리라고 판단한 '붉은 등'이 주변을 둘러보았을 때였습니다. 두발짐승 한 마리가 '붉은 등'을 정면에서 빤히 쳐다보고 있었습니다.

야생에서 사는 '붉은 등'이 보기에 그 눈은 너무나도 불가사의했습니다. '붉은 등'은 무심코 움직임을 멈추고 말았습니다. 걱정도, 분노도, 공포도, 경외도 없이 지극히 고요한, 마치 동지라도 발견한 듯한 눈동자였던 것입니다.

덴
데
라

# 제4장 막바지

1

　움직임 자체는 재빨랐습니다. 곰 발에 맞아 튕겨 나간 이타노 우메를 제외한 아홉 노파는 곰의 출현에 당황했을지언정, 도망갈 것이 아니라 싸워야 함을 순간적으로 이해했습니다. 호시나 규우, 미쓰야 메이는 나무창을, 후쿠자와 하쓰, 기리야마 소우, 아사미 히카리는 근처에 굴러다니던 장작을, 사이토 가유, 마카베 이누이는 옆에 있던 작은 돌칼을, 오부치 이쓰루, 이즈미 소모는 주먹을 쥐었습니다. 냉정하고도 현명한 움직임이었습니다. 다만 문제가 하나 있다면 그 수단으로 곰을 물리치는 게 곤란하다는 점이었습니다. 게다가 더 불리한 점은 불이 꺼지는 바람에 실내가 암흑에 뒤덮였다는 것이었습니다. 계속 밝은 곳에 있었던 노파들은 동공의 크기를 조절할 수 없었기에 곰은커녕 방 안의 구조조차 보이지 않는 상태였습니다. 사이토 가유도 예외는 아니었습니다. 불이 꺼진 순간 시야에 들어온 곰의 얼굴이 뇌리에 떠오르기는 했으나, 실제로 보이는 것은 암흑뿐이었습니다. 손에 쥔 돌칼을 휘두를 수도 없었습니다.

그렇다 하더라도, 움직이지 않으면 되는 일도 없습니다.

머리로 생각을 전부 마쳤다 할지라도 타인에게, 외부에 전달하지 않으면 의미가 없습니다. 그걸 깨닫는 자만이 앞으로 나아갈 수 있습니다.

사이토 가유는 돌칼을 냅다 휘둘렀습니다. 맞을 턱이 없었지만, 바람을 가르는 소리를 곰이 공격하는 것으로 착각한 누군가가 돌격했습니다. 다음 순간 어둠 속에서 소리가 울렸습니다. 무언가가 바닥에 패대기쳐지는 소리였습니다. 뒤이은 비명. 그리고 또 비명. 목소리의 주인은 후쿠자와 하쓰였습니다. 결국 비명에 섞여 철퍽거리는 끈적끈적한 소리가 들렸습니다. 생존을 기대할 수 없는 잔혹한 소리였습니다. 이런 소리가 바로 앞에서 나는데도 움직이지 못하고 보지도 못하는 상황에 사이토 가유는 짜증이 치밀었습니다. 그때 눈앞을 완전히 가린 것만 같았던 암흑이 불현듯 조금 걷혔습니다. 작지만 강렬한 빛이 출현한 것입니다.

횃불이었습니다.

횃불은 미쓰야 메이의 손에 들려 있었습니다. 암흑은 농밀하여 횃불 하나로 훤히 밝힐 수 있을 만큼 만만하지는 않았으나, 그래도 후쿠자와 하쓰가 어떻게 되었는지 아는 데는 충분했습니다. 후쿠자와 하쓰의 몸뚱이는 뼈째 찢겨 내장이 튀어

나와 있었습니다. 머리도 기묘한 각도로 뒤틀려 있었습니다.

이윽고 횃불은 후쿠자와 하쓰의 몸을 가볍게 들어 올리는 앞발을 비추었습니다. 보통 때라면 횃불 하나로는 전부 비추기 어려울 만큼 거대한 덩치를 보고 공포심이 먼저 스쳐 갈 것입니다. 그러나 노파들을 휘감은 기운은 투지였습니다. 호시나 규우가 나무창을 들고 돌진했습니다. 기리야마 소우와 아사미 히카리는 다른 방향으로 달려가 공격을 개시했습니다. 사이토 가유와 마카베 이누이는 돌칼을 휘둘렀습니다. 곰의 반응은 냉철했습니다. 곰이 후쿠자와 하쓰의 시체를 내던지자 정면에서 돌격한 호시나 규우, 사이토 가유, 마카베 이누이가 시체와 그 시체에서 흘러나온 내장을 밟고 미끄러졌습니다. 사이토 가유는 아직 체온이 남아 있는 내장에 발이 감겨 허우적거리면서도 어찌어찌 일어났습니다. 곰은 날쌔게 움직여 기리야마 소우와 아사미 히카리를 덮치고는 한꺼번에 짓뭉갰습니다. 그러더니 송곳니를 드러내 배 밑에 깔린 아사미 히카리를 깨물려고 했습니다. 그러나 송곳니는 아사미 히카리의 몸에 닿지 못했고 뜨거울 것 같은 타액만 질질 흘렀습니다. 곰의 가슴팍과 아사미 히카리 사이에 기리야마 소우의 몸뚱이가 낀 것이 보였습니다. 기리야마 소우의 몸 때문에 입이 닿지 않는 듯했습니다. 곰은 집요하게 아사미 히카리를 노렸으나 종이 한 장 차이로 성공하지 못했습니다.

횃불이 움직였습니다.

미쓰야 메이가 불타는 횃불을 곰의 엉덩이를 겨냥해 내던진 것입니다.

사이토 가유는 솔직히 곰이 그 정도로 겁을 먹으리라고 생각하진 않았습니다. 그러나 예상과는 달리 곰은 깜짝 놀란 듯 하반신을 치켜들더니 자기가 뚫은 구멍으로 도망쳤습니다. 출현이 순식간이었던 것처럼 퇴장 역시 순식간이었습니다. 노파들은 움직일 수도, 생각할 수도 없었습니다. 그런 와중에 처음으로 활동하기 시작한 이는 미쓰야 메이였습니다. 횃불을 휘두르며 뭔지 모를 말을 외쳤습니다. '뭔지 모를'이란 알아들을 수 없었다는 게 아니라 말이 아닌 다른 소리였다는 뜻입니다. 울부짖음에 가까운 소리였습니다. 그 소리를 듣고 돌처럼 굳은 상태에서 벗어난 사이토 가유는 다리에 달라붙은 내장을 떼어 내고 기리야먀 소우와 아사미 히카리가 쓰러진 곳으로 달려갔습니다.

"상처는…… 없어."

아사미 히카리가 중얼거리듯 대답했습니다.

기리야마 소우도 무사한 듯 주춤대며 일어나 바닥에 널브러진 이타노 우메를 내려다보고 있었습니다. 이타노 우메가 괴로운 듯 끙끙거렸지만, 상처는 없어 보였습니다. 곰한테 상처를 입었다면 후쿠자와 하쓰처럼 내장을 사방에 튀기며 죽어 버리고 맙니다.

"당했어."

호시나 규우가 후쿠자와 하쓰의 살점을 노려보았습니다.

"후쿠자와 하쓰가 죽었어. 우리는 또 아무것도 못 했어."

사이토 가유는 사실을 확인하듯 뇌까렸습니다.

"곰 새끼가! 이게 무슨 일이냐! 왜 곰이 여기에 온 거지!"

미쓰야 메이는 횃불로 자신의 검붉은 얼굴을 비추며 소리쳤습니다.

"사냥감을 빼앗겼다고 생각한 게 아닐지……."

"사냥감?"

"나가오 마쓰키, 구보 란, 구레 구와, 야기 사사카는…… 곰 입장에서 보면 싸워서 얻어 낸 사냥감이야." 아사미 히카리가 짐승 냄새가 엉겨 붙은 소복 매무새를 추스르며 말을 이었습니다. "우리는…… 야기 사사카의 살점을 갖고 왔어. 곰은 사냥감을 빼앗겼다고 판단한 걸지도 몰라."

"곰은 초상을 치르건 말건 안중에도 없단 말이냐!"

그 순간 밖에서 들려오는 소리를 감지한 노파들은 경계 태세에 들어가 자세를 낮추었습니다.

"왜 그러시죠? 무슨 일 있으신가요? 저예요, 저. 이시즈카 호노예요."

목소리를 듣고 전원이 밖으로 나가자 횃불을 손에 든 이시즈카 호노가 서 있었습니다. 이시즈카 호노가 걸친 개 털가죽을 보자 곰의 환영이 눈앞에 선해지는 바람에 사이토 가유는 시선을 돌렸습니다.

"옻칠장이! 놀라게 하지 마라!"

미쓰야 메이가 험악한 기색으로 고함쳤습니다.

"그 말 그대로 돌려드리지요, 메이 씨. 갑자기 집에 들이 닥쳐 횃불을 빼앗아 가시는 바람에 얼마나 놀랐는지. 그래서…… 무슨 일이 있었던 거죠?"

"곰이야."

"역시나."

"역시나?"

"그렇지 않을까 하고 저희 집 사람들이랑 이야기했어요. 그 때 메이 씨 표정이 정상적이진 않았으니까요."

"그런 줄 알았으면 왜 빨리 도와주러 오지 않았나! 다른 녀석들은 어딜 간 게야!"

"덜덜 떨고 있어요."

이시즈카 호노는 어쩔 수 없다는 듯한 어조로 대답하더니, 피와 내장으로 지저분해진 사이토 가유와 호시나 규우를 보고 숨을 삼켰습니다. 호시나 규우가 후쿠자와 하쓰의 죽음을 알리자 이시즈카 호노는 손으로 얼굴을 감쌌습니다.

사이토 가유는 이 무거운 침묵이 오래 계속되겠구나 하고 별 근거 없이 생각했습니다. 죽음을 애도하기보다도 곰의 습격으로 우울해진 탓에 찾아온 침묵이 하룻밤 내내 계속될 것 같았습니다. 그러나 예상치 못한 사건이 침묵을 깨부쉈습니다. 참혹한 비극은 늘 갑자기, 게다가 꼬리에 꼬리를 물고 일어난다는 사실을 이때 사이토 가유는 학습하게 됩니다.

비명이 들렸습니다.

"……뭐야, 방금?"

미쓰야 메이가 고개를 들었습니다.

"저기서 들린 것 같은데요."

이시즈카 호노가 가리킨 방향은 '덴데라'의 서쪽이었습니다.

"설마." 사이토 가유가 무의식중에 한 걸음 앞으로 나섰습니다. "이봐, 저기는……."

"이시즈카 호노, 당장 사람을 불러와. 우리는 이대로 간다. 알겠나? 구할 거다! 구할 거다!"

미쓰야 메이가 빠른 어조로 명령했습니다.


2


몸이 성치 않은 이들이 피난한 집. 그곳에 도착했을 때는 이미 모든 것이 끝난 상태였습니다. 벽에는 구멍이 뚫려 있었고, 그 구멍 사이로 참극을 예감하게 하는 적나라한 냄새가 풍겼습니다.

미쓰야 메이가 횃불을 앞세워 주저 없이 구멍으로 들어가는 것을 보고 사이토 가유를 비롯한 나머지 노파들도 뒤를 따랐습니다. 벽이 무너지고, 지푸라기가 흩어지고, 화로가 파괴된 실내는 피와 살점과 내장으로 난장판이 되어 있었습니다. 무엇이 누구의 몸인지 알 수 없을 정도였습니다. 사이토 가유는 토할 것 같은 기분을 억누르며 관찰을 계속했습니다. 관찰한 결과 가네다 미쓰기와 이이지마 시마의 시체를 발견할 수 있었습니다. 몸은 무참히 찢겼으나 얼굴은 그나마 온전한 채로 남아 있었습니다. 문제는 몸이 성치 못한 노파 네 명이었습니다. 넷은 온통 뜯어 먹히고 짓밟힌 상태였습니다. 개체라기보다 액체라고 표현하는 편이 적절할 만큼 유린당하고 말았습니다. 사이토 가유는 눈동자 안쪽에서 찌릿찌릿한 아픔을 느끼며 시선을 움직이다 마쓰우라 세토의 얼굴 거죽으로 짐작되는 피부 일부를 찾았습니다. 뒤이어 마루 한쪽에 묘한 분위기가 감도는 것을 눈치챘습니다. 인위적인 기운을 느낀 것입니다. 피로 그린 그림이 거기에 있었습니다. '마을'의 풍경이었습니다. 집이 있고, 하늘이 있고, 강이 있고, 활기가 있고, 사람이 있는 '마을'의 하루가 저물어 가는 무렵을 생생하게 포착한 그림이었습니다. 휘갈긴 그림이기는 했으나 '마을'에 오래 산 사람이라면 누구나 바로 무엇을 그렸는지 알 만하게 묘사되어 있었습니다. 그런 그림이 바닥에 피로 그려져 있었던 것입니다. 그림 옆에는 오른팔 토막이 나뒹굴고 있었는데, 검지에 피가 묻은 것이 보였습니다. 사이토 가유는 모든 것을 깨달았습니다. 그림을 그린 이가 고마쓰 노이라는 것을,

124 덴데라

머리는 온전치 않으나 너무나 근사한 그림을 그릴 줄 알았던 고마쓰 노이라는 것을, 그 고마쓰 노이가 죽음의 순간까지 그림을 그렸다는 것을.

"저게…… 뭐지?"

오부치 이쓰루가 천장 들보에 눈길을 주었습니다.

무언가 꿈틀거리고 있었습니다.

미쓰야 메이가 횃불을 비추자 하반신이 찢겨 나간 구로이 구라가 보였습니다.

"구로이 구라!" 사이토 가유는 들보에 낀 구로이 구라 바로 아래로 서둘러 뛰어갔습니다. "움직일 수 있겠어? 왜 그런 데 있어? 곰은 어떻게 된 거야?"

"궁금한 게 많구먼……."

구로이 구라는 쓴웃음을 지어 보이려 한 듯했지만, 근육이 거의 기능을 멈춘 듯 표정에는 전혀 변화가 없었습니다.

미쓰야 메이의 명령으로 구로이 구라가 내려와 바닥에 눕혀졌습니다. 하반신이 도려내진 상태라 너덜거리는 내장이나 튀어나온 뼈 등이 그대로 드러나 보였습니다. 살아 있음이 신기할 정도였습니다. 죽지 않았음이 이상할 정도였습니다.

"물, 줘."

그러나 물을 입에 흘려 넣어 줘도 받아들일 하반신이 없습니다. 짚과 소복으로 찢긴 부위를 감쌌습니다. 감쌌다고 해서 딱히 어떻게 되는 것은 아니었으나, 출혈은 어느 정도 잦아들었고 물을 입에 넣어 줘도 그대로 흘러나오지 않았습니다.

"정신은, 말짱해. 말은 잘, 못하겠지만."

구로이 구라는 상반신밖에 남지 않은 몸을 부들부들 떨었습니다.

"말하지 마."

사이토 가유가 바로 저지했지만, 구로미 구라는 개의치 않고 말을 이었습니다.

"곰 발톱에, 확 긁혔어. 정신이 드니까, 들보까지 날아가 끼어 있었는데, 다리가 없었어. 크더라…… 곰."

사이토 가유는 구로이 구라 곁을 가만히 지켰습니다. 호시나 규우와 기리야마 소우와 아사미 히카리는 방 안에 널린 살점을 긁어모아 분류하기 시작했습니다.

"가네다 씨, 이이지마 씨는 도망칠 수 있었는데, 우릴 지켜줬어. 거기 거적, 들춰 봐. 가네다 씨가…… 숨긴 건데."

구로이 구라는 말하는 동안 피를 토했습니다. 아사미 히카리가 거적을 들춰 보자 쓰러진 노사카 사요레가 보였습니다. 척추에 닿을 만큼 깊은 상처가 등에 가로질러 나 있었습니다. 의심의 여지없이 죽은 상태였습니다.

"구로이 구라, 정신 차려. 죽지 마."

사이토 가유는 그 모든 것은 안중에도 없이 구로이 구라의 손을 잡고 줄곧 애원했습니다.

"죽으라고 했다가, 죽지 말라고 했다가…… 가유는 정신이 없구나. 내 몸은 하나밖에, 없는데."

"죽지 마."

"이랬다, 저랬다……."

"죽지 마."

"괜찮아. 아직, 살 수 있어. 그럴 것, 같아."

구로이 구라의 목소리에는 힘이 없었습니다.

곰이 뚫은 구멍으로 이시즈카 호노, 가쓰라가와 마쿠라, 호시이 고테이, 아마미 아테, 가스가이 가가, 도가와 구리, 오오이 쓰구, 기타지마 다히, 도미나가 간, 쓰쓰미 우스마, 히다카 노코비, 오제 호토리, 하마무라 효우, 쓰카모토 데마, 미나미데 다미시, 가미오카 쓰이나가 횃불과 나무창을 쥐고 들어왔습니다. 이제 막 당도한 노파들은 방 안의 사태에 숨을 삼키며, 곰과 자신들 사이의 엄청난 간극을 새삼 실감한 듯 공포와 안타까움이 섞인 표정을 띠었습니다. 그러고 나서 구로이 구라의 응급 처치가 시작되었으나 실도 바늘도 없는 상황에서는 다친 부위를 더 세게 졸라매는 것 말고는 할 수 있는 일이 없었습니다. 호시이 고테이, 가미오카 쓰이나, 하마무라 효우 등 세 명은 샘솟는 피를 뒤집어써 가며 지혈을 계속했지만, 마침내 포기한 듯 고개를 들었습니다.

"어떻게 좀 해 봐. 살려 주란 말이야."

사이토 가유는 신음하는 듯한 목소리로 매달렸습니다.

"그러고 싶지만……." 가미오카 쓰이나가 땅이 꺼질 듯한 한숨을 토해 내며 말을 이었습니다. "이렇게 상처가 깊어서야 아무래도 안 되겠어."

"아니야! 아무렇게나 지껄이지 마! 살 수 있어!" 사이토 가유는 가미오카 쓰이나를 밀어 넘어뜨리고는 구로이 구라의 손을 다시 꼭 잡았습니다. "살 수 있을 거야. 다리가 찢겨 나간 것쯤 별일 아냐. 마음 약해지지 마. 꼭 살아날 테니까……."

"닥쳐라. 미끼로 쓸 거다."

미쓰야 메이가 낮은 목소리로 으르렁거렸습니다.

"……미끼?"

"곰은 반드시 다시 돌아온다. 사냥감을 가지러 올 거다. 구로이 구라의 몸을 미끼 삼아 유인해서 때려죽인다."

"과연, 그렇군."

도가와 구리가 맞장구쳤습니다.

"그거 좋네. 그것 참 좋은 생각이야."

가쓰라가와 마쿠라가 동상으로 떨어져 나간 코 부근을 만지작거리며 고개를 끄덕였습니다.

"이봐, 자네들 지금 무슨 소릴 하는 거야?"

"모르겠나? 곰은 구로이 구라의 다리를 먹었어. 구로이 구라는 사냥감이 된 거야. 곰은 사냥감을 노리고 돌아올 게 틀림없어. 잠복해서 곰을 기다렸다가, 다음에야말로 죽여 버릴 테다."

미쓰야 메이는 사이토 가유의 멱살을 잡아 강제로 일으켜
세우며 열변을 토했습니다.

"……미끼로 삼겠다고? 구로이 구라는 아직 살아 있어. 치
료해 줄 수 있잖아."

사이토 가유는 어질어질한 머리를 가까스로 지탱하며 중얼
거렸습니다.

"배 아래쪽이 다 찢겨 나갔어. 쓸데없는 짓이다."

"제기랄!"

사이토 가유는 미쓰야 메이의 손을 뿌리치고 등 뒤에 선 이
시즈카 호노를 흘끗 바라보았습니다.

"미끼로 삼는 데 이의는 없어요."

이시즈카 호노는 표정 하나 바꾸지 않고 대꾸했습니다.

"뭐가 온건파란 거냐. 위선자 같으니."

"그렇지 않아요. 온건파가 온건파라고 불리는 까닭은, '덴
데라'를 살기 좋은 환경으로 가꾸는 것을 가장 우선에 두고
생각하기 때문이니까."

"시끄러워!"

사이토 가유가 이시즈카 호노에게 덤벼들었습니다. 이시
즈카 호노에게 저항할 의사가 있는지는 판단이 서지 않았으
나, 설령 저항하려 했대도 의미가 없을 만큼 서슬이 시퍼렸습
니다. 이시즈카 호노가 픽 쓰러져 사이토 가유 밑에 깔렸습니
다. 배를 갈라 구로이 구라와 같은 꼴로 만들어 주겠다고 생

각한 순간, 다른 노파들 손에 붙잡힌 사이토 가유는 도리어
제가 땅바닥에 뒹굴게 되었습니다. 이시즈카 호노는 침착하
게 일어나 사이토 가유를 내려다보며 폭력은 안 된다고 말했
습니다.

"네놈들이 하려는 짓이 폭력이 아니고 뭔가!"

사이토 가유가 외쳤지만, 누구의 마음도 울리지 못했는지
메아리는 돌아오지 않았습니다.

"가유 씨, 전에도 일러 드렸지만 '덴데라'에는 규칙이 몇 가
지 있어요. 그중 하나가 폭력 금지랍니다. 폭력에는 '덴데라'
의 자그마한 질서를 붕괴로 몰아갈 위험이 있어요."

"폭력이 뭔데? 붕괴가 뭔데? 곰의 폭력 때문에 '덴데라'는
이미 붕괴 직전일 텐데!"

"엉뚱한 말씀 마세요. 당신의 폭력을 이야기하는 겁니다.
곰의 폭력이 아니에요."

"닥쳐라, 살인자들 같으니!"

"가유, 괜찮아. 곰한테 한 방 먹일 수 있다면, 내 몸뚱이로
한 방 먹일 수 있다면 행복한 일이야. 말라비틀어진 이 몸뚱
이에 이런 식으로 쓸모가 생기다니……."

"행복하다고? 넌 바보냐? 바보로 가득한 '덴데라'에 있다가
바보가 된 거냐?" 사이토 가유는 망연해진 채 중얼거렸습니
다. "왜 그런 말을 하는 거야……."

"사이토 가유! 규칙을 어겼군."

미쓰야 메이는 땅에 짓눌려 엎드린 사이토 가유의 눈앞에 횃불을 들이댔습니다. 뜨거워서 눈알이 타 버릴 것 같았지만 사이토 가유는 눈을 감지 않았습니다.

"이럴 때 규칙은 무슨 규칙이야?"

"이럴 때? 그래, 지금은 비상사태다. 하찮은 개인적 감정 때문에 일을 그르치려는 자네가 잘못이야. 끌고 가라!"

아직 아무것도 해결되지 않았는데 사이토 가유는 강제로 그곳에서 퇴장당했습니다. 할 수 있는 한 저항했지만 무의미한 일이었기에 사이토 가유는 혀를 깨물고 죽으려고 작정했습니다.

그때 구로이 구라의 모깃소리만 한 목소리가 귀에 들어왔습니다.

"나는, 바보가 된 게 아니야. 훌륭해진 거야. '마을'에 있을 때보다, 훌륭해졌어."

사이토 가유는 그대로 저택으로 끌려갔습니다.

가스가이 가가에게 오른팔을, 오제 호토리에게 왼팔을 구속당한 채였습니다. 히다카 노코비가 앞에, 기타지마 다히가 뒤에 버티고 있어 도망갈 길이 막혔으므로 사이토 가유는 그저 하라는 대로 따를 수밖에 없었습니다. 첫날 저택을 보았을 때는 눈치채지 못했지만, 봉당 안쪽에 큰 구멍이 뚫려 있었고 그 아래로 흙을 다져 만든 열 단 정도의 계단이 있었습니다. 냉기와 습기를 머금은 바람을 느끼며 내려가자 너무나 좁은 공간과 그 공간을 둘러싼 나무 창살 여섯 개가 나타났습니다. 감옥이었습니다. 가스가이 가가가 제일 오른쪽에 꽂힌 창살을 앞뒤로 흔들어 빼더니, 사이토 가유를 감옥 안에 내동댕이쳤습니다. 가스가이 가가와 기타지마 다히는 그대로 계단을 올라가 버렸습니다.

"가유, 잠깐 거기 들어가 있어. 무슨 마음인지는 알겠지만 폭력은 안 되지."

히다카 노코비가 창살 저편에서 말을 건넸습니다.

"그런 것 같군." 사이토 가유는 입을 경솔하게 놀리는 대신 맞장구치기를 선택했습니다. 머리를 써야 한다고 판단한 것입니다. "나는 얼마나 갇혀 있어야 하지?"

"평소 같으면 열흘은 있어야 하지만, 이번엔 이틀에서 사흘이면 나올 것 같아. 상황이 상황이니까."

"오늘이라도 또 곰이 올지도 모르는데……."

"고기를 그만큼 먹었지 않나? 오늘은 괜찮을 걸세."

히다카 노코비는 곰이 발기발기 찢어 먹다 남긴 살점을 상상하고 징그러워해야 하는지, 슬퍼해야 하는지 고민하는 양 이마를 찡그렸습니다.

"가르쳐 줘. 여기에선 왜 폭력을 이리도 엄격히 금지하는 건가? 가벼운 폭력인데도 감옥에 집어넣다니."

"호노 얘기 들었잖아? 여기서 폭력을 행사했다가는 모든 게 무너져 버린다고."

덴데라

"'마을'엔 폭력이 있었어."

"있었지." 히다카 노코비는 하얀 숨결을 토해 내고는 말을 이었습니다. "나는 싫었어."

시이나 마사리가 희생양이 된 '산벌'의 예와 같이, 개인과 개인이 아니라 개인과 '마을' 사이에서 이루어지는 식으로 교묘하게 구도를 왜곡한 폭력이 '마을'에서는 종종 일어났습니다. 이를테면 밤에 여자의 침소에 들어가 성관계를 맺으려다 거부당한 남자가 분을 이기지 못하고 그 여자를 욕하고 다닐 경우, '입방정'의 죄를 물어 폭력 행사가 허용되었습니다. 남자를 마을 사람들이 보는 앞에 세우고 욕을 먹은 여자와 여자의 가족들이 남자의 입에 각자 하나씩 자갈을 넣은 뒤 한 대씩 때릴 수 있도록 정해 두었던 것입니다. 이 형벌이 내려진 뒤 몇 주 동안 '마을' 사람들은 남자의 이가 꼴좋게 부러지더란 이야기를 유쾌하게 떠들곤 했습니다. 한편 혼인한 자가 다른 이성과 부정한 짓을 했을 때는 '사타구니 방정'의 죄를 물어 폭력을 행사할 수 있었습니다. 이때 죄를 지은 장본인은 부정을 저지른 상대와 함께 마을 사람 앞에 알몸으로 서서 살을 섞으라고 명령받습니다. 계절을 불문하고 가차 없이 발가벗겨진 두 사람의 추잡한 모습을 구경하면서, 마을 사람들은 환호성을 지르며 돌을 던지도록 했습니다.

폭력이 이루어질 때는 성별도, 지위도, 나이도 아무 상관이 없었습니다. 폭력에 관한 판단은 냉혹할 만큼 절대적이었습니다. '마을' 자체가 하나의 생물이 되어 폭력을 행사하는 것 같기도 했습니다. '마을' 주민들의 권태와 불만을 없애고 '마을'이 '마을'로서 제 기능을 하게 하려고 폭력은 존재했습니다. 목적은 그뿐 아니라 교육에도 있었습니다. 아이들은 '산벌'이나 '입방정'과 '사타구니 방정'으로 받는 형벌을 빙자한 폭력에 수없이 맞닥뜨리면서, 그 광경을 보는 것은 재미있는 일이라고 배우며 성장합니다. 결국 재미있는 광경이 보고 싶어 남을 밀고하고, 폭력의 대상이 되는 것이 무서워 성실하게 생활합니다. '마을'은 폭력으로 지탱되고 꾸려졌습니다. 그 좋은 예가 바로 '산맞이'였습니다.

"'마을'처럼 폭력을 사용해서 '덴데라'를 꾸려 갈 생각은 메이한테 없어. 나는 '덴데라'에 산 지 열여덟 해라네. 고참 축에 들지. 메이가 마을을 운영하는 방향을 잘 안다고. 메이는 폭력을 일절 금지했어. 욕구를 해결할 다른 수단도 만들지 않았어."

"별문제는 없었나?"

"식량을 찾느라 바쁜데 애초에 폭력을 행사할 여유가 어디 있겠나."

"히다카 노코비, 지금 얼버무린 거지? '덴데라'에서 폭력이 금지된 이유를 아는 건 아닌가?"

사이토 가유가 바로 지적했습니다.

"거기까지!"

오제 호토리가 나섰습니다.

히다카 노코비는 굽은 허리를 토닥이더니, 말없이 계단을 올라가 버렸습니다.

"사이토 가유 씨, 꼬치꼬치 캐묻지 마시죠."

오제 호토리는 히다카 노코비가 떠나는 것을 확인한 뒤 창살 사이로 사이토 가유의 눈을 험악하게 노려보았습니다. 평소 같았으면 도발하는 상대방에게 바로 대들었을 테지만, 사이토 가유는 시선을 피해 땅바닥에 주저앉았습니다. '마을'에 살던 시절부터 오제 호토리는 그리 달가운 상대가 아니었습니다.

오제 호토리는 예순 해 전 타지에서 '마을'로 시집왔습니다. 일찍이 오제 호토리가 살던 마을이 어디에 있는지 사이토 가유는 당시에도 몰랐고 지금도 모릅니다. 먼 곳에서 불쑥 나타난 오제 호토리는 처음 보는 옷가지를 뽐내고 처음 듣는 신기한 이야기를 떠벌리곤 했습니다. 그러면서 한편으로는 '마을'을 업신여기는 듯한 태도가 거슬려 그러지 않는 편이 좋겠다고 충고했더니, 어린애가 샘나서 하는 소리는 듣기 싫다는 냉랭한 대답이 돌아왔습니다. 열일곱 해 전 오제 호토리가 '산'에 들어갔을 때는 입 밖으로 내지는 않았으나 후련한 기분이었습니다.

"꼬치꼬치 캐물은 적 없어. 곰이 신경 쓰일 뿐이야."

사이토 가유는 옛 기억을 제쳐 놓고 일흔 살이나 여든일곱 살이나 거기서 거기라고 속으로 생각했습니다.

"곰 생각보다 지금은 반성부터 하세요. 그러고 나서 여길 나간 뒤에 곰을 사냥하시죠. 저는 제 목숨을 곰 죽이는 데 쓰고 싶진 않거든요."

"뭐라고? 자네는 겁쟁이인가?"

사이토 가유의 목소리에 걷잡을 수 없이 분노가 묻어났습니다.

"제 목숨은 '마을' 습격을 위해 남겨 둬야 하니까요. '마을'을 쳐부술 거예요. 그놈의 '마을'. '마을' 따위 망해 버리라지. 제가 태어나 자란 곳은 '마을'과는 달리 정말 좋은 곳이었어요."

오제 호토리는 그 말을 남기고 계단 위쪽으로 사라졌습니다.

횃불이 사라지면서 주위가 캄캄해졌습니다. 화로의 불빛이 간신히 새어 들어오기는 했으나 겨우 제 몸의 윤곽이 보일 정도로 어두웠습니다. 하지만 사이토 가유에게 절실한 것은 빛보다 온기였습니다. 거의 바깥과 다를 바 없는 추위 속에 홀로 남겨진 사이토 가유는 콧물이 흐르는 것도 모르고 이를 딱딱 부딪으며 덜덜 떨었습니다. 이내 맑은 정신으로 버티기 어려워져 억지로 잠을 청했습니다. 그러나 아무리 해도 잠이 오지 않아 히다카 노코비가 짚을 한 아름 갖다 주기 전까지 한숨도 자지 못했습니다. 평소라면 거슬렸을 지푸라기의 따끔거리는 감촉도 이때만큼은 전혀 마음 쓰이지 않았습니다. 강

덴
데
라

아지가 주인 무릎에 파고들듯 짚에 푹 싸여 숙면에 빠져들었습니다. 눈을 떴을 때는 온도도, 주변 풍경도 변함없었기에 얼마나 잤는지 짐작할 수 없었습니다. 사이토 가유는 다시금 짚가리에 파고들었습니다. 곰과 구로이 구라를 생각하며 감옥에 갇힌 괴로움에 신음하기보다는 비몽사몽 속에 있는 편이 나으리라고 판단해서입니다. 꿈을 꾸길 바랐습니다. 알록달록한 때때옷을 걸치고 주름은커녕 얼룩 한 점 없는 얼굴에 미소를 띤 채, 싱싱한 육체로 힘이 남아돌다시피 팔짝팔짝 뛰던 시절의 꿈을 꾸길 바랐습니다. 너무 간절했던 탓이었을까요, 꿈은 꾸지 않았습니다.

뜻밖의 따스한 기운을 느끼고 잠에서 깼습니다. 히다카 노코비와 가쓰라가와 마쿠라가 횃불을 들고 사이토 가유를 내려다보고 있었습니다.

"에구, 일어났구먼."

가쓰라가와 마쿠라가 마음을 놓은 듯 말을 건넸습니다.

"……드디어 나갈 수 있는 건가?"

"아직 하루도 안 지났네."

히다카 노코비는 횃불을 바꿔 들어 사이토 가유에게 빛이 더 많이 가도록 해 주었습니다.

"그럼 뭐 하러 온 거야?"

"밥 먹어야지."

히다카 노코비가 감자 한 개를 창살 틈으로 건넸습니다.

"이것밖에 없어? 그냥 깨우질 말지."

"꿈속에서 맛있는 거라도 먹었나?"

'꿈'. 달콤하기 그지없는 그 단어의 울림에 사이토 가유의 내면이 순간 반응했습니다. 그러나 반응의 정체를 파악하기도 전에 막막한 현실이 눈앞에 몰려왔습니다.

"여보게, 구로이 구라는 어떻게 됐나?"

"살아 있네."

"정말이야?"

"배 아래쪽을 눈으로 막아 놨어. 하지만 자꾸 피가 나오는 바람에 새하얗던 눈이 빨갛게 물들었어. 게다가 피는 뜨거우니 눈이 녹아서······."

가쓰라가와 마쿠라는 말끝을 흐렸습니다.

"그래서 괜찮다는 거야?"

사이토 가유는 가쓰라가와 마쿠라가 쓸데없이 자세히 묘사하는 데 화가 났습니다.

"괜찮다고 할 수는 없지. 피가 나오는 양은 줄었지만 살지는 못할 걸세."

"자네들은 구로이 구라를 곰 먹이로 던져 줄 속셈이니 죽든 살든 상관없겠지. 그럴 거면 차라리 죽여라. 왜 억지로 명을 늘이는 거냐. 힘들 텐데. 아플 텐데. 죽고 싶을 텐데."

사이토 가유는 자신과 두 노파 사이에 가로놓인 창살을 후려쳤지만 손만 아플 뿐이었습니다.

"미쓰야 메이의 말을 전하겠네. '자네는 내일 아침 일찍 풀려난다. 바로 결사대에 합류하길 바란다.'"

히다카 노코비가 무시한 채 말했습니다.

"시키지 않아도 그렇게 할 거야. 내가 마음이 쓰이는 건 그게 아니라, 구로이 구라가……."

"끝까지 들어." 히다카 노코비의 말투에는 체념을 극복한 자만이 지닐 수 있는 냉정함이 담겨 있었습니다. "'결사대는 다음 전략을 시행한다. 구로이 구라의 몸을 미끼로 삼는다. 결사대는 구로이 구라가 있는 집에 잠복해서 곰을 기다린다. 구로이 구라의 고기를 먹으러 곰이 나타났을 때 다 함께 돌격해서 나무창으로 찌른다. 구로이 구라의 승낙은 얻었다. 본인도 의욕적이다.'"

"……끝인가?"

"끝이네."

"이해가 안 되는군. 왜 구로이 구라가 의욕적이지?"

"정말 이해가 안 되나?"

"뭐라고?"

"구라도 안됐구먼."

"무슨 소리야?"

히다카 노코비는 대답 없이 가쓰라가와 마쿠라와 함께 나가 버렸습니다.

한숨 더 자려고 해 보았지만 이제까지 계속 잔 마당에 잠이 올 턱이 없었습니다. 그렇다고 감옥 안에서 머리를 굴려 봤자 의미가 없음을 잘 알기에, 감자는 입에 대지도 않은 채 사이토 가유는 짚가리에 파고들어 눈을 감았습니다.

바라지 않아도 그것은 잠든 자에게 찾아옵니다. 사이토 가유는 꿈을 꾸었습니다. 알록달록 화려한 빛깔의 나들이옷을 걸친 젊은 자신이 춤추듯 걷고 있었습니다. 발길 닿는 대로 걷다 보니 '마을'과 '산'의 경계에 있는 '달거릿간' 근처까지 왔습니다. 여자들은 달거리할 때가 오면 '마을'에서 멀리 떨어진 곳에 지어진 달거릿간으로 거처를 옮겨서 먹고 자야만 했습니다. 달거리하는 여자들은 밥을 가지고 나와 달거릿간으로 이동한 뒤, 낮에는 논밭의 김을 매고 밤에는 달거릿간으로 돌아가 엉덩이 언저리를 피로 적시며 찬밥을 먹었습니다. 곧 달거리를 시작할 나이가 된 사이토 가유는 무의식적이었다고 해도 달거릿간 근처로 걸음을 옮겼다는 사실에 사뭇 당황했습니다. 온 길을 도로 돌아가는 것도 도망치는 듯한 기분이 들어 이번에는 의식적으로 달거릿간에 다가가 보았습니다. 피 냄새가 짙게 풍기고 여자들의 목소리가 들려왔습니다. 내용은 별다를 것 없는 잡담이었습니다. 어느 집 어느 남자는 마음이 착하더라. 어느 집 어느 여자는 구두쇠더라. 그런 종류의 잡담이었습니다. 그런데 사이토 가유는 거기에서 공포라고 할까요, 소름 끼치는 무언가를 감지했습니다. 달거릿간에 있는 여자들이 딱히 아랫도리 단속을 하지 않아 속곳이며 허벅지에 피가 묻는 것을 내버려 둔 채 이야기꽃을 피우고 있는 모습이 어쩐지 꺼림칙하게 느껴졌습니다. 자신도 머지않아 부정한 피를 아무렇게나 질질 흘리며 잡담을 주워섬기고 찬밥을 입에 그러넣으리라는 생각에 미래의 자신을 혐오하게 되었습니다. 그때의 사이토 가유에게 그보다 더 먼 훗날을 생각하기란 불가능했습니다. 달거리가 끝나고 이가 빠질 만큼 늙은 자신을 상상하기란 불가능했습니다. 노인이 되고 나서 생기는 온갖 문제들은 '산맞이'라는 한마디로 해결될 것이었기 때문입니다. 그런 생각은 실제로 노인이 되고 나서도 바뀌지 않았습니다. 바뀐 것은, 아니 바뀔 수밖에 없었던 것은 '산맞이'에 실패하고 '텐데라'에서 새로운 생활을 시작하게 된 다음부터였습니다.

　사람 목소리를 듣고 잠에서 깨어 보니 가스가이 가가, 가미오카 쓰이나, 호시나 규우, 가쓰라가와 마쿠라가 감옥 앞에 서 있었습니다. 가스가이 가가가 벌이 끝났음을 선언하자 지난번과 마찬가지로 다른 노파들이 창살을 빼서 사이토 가유를 꺼내 주었습니다. 바깥엔 아침 햇살이 내리쬐고 있었습니다. 사이토 가유는 오랜만에 바람과 빛을 쐬었습니다. 걷는 것 역시 오랜만이었기에 발을 내디딜 때마다 관절이 어색하게 삐걱이며 둔한 아픔이 느껴졌고 허리도 욱신거렸지만, 감각이 돌아오는 것이 기분 좋았습니다. 이처럼 몸 상태는 좋았으나 목 윗부분은 머릿속이 출렁거리도록 흙탕물을 집어넣은 듯 묵직한 고통에 시달렸습니다. 구로이 구라가 미끼라는 새로운 역할을 얻은 집에 밝은 마음으로 들어갈 수는 없었습니다.

집은 이틀 전과 비교해 털끝만큼도 다르지 않았습니다. 곰이 부순 벽도, 여기저기 튀긴 피와 살점과 내장도, 숨이 막히는 역한 냄새도, 바닥에 구로이 구라가 쓰러져 있는 것도 똑같았습니다. 구로이 구라의 몸이 절단된 부분에는 검게 색이 변한 소복을 감아 두었으나, 아직 피가 멎지 않아서인지 소복은 축축하게 젖어 있었습니다. 벽에 난 구멍 사이로 들어온 햇빛에 드러난 구로이 구라의 피부는 흙빛이었습니다. 눈도 초점이 맞지 않았고 보라색 반점이 생긴 혀가 힘없이 늘어져 있었습니다. 살았는지 죽었는지 언뜻 보아서는 판단하기 어려울 정도였습니다. 간신히 가슴팍이 오르락내리락하는 것이 유일한 생존의 증거였습니다.

"구로이 구라! 이게 무슨 일인가? 살아 있는 건가?"

"……가유."

구로이 구라는 머리도 입도 움직이지 못하고 희미하게 목구멍을 경련시킬 뿐이었습니다.

"이게 무슨 몰골인가? 자네, 시체나 다름없지 않은가? 말 그대로 미끼가 되고 말았구먼!"

"그건, 칭찬이겠지? 고, 곰도, 속아 넘어갈 거야……."

"돌아왔나, 사이토 가유!"

갑자기 들려온 미쓰야 메이의 외침에 사이토 가유는 얼굴을 들었지만, 목소리가 어디서 나왔는지 찾을 수 없었습니다. 가스가이 가가가 천장을 가리켰습니다. 주의 깊게 뜯어보니 미쓰야 메이와 아사미 히카리가 들보에 찰싹 달라붙어 있었습니다.

"눈치채지 못했나 보군! 여기에는 나와 아사미 히카리, 하마무라 효우와 오오하라 무미가 숨어 있다네."

미쓰야 메이가 의기양양하게 말을 마치자마자 하마무라 효우와 오오하라 무미가 마루 구석에 쌓여 있는 짚가리 뒤에서 튀어나왔습니다.

"이게 전략인가?"

사이토 가유는 천장을 보며 물었습니다.

"그래. 곰은 반드시 또 올 거야. 그때 단번에 공격해서 죽일 테다."

"구로이 구라가 죽는 걸 못 본 척하고?"

"사이토 가유, 자네는 구로이 구라를 미끼로만 보고 있는 건가? 정녕 그렇게밖에 안 보이나?"

"무슨 말이지?"

"구로이 구라는 결사대의 일원이라는 말이다."

그때 구로이 구라의 오른손이 살짝 움직였습니다. 거기에는 팔뚝만큼 굵고 긴 말뚝이 쥐여 있었습니다. 끄트머리를 날카롭게 갈아 만든 그럴듯한 말뚝이었습니다.

"곰이…… 그 큰 입을 벌려 나를 잡아먹으려고 하면, 찌를 거야. 아무리 곰이라도, 입안까지 살이 두껍지는 않겠지."

구로이 구라의 목소리는 이제 소리라고 할 수 없을 만큼 작았습니다.

사이토 가유는 자기 혼자 뒤처져 있음을 깨달았습니다. 모든 이가 감상에 젖은 따뜻한 마음이나 동정심보다도 목적을 우선하는 현실을 깨달았습니다. '산'에도 극락정토에도 바라는 바가 없는 노파들에게 이러한 흐름은 자연스러웠습니다. 흐름에 합류할지 말지는 제쳐 놓더라도, 구로이 구라를 미끼로만 취급한 자신이 나쁜 사람인 것만 같아 사이토 가유는 스스로 창피하다고 여겼습니다.

"난 뭘 어쩌면 되지? 뭐든지 하겠어."

"짚단 속에 숨어서 곰이 오는 걸 기다려라."

하마무라 효우와 오오하라 무미가 숨은 장소에서 몇 발짝 떨어진 곳에 짚이 쌓여 있었습니다. 가쓰라가와 마쿠라, 가스가이 가가, 가미오카 쓰이나가 들보 뒤로 이동했습니다. 사이토 가유는 짚단 속에 몸을 감추고 그 안에 들어 있던 나무창을 움켜쥐었습니다.

노파들을 어떻게 배치했는지 미쓰야 메이가 알려 주었습니다. 곰의 습격을 받은 이곳, 서쪽의 바깥쪽 집에 아홉 명이, 마찬가지로 장사를 지내던 중에 곰이 덮친 옆집에 여섯 명이, 처음에 습격당한 창고에는 아홉 명이 곰이 노릴 고깃덩이를 미끼로 놓고 대기 중이었습니다. 식량을 조달할 인원이 부족하기에 저장한 식량을 가지고 나눠 먹고 있다는 것, 열흘 동안은 이 상태로 생활할 계획이라는 것, 그래도 곰이 나타나지 않으면 일단 경계 태세를 풀고 평소 생활로 돌아갈 계획이라는 것을 사이토 가유는 알게 되었습니다. 이의는 없었습니다. 식량이 부족한 상태는 마음에 걸렸으나, 곰이 언제 나타날지 겁에 질려 사느니보다는 훨씬 낫다 싶었습니다.

사이토 가유는 곰을 쓰러뜨리는 것을 최우선에 둔 새로운 생활을 시작했습니다. 물론 상대도 머리를 쓸 줄 아는 생물이기에 마냥 이쪽의 예상대로 움직여 주지만은 않습니다. 곰은 나타나지 않았습니다. 다른 집도 마찬가지라고, 감자와 물통을 갖다 주러 온 연락 담당 아마미 아테와 마카베 이누이가 툴툴거리며 보고했습니다. 사이토 가유는 살이 썩는 냄새를 맡으며 감자를 꿀꺽 삼켰습니다. 밤이 되었으나 시종일관 망을 보지 않으면 의미가 없기에 교대로 수면을 취했습니다. 그러나 사이토 가유는 한숨도 못 자고 아침을 맞았습니다.

새로운 생활도 이틀째에 접어들자 일상이 되었습니다. 전날보다는 여유가 생겼으나 주린 배로 모두들 힘겨워했습니다. '마을'에 살 때부터 굶주림에는 익숙했지만 이렇게까지 바닥을 치는 기아 상태에 처하는 일은 오랜만이었습니다. 모아 삼킨 침이 위장으로 떨어지는 것만으로도 쭉쭉 흡수하는 듯한 느낌이 들 만큼 배 속은 무언가 들어오기를 절실히 바랐습니다.

　하루가 더 지나자 구로이 구라는 거의 움직이지 못하게 되었습니다. 말을 못하게 되었고 호흡도 더욱 가냘파졌습니다. 사이토 가유가 몇 번이나 불렀지만, 반응은 없었습니다.

　"구라가, 구로이 구라가……."

　사이토 가유가 짚단 속에서 얼굴을 내밀었습니다.

　"떠드는 건 괜찮지만 몸은 숨겨라."

　천장에 숨은 미쓰야 메이가 주의를 주었습니다.

　"구로이 구라가 안 움직여."

　"알아, 안다고. 이봐, 구로이 구라. 살아 있나? 살아 있으면 움직여 보게."

　구로이 구라가 가까스로 목을 살짝 움직였습니다. 반응은 그게 전부였습니다.

　"구로이 구라가 공격하는 건 기대 말아야겠구먼."

　오오하라 무미의 말에 미쓰야 메이가 바로 일갈했습니다.

　"헛소리 마라! 움직이든 못 움직이든, 살았든 죽었든 구로이 구라는 제 역할을 하고 있어. 그런 구로이 구라한테 기대를 못 한다고 말하는 건 내가 용서하지 않겠다."

　집 안이 침묵 속에 빠졌습니다.

　무겁게 가라앉은 정적은 그날 밤까지 이어졌습니다. 지루함과 긴장과 공복과 고약한 냄새가 꽉 찬 실내는 어둠에 잠겼습니다. 기운이 쭉 빠진 사이토 가유는 몽롱한 상태로 자신의 몸이 녹아 어둠과 하나가 되는 상상을 펼쳤습니다. 텅 빈 위장과는 별개로 이루어지는 작용이었습니다.


다음 날 새로운 사건이 일어났습니다.

구로이 구라가 활발해진 것입니다.

"아이고, 오늘은 기분이 아주 좋네그려. 날이 화창해서 그런가 보지? 상태가 확 좋아졌어. 다리가 있다면 밖에 나가 산책하고 싶을 정도라니까."

얼굴에 부드러운 미소까지 감돌았습니다.

"그러고 보니 나는 태어나서 한 번도 걸어 본 적이 없어. 한 번도 걸어 보지 못하고 죽기는 싫다고 생각한 적이 있었던 것 같아. 걸어 보지 못하고 죽는다니……, 걸어 보지 못하고 죽는다니, 사람으로 태어나서 그건 좀 아니지 않나 하는 생각이 든단 말이야. 뭐가 맞을까? 이렇게 생각하는 것도 사람으로서 좀 아닌 일인가?"

수다가 언제까지나 그치지 않습니다.

"걷는다, 음, 걷는다……. 나는 걷지를 못하고 움직이는 건 위장이랑 입밖에 없으니, '마을'에선 퍽 푸대접을 받았지. 부모님한테도, 동생한테도 폐를 끼쳤어. 걸을 수 있었으면 좋았을 텐데. 움직일 수 있었으면 얼마나 좋았을까. 일하고 싶었어. 가유는 있나?"

사이토 가유가 대답했지만, 구로이 구라는 듣지 못한 듯 멍대로 말을 끝없이 이어 갔습니다.

"나는 말이야, '마을'에는 가유 당신밖에 친구가 없었어. 가유, 왜 당신은 나한테 잘해 준 거야?"

사이토 가유는 대답하려고 입을 뗐지만, 구로이 구라는 여전히 듣지 못한 듯 계속 떠들었습니다.

"나는 있지, 정말 죽고 싶었어. 정말로 죽고 싶었어. 죽어서 사라져 버리고 싶었어. 흔적도 없이 말이야. 왜, 그렇잖아? 나는 사는 것만으로 남한테 피해를 주니까. '마을'의 짐이니까. 그래서 일흔 살이 됐을 땐 좋았어. '마을' 사람들에게 은혜를 갚을 수 있게 되어서 좋았어. '산'에는 동생이 업어다 줬는데, 업혀 가면서 좋아서 눈물이 나오지 뭐야. 그리고 '산'에서 죽기를 기다리다 '덴데라'에 왔어. 메이한테 곡절을 전부 듣고 나서도 나는 좋아서 또 울었어. '덴데라'에서 흘린 눈물이 좋은 거구나, 소중한 거구나, 그런 생각이 들더라고. 가유, 나는 '덴데라'에서 계속 살고 싶었어. 죽기 싫었어."

구로이 구라의 목소리에는 힘이 있었습니다. 사이토 가유가 '마을'에서 들었던 어떤 목소리보다도 쾌활한 어조였습니다.

"하지만 이렇게 되었지 뭐야. 깜짝 놀랐어. '덴데라'에서 이렇게 될 줄은 몰랐거든. 앞으로 즐겁게 살아갈 거라고만 생각했으니까. 그래도 말이지, 난 만족스러워. 드디어 죽을 수 있는 걸. 그것도 '마을'이 아니라 '덴데라'를 돕는 데 한몫하고 죽을 수 있는 걸. 이렇게 기분이 좋은 적이 없어. 가유, 그래도 자네는 살아야 해. 마지막까지 죽을힘을 다해 살아. 죽을 때까지 살길을 생각하는 거야."

"죽지 마!" 사이토 가유가 짚단 속에서 뛰쳐나와 소리쳤습니다. "무슨 말인지 모르겠어. 살고 싶다는 거야, 죽고 싶다는 거야? 죽는 걸로 만족하지 마! 아니야, 내가 말한 건 그런 얘기가 아니었어. 왜 그걸 몰라주는 거야. 그것도 모르고 좋다고 죽으려는 거야?"

구로이 구라는 대답 없이 눈을 감았습니다.

가슴팍이 위아래로 움직이고 있기에 죽은 것은 아니었습니다. 살아 있음을 확인한 사이토 가유는 안도했지만, 아무것도 용서할 수가 없었습니다.

그날 밤 '덴데라'를 감싼 공기에 섞인 짐승의 냄새를 모든 노파가 눈치챘습니다.

각자 정해진 자리에 숨은 노파들은 공포와 긴장과 기대와 불안이 푹 익어 우러난 국물을 뜨거운 채 들이마시는 감각을 함께 느끼며 기다리던 순간이 오기만을 바랐습니다. 곰이 가까이에 온 기척은 느껴졌지만 정말 여기까지 올지, 왔다고 해도 어느 집에 들어갈지, 어떤 행동을 할지는 예측할 수 없습니다. 사이토 가유는 짚단 속에서 나무창을 꽉 쥐었습니다. 주먹이 땀으로 흠뻑 젖었습니다.

그 뒤 시간이 얼마나 흘렀는지 알 수 없었지만, 소리가 점점 가깝게 들리는 것을 느꼈습니다. 억센 털이 부스럭거리는 소리와 눈밭을 성큼성큼 밟는 소리를 감지했습니다. 사이토 가유는 자신의 숨소리가 새어 나가지는 않나 하는 걱정에 사로잡혀 숨을 죽였습니다. 심장이 쿵쿵 뛰고 식은땀으로 겨드랑이와 팔 사이가 축축해졌습니다.

벽에 난 구멍으로 다갈색 덩어리가 보였습니다.

그 덩어리는 경계하듯 집 주위를 세 번 빙빙 돌더니 원래 자리로 돌아와 머리를 집 안에 들이밀었습니다. 사이토 가유는 숨을 다시금 멈추었습니다. 곰의 머리통이 거대한 나머지 거리 감각을 잃기도 했지만, 그 사실을 제쳐 놓더라도 너무도 가까이에 곰이 있었기 때문입니다. 뛰어나가면 한달음에 닿을 만큼 가까웠습니다. 뒤이어 곰의 앞발이 집 안으로 들어왔습니다. 빛이 없어 머리통도 앞발도 윤곽밖에 보이지 않았으나, 곰의 덩치와 육중함만은 기가 질리도록 실감할 수 있었습니다. 곰의 입에서 풍기는 냄새가 짙어졌습니다.

곰은 거대한 덩치를 마저 움직였습니다. 사이토 가유의 바로 앞을 큰 몸뚱이가 당당히 통과했습니다. 등을 타고 흐르는 선명한 붉은색이 보였습니다. '산'에서 대치했을 때도 보았지만, 어둠 속인데도 그때보다 더욱 또렷하게 보이는 검붉은 색에 사이토 가유는 전율했습니다. 하반신에서 맥없이 힘이 빠지는 것을 주저앉지 않고 겨우 버텼습니다.

사이토 가유는 붉은 털을 바라보면서 정말 이길 수 있을까 하는 뒤늦은 의문과 싸웠습니다. 답은 바로 나왔습니다. 못

이긴다. 못 이긴다. 못 이긴다. 못 이긴다. 못 이긴다. 나무창
을 몇 자루 준비하더라도, 노파를 몇 명 세워 놓더라도 못 이
긴다. 그러나 그런 결론이 나와 봤자 도망치는 것은 이제 불
가능합니다. 사이토 가유는 패배의 예감을 필사적으로 눌러
죽이며 곰을 쓰러뜨리는 일격을 가할지 모르는 자신의 나무
창을 고쳐 쥐었습니다.

거대한 몸집을 집 안에 들여놓은 곰은 마루에 누운 구로이
구라에게 의식을 집중하고 있었습니다. 사이토 가유가 숨은
위치에서는 곰의 엉덩이에 가려 자세한 상황을 알 수는 없었
지만, 곧 구로이 구라가 잡아먹힐 터임은 절대적으로 확실했
습니다.

거친 콧김이며 크흐, 크흐 하고 흥분에 차 으르렁거리는 소
리가 마치 환희하는 양 들렸습니다. 고기를 얻었다는 환호성
처럼 들렸습니다. 사이토 가유는 무심코 몸을 움직이고 말았
으나, 곰은 눈치채는 기색도 없이 머리를 치켜들었다가 단숨
에 구로이 구라의 몸에 이빨을 박았습니다.

뭐가 어찌 된 일인지는 알 수 없으나, 다음 순간 곰은 균형
을 잃고 바닥에 엉덩방아를 찧었습니다. 구로이 구라의 몸이
날아가 벽에 부딪혔습니다. 구로이 구라가 벽과 충돌하는 소
리에 섞여 '지금이다!'라는 목소리가 들렸습니다. 미쓰야 메
이였습니다. 그 목소리가 사이토 가유의 귓전에 닿은 순간,
미쓰야 메이와 아사미 히카리와 가미오카 쓰이나가 나무창

을 겨누고 곰에게 돌진해 들어갔습니다. 사이토 가유도 돌격했습니다. 아무것도 생각하지 않고 돌격했습니다. 어두웠지만 놈의 등에 난 붉은 털은 보였기에 거기에 나무창을 냅다 꽂았습니다. 정확히 말하면, 꽂으려고 했습니다. 아사미 히카리와 가미오카 쓰이나의 몸이 떨어져 사이토 가유와 부딪히는 바람에 꽂지는 못했습니다.

아수라장이 되었습니다.

사람의 것이라고도, 짐승의 것이라고도 할 수 없는 소리가 울렸습니다.

사이토 가유는 바로 일어났습니다. 일어나서 처음으로 본 것은, 오오하라 무미와 가미오카 쓰이나의 목이 떨어져 날아가는 광경이었습니다. 다음에는 등에 발톱이 박힌 가스가이 가가가 보였습니다. 곰이 앞발을 휘두르자 가스가이 가가는 바닥을 뒹굴었습니다.

"죽여라! 죽여라!"

미쓰야 메이의 고함이 들렸습니다.

기습에 당황하여 허둥거리는 것인지, 냉정하게 대처하는 것인지 알 수 없었으나 곰은 앞발을 몇 번이고 휘둘렀습니다. 그때마다 거센 바람이 불어 사이토 가유의 머리칼과 소복까지 펄럭였습니다. 가쓰라가와 마쿠라가 눈물과 콧물 범벅이 된 얼굴을 일그러뜨리고 구멍으로 달아나려 했습니다. 거기에 반응하여 곰이 몸을 돌리려고 했습니다. 그 순간, 사이

덴
데
라

토 가유와 곰의 눈이 마주쳤습니다. 적어도 사이토 가유는 눈이 마주쳤다고 판단했습니다. 저릿한 오한이 등줄기를 타고 흘러내렸습니다. 사이토 가유는 자신이 나무창을 쥐고 있음을 확인하고 곰의 면상에 전신을 던지는 감각으로 덤벼들었습니다.

그때, 자신의 몸뚱이 왼쪽 반이 뜯겨 나가는 광경이 눈앞에 펼쳐졌습니다.

느닷없이 벌어진 일이었습니다.

예상도, 예감도 아니라 눈에 광경이 그대로 보인 것입니다.

그러나 이미 덤벼들고 말았기에 발은 땅을 떠났고, 그 광경을 봤다고 해서 어쩔 도리가 없으므로 나무창을 더욱 앞으로 뻗어 찌를 수밖에 없습니다. 뜨거운 바람이 맹렬하게 불어닥쳤습니다. 곰이 자신을 죽이려고 앞발을 휘둘렀음을 알아챘습니다. 움직임은 사이토 가유가 빨랐으나 곰의 앞발은 간발의 차이를 뛰어넘고도 남을 만큼 빨랐습니다. 사이토 가유는 공중에서 몸을 있는 힘껏 틀었습니다. 머리통을 무언가가 단숨에 통과하는 감각과 나무창이 부드러운 것에 닿아 박히는 감각을 동시에 맛보면서 그대로 추락해 바닥에 튕겨졌습니다. 정신이 아득해질 정도의 아픔이 엄습했지만 간신히 고개를 들었습니다.

곰의 오른쪽 눈에 기다란 것이 박혀 있었습니다.

사이토 가유는 자기 손에 나무창이 없음을 깨달았습니다.

곰이 엄청난 기세로 포효하면서 앞발을 아무렇게나 휘두릅니다. 도망쳐, 도망쳐 하는 누군가의 목소리가 들립니다. 사이토 가유는 쓰러진 몸을 팔만으로 질질 끌며 안전해 보이는 위치까지 이동해 곰을 관찰했습니다. 곰은 나무창을 오른쪽 눈에 꽂은 채 입을 있는 대로 벌려 절규하다가 기어코 구멍으로 달아났습니다. 대량의 피와 살점이 뒤에 남았습니다.

아사미 히카리가 재빨리 일어나 노파들의 상태를 확인했습니다. 짚가리 속에서 하마무라 효우가 벌벌 떨며 나왔습니다. 사이토 가유는 바닥을 기며 살아 있어, 하고 소리쳤습니다. 살아 있어, 살아 있어 하고 몇 번이나 외쳤습니다. 미쓰야 메이가 사이토 가유의 몸을 들어 일으켰지만, 허리에 힘이 들어가지 않아 엉덩방아를 찧고 말았습니다.

"움직일 수 있겠나! 정신 차려라!"

미쓰야 메이가 다시 사이토 가유를 일으켰습니다.

"사, 사…… 살아 있어. 살아 있어. 살아 있어."

대답은 했지만, 자신의 목소리가 아닌 듯 여겨졌습니다.

"정말인가?"

"뭐?"

"머리가 깨졌잖나."

머리에 손을 대자 미끈거리는 감촉과 함께 통증이 느껴졌습니다. 손이 붉게 물들었습니다.

"곰은 상처를 입고 도망쳤다……. 쫓아가자!"

아사미 히카리가 구멍을 통과해 나갔습니다. 미쓰야 메이가 뒤를 따랐습니다. 사이토 가유도 따라가고 싶었지만 흐르는 피 탓에 아무것도 보이지 않았습니다. 씩씩거리며 눈을 닦고 손에 잡히는 천으로 머리를 질끈 묶었습니다. 그것이 구로이 구라의 소복 조각이며, 구로이 구라의 잘린 목이 옆에 딩굴고 있다는 사실은 그 직후에 알았습니다.

밖으로 나가 보니 '덴데라'는 난리 속이었습니다.

무슨 일이 일어났는지 알 수는 없었으나, 혼란에 혼란이 얽히고설켜 달빛 아래 괴이한 소란이 벌어지고 있었습니다. 이곳저곳에서 노파들의 비명이, 고함이, 절규가 울려 퍼졌습니다. 미쳐 돌아가는 '덴데라'를 가르고 사이토 가유는 혼자 뛰었습니다. 눈 위에 곰의 것으로 짐작되는 핏자국이 남아 있었습니다. 핏자국은 산 쪽으로 이어졌습니다.

"이쪽이다, 모여라! 곰은 '산'으로 도망쳤다! 상처를 입었다! 쫓아가 죽이려면 지금이다!"

사이토 가유가 소리쳤으나 야단법석인 '덴데라'에는 그 소리가 전혀 전해지지 않았습니다. 분이 치밀어 머리에 난 상처에서 피가 조금 뿜어져 나왔습니다.

옆집에서 노파 몇 명이 나왔습니다. 사이토 가유가 필사적으로 부르자 이쪽으로 다가왔습니다. 호시이 고테이, 기쿠치마카, 오노데라 고토, 히다카 노코비, 미나미데 다미시, 히이라기 쓰사까지 도합 여섯 명이었습니다. 사이토 가유가 상황을 설명하고 있는데 연락 담당 아마미 아테와 마카베 이누이가 횃불을 든 채 미쓰야 메이와 아사미 히카리 뒤를 따라 걸어왔습니다.

"왜 이렇게 난리지? 곰이 나온 건 이쪽인데, 도대체 무슨 일이 생긴 거야?"

사이토 가유가 마카베 이누이에게 물었습니다.

"그게, 묘지 쪽을 지키던 사람들이 곰이 나왔다고 소란을 떨어서……."

마카베 이누이는 당황스러워 보였습니다.

"바보 자식들은 신경 쓰지 마라." 미쓰야 메이가 머리를 감싼 수건을 다시 묶으며 재촉했습니다. "빨리 쫓아가자. 산속 깊이 도망가기 전에."

사이토 가유, 미쓰야 메이, 아사미 히카리, 호시이 고테이, 기쿠치 마카, 오노데라 고토, 히다카 노코비, 미나미데 다미시, 히이라기 쓰사, 아마미 아테, 마카베 이누이까지 열한 명이 출발했습니다. 횃불에 의지해 어둠이 고인 '산'을 걷기란 어려운 일이었지만, 사이토 가유를 제외한 열 명은 익숙한 걸음걸이로 나아갔습니다. 사이토 가유는 앞서기를 포기하고 방해만 되지 말자는 심정으로 양발을 움직였습니다.

문득 정신이 들자 날씨가 바뀌어 눈발이 흩날리기 시작했습니다. 노파들은 개의치 않고 눈발에 군데군데 번진 곰의 핏자국을 더듬으며 전진했습니다. 분비나무 가지마다 눈이 쌓이고 눈발이 거세지면서 달빛이 차단되었습니다. 빛이라 할만한 것은 정말로 횃불 하나밖에 남지 않았습니다. 곤경에 빠진 노파들에게 더 큰 불운이 닥쳤습니다. 핏자국이 사라진 것입니다.

"이럴 수가! 그렇게 큰 상처를 입었는데……. 피가 멎을 리없어."

사이토 가유는 믿기지 않는다는 듯 외쳤습니다.

"걱정하지 마라. 발자국이 남아 있다. 이렇게 분명히!"

미쓰야 메이는 사이토 가유의 귓전에 대고 고함쳤습니다.

발자국은 확실히 남아 있었습니다. '산'의 골짜기 깊숙이 이어진 발자국을 따라 노파 열한 명은 불안함에 지지 않고 계속 나아갔습니다. 맹렬하게 몰아치는 눈보라가 뼛속까지 꽁꽁 얼렸으나, 곰을 처치하겠다는 목적에 들떠 흥분한 노파들에게는 아무 문제도 아니었습니다. 노파들은 걷고 또 걸었습니다. 그러나 곰의 발자국마저 끊겼을 때에는 걸음을 중단할 수밖에 없었습니다.

"일부러 이랬군."

아사미 히카리가 얼굴에 들러붙은 눈을 긁어 떼어 내자 망연한 표정이 드러났습니다.

"뭐라고? 그게 무슨 말이냐?"

미쓰야 메이가 다그쳤습니다.

"곰은…… 발자국으로 추적당할 수 있다는 사실을 알아. 그걸 이용해서 적을 헷갈리게 하지."

"헷갈리게 한다니?"

"의도적으로 발자국을 엉뚱한 데 남겼다가 도중에 나무를 타고 다른 방향으로 도망간다네."

"짐승 주제에 사람을 속였다고!"

"이 발자국은 틀림없이 위장하려고 찍은 거야……. 곰은 지금쯤 다른 곳에서 뛰어가고 있을 걸세. 이제 어쩔 텐가?"

아사미 히카리가 체념하듯 물었습니다.

미쓰야 메이의 마음은 앞으로, 앞으로 나아가고 싶은 열망으로 가득했습니다. 그러나 새하얗게 쌓여 가는 눈과 횃불을 번갈아 보던 미쓰야 메이의 입에서 돌아가라는 명령이 떨어졌습니다. 노파들은 허무하게도 철수하게 되었습니다. 사이토 가유도, 다른 노파들도 굴욕감에 이를 갈며 '산'을 내려갔습니다. 흥분이 식고 추위만 남았습니다. 노파들은 침묵한 채 시든 채소 같은 발을 힘없이 질질 끌었습니다. 목적을 잃은 노파들은 극한까지 모욕당한 뼈와 가죽이나 다름없었습니다.

축 처진 무리가 '덴데라'에 돌아왔을 때 소란은 진정되기는 커녕 한층 심해져 있었습니다. 무의미하게 쌓인 피로에 몸뚱이를 지배당하던 사이토 가유였으나 상황을 확인하고자 발걸음을 재촉했습니다. 곰이 '덴데라'에 돌아와 학살의 본때를 보이고 있는 것은 아닌가 하는 상상 때문이었습니다. 하지만 들려오는 노파들의 목소리에는 환희가 실려 있었습니다.

덴데라

노파들은 묘지 앞에 모여 있었습니다.

무덤 몇 개가 파헤쳐진 것이 보였습니다. 공양탑이 무너지고 비석이 쓰러져 굴러다녔습니다. 거의 백골이 된 유해가 끌려 나와 먹힌 흔적이 눈에 띄었습니다. 노파들은 그곳에서 널브러진 유해에는 아랑곳없이 둘러서서 환호성을 지르고 있었습니다.

"하하, 이겼어! 꼴좋다!"

도가와 구리가 양팔을 들고 소리쳤습니다.

"꼴좋다, 꼴좋다!"

도미나가 간도 똑같이 소리쳤습니다.

"나야, 내가 했어. 내가 죽였어! 곰을 죽였어!"

가쓰라가와 마쿠라가 붉은 피를 뒤집어쓴 채 헐떡였습니다.

그 말을 듣고 사이토 가유는 곧장 뛰어갔습니다. 둘러선 노파들 틈을 비집고 들어가니 힘없이 쓰러진 다갈색 생물이 눈에 들어왔습니다.

새끼 곰이었습니다.


3


'붉은 등'이 패배한 이유는 두발짐승을 얕보았기 때문은 아닙니다. 오히려 두발짐승의 실력을 간파한 것치곤 경계를 풀지 않았다고 할 수 있습니다. 불을 뿜는 기묘한 막대기가 없어도 다른 수단으로 자신을 공격할지도 모른다고 단단히 마음의 준비를 한 터입니다. 식량을 다시 빼어 오고자 싸웠을 때 엉덩이에 뜨거운 것이 닿아 화들짝 놀란 이유도 그래서였습니다. 그만큼 조심스러웠기에 다치지 않았는데도 새로운 종류의 공격이 아닐까 싶어 달아났던 것입니다. 그때 두고 온 고기에 미련이 남았지만, '붉은 등'은 날이 갈수록 심해지는 굶주림을 묵묵히 견디며 두발짐승이 방심하기를 기다렸습니다. 진지한 자세로 두발짐승에게 도전한 것입니다.

그러나 지금은 오른쪽 눈을 잃고 눈보라 속을 패주하고 있습니다.

일부러 발자국을 헷갈리게 남겨 추격에서 벗어나는 데는 성공했지만, 잃어버린 한쪽 눈은 돌아오지 않습니다. 야생에서 사는 생물로서 너무나도 큰 손실이었습니다. 게다가 '붉은 등'은 평소 같으면 바로 뒤뚱뒤뚱 어리광을 부리듯 쫓아올 새끼 곰이 없음을 알아챘습니다. 새끼 곰을 잃어버린 것입니다. 피를, 경험을, 전통을 물려줄 자손이 없어졌다는 것 또한, 아니 그것이야말로 야생에서 사는 생물로서 가장 큰 손실이었습니다.

이 일대의 영주로서 군림하도록 키운 새끼 곰이 두발짐승 손에 죽었다는 것. '붉은 등'은 패주하면서 그 사실을 한동안 생각했습니다. 사람의 감정에 대입한다면 분노하고 슬퍼한다고 할 수 있겠지만, 새끼 곰이 살해당했다는 사실 자체로 분노하고 슬퍼하지는 않습니다. 야생에서 사는 생물에게 낭만적인 감정은 없습니다. 당연히 새끼를 최우선에 두고서 목숨을 걸고 지키지만, 새끼가 죽었다면 그때부터는 아무것도 없으니까요. 있다 하더라도 죽은 새끼 곰을 위해 작게 한 번 포효하는 게 전부입니다.

오른쪽 눈과 새끼 곰을 잃은 '붉은 등'이 해야 할 일은 도망치는 것과 눈을 치료하는 것이었습니다. 전자는 두발짐승이 추적을 단념한 덕에 성공했습니다. 두발짐승의 행동은 야생에서 사는 생물 처지에서 보자면 잘못과 실수의 연속이었습니다. 자연의 규율을 무시하는 행동일 뿐이었습니다. 하산하지 않고 추적을 계속하거나 장비와 인원을 다시 추슬러 빨리 '붉은 등'을 쫓아가야 했습니다. 가정에 지나지 않지만, 정말로 그랬다면 자연이란 재판관은 '붉은 등'의 죽음을 선고했을 터입니다. 그러나 두발짐승은 좌절감에 떠밀려 하산했고, 덕분에 '붉은 등'은 무사히 도망칠 수 있었습니다.

도망치는 데 성공한 '붉은 등'은 다음 목적인 치료를 시작했습니다. 치료라고는 해도 눈보라를 막아 주는 굴속에 들어가 드러누운 채 고통과 출혈을 견디는 정도뿐입니다. 사람이라면 상처받은 개체에게 누군가 도움의 손길을 내미는 것이 보통이지만, 야생에서 사는 생물, 특히 곰처럼 단독 생활을 하는 생물에게 상처는 죽음과 직결됩니다. 상처를 입는다는 것이 무엇을 의미하는지 제대로 아는 쪽은 사람이 아니라 짐승입니다. '붉은 등'은 등에 난 털을 맥없이 눕히고 송곳니를 덜덜 떨면서 우직하게 견뎠습니다.

사흘 내내 '붉은 등'은 한숨도 자지 않고 버텼습니다. 벌어진 상처가 기어이 붙었습니다.

오른쪽 눈에 박힌 막대기를 빼자 응고한 핏덩이가 주위에 난 털과 함께 버적버적 바스러졌습니다. 한때 눈알의 일부였던 파편이 들러붙어 있었습니다. 상처가 완전히 아물지는 않았으나 '붉은 등'은 굴에서 기어 나왔습니다. 눈 덮인 산에 햇빛이 비치고 있었습니다. 볕을 쬐자 꽁꽁 얼었던 온몸이 사르르 녹았습니다. '붉은 등'은 등을 쭉 펴고 신중하게 걸음을 디뎌 보았습니다. 시야의 오른쪽 반은 어둠으로 가로막혔으나, 야생에서 사는 생물이 그런 이유만으로 이동을 단념한다면 죽겠다는 뜻이나 다름없기에 네발을 부지런히 움직였습니다.

상처의 의미를 사람보다 더 잘 아는 데다 상처와의 싸움에 승리한 '붉은 등'의 내면에는 복수의 불꽃이 타올랐습니다.

복수라는 표현을 사람만 쓰지는 않습니다.

짐승이 상처를 입는다는 것은 바로 그런 뜻입니다.

'붉은 등'의 몸속에 목표가 무럭무럭 솟아났습니다.

올겨울을 견디고 살아남아 새로운 새끼를 배겠다. 그러기 위해서라도 식량을 조달하겠다. 식량은 본래 내 영토였던 곳

덴
데
라

에 자기 땅이라는 양 기어들어 와 군림하는, 사실은 약해 빠진 두발짐승이다.

두발짐승에게 승리하겠다.

그리고 잡아먹겠다.

잡아먹어서 살아남겠다.

'붉은 등'은 두발짐승이 사는 쪽을 온전한 왼쪽 눈으로 단한 번 쏘아본 뒤 산속으로 들어갔습니다. 그로부터 '붉은 등'은 한동안 종적을 감춥니다.

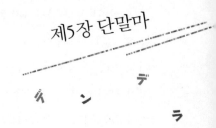

## 제5장 단말마

1

처음에는 막연한 불안을 애써 다독이며 지냈지만, 닷새가
지나도 곰이 다시 쳐들어올 기미는 없었습니다. 부상당한 곰
이 '산'에서 쓰러져 죽었으리라고 판단한 노파들은 습격 이후
닷새째 되는 날 승리를 축하하는 잔치를 열었습니다. 평소 절
약하던 것과는 딴판으로 장작을 수북하게 쌓아 화톳불을 지
피고, 창고에서는 식량을 줄줄이 꺼내고, 돌칼을 갈고, 광장
에 피운 모닥불에 물을 끓였습니다. 새끼 곰의 주검은 광장에
쌓인 눈에 묻힌 채 꽝꽝 얼어 있었습니다. 곰과의 전투 끝에
살아남은 서른여섯 명 중 집에서 나오지 않는 야마모토 시기
를 제외한 서른다섯 명이 대낮부터 광장에 한데 모여 널브러
진 새끼 곰의 주검을 바라보았습니다. 아직 작달막한 몸집이
라 키만 보면 사람과 별반 다르지 않았으나 탄탄하고 포동포
동한 체격, 굵은 다리, 날카롭게 삐죽 솟은 황갈색 송곳니가
녀석 또한 난폭한 곰이라는 것을 증명해 주었습니다.

"들어라! 곰이 나타나지 않은 지 닷새나 됐다. 승리했다고 볼 수 있다! 우리는 곰한테 이겼다. 게다가 새끼 곰 고기도 손에 넣었다. 완벽하게 승리한 것이다! 승리했으니 잔치를 베풀어야 하지 않겠나. 고기를 먹어야 하지 않겠나. 전부 먹어 치워야 하지 않겠나. 복수라도 해 주듯!"

미쓰야 메이가 저택의 이 층 누각으로 나와 지팡이를 휘두르며 선포했습니다.

노파들은 승리의 기쁨에 차 목청껏 환호했습니다.

'덴데라'에서 숨죽여 살아가던 노파들이 아마도 처음으로 질러 보았을 적극적인 함성이었습니다.

사이토 가유 일행이 곰과 격투하던 사이 묘지 근처에서 망을 보던 이들은 새끼 곰이 묘지를 헤집는 모습을 발견했습니다. 원래 노리던 어미 곰으로 착각한 채 새끼 곰을 쫓아다니는 데 다른 노파들도 동참했고, 결국에는 겁에 질려 도망갔던 가쓰라가와 마쿠라가 흥분에 겨워 나무창을 꽂아 죽이기에 이르렀습니다. 소란의 경위가 이렇다는 이야기를 사이토 가유는 나중에야 들었습니다. 대량의 고기를 확보한 덕에 누구 하나 가쓰라가와 마쿠라에게 도망갔다고 나무라기는커녕 오히려 영웅 대접을 해 주었습니다. 그러나 존경을 한 몸에 받은 이는 사이토 가유였습니다. 머리에 깊은 상처를 입은 채 곰의 오른쪽 눈을 찔러 짜부라뜨린 사이토 가유를 너 나 할 것 없이 치켜세웠습니다. 사이토 가유로서는 곰의 생사를 확인하지 못했다는 불안과 구로이 구라를 죽음에서 구하지 못했다는 안타까움이 마음에 남은 데다, 결과적으로 '덴데라'를 도운 모양새가 되었다는 데 화가 났지만 상처에 묶은 구로이 구라의 소복에 손을 포갤 뿐 말을 삼갔습니다. 가만히 있으면 고기를 먹을 때 시비를 거는 사람은 '덴데라'에 아무도 없습니다.

미쓰야 메이가 광장으로 내려오자 햇빛과 모닥불 빛 속에서 잔치가 본격적으로 벌어졌습니다.

새끼 곰의 주검 해체와 동시에 잔치의 막이 올랐습니다. 새끼 곰의 주검에 돌칼을 댄 이는 곰을 잡아 본 적은 없지만 어깨너머로 본 대로 할 수 있을지 모르겠다고 나선 아사미 히카리였습니다. 돌칼을 거꾸로 잡은 채 시커멓고 뻣뻣한 털을 헤친 뒤 사타구니까지 단숨에 도려냈습니다. 젖빛의 푸들푸들한 지방이 왈칵 나왔습니다. 아사미 히카리는 두꺼운 피부에 걸려 몇 번씩 멈추면서도 칼날을 밀어 넣었습니다. 그러자 짐승이라기보다 부패한 생선 냄새에 가까운 악취가 퍼졌으나 아무도 마음 쓰지 않았습니다. 지방으로 푹 젖은 손을 눈으로 씻어 낸 아사미 히카리가 새 돌칼을 바꿔 쥐고 같은 지점을 다시 한 번 갈랐더니 겨우 뱃가죽이 벌어졌습니다. 다음으로는 사람 것과 똑 닮은, 네 개의 다리가 몸뚱이와 이어진 부분까지 칼집을 넣고 생식기 주위만 따로 떼듯이 칼날을 휘둘렀습니다.

"가죽을 벗길 거야……. 누가 좀 도와줘."

아사미 히카리가 땀이 밴 얼굴을 들고는 도움을 청했습니다.

사이토 가유, 호시나 규우, 히다카 노코비가 앞으로 나와 가죽 벗기기에 동참했습니다. 산토끼처럼 홀떡 벗겨지지는 않았지만 그럭저럭 수월하게 가죽이 벗겨지자 지방 막에 둘러싸인 연분홍색 살이 보였습니다. 새끼 곰의 주검을 뚫어지게 쳐다보던 노파들은 침묵했으나, 눈동자만은 분노와 식욕과 호기심으로 번들거렸습니다. 새끼 곰은 털가죽과 고깃덩어리로 분리되었습니다. 아사미 히카리는 뒤이어 흉부를 해체하는 데 착수했습니다. 질긴 끈 같은 가슴 근육을 절단하고 갈비뼈의 연골 부위에 돌칼을 갖다 댔습니다. 같은 작업을 하라고 지시받은 사이토 가유 일행까지 네 명이 달라붙어 양쪽 갈비뼈를 절단했습니다. 그러고 나서 아사미 히카리는 심장을 두른 혈관을 절단하여 눈 쌓인 바닥에 두었습니다. 심장에서 묵직한 무게가 느껴졌습니다. 아사미 히카리는 식도와 허파 따위를 차례차례 뽑아내면서 옆에서 보던 사이토 가유에게 안쪽에 고인 피를 떠내라고 지시했습니다. 사이토 가유는 국그릇을 써서 곰의 피를 돌솥으로 옮겨 담았습니다. 끈적끈적한 포돗빛 피로 돌솥이 가득 찼습니다.

"마시게. 생피는 몸을 따습게 하고 활력을 붙여 준다네……."

아사미 히카리가 노파들에게 권했지만, 어느 누구도 움직이지 않고 망설임에 눈꼬리와 입꼬리를 바르르 떨 뿐이었습니다. 그 사이를 헤치며 커다란 웃음소리와 함께 노파 한 명

덴
데
라

이 앞으로 나왔습니다. 미쓰야 메이였습니다. 미쓰야 메이는 어디에서 찾아온 건지 이 빠진 잔을 품에서 꺼내 피를 채우라고 지시했습니다. 사이토 가유가 국그릇에 남은 피를 잔에 부었습니다. 미쓰야 메이는 냄새까지 삼키겠다는 기세로 단숨에 잔을 비우고 피에 물든 이를 드러내며 다시금 웃음을 터뜨리더니 맛있다고 했습니다. 그러고는 이타노 우메에게 잔을 내밀며 마시라고 명령했습니다. 이타노 우메의 얼굴에는 확연한 거부감이 떠올랐으나 허리가 나을지도 모른다는 미쓰야 메이의 꼬드김에 엉겁결에 잔을 받아 들고 말았습니다. 이타노 우메는 '산'에서 한 번, 집에서 한 번 곰과 충돌하는 바람에 허리가 상했던 터입니다. 사이토 가유가 잔에 피를 따르자 이타노 우메는 두 눈을 질끈 감고 입에 털어 넣었습니다. 이타노 우메의 표정에 처음에는 혐오감이 드러났으나 점차 아무렇지도 않다는 기색이 자리 잡았습니다. 그 모습을 지켜본 노파들이 잇따라 자기도 마시겠다며 앞으로 나오는 바람에 사이토 가유는 돌솥에서 피를 끊임없이 떠내야 했습니다. 작업 도중 손가락에 묻은 피를 살짝 핥아 보았더니 미각 속의 옛 기억이 자극받아 타액이 솟았습니다. 사이토 가유가 '덴데라'에서 살게 된 뒤 거의 처음으로 맛보는 염분이었습니다. 염분과 양분이 담긴 피를 마신 노파들에게서 활기가 솟았습니다. 누군가 입을 열어 떠들기 시작한 것을 기점으로 노래라고도 대화라고도 할 수 없는 흥겨운 목소리가 나오기 시작했습니다. 그 와중에 아사미 히카리는 묵묵히 곰 해체를 계속하여 대장 부위를 작업하기에 이르렀습니다. 기다란 장을 뽑아 들고 끝에서부터 훑듯이 변을 쭉 짜낸 뒤 가느다란 나무 막대를 속에 꽂아 뒤집었습니다. 눈을 발라 씻은 뒤 호시나 규우에게 속에 피를 채우라고 지시했습니다. 호시나 규우가 깜짝 놀라 까닭을 묻자 먹을 거라는 말이 돌아왔습니다. 그 뒤 아사미 히카리는 머리통을 잘라 내는 작업에 돌입했습니다. 잔치의 흐름에서도 중요한 과정이었으므로 노파들은 아사미 히카리를 둘러싸고 일제히 환성을 질렀습니다. 아사미 히카리는 새끼 곰의 목 측면에 돌칼을 꽂은 뒤 둘레를 따라 살을 썰었습니다. 그러고 나서 새끼 곰의 머리통과 몸뚱이를 잇는 뼈를 몇 개 떼어 낸 뒤 머리통을 쥐고 단숨에 잡아당기자 마침내 머리가 몸뚱이에서 떨어져 나왔습니다. 노파들은 만족스러운 함박웃음을 띠고 댕강 잘린 새끼 곰의 목을 바라보았습니다.

"토막을 내고 싶은데……. 하고 싶은 사람은 없나?"

아사미 히카리가 피로에 젖은 목소리로 물었습니다. 노파들이 앞을 다투어 나섰습니다. 아사미 히카리가 새끼 곰의 등판에 칼집을 몇 개 넣은 뒤 그 선에 따라 다리를 절단하라고 이르자 노파들은 흥분의 도가니에 빠져 그 말을 따랐습니다. 곰의 피를 마신 노파들이 분노와 식욕에 겨워 돌칼을 쥐고 굶주린 새가 고기를 쪼듯 재빨리 팔을 움직인 결과, 새끼 곰의 주검은 금세 분해되어 위엄도 위압감도 없는 고깃덩어리로 전락했습니다.

"어디 한번 질펀하게 놀아 보자!" 미쓰야 메이가 입가에 피를 묻힌 채 외쳤습니다. "자, 먹어라. 먹어 치워라. 이 곰은 굶주린 우리의 먹잇감이다. 힘없는 먹잇감!"

모닥불 위에 놓인 돌솥 여러 개에서 물이 펄펄 끓었습니다. 노파들이 솥에 곰 고기를 던져 넣었습니다. 창고에 남은 채소 부스러기와 감자도 함께 넣어 휘젓자 기름 냄새를 머금은 열기가 퍼졌습니다. 다른 돌솥에는 내장을 썰어 넣고 피로 양념해서 바짝 졸이는 중이었습니다. 또 다른 돌솥에서는 호시나 규우가 만든 피가 꽉 찬 장이 삶아지고 있었습니다. 짐승이 요리되는 냄새에 자극받은 노파들은 콧구멍을 벌름거리며 배에서 꼬르륵 소리를 우렁차게 울렸습니다. 사이토 가유도 똑같은 상태였습니다. 위장이 펄떡이고 구강에 끈적끈적한 침이 고여 넘쳤습니다.

"줄을 서라! 내가 나눠 줄 테니까!"

준비를 마친 건 한낮이 조금 지난 무렵이었습니다. 노파들은 돌솥 안에서 말랑해진 고기의 풍미를 코앞에서 느끼며 애태우던 차였기에 미쓰야 메이의 호령에 영리한 개처럼 잽싸게 늘어섰습니다. 사이토 가유도 줄을 섰습니다.

줄을 서지 않는 사람도 있었습니다.

이시즈카 호노, 소카베 나키, 시이나 마사리, 오제 호토리,

다치바나 이레, 다치바나 구시까지 여섯 명이었습니다.

평소의 사이토 가유였다면 그들에게 주의를 기울였겠지만, 두뇌가 식욕에 지배당한 터라 국그릇에 곰 국물이 부어진 순간 그들의 존재를 잊어버렸습니다. 미쓰야 메이는 웃음을 띠고 공로를 칭찬하는 한마디와 함께 뼈가 붙어 있는 가장 큰 고깃점을 사이토 가유의 그릇에 넣어 주었습니다.

노파들은 새끼 곰의 머리통을 둘러싸고는 머리통만 남아 부끄러운 듯 침묵하는 새끼 곰을 바라보며 곰 고기를 물어뜯었습니다.

고기를 깨무는 동시에 사이토 가유의 입속은 기름으로 꽉 찼습니다. 타액과 함께 기름을 빨아들이자 뜨거운 국물이 식도를 통과해 위장에 당도하는 기분이 들었습니다. 사이토 가유는 부들부들해진 고기를 열심히 씹었습니다. 목이 메도록 강렬한 맛이 확 퍼져 입과 코에서 흘러넘쳤습니다. 이렇게 속이 꽉 찬 고기는 '마을'에서도 먹어 본 적이 없습니다. '마을'에 곰 사냥꾼이나 사슴 사냥꾼이 있기는 했으나 고기와 내장은 대부분 마을 밖으로 흘러 나갔고, 남은 게 있어도 사냥꾼 집의 몫이었습니다. 종잇집 며느리였던 사이토 가유는 입에서 비어져 나올 만큼 탐스러운 고기가 익숙하지 않아 주저하면서도 깨끗이 먹어 치운 뒤 내장 조림에 손을 뻗었습니다. 고기와는 다른 감촉을 혀로 즐기며 기름에 젖은 입을 오물거렸습니다. 이렇게 노파들은 차례차례 돌솥을 비웠습니다.

식사를 마친 뒤 새끼 곰의 머리통을 중심으로 둘러앉은 노파들은 제각기 승리의 환희를 표현했습니다. 춤추는 이가 있는가 하면 노래하는 이도 있었고, 웃는 이가 있는가 하면 우는 이도 있었습니다. 잔치가 펼쳐지는 와중에 미쓰야 메이는 지팡이를 휘둘러 사이토 가유와 가쓰라가와 마쿠라를 부르더니 털가죽 일부와 생식기 조림을 주겠다고 했습니다. 상찬의 목소리가 널리 퍼졌습니다. 사이토 가유는 건네받은 생식기를 입에 넣었습니다. 쌉쌀한 맛이 나는 그것을 억지로 꿀꺽 삼키자 오장육부가 달아오르고 전신에 땀이 솟았습니다. 가쓰라가와 마쿠라도 마찬가지였는지 몇 번이나 기침을 했습니다. 기침이 쉬이 그치질 않아 눈에 눈물이 맺혔습니다. 그 모습을 본 노파들은 웃으면서 여자들뿐인 데서 몸보신해 봤자 답답하기만 하지 않겠느냐며 오랜만에 음담패설을 쑥덕였습니다.

"해가 진다. 이쯤에서 잔치를 마치도록 하자. 내일은 아침부터 죽은 이들의 합동 장례식을 치를 것이다. 늦지 않도록 자라! 배 속에 곰이 들었을 때 자라!"

밤까지 이어진 잔치가 끝나고 사이토 가유는 달아오른 몸을 들썩이며 집으로 향했습니다. 아마미 아테와 마카베 이누이도 기분이 한껏 들떠 집에 왔습니다. 평소와 다름없이 화로를 보고 앉아 있는 야마모토 시기만이 잔치의 여운을 즐기기는커녕 잔치 자체에 관심이 없는 듯 침묵했습니다. 마침내 아사미 히카리가 곰의 털가죽을 들고 와서 사이토 가유에게 건넸습니다. 사이토 가유는 털가죽을 몸에 두르고 누워 '덴데라'에 온 뒤 처음으로 추위에 시달리지 않고 잠들었습니다.

다음 날 아침에는 눈이 번쩍 뜨였습니다. 곰 고기와 생식기를 먹고 지방을 섭취한 데다 곰 털가죽 덕택에 푹 잤기에 사이토 가유는 평소보다 훨씬 힘이 쌓인 상태였습니다. 어깨는 활기차게 움직였고 관절도 아프지 않았으며 피부에 유분이 듬뿍 차 촉촉했습니다.

"가유 씨, 잘 잤어요? 어땠어요, 털가죽은?"

옆에서 자던 아마미 아테가 짚가리에서 몸을 일으키며 물었습니다.

"따뜻했어."

사이토 가유는 솔직히 대답했습니다.

"짚가리는 쓸 게 못 되죠, 아시겠지만. 다음에 저도 한번 덮어 보게 해 주세요."

아마미 아테의 목소리는 빈정거리는 게 아니라 사실을 말하는 어조였습니다.

"그래, 언제든지 덮어도 돼."

"가유 씨, 표정이 밝아졌네요. 많은 것을 받아들인 듯한 얼굴인데요."

"……나는, '덴데라'에서의 생활을 받아들이지 않았어."

"알아요. 그런 이야기가 아니고요. 받아들인다는 표현이 싫으면 각오를 다졌다고 표현을 바꾸지요."

아마미 아테는 뒤통수에 달라붙은 짚을 털며 대꾸했습니다.

"각오라……." 사이토 가유는 잠시 뜸을 들이다 말을 이었습니다. "나는 아직 '덴데라'에서 어떻게 살지 못 정했어. 곰도 나타나지 않게 되었으니 이제부터 다시 그 문제를 매일 생각할 거다."

"오늘은 합동 장례식이에요. 이번 일로 죽은 이들이나 그전에 '덴데라'에서 죽은 이들을 되새기면서 생각해 보시는 건 어떨까요?"

아마미 아테는 물병이 놓인 쪽으로 향했습니다. 사이토 가유는 아마미 아테의 뒷모습을 무심결에 눈으로 좇다가 그 의견이 옳다고 인식하며 누가 보는 것도 아닌데 고개를 끄덕였습니다. 그때 문득 시선이 느껴져 주위를 살피자 야마모토 시기가 눈을 뜨고 있었습니다. 사이토 가유를 직접 보는 건 아니었고 얼굴만 이쪽으로 돌리고 있었습니다. 그 눈에는 '마을'에서 생활하던 당시의 활기찬 빛이 사라져 있었습니다.

"야마모토 시기, 자네는 항상 무슨 생각을 하는 건가? 거의 움직이지도 않고 곰이 나와도 무관심한데, 도대체 무슨 생각을 하는 건가?"

물어보아도 대답은 돌아오지 않았습니다.

"자네는…… 내가 계집애였을 적부터 나한테 잘해 줬어. 자네는 친절했어. 마을 아낙이면 누구나 자네를 좋아했어. 게다가 부러워하기도 했어. 약초밭 일구는 집에 시집을 갔으니 말이야. 어설픈 양반집보다 잘살았으니 먹고살 걱정이 없었겠지. 이봐, 나는 전부터 이런 생각이 들었는데, 자네는 '산'에서 죽고 싶었던 게 아니었을까? '덴데라'에서 사는 게 너무나 힘들고 괴롭지는 않은가? 사실은 이제 죽고 싶은 게 아닌가?"

"아무리 말을 걸어 봤자 부질없어요. 시기 씨는 무슨 말을 해도 반응이 없거든요. 가유 씨도 아시잖아요?"

물을 다 마신 아마미 아테가 돌아와 끼어들었습니다.

"그렇긴 해도 묻고 싶었어. 이 할멈은 뭔지는 몰라도 깊이 생각을 해서 결론을 내고 그 판단에 따라 이렇게 행동하는 게 아닌가 싶었단 말이야."

"그렇게 생각하실 수도 있겠죠. 시기 씨는 활발하고 명랑한 분이셨으니까."

아마미 아테는 사이토 가유와 함께 야마모토 시기를 바라보았습니다. 두 명의 시선을 한 몸에 받았으나, 야마모토 시기는 땟국 흐르는 얼굴에 미동도 없이 뜻 모를 소리를 작은 목소리로 웅얼거릴 뿐이었습니다.

사이토 가유는 털가죽을 걸치고 밖으로 나갔습니다. 신선한 아침 햇살이 흩뿌려진 '덴데라'는 새로운 하루가 왔음을 주장하고 있었지만, 잔치의 열기가 식은 사이토 가유에게 그 빛은 그저 고통에 지나지 않았습니다. 눈을 퍼서 얼굴에 문질러 보았지만 싸늘한 충격만 피부를 스칠 뿐이었습니다. 사이토 가유는 마을 서쪽으로 발걸음을 옮겼습니다.

털가죽의 온기를 내심 만끽하며 걷다 보니 다치바나 이레와 다치바나 구시가 집에서 나오는 모습이 눈에 들어왔습니다. 열일곱 해 전에 '산맞이'를 한 이 쌍둥이 자매는 '마을'에 살던 때부터 지금까지 주위 사람들에게는 아무 관심 없이 둘만의 닫힌 세상에서 생활해 왔습니다. '텐데라'에서도 그들의 삶은 변함없는지 자매는 다른 사람은 안중에도 없는 듯 마주 보며 깔깔대고 있었습니다.

사이토 가유는 오싹함에 휩싸여 저렇게 되면 안 되겠구나 하고 다짐하면서, 종종걸음으로 그 자리를 벗어났습니다.


묘지 앞에 당도했습니다.

묘지는 새끼 곰 탓에 어지럽혀진 그대로였습니다. 얄팍하게 새로 쌓인 눈에 가려지기는 했으나 공양탑도, 비석도 난잡하게 널브러진 상태였습니다. 곰이 흙을 파헤쳐 꺼낸 유해도 그대로 땅바닥에 뒹굴고 있었습니다. 잔치가 한창일 때 참혹한 광경을 떠올리게 하지 않겠다는 미쓰야 메이의 배려 내지는 꿍꿍이 때문에 방치되었던 것입니다. 사이토 가유가 눈을 털어 내자 눈처럼 허연 뼈가 모습을 드러냈습니다. 누구 것인지는 몰랐으나 사이토 가유는 그 뼈에서 잔혹한 무언가를 감지했습니다. 죽은 자는 산 자를 위해 할 수 있는 일이 없고 산

자는 죽은 자를 위해 살지 않는다는 진실이 뼈에 달라붙어 있는 것만 같았습니다. 사이토 가유는 난장판인 묘지에 들어가 눈을 털고 백골로 변한 죽은 자와 부패가 진행되는 죽은 자를 찾아내는 작업에 열중했습니다. 그러던 와중에 죽은 자는 이제 책임을 지지 않는다는 것을 깨닫고 따뜻하고 애틋한 감정의 물결을 느꼈지만 애써 무시했습니다. 동정하면 안 될 것 같은 기분이 들었기 때문입니다.

무너진 공양탑 틈으로 새로운 뼈가 보였습니다. 등뼈에 이어진 채 가지런히 늘어선 갈비뼈였습니다. 사이토 가유는 거의 완벽한 형태를 유지하고 있는 갈비뼈를 눈앞에 놓고 또다시 따뜻한 마음이 고개를 내미는 것을 느꼈으나, 또다시 무시하고 눈을 치우는 데 전념했습니다.

그때, 추위에 곱은 손끝에 이상한 감촉이 스쳤습니다.

이상하다고는 해도 정말 희미한 감촉이라, 손가락이 조금만 더 얼었더라면 눈치채지 못하고 넘어갔을 터입니다. 그만큼 미미한 느낌이었습니다. 사이토 가유는 감촉이 이상한 곳에 다시 한 번 손가락을 미끄러뜨리며 시선을 내리깔았습니다. 겨드랑이 일부에 묘한 흠집이 있었습니다. 햇빛 아래서 유심히 관찰해 보니 패이거나 조각이 떨어져 나간 흔적이 아니라 예리한 것으로 베인 듯 보였습니다. 사이토 가유만 마음 쓰지 않는다면 아무것도 아닐, 지극히 조그마한 흠집이었습니다. 그러나 사이토 가유는 끈기 있게 사고하여 결론다운 결론은 내지 못했을지언정 추측은 해 볼 수 있었기에, 갈비뼈를 품에 안고 묘지를 뒤로했습니다.

저택에 들어서자 언쟁과도 같은 말이 오가는 소리가 들렸지만, 사이토 가유는 무슨 일인지 신경 쓸 겨를도 없이 봉당을 통과했습니다. 미쓰야 메이와 함께 저택에 사는 히다카 노코비와 오부치 이쓰루가 얼굴을 들고 갈비뼈를 안은 사이토 가유를 보았으나 아무 말도 하지 않았습니다. 사이토 가유는 갈비뼈를 품에 안은 채 이 층으로 이어진 사다리를 힘들여 올랐습니다.

미쓰야 메이를 중심으로 양쪽에 앉은 노파 두 명의 등이 보였습니다. 왼쪽은 이시즈카 호노, 오른쪽은 소카베 나키였습니다.

"어휴, 메이 씨. 시기상조란 말입니다. 당신은 '덴데라'를 통솔하는 위치에 계시니 좀 더 머리를 쓰시죠?"

이시즈카 호노가 실망한 듯한 목소리로 설득 중이었습니다.

"이놈이나 저놈이나 곰한테 승리했다고 신이 났다. 좋은 시기이고말고! 이대로 '마을' 습격에 박차를 가한다. 그게 최선일 테다. 왜 이해를 못 하나?"

그에 반해 대꾸하는 미쓰야 메이는 오로지 자부심의 지배 아래 놓인 듯했습니다.

"하지만 생각해 봐, 사람이 너무 많이 죽었어. 습격파……아니, '덴데라'의 사람 수는 확 줄었어. 쉰 명이었는데 이제는 서른여섯 명밖에 없어. 그런 상태에서 '마을'을 공격할 수 있을 리가……."

소카베 나키가 허둥거리며 끼어들었습니다.

"허! 오래전부터 습격파였던 자네가 끼어든 건 그런 이유 때문인가? 패배의 망상에 홀려 박쥐처럼 이랬다저랬다 하는 모양새로군!"

"미쓰야 메이, 생각을 좀 해 보게. 어쨌든 사람 수가 모자란 게 문제인 건 맞잖나. 그러니까 몇 년 정도 여유를 두고 사람 수가 늘어나는 걸……."

"기다리라고?"

"응?"

"기다리라고! 나는 서른 해를 기다렸어! 백 살이 됐어! 한계야. 더 이상은 못 기다려."

미쓰야 메이는 얼굴을 벌겋게 물들이고 격렬하게 소리쳤습니다.

"메이 씨, 무슨 마음인지는 알겠지만, 우두머리인 당신이 지금 해야 할 일은 '덴데라' 재건이에요. 곰이 파괴한 '덴데라'를 재건하는 일이라고요."

이시즈카 호노가 참을성 있게 설득했습니다.

"아니야. 남은 전력으로 '마을'을 공격하는 거다."

"그러면 '덴데라'가 붕괴할 텐데요."

"내 알 바 아니야. 망하든 안 망하든 상관없어. 나는 내 나름의 이유로 여길 만들었다. '덴데라'는 내 거야. 너희는 이래라 저래라 할 권리가 없어."

"그게 메이 씨의 진심인가요?"

"애 어르는 식으로 말하지 마라. 처음부터 그러려고 했으니 진심이고 안 진심이고는 없어."

미쓰야 메이가 눈을 치뜨며 쏘아붙였습니다.

"당신은 왜 '덴데라'에서 마음 편히 살아가는 하루하루를 거부하고 싸움에 뛰어들려는 건가요? 저희는 이제 '마을'이랑은 관계가 없어요. 적어도 '마을'은 우리를 잊어버렸을 거예요."

"내가 끝내지 않으면 끝나지 않는다. 그게 관계란 거야. '마을'이 잊었든 말든 알 게 뭐냐!"

미쓰야 메이는 미동의 기색도 보이지 않고 즉시 대답한 뒤 입꼬리만 올려 웃었습니다.

"미쓰야 메이." 그 광경을 묵묵히 지켜보던 사이토 가유가 말을 걸었습니다. "묘지에서 찾았는데, 이 갈비뼈의 흠집은 뭔가? 곰의 송곳니나 발톱에 긁힌 건 아닌 듯한데? 날카로운 것에 긁힌 상처 자국 같은데, 이게 도대체 무슨 의미지? 이 갈비뼈의 주인은 무슨 이유로 죽었지? 아니…… 무슨 이유로 죽임을 당했지? 누가 죽였어?"

2

　미쓰야 메이는 아무 말이 없었습니다. 이시즈카 호노와 소카베 나키에게도 물었지만 역시 아무 말이 없었습니다. 침묵뿐인 반응에 전부 자기 망상일 따름이었나 하고 불안해졌습니다. 그러나 품에 안은 갈비뼈에서 말로 표현하기는 어렵지만 용기에 가까운 감정을 얻고 자신의 직감을 끝까지 믿기로 했습니다.

　"안 속아. 나는 자네들보다 갈비뼈의 흠집을 믿거든. 자네들이 말하지 않겠다면 내 맘대로 움직일 테다. 이 갈비뼈를 사람들에게 보여 주고 다니면서 무슨 일이 있었는지 알려 줄 할망구를 찾아낼 거야."

　"그만하시죠. 이 이상 '덴데라'를 어지럽히는 짓을 하면 가만두지 않겠습니다."

　이시즈카 호노가 딱 잘라 말했습니다. 하지만 사이토 가유는 물러서지 않았습니다.

　"누가 가만두지 않겠다고? 자네가? 하나도 안 무섭군. 이시즈카 호노, 내가 '덴데라'에 산 지 열엿새가 지났지만 자네는 한 번도 나서서 뭘 한 적이 없어. 투덜거리기만 했지."

　"도발에 넘어갈 것 같으세요?"

　"사실을 말했을 뿐이야."

덴
데
라

"그러는 가유 씨는 어떻고요? 말만 많은 걸로 따지자면 당신이 더 문제예요. 무슨 일에나 불평만 늘어놓고. 아휴, 창피하지도 않은지……."

"못 이길 것 같아 꼬투리를 잡는 건가?"

"사이토 가유, 갈비뼈의 흠집 같은 건 아무도 신경 안 써. 자네만 잊어버리면 없는 거나 마찬가지야. 아무 일도 없었던 셈이 돼."

"됐어. 자네들한테 더는 묻지 않겠네."

마지막 말을 남기고 발걸음을 돌린 순간, 요란한 소리가 났습니다. 폭력적인 감정을 품은 이시즈카 호노와 소카베 나키가 덤비는 소리였습니다. 사이토 가유는 금세 몸을 붙잡힌 채 그 자리에 쓰러지고 말았습니다.

"젠장! 곰이 없어지자마자 큰소리치다니! 기껏 안심한 순간 이렇게 나오다니! 역시 '산맞이'를 못한 족속들은 한심한 버러지들이야!"

사이토 가유는 바닥에 패대기쳐지면서도 외침을 멈추지 않았습니다. 저항하려 했지만, 손발은커녕 등까지 제압당해 옴짝달싹할 수가 없었습니다.

미쓰야 메이가 쭈그려 앉아 사이토 가유와 눈높이를 맞추고는 속삭였습니다.

"모르는 척 넘어가 주려고 했건만, 바보 자식. 다시 한 번 감옥에 갇히고 싶나?"

"죽이려면 지금 당장 죽여라. 갈비뼈 사이를 찔러 죽여라."

"소란을 떨면 떨수록 자네는 고립돼. 그걸 모르진 않을 텐데."

"고립된다 해도 안 무서워."

미쓰야 메이는 포기한 듯 일어서더니 사이토 가유를 발로 차 복도로 떨어뜨렸습니다. 사이토 가유는 반사적으로 손을 뻗어 사다리를 잡고 바깥으로 달아나려 했습니다. 그러나 히다카 노코비와 오부치 이쓰루가 앞뒤를 가로막고 이시즈카 호노와 소카베 나키가 사다리를 내려오는 것을 확인하고는 도망칠 기회를 잃어버렸음을 알았습니다.

사이토 가유는 다시 지하로 연행되어 감옥에 내동댕이쳐졌습니다.

"가유 씨, 당신은 지금 최악의 상황에 빠진 거예요."

이시즈카 호노는 무표정했습니다.

"그 갈비뼈의 흠집이 뭔데? 뭐기에 그렇게 법석을 떠는 거야?"

사이토 가유가 감옥 창살을 주먹으로 두드리며 물었으나 이시즈카 호노의 입은 열릴 줄을 몰랐습니다. 히다카 노코비, 오부치 이쓰루, 소카베 나키도 하나같이 대답 없이 그대로 계단을 올라 자리를 떴습니다.

"당신 죽을지도 몰라. 정말 죽을지도 몰라."

이시즈카 호노는 협박이 아니라 사실인 듯 말하더니 감옥

앞에서 자취를 감췄습니다.

그 뒤에는 어스름한 어둠과 정적만이 남았습니다.

지난번처럼 잠 속으로 도피할 기분도 아니었을 뿐더러 털 가죽 덕에 추위를 견딜 만했기에 사이토 가유는 남는 체력을 딱히 쓸 데도 없어 우두커니 있었습니다. 공기가 더욱 싸늘해지고 어스름한 어둠이 완전한 어둠으로 이행하여 밤이 왔음을 알았지만, 저녁 식사를 날라 오는 사람은 없었습니다. 사이토 가유는 머리에 난 상처가 욱신거리는 통증에 괴로워하며, 합동 장례식에도 참가하지 못하고 구로이 구라의 영전에서 명복을 빌어 주지도 못한 채 차디찬 옥중에 방치된 처지에 분통을 터뜨렸습니다. 자신은 올바른 일을 한 것일 텐데 악당이라도 된 양 감옥에 갇힌 부조리함을 참을 수가 없었습니다. '덴데라'를 측은하게 여기는 마음이나 동조하는 감각을 잃고, 모든 문제의 근원이 '덴데라'라는 생각마저 들었습니다. 사이토 가유는 머리에 두른 구로이 구라의 소복 조각을 만지며 수많은 감정과 싸웠습니다.

마침내 화를 내는 데에도 지쳐 일단 잠이나 자려고 지푸라기를 긁어모으는데, 가라앉은 공기 속 조용한 움직임이 느껴졌습니다.

사이토 가유는 손의 움직임을 멈추고 귀를 기울였습니다.

사람의 기척이 바로 곁에 존재했습니다.

누군가가 경계 태세로 감옥에 접근하는 듯했습니다.

"누구냐?"

"목소리가 커. 들키면 큰일 난다."

"누구냐?"

사이토 가유는 소리를 낮춰 다시 물었습니다.

"누구든 상관 마."

"그렇게 말하면 안 되지."

"알면 더 안 돼."

그 목소리는 '덴데라'의 노파 중 한 명인 것 같았으나 사이토 가유는 짐작이 가지 않았습니다. 상대도 그 사실을 아는 듯 이름을 댈 기색을 보이지 않았습니다. 씻지 않은 몸 냄새가 코로 침입했기에 누군가가 감옥의 정면에 있음을 알아챘지만, 어둠 탓에 윤곽조차 보이지 않았습니다.

"뭐 하러 왔나?"

사이토 가유는 질문을 바꾸었습니다.

"아직 목소리가 커. 저택에 사는 할멈들은 자고 있어. 작은 소리로 말 못하겠으면 갈 거다."

"알겠네. 주의하지."

"사이토 가유, 당신 무슨 짓을 한 건가? '덴데라'에는 당신에 관한 나쁜 소문이 유포되고 있어, 고작 하루 사이에."

"소문?"

"보관해 둔 곰 고기를 훔쳐 먹은 탐욕스러운 아귀라고들 하더군. 그래서 감옥에 처넣었다고."

사이토 가유는 새로운 분노를 억누르기 위해 코로 심호흡을 거듭했습니다.

　"진정해. 당신이 그런 멍청한 짓을 하지는 않았겠지." 누군지 모를 이가 다독이듯 말을 건넸습니다. "그래서, 뭘 한 거야?"

　"자네한테 그걸 말하라는 건가?"

　사이토 가유는 코를 누르고 작게 대꾸했습니다.

　"믿음이 안 가는 모양이군."

　"내가 어디까지 아는지 떠보려고 온 내통자일지도 모르니까."

　"그렇게 나오시다니."

　누군지 모를 이가 작게 웃었습니다.

　사이토 가유는 그 웃음소리에서 진실함을 잽싸게 포착하고 신뢰할 수는 없어도 사실을 설명하는 정도는 문제가 없으리라고 판단했습니다. 그래서 부자연스러운 흠집이 난 갈비뼈와 그것을 본 미쓰야 메이 등의 태도, 그 결과로 감옥에 갇혔다는 사실을 간단히 이야기했습니다. 사이토 가유가 설명하는 동안 상대는 맞장구 한 번 치지 않았기에 얼빠진 환각에 말 거는 것은 아닌가 싶어 불안해졌지만, 그럴 줄 알았다는 감상이 대답으로 돌아왔습니다.

　"그러면 자네는 알고 있단 소리군. 갈비뼈의 정체와 흠집의 의미를 알고 있다는 거군."

사이토 가유가 물었습니다.

"아니…… 내가 '산맞이'를 한 건 '그 일'이 일어난 다음이야. 하지만 '그 일'이 있었다는 얘기를 뜬소문으로 들었고, 미쓰야 메이한테 확인해 본 적도 있다네."

누군지 모를 이가 대답했습니다.

"메이는 뭐라던가?"

"당신이 말한 거랑 비슷해. '그런 사실은 없고, 설령 있었다고 해도 너만 잊어버리면 없었던 일이 된다'라고 했지."

"더 추궁하지는 않았나?"

"사이토 가유, 누구나 당신과 똑같다고 생각하지는 말게. 나는 당신과 달라. 미쓰야 메이의 말에 따라 잊어버리기로 했어. 비겁한 태도라는 건 알지만 힘들게 살기는 싫었거든."

"자네가 들은 뜬소문인가 하는 내용도 상관없어. 가르쳐 주게나. '그 일'이 대체 뭔가?"

"열여섯 해 전에 노파가 하나 죽었어."

누군지 모를 이가 조용히 입을 열었습니다.

"열여섯 해 전……."

사이토 가유는 어둠 속에서 시선을 한 곳에 못 박은 채 계산해 보았습니다. 나이가 여든여섯이 넘은 노파라면 '그 일'을 알고 있다는 뜻입니다. 그중에서 아직 살아 있는 이는 미쓰야 메이, 오부치 이쓰루, 시이나 마사리, 가쓰라가와 마쿠라, 소카베 나키, 히다카 노코비, 야마모토 시기, 호시나 규우,

오제 호토리, 다치바나 이레, 다치바나 구시, 이시즈카 호노였습니다. 야마모토 시기는 머리가 그렇게 되었으니 제쳐 두고 호시나 규우가 '덴데라'에 들어온 것은 열네 해 전 일이니 그와 마찬가지로 제쳐 둔다고 하더라도, 열 명의 노파가 '그 일'을 목격하거나 경험했다는 결론이 나옵니다.

"젠장할, 역시 무슨 일이 있었던 거군. 그리고 그걸 나한테 숨겼다는 거지? 바보 같은 자식들!"

"목소리가 커졌어." 누군지 모를 이가 주의를 시켰습니다. "'그 일'은 여기서 금기인 것 같아. 전혀 모르는 할멈이 대부분일세. 이야기를 퍼뜨리기 싫다는 고참들의 판단도 이해는 가긴 하지만."

"내 알 바 아니지."

"그런데 사이토 가유, '덴데라'에 온 지 한 달도 안 된 당신이 어떻게 '그 일'을 안 건가?"

"묘지에서 갈비뼈를 발견했어. 날붙이에 긁힌 갈비뼈를."

"그럴싸한 증거 아닌가."

"지금쯤 산산조각이 났겠지만."

"그 뼈, 보고 싶었는데."

"뭐라고?"

"사이토 가유, 내가 협력하겠네. 열여섯 해 전에 무슨 일이 있었는지 조사해 주게."

누군지 모를 이의 목소리가 어둠 속에 울렸습니다.

"그러면 자네도 감옥에 들어갈 텐데."

"이 '덴데라'는 이제 곧 끝장날 거야. 곰도 없어졌으니 미쓰야 메이는 가까운 시일 안에 '마을'을 습격하겠지. 그렇게 되면 이기든 지든 '덴데라'의 존재도 알려지고 말 테니까."

"자네…… 온건파인가?"

"습격파라네. 내 뜻대로 상황을 몰아가고 싶어서 이러는 건 아니야."

"그러면 한번 잊어버리기로 한 일에 왜 다시 손대려는 건가?"

"열여섯 해 전에 죽임을 당한 이가 아무래도 우리 언니 같아."

잠시 침묵이 흐른 뒤 돌아온 그 말을 들은 사이토 가유의 머릿속에 다치바나 이레와 다치바나 구시 쌍둥이가 퍼뜩 떠올랐습니다. 의좋은 육친이 짐승도 아니고 사람에게 죽임을 당한다면 어찌 될지를 남동생을 오랫동안 보살폈던 사이토 가유는 너무도 잘 이해할 수 있었습니다. 이처럼 동정하는 마음을 부풀리는 한편으로 '덴데라'에 사는 사람 중에 언니가 있었던 인물을 머릿속에서 찾아보았지만, '마을'에서 교우 관계가 별로 없었던 탓에 구체적인 인물은 떠오르지 않았습니다.

"이제 와서 죽인 자를 원망하려는 건 아니야. 다만 무슨 일이 있었던 건지 알고 싶어. 열여섯 해 전에 무슨 일이 일어났는지, 왜 언니가 죽임을 당했는지, 그걸 알고 싶어."

덴
데
라

암흑 속에서 다시 목소리가 들려왔습니다.

"하지만 자네는 겁을 먹고 진실을 묻어 둔 채 살아왔어."

"이번엔 달라. 사이토 가유, 나는 당신을 외면할 수가 없었어. 죽임을 당한 언니에게, 그러니까 '그 일'에 아직 미련을 못 버렸다는 증거야."

"그래서 어쩌겠다는 거야?"

"당신은 나한테 다시 일어날 기회를 줬어. 그런 당신을 죽게 놔두진 않아."

어둠 속에서 울리는 그 목소리를 믿을 수는 없었지만, 거짓말 같은 느낌은 없었습니다. 오히려 잃어버린 자긍심을 회복하려는 필사적인 감정이 담겨 있었습니다.

"알겠네." 상대의 진심을 읽은 사이토 가유는 고개를 끄덕였습니다. "자네 생각은 알겠어. 제 모습을 드러내지 않는 겁쟁이는 싫지만, 자긍심이 있는 사람이라면 얘기가 다르지."

"그래…… 고맙네."

누군지 모를 이는 안도한 듯 숨을 깊이 내쉬었습니다.

"하나 질문해도 되겠나?"

"뭔가?"

"자네는 뭘 위해 살지?"

"뭘 위해라……. 글쎄, 흠씬 패 주고 싶어서 사는 게 아닐까?"

누군지 모를 이가 반복해서 중얼거렸습니다.

"누구를?"

"누구든지 간에."

누군지 모를 이는 그렇게 대답하더니 새로 알아낸 게 생기면 다시 오겠다고 말한 뒤 자리를 떴습니다.

사이토 가유는 새로 손에 넣은, 흠씬 패 준다는 말을 뇌리에서 반추해 보았습니다. 감정이나 사고에 분명하게 와 닿는 말은 아니었으나 거칠고 딱히 어색한 느낌 없이 머리에 스며들었습니다. 그래서 기운 빼지 않고 잠들 수 있었습니다.


다음 날 아침, 이시즈카 호노와 가쓰라가와 마쿠라가 물과 옥수수를 들고 나타났습니다. 사이토 가유는 반항하지 않고 그것을 받아 들어서는 타액으로 적시며 먹었습니다. 순순해진 태도에 불신을 품었는지 이시즈카 호노가 웬일이시냐고 물었지만, 사이토 가유는 옥수수만 묵묵히 먹었습니다. 떠드는 것보다 침묵하는 편이 더 강한 주장일 수 있구나 하고 침묵의 효과를 깨달았습니다.

그날 밤과 다음 날 밤에도 아무 일 없었으나 하루가 더 지난 새벽에 인기척이 느껴졌습니다. 사이토 가유는 눈에 힘을 주고 어둠 속을 응시했지만 역시 윤곽조차 보이지 않았습니다.

"늦었잖아. 들켜서 죽은 줄 알았네."

사이토 가유는 괜히 기분이 상해 거친 말을 내뱉었습니다.

"그런 실수는 안 한다네. 어떤가, 감옥 생활은?"

"어떻고 말고가 있겠나?"

"목소리가 커."

"어떻고 말고가 있겠나? 아무것도 바뀌는 게 없어. 머리만 제멋대로 굴러가지."

상대의 지적에 사이토 가유는 소리를 낮춰 대꾸했습니다.

"머리를 굴렸으면 얻은 게 있지 않겠나?"

"주장을 갖고 싶다고 생각했어."

"주장이라." 누군지 모를 이는 목소리를 살짝 높였지만, 더 캐묻지는 않았습니다. "오늘 아침 미쓰야 메이가 선언했다네. 이틀 뒤에 '마을'을 습격한다고 했어."

"이틀 뒤라. 멍청하군. 승산은 없겠지."

사이토 가유가 생각하기에는 너무 서두른다 싶었습니다.

"습격파는 그리 생각하지 않아. 곰을 물리치고 자신이 생겼으니까. 새로운 무기도 손에 넣은 참이고."

"무기?"

"곰의 뼈야. 뼈를 날카롭게 갈아서 단도와 창을 만들고 있어."

"시시하긴 하지만 나무창만 갖고 쳐들어가는 것보다는 한결 낫겠지. 이시즈카 호노와 시이나 마사리는 어쩌고 있나? 온건파는 힘을 잃어버린 건가?"

사이토 가유는 콧방귀를 뀌며 물었습니다.

"곰을 물리치고 자신감이 생긴 습격파의 움직임을 억제할 수 있을 정도는 못 돼."

"영 쓸데가 없군……. 그래서 본론은 어찌 됐나? 열여섯 해 전 얘기는? '그 일' 얘기는?"

"눈에 띄는 행동은 못 하니까 이렇다 할 수확은 없었지만, '그 일'에 관해 지금까지도 마음 쓰는 사람과 접촉할 수 있었다네. 뭐, 예전에 나한테 '그 일'이 있었다는 사실을 가르쳐 준 할멈이긴 하지만."

"누군데?"

"가르쳐 줄 수는 없지만 안심해도 된다네. 신뢰할 만한 할멈이야. 그 할멈한테 새로운 사실도 들었어. 아무래도 '그 일'로 죽은 건 우리 언니뿐만이 아닌 것 같아."

"대량 학살이었던 건가?"

"모르지."

"끝까지 물어보고 와."

사이토 가유는 짜증이 나기 시작했습니다.

"이만큼 알아내는 데도 얼마나 고생했는지 알아?"

"그것만으로는 열여섯 해 전에 무슨 일이 생겼는지 억측조차 못 하겠어." 사이토 가유는 어둠 속에서 팔짱을 꼈습니다. "아니, 잠깐만……. 습격파와 온건파가 자기들끼리 다퉜다고 생각할 수는 없나?"

"만약 그렇다면 시이나 마사리나 이시즈카 호노가 피해자랍시고 온갖 선전을 하고 다니겠지. 게다가 자기들끼리 다퉜다고 해도 증거가 없어."

"찾아와."

"이 이상 움직이면 눈에 띌 수밖에 없어."

"이틀 뒤에 '덴데라'가 끝장이 난다면 마음껏 움직이라고.
나라면 그럴 거야."

사이토 가유는 옥중에 있는 자기 처지를 답답하게 느꼈습
니다.

"누구나 당신처럼 할 수 있는 건 아니야. 게다가 나한테는
나름대로 생각이 있다고."

"생각?"

"습격에 한번 걸어 보려고 해. '마을'을 습격하는 혼란 속에
서 정보가 샐지도 모르잖아."

"너무 희망적인데."

사이토 가유는 낙담했습니다.

"희망적? 아니야, 마지막까지 희망을 안 버리는 거지."

누군지 모를 이가 그리 대답하더니 쩔렁쩔렁 딱딱한 소리
가 나는 것을 감옥 안으로 던졌습니다. 사이토 가유는 바닥을
더듬어 그것을 찾아냈습니다. 차가운 감촉이 손가락을 자극
했습니다.

"뭐야, 이게?"

"감사의 표시. 수저라고 하면 되려나? 곰 뼈로 만들었으니
크기도 크고 튼튼해."

"수저⋯⋯."

"사이토 가유, 마지막에 말해 둬야 할 게 있어." 누군지 모를 이의 목소리에 무게가 실렸습니다. "아무래도 '덴데라'는 당신을 감옥에 방치하기로 결정한 것 같아."

"죽게 내버려 두겠다는 건가?"

"그런가 보지."

"입막음을 하겠다니, 갈 데까지 간 놈들이군."

사이토 가유는 혐오의 목소리를 목구멍 깊숙한 곳에서 울렸습니다.

"어쨌든 그 수저를 써서 감옥에서 나오게. 다음 일은 나도 몰라. 당신한테는 당신 나름의 살아가는 방식이 있을 테니 그걸 실행하면 되겠지."

누군지 모를 이가 그렇게 말했지만, 사이토 가유는 어둠 속에서 수저를 손에 쥔 채 말없이 아랫입술을 깨물 뿐이었습니다.

"왜 그래, 갑자기 조용해져선. '덴데라'를 나와서 간절히 바라던 '산맞이'를 하는 것도 좋고, 여기 사는 할멈들과 대결해도 좋겠지. 하고 싶은 걸 하게. 당신은 온전히 자유로워진 거야. 그럼 이만. 여기에 오는 건 이제 끝이네. 기회가 되면 또 보자고."

"잠깐!"

사이토 가유는 누군지 모를 이를 불러 세웠습니다.

"큰 목소리를 내지 말라고 했을 텐데. 왜 그래. 갑자기 자유를 손에 넣더니 겁이라도 먹은 건가?"

"자네 누구야? 이제 이름을 댈 때도 됐다. 이런 식으로 신세 지게 하고 사라진다니 비겁해."

"비겁하다고? 교활한 말을 생각해냈군."

"다른 말은 됐고, 이름을 대라."

"당신의 지지자야. 나는 당신이 살았으면 좋겠어. 여기에서 나가도 '산맞이'를 않고 살았으면 좋겠어. 이제 진짜로 인사를 할게. 서로 살아 있으면 또 만나도록 하지. 사이토 가유, 당신에게 감사하고 있어."

누군지 모를 이가 즉각 대답했습니다. 그리고 나서 어둠 속에 녹아들듯 움직여 사라지고 말았습니다.

앞으로 뭘 해야 하는지 골똘히 고민해 보려는 사이토 가유의 내부에 배신하면 안 된다는 말이 출현했습니다. 사이토 가유는 그 말의 구체적인 의미를 모르는 채 수저를 흙에 꽂았습니다. 예상보다 소리는 작았고, 또 예상보다 파기가 편했습니다. 천장의 흙도 어느 정도 떠낸 뒤 창살을 꼭 잡고 힘주어 단숨에 잡아당겼습니다. 너무나 손쉽게 뽑혔습니다. 자유를 손에 넣은 사이토 가유는 털가죽을 걸치고 수저를 쥔 채 감옥을 빠져나갔습니다.

3

 오랜만에 움직여서 그런지 뼈가 마디마디 지끈거렸지만,
상관하지 않고 걸어 저택 일 층에 도달한 사이토 가유는 바깥
으로 얼굴만 내밀었습니다. '덴데라'에는 어둠이 펼쳐져 있었
으나 지하와 비교하면 현격히 밝았기에 사이토 가유는 눈으
로 쉽게 정황을 파악했습니다. '덴데라'에는 복수의 모닥불이
지펴져 있었습니다. 곰이 오지 않는다고는 해도 죽었다는 확
증이 없기에 경계를 풀지는 않았습니다. 사이토 가유는 밖으
로 뛰어나가 저택 벽에 몸을 바짝 붙이고 다음에 뭘 해야 할
지 생각했습니다. 도망간다. 싸운다. 숨는다. 몇 가지 선택지
가 떠올랐지만, 딱히 이거다 싶은 안이 떠오르지 않습니다.
주위를 둘러보자 달빛이 눈 쌓인 땅을 비추고 있었습니다. 쌓
인 눈은 저편에 우뚝 솟은 '산'까지 이어져 있었습니다.
 '어디든지 갈 수 있다.'
 그런 발상이 용기를 불어넣었습니다. 활력이 솟구치고 머
리도 개운해지고 전신이 뜨거워집니다. 앞서 가는 발상을 차
분한 생각이 쫓아가지 못했지만, 그래도 머리에 두른 소복 조
각을 생각하면서 공기를 빨아들이며 결의했습니다. '갈 수 있
는 곳까지 가자. 그러다 무언가를 쓰러뜨려야 할 때가 오면
곰 뼈로 만든 이 수저로 베어 버리자.' 그렇게 결의했습니다.

사이토 가유가 결의의 한 발짝을 내딛는 것과 비명이 들린 것은 거의 동시였습니다. 횃불을 든 작은 무리가 멀리 보였습니다. 유심히 관찰하여 미쓰야 메이, 히다카 노코비, 오오이 쓰구, 도미나가 간, 히이라기 쓰사까지 다섯 명이라는 것을 확인했습니다. 무언가를 쫓아가는 듯이 보였습니다.

가냘픈 비명을 예전에도 들은 기억이 났습니다. 가쓰라가와 마쿠라의 목소리였습니다.

가쓰라가와 마쿠라는 금방 집단에 둘러싸여 그 자리에 풀썩 쓰러졌습니다. 사이토 가유는 조심스레 그쪽으로 접근했습니다. 전원이 나무창을 들고 흐느껴 우는 가쓰라가와 마쿠라를 겨누고 있었습니다. 다들 의식을 가쓰라가와 마쿠라에 집중하고 있는 것 같았기에 사이토 가유는 들키지 않고 작은 무리의 바로 뒤까지 다가갔습니다.

파랗게 질린 낯빛이 달빛 아래에서 한층 더 파래진 채 가쓰라가와 마쿠라는 그만해, 그만해, 하고 거듭 애원했습니다. 그 목소리는 너무나 연약해서 입에서 나온 순간 사라져 버릴 것만 같았습니다. 가쓰라가와 마쿠라를 둘러싼 노파들은 아무런 반응도 없이 나무창을 겨눈 채 수런수런 의논하고 있습니다.

"가쓰라가와 마쿠라, 말을 들어라." 미쓰야 메이가 한 발짝 앞으로 나섰습니다. "괜찮아. 도와줄 테니까."

"도와준다고?" 가쓰라가와 마쿠라의 목소리에는 여전

히 힘이 없었습니다. "거짓말이야. 어떻게 도와주겠다는
거……."

말이 거기서 끊기고 뒤이어 심한 기침이 쏟아졌습니다. 가
쓰라가와 마쿠라는 경련하면서 눈 속을 데굴데굴 굴렀습니
다. 당황한 노파들은 그 광경을 멀뚱히 쳐다볼 뿐입니다. 도
대체 이게 무슨 일이냐고 히이라기 쓰사가 공포에 찬 목소리
로 중얼거렸습니다.

"가쓰라가와 마쿠라, 돌아가세. 자네한테는 이제 갈 데도
없지 않나."

미쓰야 메이만이 꿈쩍도 하지 않고 설득했습니다.

"사, 사…… '산'에 가고 싶어……. '산맞이'를 해서, 그, 극
락정토에 가고 싶어……."

가쓰라가와 마쿠라는 거의 쥐어짜듯이 목소리를 내뱉었습
니다. 하지만 뒤로 갈수록 서서히 작아지다가 결국 쿨럭거리
는 기묘한 소리로 변하면서 가쓰라가와 마쿠라의 등이 크게
흔들렸습니다. 사이토 가유는 무심코 소리를 질렀지만 아무
에게도 들리지 않았습니다. 가쓰라가와 마쿠라를 둘러싼 노
파들이 사이토 가유보다 더 크게 소리치며 물러섰기 때문입
니다.

가쓰라가와 마쿠라는 피를 토하고 있었습니다.

등이 움찔할 때마다 대량의 피가 입에서 흘러나와 주위를
붉게 물들입니다. 피에서 고약한 냄새가 감돌았습니다. 부패

덴
데
라

한 내장이 그대로 피에 녹아든 것 같은 비릿한 냄새였습니다.

"사…… 살려 줘."

가쓰라가와 마쿠라는 여전히 피를 토하면서도 몸을 일으켜 노파들에게 다가갔습니다. 그러자 노파들은 나무창을 내팽개치고 소란스럽게 줄행랑을 쳤습니다.

"진정해라! 빨리 붙잡아라!"

미쓰야 메이가 명령했지만 노파들의 귀에까지 닿지 않는 듯, 하나같이 가쓰라가와 마쿠라에게서 도망가기에 바빴습니다. 작은 무리는 개인으로 흩어져 다리 다친 산토끼처럼 꼴사납게 펄쩍펄쩍 뛰고 있었습니다.

오오이 쓰구만이 움직이지 않았습니다.

나무창을 꼭 쥔 채 움직이지 않았습니다.

그러다 갑자기 나무창을 떨어뜨리고 그 자리에 쓰러지더니 대량의 피를 토했습니다. 고약한 냄새가 더욱 진하게 퍼졌습니다. 법석을 떨던 노파들도, 가쓰라가와 마쿠라마저도 오오이 쓰구를 보고 움직이기를 멈췄습니다. 부자연스러울 만큼 주위가 고요해져서 구름이 흐르는 소리까지 들릴 것만 같았습니다.

"전염병이다! 아이고, 아이고, 전염병이 시작됐어! 다 죽을 거야, 죽을 거야……."

가쓰라가와 마쿠라의 절규가 침묵을 갈랐습니다. 떨어져 나간 코에서 피를 뿜으며 가쓰라가와 마쿠라는 방금 피를 토한 사람이라고는 생각할 수 없는 잽싼 발걸음으로 뛰어다녔습니다.

"닥쳐라, 닥쳐! 누가 저년 좀 붙잡아라!"

미쓰야 메이가 외쳤으나 그 목소리 역시 노파들의 귀에는 닿지 않았습니다. 완전히 제정신을 잃어버린 노파들까지 가쓰라가와 마쿠라에 합세해 사방팔방 뛰어다녔습니다. 광란의 비명을 지르며 전염병이다, 전염병이다 하고 요란스레 설쳤습니다.

전염병이라는 말 자체가 하나의 전염병인 것처럼 삽시간에 '덴데라'로 전파되어, 잠에서 깬 노파들이 차례차례 집 밖으로 나왔습니다. 비명을 지르며 뛰어다니는 가쓰라가와 마쿠라. 죽은 듯이 미동도 없는 오오이 쓰구. 눈 위에 여기저기 튄 핏방울. 그 광경을 목격한 노파들 또한 전염병이다, 전염병이다 하고 떠드는 거대한 소용돌이에 합세했습니다.

광란 속에서 가쓰라가와 마쿠라가 사이토 가유를 발견하고 딱딱하게 굳은 표정을 풀며 달려왔습니다.

"가유, 살려줘……. 싫어……. 싫어……. 전염병에 걸려서 죽는 건 싫어……."

가쓰라가와 마쿠라는 사이토 가유의 어깨에 손을 뻗었습니다.

"전염병이라니 무슨 말이야?"

사이토 가유는 위태롭게 흔들리는 가쓰라가와 마쿠라의 몸을 꽉 붙들었습니다.

"전염병이야. 전염병이야. 난 이제 죽을 거야. 사람들이 날 죽일 거야."

"죽인다고?"

"자네, 왜 여기에 있지?"

목소리가 들린 쪽을 돌아보다가 미쓰야 메이와 눈이 마주쳤습니다.

"싫어! 오지 마! 오지 마! 사, 사, 살인자!"

가쓰라가와 마쿠라는 미쓰야 메이를 보고 겁에 질려 사이토 가유의 등 뒤에 숨었습니다.

"살인자란게 무슨 말이야?"

사이토 가유가 즉시 물었습니다.

"메이는……, 미쓰야 메이는 '덴데라'에 전염병이 돌았을 때 병에 걸린 사람들을 죽여 버렸어. 가슴에 칼을 찔러 죽여 버렸어. 나도 죽일 거야! 사람들 앞에서 여봐란듯이!" 가쓰라가와 마쿠라가 다시금 소리쳤습니다. "전염병이다……. 전염병이 시작됐다……!"

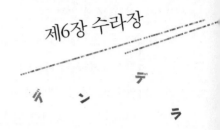

## 제6장 수라장

1

사이토 가유가 파헤친 감옥을 수리한 뒤 거기에 가쓰라가와 마쿠라를 가두고, 오오이 쓰구의 시체를 묘지에 묻고, 여기저기 튄 핏방울을 눈으로 감추고, 사태를 목격한 노파 모두에게 함구령을 내린 다음에 미쓰야 메이는 사이토 가유를 저택 이 층으로 데려가 열여섯 해 전에 생긴 일, 즉 '그 일'의 진실을 털어놨습니다.

열여섯 해 전 한여름에 노파 한 명이 피를 토했다. 처음엔 무슨 병인지 모른 채 간호했지만, 환자를 돌보던 노파 중 몇 명에게서 똑같은 증상이 나타나 전염병임을 알게 되었다. 점점 피해자가 늘어나면서 당시 '덴데라'에 살던 스물아홉 명 중 열세 명이 사망했다. 증상은 고약한 냄새를 풍기는 피를 토하며 갑자기 죽거나 몇 주 동안 계속 피를 토하다 죽거나 둘 중 하나였다. 살아남은 노파들은 공포에 질려 결국에는 하나의 결론에 도달했다. 감염자를 몽땅 죽이자는 것. 미쓰야 메이 혼자서가 아니라 '덴데라' 전체가 내린 결론이었다. 습격파든 온건파든 모두가 찬성했다. 온건파의 수장인 시이나 마사리도, 그해 '덴데라'에 온 이시즈카 호노도 발병한 자를 죄다 죽이는 데 동의했다. 학살의 결단을 내린 미쓰야 메이는 '마을'에서 이루어졌던 다양한 징벌을 참고로 삼았다. 광장에 노파들을 모으고 돌로 만든 칼 중 아직 날카롭게 갈지 않은 칼을 꺼내 전원에게 그 칼을 갈도록 명령했다. 광장에 모인 노파들은 땡볕 아래 땀을 뻘뻘 흘리며 칼을 갈았다. 한 사람이 갈고 나면 다음 사람이 갈고, 그 사람이 다 갈면 그다음 사람이 갈아서 그날 저녁에 칼이 완성되었다. 이 층 누각에 선 미쓰야 메이는 아직 살아 있는 환자 세 명을 자기 앞에 눕힌 뒤 노파들의 시선을 일제히 받으며 그들을 죽였다. 시체는 묘지에 묻었다. 그 결과 전염병은 사라지고 그해 가을이 시작될 즈음 전염병의 시대는 완벽히 없었던 일이 되었다.

말로 하면 이것이 전부였으나, 사이토 가유 입장에서는 아직 끝나지 않은 이야기였습니다. 살해당한 환자 세 명 중 한 명이 기리야마라는, 귀에 익은 성씨였기 때문입니다. 사이토 가유는 기리야마 소우의 목소리를 떠올려 보려다 한 번도 목소리를 들은 적이 없음을 깨달았습니다.

"왜 숨겼지?"

덴
데
라

사이토 가유는 먼저 무엇보다도 묻고 싶었던 말을 꺼냈습니다.

"굳이 들려줄 이야기도 아니잖은가? 치료법을 모르는 돌림병만큼 무서운 것도 없어."

"이 이야기, 기리야마 소우에게 해야 하지 않을까?"

"하지 마라."

미쓰야 메이는 몸을 일으키더니 바람이 부는 이 층 누각으로 걸어가 전염병의 시대가 다시 시작되었다고 힘없는 목소리로 중얼거렸습니다.

"이봐, 어떻게 치료할 수 없을까? 곰 뼈나 쓸개는 약으로 쓸 수 있다던데."

사이토 가유는 축 처진 미쓰야 메이의 태도에 불안해진 자신을 다독이고자 의견을 내놓았습니다.

"쓸개는 바로 꺼내지 않으면 알맹이가 흘러나와 버린다더군. 죽은 지 닷새나 지났으니 이젠 텅 비었을 거라고 아사미 히카리가 그랬어." 미쓰야 메이는 등을 돌린 채 말을 이었습니다. "그리고 뭐라고, 뼈? 그런 건 미신이야."

"한심하군. 처음부터 포기하다니."

"가쓰라가와 마쿠라가 어쩌고 있는지 보고 오라고. 전염병이 얼마나 끔찍한지 네 눈으로 직접 확인하는 게 좋을 거다."

"미쓰야 메이……, 자네 설마 가쓰라가와 마쿠라를 죽게 내버려 둘 셈인가?"

"내버려 둔다고? 그렇지 않아. 죽여야지."

미쓰야 메이는 무표정한 얼굴로 이쪽을 돌아보며 대꾸했습니다.

"또 사람을 죽이려고?"

"또 사람을 죽일 거다."

"전염병에 걸리면 잘라내 버린다니 정말 너무하군."

"열여섯 해 전 가쓰라가와 마쿠라는 자기처럼 전염병에 걸린 사람을 잘라내 버렸어. 같은 꼴을 당해도 불평은 못 하겠지. 죽인 건 나지만 모두가 살의를 품고 있었어. 가쓰라가와 마쿠라는 나한테만 책임을 돌렸지만 말일세. 치졸한 놈이야."

"약을 가지고 오는 건 어때? '마을'을 공격할 거라면, 이길 수 있다는 생각으로 공격하는 거라면 약을 가지고 와. 그러면 해결되지 않겠어?"

미쓰야 메이는 놀란 듯이 눈을 휘둥그레 뜨고 한동안 묵묵히 사이토 가유를 쳐다보았습니다. 그러더니 입을 작게 벌리고 웃음소리를 흘렸습니다. 입도, 목소리도 점점 더 커지며 귀신처럼 변모해 갔습니다.

"그런가…… 그렇군!" 미쓰야 메이는 웃으며 말을 이었습니다. "'마을'을 습격해서 '마을'에 이기면 전부 다 '덴데라' 것이 되지 않겠나! 약도 '덴데라' 것이 되지 않겠나! 약초밭을 빼앗으면 된다. 하핫!"

박장대소가 퍼져 사이토 가유의 귀뿐 아니라 전신을 휩쌌

덴
데
라

습니다. 사이토 가유는 끈적거리며 자신을 포위한 웃음소리의 무게를 느끼며 미쓰야 메이가 급격히 원상태로 회복하는 것을 지켜보았습니다.

"습격으로 전염병을 해결한다! 왜 그 생각을 못했을까? 난 바보야! 정말 바보지 뭐야! 하핫!"

미쓰야 메이가 검붉은 얼굴을 더욱 붉게 물들이며 말했습니다.

"하지만 습격에 참가할 수 있는 사람이 있을까? 지금 '덴데라'는 상황이 말이 아니야. 곰한테 이미 여러 명 죽었는데 이젠 전염병이 퍼지려고 하니……."

"사이토 가유, 알아 둬라. 나쁜 시기가 왔을 때는 가만히 참는 게 아니라 유효하게 활용하는 거다." 미쓰야 메이는 완전히 기운을 되찾은 듯 웃음을 멈추더니 귀중한 사실을 차근차근 전달하는 듯한 어조로 말을 이었습니다. "'덴데라'에 사는 할멈들은 겁쟁이 개새끼들처럼 벌벌 떨고 있어. 그런 할멈들한테 '마을'을 공격하면 약을 얻을 수 있다고 말한다고 생각해 봐. 꼬리를 살랑거리며 좋아하거나, 공격적으로 이빨을 드러내고 좋아하거나 둘 중 하나겠지. 어느 쪽이 됐든 좋다며 공격에 참가할 거란 말이야. 습격파든 온건파든 상관없이."

"무슨 말인지는 알겠지만, 전염병은 이미 퍼지고 있는데?"

"내가 우두머리로서 공략해야 할 점이 바로 그거다. 함구령을 내려 놨지만, 아침이 밝으면 전염병이 돈다는 소문이 쫙

퍼질 거야. '덴데라'는 열여섯 해 전과 똑같이 엄청난 공포에 지배당하고 내 권력은 사라지겠지. 내일이란 하루는 내가 실력을 발휘할 시험대나 마찬가지다. 내일을 버텨 내면 앞으로 나아갈 수 있고, 못 버티면 죽고 말 거야."

"……죽는다고? 왜 그런 표현을 쓰지?"

"얼빠진 소린 그만해라. 싸움에 지면 죽어. 당연한 이치 아닌가!"

미쓰야 메이가 누렇게 탁해진 이를 드러냈습니다.

사이토 가유는 이를 하나하나 바라보면서 지금 나온 말이 미쓰야 메이가 백 년을 들여 얻어 낸 주장임을 이해했습니다. 미쓰야 메이는 '마을'에서 일흔 해, '덴데라'에서 서른 해를 싸웠습니다. 둘 다 진정한 의미에서 전쟁터였습니다. 패배는 죽음과 직결됐습니다. 미쓰야 메이는 다시 새로운 싸움에 도전하려는 것입니다.

"자네와 이야기하는 것도 마지막일지 모르니, 좋은 걸 하나 가르쳐 주지." 미쓰야 메이는 얼굴을 감싼 두건에 손을 대고는 말을 이었습니다. "힘든 일도, 즐거운 일도, 적도, 내 편도, 도피도, 결단도, 애매함도 전부 싸움에서 이겨 쟁취한 결과로서 내 안에 축적된다. 그러니 대충 하면 안 돼. 한눈을 팔아도 안 돼. 흐름에 몸을 맡기기만 하면 흐름 속에 휘말리고 말아."

"무슨 말이야?"

"이해가 안 가도 괜찮아. 그래도 방금 한 말은 기억해라. 그

덴
데
라

리고 한심해 빠진 이유로 바라던 게 이루어지지 않았을 때 떠올리도록 해라. ……말을 많이 했군. 사이토 가유, 자네와는 '마을'에 살 때도 이렇게까지 얘기한 적이 없었는데."

미쓰야 메이는 사이토 가유 앞으로 돌아오더니 조용히 바닥에 앉았습니다.

"나이 차가 많이 나니까. 자네는 '마을'에서 아낙네들을 이끄는 역할이었지. 어린 계집애였던 나는 그런 자네를 보아 왔었어. 대단한 사람이라고 인정하고 있었어."

"그 지저분한 '마을'에서 여자는 더더욱 지저분한 것 취급을 당했지. 딱히 여자들의 목소리를 키우고 싶다는 생각을 한건 아니었지만, 어떻게 바꿔 보고 싶다는 마음은 있었어. 맞아, 어떻게 좀 바꿔 보고 싶었어."

"미쓰야 메이, 자네한테는 그것도 싸움이었나?"

"그런 셈이지. 다음 싸움은 '마을'을 습격하는 거다."

"습격한다고 해서 뭐가 바뀌나? 그래서 뭘 얻을 수 있지?"

"시원하게 대답해 주고 싶지만, 실제로 습격해 보지 않으면 몰라." 미쓰야 메이는 백 해 동안 햇볕에 탄 검붉은 얼굴을 들어 보였습니다. "사이토 가유, 자네는 그저 '산맞이'를 하고 싶기만 한가?"

"나는…… '덴데라'의 일원이야. 이런 몸으로 다시 '산맞이'를 해 봤자 극락정토엔 못 가. 소복도 이렇게 더러워졌고."

"그렇군. 극락정토에 가기 위해 입는 옷은 아니게 됐구먼."

"그러니까 나는 이제 다시는 '산' 이야기를 안 하겠어."

사이토 가유는 자신의 육체를 감싼 소복을 내려다보았습니다. 이제껏 살아남았다는 증거처럼 때와 흙과 피로 얼룩져 더는 소복이라고 할 수 없을 만큼 변해 있었습니다.

"태도가 좋군. 그러면 이제 어떡할 건가? '산'을 잃어버린 자네는 이제 어떡할 건가? 천천히 생각할 시간은 없어. 전염병은 금세 퍼질 거야. 나는 내 생각을 금세 실행할 거야. 자네가 판단을 못 내리는 사이에도 모든 것은 아랑곳없이 앞으로 나아간다네."

"알아. 그래서 나는 무언가를 굳게 마음먹고 싶어. 지금을 타파하고 무언가를 정한 뒤에 나아가고 싶어. 큰일이 아니라도 돼. 옳은 일이 아니라도 돼. 내가 믿을 수 있는 거라면, 그거면 돼."

사이토 가유는 성실한 태도로 대답한 뒤 문득 한기를 느끼고는 털가죽을 몸에 감았습니다.

"그러면 사이토 가유, 큰일을 한번 해 보지 않겠나? 그야말로 엄청난, 무지막지한, 누구나 입을 딱 벌리게 할 만한 일을 해 보지 않겠나? 이놈이고 저놈이고 다 때려죽인다든지, 이놈이고 저놈이고 다 무릎 꿇린다든지, 그런 일을 한번 해 보지 않겠나? 앞으로 나아가 보지 않겠나? 이봐, 큰 목표를 세우라고. 자네의 큰 목표는 뭔가? 자네는 뭐가 되고 싶나?"

"나는……."

뎬
데
라

사이토 가유는 입을 자연스레 움직여 하나의 말을 형성했으나, 아직은 너무나도 작아 목소리가 되지도 못했습니다. 지켜보던 미쓰야 메이는 비아냥거리지 않고 오히려 이해한 듯 눈꼬리를 내리며 알았다고 중얼거렸습니다.

"이제 할 말은 다 했다. 가라."

미쓰야 메이가 눈꼬리를 원래 위치로 되돌리더니 명령했습니다.

"가라니…… 나는 어떡해야 하지?"

"내가 어떻게 알아. 시작된 지 벌써 한참 지났어. 빨리 가라. 빨리 나아가라. 큰 목표를 위해 싸워라."

미쓰야 메이의 내치는 듯한 말투에 모든 이야기가 끝났음을 이해한 사이토 가유는 벌떡 일어나 일 층으로 이어지는 사다리로 향했습니다.

"사이토 가유." 등 뒤에서 불쑥 목소리가 들렸습니다. "자네를 감옥에서 꺼내 준 이는 누군가?"

"……"

"누구든 상관없지만, 그놈은 자네보다 훨씬 열심히 온 힘을 다해 살고 있구먼."

그때야 비로소 모든 대화가 끝났습니다. 사이토 가유는 저택을 나왔습니다. 기리야마 소우와의 협력 관계를 자백한다고 해도 전염병이 부활한 '덴데라'에서 큰 문제는 되지 않겠지만, 그래도 입 밖으로 꺼내지는 않았습니다. 예측할 수 없는 일이 늘어났기에 문제를 지금 보이는 만큼만 남겨 두고 싶었던 것입니다.

집에 돌아오자 마카베 이누이가 분주하게 장작불을 때면서 가쓰라가와 마쿠라와 오오이 쓰구가 어쩌고 있는지를 아마미 아테에게 이야기하고 있었습니다. 사이토 가유가 돌아와도 마카베 이누이와 아마미 아테는 별다른 반응을 보이지 않았고, 야마모토 시기는 물론 말할 것도 없이 조용했습니다. 둘은 열여섯 해 전의 사건에 관해 소문조차 듣지 못한 듯 하얗게 질려 벌벌 떨고 있었습니다. 지금은 아직 이처럼 집 단위였으나, 아침이 밝으면서 소문의 범위가 확대되어 마침내 자신을 포함한 모두가 공포에 지배당하리라는 생각이 문득 떠올랐습니다. 예측은 적중했습니다.

'덴데라'에 아침 햇빛이 비치는 것보다 조금 빨리 움직이기 시작한 노파들은 누가 시키지도 않았는데 광장에 모여들었습니다. 그리고 서로의 얼굴도 안 보일 정도로 어두운 와중에 알게 된 정보를 황급히 교환했습니다. 그중에는 사이토 가유도 있었습니다. 분명한 목적은 없었으나 그 자체는 어떤 변명도 안 됩니다. 왜냐하면 광장에 모인 노파들 대부분이 사이토 가유와 같은 심정이었기 때문입니다. 설령 뭘 어쩌고 싶은지 물어보았다 해도 노파들은 말문이 막혔을 겁니다.

발끝을 서로 밟아 가며 주고받는 이야기를 들어 보니 마음에 걸리는 소문이 있었습니다. 이번 전염병의 원인이 곰 고기라는 것이었습니다. 새끼 곰이 묘지를 파헤쳤으니 열여섯 해 전에 죽은 전염병 환자의 시체를 먹었을 가능성이 높고, 새끼 곰 고기를 먹었기 때문에 다시 전염병이 퍼진 게 아니냐는 의 견이었습니다. 누구 입에서 나온 얘기인지는 알 수 없으나 기 묘한 설득력을 갖춘 그 소문은 마침내 노파들의 공통된 견해 가 되었습니다. 사이토 가유는 잔치의 정경을 머릿속에 떠올 리고 이시즈카 호노, 소카베 나키, 시이나 마사리, 오제 호토 리, 다치바나 이레, 다치바나 구시까지 여섯 명이 곰 국물을 배급받는 줄에 서지 않았음을 기억해 냈습니다. 그때 사이토 가유는 식욕에 사로잡혀 아무 생각도 못 했지만 이제 와서나 마 머리를 굴려 추측해 보았습니다. 그러나 어떤 발상이 나왔 을 때, 그 발상은 추측이라는 애매한 것이 아니라 하나의 절 대적인 결론이 되었습니다.

"곰 고기 탓이야!"

사이토 가유는 자기 생각이 말이 되어 튀어나왔다고, 비록 순간일지언정 진심으로 생각했습니다. 그만큼 그 말이 자기 생각과 일치했던 것입니다. 비슷한 생각을 한 이는 사이토 가 유만이 아니었는지, 놀란 듯 또는 창피한 듯 얼굴을 들고 목 소리가 어디서 났는지를 확인하려는 노파들이 여럿 있었습 니다.

목소리를 낸 이는 소카베 나키였습니다.

"나는 곰 고기를 안 먹었어! 오싹한 예감이 들었으니까. 안 그래? 그 새끼 곰은 묘지를 파헤쳤다고. 그런 고기를 먹고 멀쩡할 리가 없지!"

소카베 나키는 공격적인 어조가 담긴 쉰 목소리로 내던지듯 외쳤습니다.

그 목소리는 고기를 먹은 사람들, 즉 노파 대부분에게 죽음의 선고나 마찬가지였습니다. 여기저기에서 비명에 가까운 흐느낌이 속출하고 마침내 통일된 분노로 형태를 바꾸어 나타났습니다. 사이토 가유는 자신 역시 분노하고 있다는 것 그리고 그 분노가 근거 없는 사실이라는 것을 알고 있었으나, 그래도 자기 안에서 부글대는 분노에 몸을 맡겼습니다. 근육 하나하나가 펄떡였고 머리가 제 기능을 멈췄습니다. 사이토 가유는 거의 무의식에 가까운 상태로 양팔을 들고 곰 고기 탓이라고 소리쳤습니다. 공통의 분노를 발동시키는 게 그저 기분 좋았던 것입니다. 다른 노파들도 똑같이 소리치자 그것은 주장이 되었습니다. 방침 따위는 전혀 없었으나 방침이 없어도 현실은 움직입니다. 누가 선창할 필요도 없습니다. 노파들이 소리치며 열기를 뿜어내는 바람에 광장에 쌓인 눈이 녹아 질퍽해졌습니다. 집단이 발생하는 열기가 뜨거워지고 우렁찬 발소리가 터져 나오며 분노와 열기를 누군가에게 부딪고 싶어 참을 수가 없어집니다. 누군가를 적으로 삼고 싶어져 참을 수가 없어집니다. 투지는 광장 앞쪽에 세워진 저택과 그 저택의 주인에게 지극히 자연스레 향했습니다. 그때 노파들에게 미쓰야 메이는 곧 모든 악의 근원이었습니다. 사이토 가유마저 그런 기분에 빠졌습니다. 곰 고기에 전염병이 도사리고 있었다 해도 미쓰야 메이가 미리 알았을 리 없으나, 미쓰야 메이를 적이라고 외치는 목소리는 계속 퍼졌습니다. 노파들이 증오를 담아 미쓰야 메이의 이름을 외쳤기에 사이토 가유도 똑같이 해 보았습니다. 그러자 안도의 마음과 함께 동조의 쾌락이 솟구쳐 열기와 분노와 흥분과 섞이며 왜 이렇게 땀을 흘리는 것인지, 왜 이렇게 소리를 치는 것인지, 자신이 무엇을 생각하는 것인지 알 수 없게 된 데다 그것을 이해할 필요성조차 알 수 없게 되었습니다. 의식은 흐릿해져 휘청거리는데 분노의 느낌만이 확연하게 의식의 수면 위로 드러났습니다. 그런 와중에 노파들은, 그리고 사이토 가유는 전염병을 퍼뜨린 장본인이 미쓰야 메이라는 것을 굳게 믿는 데 성공했습니다. 세세한 증거나 반론을 무시하고 확신만을 품는 데 성공했습니다. 노파들이 뿜어내는 열과 몸 냄새가 소용돌이치며 저택과 거세게 충돌했습니다.

"이놈들, 닥쳐라! 닥치지 못할까! 다 같이 잘못된 길로 나아가서 사이좋게 지옥으로 갈 셈인가? 그래서 행복한가?"

미쓰야 메이가 이 층 누각에 나타나 소리쳤습니다.

미쓰야 메이의 목소리를 들었지만 사이토 가유는 제정신을 찾지 못하고 다시 양손을 번쩍 들어 미쓰야 메이의 이름을 외쳤습니다. 노파들도 미쓰야 메이에게 분노의 함성을 내질렀습니다.

"곰 고기와 전염병을 한데 묶지 마라! 전염병에 걸린 짐승 고기를 먹었으면 몰라도 새끼 곰을 먹었을 뿐일 텐데! 그런데 도대체 누구냐, 처음에 이렇게 법석을 떤 바보는? 그놈이야말로 전염병이야! 나와라. 그 전염병, 눈물이 쏙 빠지도록 혼내 주겠다!"

미쓰야 메이는 함성 앞에서 달아나지 않고 버티고 섰습니다.

'덴데라'의 우두머리로 군림하는 미쓰야 메이는 공황 자체를 무효화하는 것이 아니라 위협으로 다른 죄를 만들고 그 죄를 남에게 떠넘기려고 했습니다. 책략치고는 훌륭한 부류에 들어가며, 큰 목소리에 이끌려서 따르고 싶어 하는 노파들에게 유효할 만한 꾀였습니다. 평소였다면, 보통 때였다면 문제가 근원적으로 해결되진 않더라도 미쓰야 메이의 계산대로 일이 진행되었을 것입니다.

그러나 지금은 보통 때가 아닙니다.

아무 전조 없이 갑자기 사이토 가유의 뒤쪽에서 복수의 비명이 들렸습니다. 자신이 노파임을 잊은, 마치 젊은 처녀가 내는 것 같은 새된 소리였습니다.

사이토 가유가 뒤돌아보자 붉은 것이 시야 구석에 비쳤습니다. 구태여 확인할 필요도 없이, 피였습니다. 피를 토한 이는 이즈미 소모였습니다. 입에서 피를 뿜으며 주위의 노파들에게 피 벼락을 뒤집어씌우고 있었습니다. 이즈미 소모는 목과 팔을 기괴한 각도로 꼬며 경련과 피 토하기를 반복하더니 픽 쓰러졌습니다. 이즈미 소모를 일으키려는 사람은 아무도 없었습니다. 그러기는커녕 정반대의 발상이 노파들 사이에 퍼졌습니다.

"주, 죽여야 해."

누군가가 중얼거렸습니다.

그것이 집단의 결론이었습니다.

해결책으로 한 번이라도 살인을 사용한 적이 있다면 자연스러운 흐름입니다. 노파 중 한 명이 땅바닥에 쓰러진 이즈미 소모의 배를 발로 차자 다음 순간에 폭력이 성립했습니다. 이즈미 소모의 근처에 서 있던 노파는 물론 떨어진 곳에 있던 노파들에게도 파도가 몰아쳤습니다. 노파들이 일제히 움직인 결과 사이토 가유는 집단에서 튕겨 나왔습니다. 그 덕에 냉정함을 다소 되찾은 사이토 가유는 자신이 폭주에 휘말렸다는 것을 새삼 깨달았습니다. 그러나 노파들은 멈추지 않고, 미쓰야 메이의 말은 통하지 않고, 자신이 일으킨 행동은 사라지지 않습니다. 노파들은 법석을 떨고 이즈미 소모는 그 틈바구니에서 살해당하려는 참입니다.

"너희 의지는 알았다! 그러면 내가 죽이겠다. 이즈미 소모뿐 아니라 가쓰라가와 마쿠라도 죽이자. 열여섯 해 전처럼!"

미쓰야 메이의 목소리가 겨우 노파들의 귓전에 닿았습니다.

노파들은 이 층 누각을 올려다보며 환호성을 질렀습니다. 그 순간 구름 틈으로 내리쬐는 아침 햇볕 한 줄기가 광장에 다다랐습니다. 건전한 아침이 오늘도 찾아옵니다. 그 빛을 온몸으로 받으며 노파들은 동료를 죽이려 하고 있습니다.

미쓰야 메이의 양 눈에 핏줄이 섰습니다. 의도한 방향대로 일이 진행되지 않아 괴로워하는 눈이었습니다. 실력을 발휘할 시험대의 막이 오르자마자 패배를 절감하는 눈이었습니다. 미쓰야 메이는 얼굴을 손으로 가리고 호흡을 정리하더니 아직 갈지 않은, 칼이라기보다 돌덩이라고 표현하는 게 적절할 물건을 던졌습니다.

"준비될 때까지 이즈미 소모는 감옥에 넣어 놔라."

미쓰야 메이는 그 말만을 남기고 이 층 안쪽으로 사라졌습니다.

열여섯 해 전의 재현입니다.

재현으로 모든 것이 잠잠해지게 하려는 심산입니다.

노파들은 피와 폭행으로 지저분해진 이즈미 소모를 감옥으로 옮기랴, 각자의 집에서 숫돌을 가져오랴, 어떤 숫돌을 써야 칼이 가장 날카롭게 갈릴지를 검토하느라 정신없이 바빴습니다. 순수한 형태로 곧게 치솟은 살의를 콱 찔러 박고 싶은 마음으로 가득한 것 같았습니다. 한편 사이토 가유는 어디에도 속하지 못한 채 머뭇거렸습니다. 그런 자신의 태도를 용서할 수 없어 사이토 가유는 머리에 난 상처를 온 힘으로 갈겼습니다. 격통을 느끼고 일단 만족했습니다.

그러나 그러는 자신을 오제 호토리가 보고 있다는 것을 깨닫고 기분이 상했습니다. 오제 호토리는 돌아다니는 노파들을 거의 관찰이라도 하는 듯한 눈길로 바라보고 있었습니다.

"뭘 봐?"

사이토 가유는 퉁명스럽게 대꾸했습니다.

"이래서야 미쓰야 메이 씨의 권위가 실추되겠군요. '마을' 습격도 기대하지 못하겠어요."

"그건 안됐군, 습격파인가?"

"섣부른 습격을 미리 방지했다고 긍정적인 판단을 내릴 수도 있어요. 미쓰야 메이 씨가 주장하던 습격은 제 이상과 약간 달랐으니까요."

"이상이라고?"

"저는 '마을'을 싹 불태우고 싶어요. 부수고, 죽이고, 그런 걸로는 만족 못 해요. 철저하게 망가뜨리고 가루를 내서 흔적도 안 남게 없애 버리고 싶어요. 그러려면 역시 불태우는 게 최선이겠죠. 사람도 건물도 몽땅 다 태우는 게 최선이겠죠. 뿌리를 뽑아 버리겠다는 얘기예요. 미쓰야 메이 씨가 하겠다는 습격에서 이만큼 결의를 느끼지는 못했어요. 결국은 화를 내면서 '마을'을 그리워하고 있을 뿐인 거지요."

오제 호토리는 표정 하나 바꾸지 않고 잔혹한 말을 내뱉었습니다.

"미쓰야 메이가 그렇게 말했나?"

"그런 건 아녜요. 제가 멋대로 의심쩍게 봤을 뿐이에요."

오제 호토리의 의견은 신선했습니다. 진위는 어찌 됐든 간에 미쓰야 메이의 태도에서 '마을'에 대한 향수 또는 애착을 포착한다는 것은 사이토 가유에게는 불가능한 재주였습니다.

"미쓰야 메이 씨는 곰 고기를 먹고 습격파한테도 먹였어요. 그게 의심의 근원이에요. 제가 하고 싶은 건 '마을'을 상대로 한 압도적인 공격뿐이죠. 곰한테도 관심 없고 무서운 곰 고기를 먹기도 싫어요. 미쓰야 메이 씨의 어영부영한 태도 탓에 결국 전염병의 원인은 곰 고기라는 결론이 나 버렸고 습격하기 전에 연극을 한 판 벌여야 하게 생겼어요. 끝까지 휘어잡질 못하는 거죠. 그런 사람은 '마을'을 송두리째 불태울 생각은 안 할 거고, 못할 거예요."

"자네는 어떻게 그런 발상을 자연스럽게 할 수 있지? '마을'을 송두리째 불태우다니, 어떻게 그런 생각을……."

"모르시겠어요?" 오제 호토리는 한쪽 눈만 크게 떠 보이며 말을 이었습니다. "정말 싫어요. 그 '마을'이 너무 싫어서, 싫어 죽을 것 같아서 잠도 안 와요. 토할 것 같아요. 화가 치밀어요. 불쾌해요. 제가 예전에 살던 곳은 지저분한 '마을'과는 달리 정말 아름다운 곳이었어요. 당신들의 '마을' 따위에는 한 조각도 존재하지 않는 아름다운 것만이 가득한 곳이었어요."

"그만해라. 그만 떠들어."

"사이토 가유 씨, 왜 그러세요? 화나신 것 같은데요. 혹시 당신은 그 지저분한 '마을'을 사랑하고 있나요?"

"그만하라고! 젊은 여자처럼 나불거리지 마라!"

사이토 가유의 손바닥이 멋대로 움직여 주먹이 되었습니다. 오제 호토리는 사이토 가유에게 태연하게 시선을 향할 뿐 피하지도 않고 변명하지도 않았습니다. 사이토 가유는 주먹을 어떻게 거두어야 할지 몰라 오제 호토리 앞을 떠났습니다.

광장에는 열아홉 명의 노파가 가쓰라가와 마쿠라와 이즈미 소모를 죽이기 위해 칼날을 갈고 있었습니다. 소카베 나키, 오부치 이쓰루, 이시즈카 호노, 호시이 고테이, 기쿠치 마카, 아마미 아테, 닛타 지누, 마카베 이누이, 고마키 다이, 오노데라 고토, 기타지마 다히, 이타노 우메, 도미나가 간, 쓰쓰미 우스마, 쓰카모토 데마, 미나미데 다미시, 히이라기 쓰사, 다치바나 이레, 다치바나 구시가 엄숙히 작업하고 있었습니다. 둥그스름한 돌칼에 숫돌을 대고 한 사람이 몇 번을 갈고 나면 등 뒤에 선 사람과 교대하여 그 사람이 또 몇 번을 갑니다. 그런 동작을 반복하여 칼날을 날카롭게 만듭니다. 사이토 가유는 마치 공범 같은 그 풍경에 혐오감을 느꼈습니다. 앞에 나서서 손을 더럽히고 싶은 것 같으면서 실은 죄를 옅게 희석하려는 심산이 뻔히 보여서 용서할 수가 없었습니다.

새로운 흐름이 시작된 '덴데라'를 사이토 가유는 고독하게 걸어 다녔습니다.

갈 곳은 없었습니다. 집에 가서 야마모토 시기와 함께 무관심해지기로 작정할 만큼 강하지는 못했고, 노파 무리 옆을 지나쳐 저택에 들어갈 배짱도 없어 마냥 걸어 다닐 뿐이었습니다. 아침 햇살에 둘러싸인 '덴데라'에 두껍게 쌓인 눈이 반짝였습니다. 눈을 밟으면서 앞으로 나가는 자신의 발이 묘지에 가까워지고 있음을 도중에 깨달았습니다. 합동 장례식 때 치웠는지 묘지는 정리되어 있었습니다. 비석은 원래 있던 자리에 다시 꽂혔고, 공양탑도 새로이 교체됐고, 어질러져 있던 뼈도 땅속에 묻혀 있었습니다.

그런 묘지 앞에 누군가가 서 있습니다.

멀리서 본 것이긴 하지만 기리야마 소우라고 직감하고, 사이토 가유는 안도감 속에서 다가가 말을 걸었습니다. 돌아본 이는 기리야마 소우가 확실했습니다. 기리야마 소우는 때로 얼룩진 얼굴에 온화한 표정을 띄우고 당신도 더는 보고 있을 수가 없었구나, 하고 중얼거리더니 다시 시선을 묘지에 떨어뜨렸습니다. 그 말로 사이토 가유의 마음이 조금이나마 정돈되었습니다. 자신이 더는 보고 있을 수가 없었음을 알았기 때문입니다. 사이토 가유는 기리야마 소우 옆에 서서 똑같이 묘지를 바라보았습니다.

"자네의 행동은 완벽히 쓸데없어졌군. 이제 알았지? 자네 언니는 전염병에 겁을 집어먹은 놈들을 가라앉히기 위해 죽임을 당한 모양이야."

"사이토 가유, 당신에게 하고 싶은 이야기가 있는데."

"뭔가?"

"어제, 피를 토했어."

"뭐라고?"

사이토 가유는 놀란 나머지 목소리를 높였습니다.

"목소리가 커." 기리야마 소우가 입가에서 힘을 뺐습니다. "이제 내 갈비뼈에도 언니와 똑같은 흠집이 생길지도 모르겠어."

"……아무한테도 말하지 마."

"어차피 곧 들킬걸. 시간문제야."

"젠장! 왜 이렇게 된 거지? 왜 차례차례 죽는 거지? 곰 다음엔 전염병인가?"

사이토 가유는 불합리함을 통째로 잘근잘근 씹듯 이를 악물었습니다.

"이번엔 사람이 사람을 죽이게 됐어."

기리야마 소우는 묘지를, '덴데라'에 살다 '덴데라'에서 죽은 이들이 잠든 묘지를 바라보았습니다.

죽어 버린 이들은 이미 때를 놓쳤습니다. 아무것도 모르고 아무것도 못 하는 채 흙 속에서 살과 뼈를 썩힐 뿐입니다. 사이토 가유는 자신의 노쇠한 오른팔을 흘끗 보았습니다. 죽은 이들과 거의 다를 바 없는 뼈만 남은 팔이었지만, 그래도 아직 살아 있으니 움직여야 합니다. 사이토 가유는 기리야마 소우에게서도 자신과 똑 닮은 활동 의지를 감지했습니다. 전염병에 걸려 죽어 가는 처지인데도 활동하려는 의지가 넘쳐흐르고 있었습니다. 묘지에 잠든 이들과 같은 꼴이 되기 전에 움직여야 한다는 굳센 의지였습니다.

"기리야마 소우, 조용히 뭘 생각하나?"

사이토 가유는 시선을 마주치지 않은 채 물었습니다.

"언니에 관해서, 나에 관해서, 전염병에 관해서……. 뭐, 이 생각 저 생각 하고 있어."

"결론은 나왔나?"

"저항하지 않고 죽임을 당하기는 어렵겠다. 이게 결론이려나. 사이토 가유, 당신은 '덴데라'를 나갈 생각, 죽을 생각은 없나?"

"살라고 한 건 자네였을 텐데?"

"그땐 설마 내가 전염병에 걸릴 줄은 몰랐으니까."

"자네가 전염병에 걸린 것과 내가 '덴데라'에 남는 것은 아무 상관이 없을 텐데?"

"맞아, 상관없긴 해. 상관없긴 하지."

기리야마 소유가 중얼거렸습니다. 시선을 향하지 않고 말만 듣자 암흑 속에서 들었던 목소리와 똑같이 들렸기에, 당연한 일이었지만 사이토 가유는 무방비한 안심에 휩싸였습니다.

그러나 이내 안심한 마음을 짓밟고 더 깊이 캐물었습니다.

"자네, 지금…… 저항하지 않고 죽임을 당하는 건 어렵다고 했지? 저항하려는 건가?"

침묵이 이어졌습니다. 그러나 그 침묵은 대답을 거절하는 것이 아니라 기리야마 소우가 자신의 감정을 정리하는 데 필요한 시간이었습니다.

"사이토 가유." 마침내 기리야마 소우가 입을 열었습니다. "어쩌면 당신한테 폐를 끼칠지도 몰라. 미안해, 어둠 속에서는 그렇게 친해질 수 있었는데. 어둠 속에서 당신과 이야기했던 것, 잊지 않을게."

"나도 그래. 나도 안 잊어."

"당신은 아까 내 행동이 쓸데없어졌다고 했지?"

"각오를 다지고 파헤치고자 했던 과거의 사건이 결국 이런 식으로 드러났으니까. 쓸데없어진 거지."

"쓸데없지 않았어. 용기를 내는 법을 알았으니까."

기리야마 소우가 고개를 저으며 대꾸했습니다.

"무슨 말이야?"

"곧 알게 될 거야."

기리야마 소우는 발걸음을 돌려 묘지 앞에서 자취를 감췄습니다.

쫓아가려고 하면 쫓아갈 수도 있었지만 사이토 가유는 가만히 서서 묘지를 계속 바라보았습니다. 기리야마 소우가 뭘 하려는지 전부 예상하지는 못했지만, 할 수 있는 일은 한정된 터였고 거기에 가담할 수도, 맞설 수도 없었기 때문입니다.

해가 중천에 떠 오늘이라는 하루의 반이 지났음을 따갑게 내리쬐는 햇볕과 함께 전했습니다. 사이토 가유는 열광하던 노파들이 있는 광장으로 돌아갔습니다.

작업을 완료한 노파들은 날카롭게 간 돌칼을 몇 번씩 확인하면서 다음 일이 전개되기 직전의 애매한 시간을 각자 나름대로 보내고 있었습니다. 사이토 가유는 그 속에 아마미 아테가 있는 것을 어쩐지 부자연스럽게 느꼈지만, 그 느낌은 근거 없는 선입관에 지나지 않았습니다. 아마미 아테가 전염병의 공포에 지배당하고 있다고 해도 이상할 것은 아무것도 없습니다. 사이토 가유는 그 사실을 깨달으면서 동시에 이시즈카 호노가 칼 갈기에 참가한 데 대해 불가사의함을 느꼈습니다. 곰의 출현에도 냉정했던 이시즈카 호노가 무의미할 가능성이 높은 살인 의식에 가담한 것은 아무래도 이상해 보였습니다.

어쩌면 이시즈카 호노는 병에 대해 뭔가 알고 있는 게 아닐까? 아니면 노파들과는 다른 동기로 참가하는 것은 아닐까? 사이토 가유는 의심의 싹을 틔우는 일을 멈출 수가 없었습니다.

"시작한다."

미쓰야 메이가 이 층 누각에 나타났습니다.

광장에 거무스름한 열기가 퍼집니다.

기타지마 다히와 기쿠치 마카가 저택에 들어가더니 가쓰라가와 마쿠라와 이즈미 소모를 각각 끌고 나왔습니다. 가쓰라가와 마쿠라는 울어서 퉁퉁 부은 눈꺼풀을 떨며 살려 줘, 살려 줘, 하고 울부짖었습니다. 이즈미 소모는 정신이 돌아왔는지 피와 타박상으로 붉어진 얼굴을 들고 주위에 저주의 시선을 던졌습니다.

눈 밝는 소리가 들렸기에 그쪽으로 고개를 돌리자 기리야마 소우의 모습이 보였습니다. 손에는 나무창이 들려 있었습니다. 사이토 가유를 스쳐 지났지만 기리야마 소우는 눈길을 주는 일 없이 그대로 지나갔습니다. 사이토 가유는 기리야마 소우의 내부에서 활동하려는 의지가 소용돌이치는 것을 재확인했습니다. 그것을 꿰뚫어보지 못하는 노파들은 동료 의식을 칠칠치 못하게 질질 흘리며 지금까지 어디 있었던 거냐고 핀잔을 주었습니다. 기리야마 소우는 대답 없이 환자를 잡아 누르고 있는 기타지마 다히와 기쿠치 마카의 바로 옆에 서서 나무창을 찔렀습니다. 나무창은 먼저 기타지마 다히의 목을 관통한 다음 뒤이어 기쿠치 마카의 목에 꽂혔습니다.

가쓰라가와 마쿠라와 이즈미 소모는 바로 달아났고, 기리야마 소우도 뒤를 쫓듯 그 자리를 떠났습니다.

"쫓아가라! 죽여라!"

이 층 누각에서 울리는 미쓰야 메이의 고함으로 멍하니 서 있던 노파 열일곱 명이 정신을 차렸습니다. 이들은 갑작스러운 전개에 당황하여 울음을 터뜨릴 것만 같은 표정을 지은 채 환자 셋을 찾기 시작했습니다. 사이토 가유는 이 사건을 예측

못한 것은 아니었지만 경과가 궁금했기에 수색에 참가했습니다. 노파들은 몇 개 조로 자연스럽게 나뉘었습니다. 사이토 가유, 미쓰야 메이, 쓰쓰미 우스마, 도미나가 간까지 네 명은 구로이 구라가 참혹하게 죽은 집에 들어갔습니다. 시체와 살점은 치웠지만 벽은 아직 수리하지 않은 채 뻥 뚫려 있어 실내에 눈이 쌓였습니다. 사이토 가유 일행은 불의의 습격에 대비하면서 수색했지만 사람 그림자는커녕 기척조차 발견하지 못했습니다.

"혹시 그놈들, '산'에 들어간 건 아닐까?"

쓰쓰미 우스마가 중얼거렸습니다.

"'산'이라고? 왜 그런 데 가겠어?"

도미나가 간이 목소리를 높여 대꾸했습니다.

"이제 살지 못할 거라고 포기하고, '산맞이'를 하러 간 걸지도 모르잖아? 아니면······."

"아니면?"

"'마을'에 돌아간 건지도 몰라."

묵직한 침묵의 시간이 흘렀습니다.

쓰쓰미 우스마의 추측은 모든 사람을 불안에 빠뜨렸습니다. 전염병에 걸린 세 사람이 '마을'로 돌아갔다면 '덴데라'의 존재가 발각당할 가능성이 높아집니다. 행여나 '마을'이 '덴데라'의 존재를 알게 된다면 무슨 일이 일어날지를 똑똑히 상상하기란 사이토 가유에게 불가능한 일이었지만, 어둠을 틈타 습격할 수 없게 된다는 것과 거꾸로 '덴데라'가 습격당할지도 모른다는 것만은 알 수 있었습니다. '마을'은 '덴데라'를 모르지만 '덴데라'는 '마을'을 안다는 최대의 이점이 완전히 사라지는 것만은 확실합니다.

"걱정하지 마라. 그놈들은 '마을'에는 못 가. 그런 짓을 한다고 치자. 죽임을 당할 게 빤하지 않나? 남이 죽임을 당하는 걸 본 적도 있잖아? 그놈들은 반드시 이 근처에 있을 거다. 입 다물고 찾아라."

미쓰야 메이의 일리 있는 의견을 듣고 일단은 침착함을 되찾은 노파들은 집에 들러붙은 피 냄새에 찡그리면서 수색을 재개했습니다. 그러나 역시 세 명의 모습은 찾을 수가 없었습니다. 다른 집으로 수색 범위를 넓히자는 이야기가 나온 것과 오노데라 고토가 실내에 뛰어들어 온 것은 거의 동시였습니다.

"무슨 일이야? 찾았나?"

미쓰야 메이가 물었습니다.

"그, 그놈들이⋯⋯. 그놈들이 창고에 틀어박혔어. 농성하겠단 거야."

오노데라 고토가 어깨를 들썩이며 말했습니다.

"몹쓸 년들!"

미쓰야 메이는 이를 드러내고 입에서 거품을 뿜으며 소리치더니, 곰이 뚫어 놓은 벽을 통해 뛰쳐나갔습니다.

사이토 가유는 뒤를 쫓아갔지만, 창고까지는 거리가 꽤 되는 탓에 도중에 지쳐서는 눈에 발이 빠졌습니다. 아프지도, 시리지도 않았습니다. 그런 감각을 맛볼 여유조차 없었습니다. 정체 모를 감각에 겁먹은 양발이 부들부들 떨렸습니다. 그래도 간신히 몸을 일으켜 거의 무아지경으로 다시 뛰었습니다. 창고에서의 농성. 그것만으로 충분했습니다. 기리야마 소우 등이 '덴데라'와 진심으로 싸우려 한다는 것은 그 정보만으로도 이해할 수 있었습니다.

창고는 이미 노파들에 에워싸여 있었습니다.

그러나 아무도 움직이려고 하지는 않습니다.

"뭐 하고 있어? 문 열어!"

사이토 가유는 창고 문을 밉살스럽게 쏘아보는 히다카 노코비에게 물었습니다.

"몸으로 누르는 건지 못이라도 박은 건지 모르겠지만……안 열려."

"그러면 부숴라."

"못 부수도록 튼튼하게 만들었단 말이다. 이런 나무창 갖고는 어림도 없어."

그 말대로 창고는 '덴데라'에 세워진 다른 집과는 만듦새가 달랐습니다. 어느 정도 공격해도 끄떡도 안 할 것처럼 보였습니다. 사이토 가유는 히다카 노코비에게서 나무창을 빼앗아 시험 삼아 창고 벽을 때려 보았지만, 어차피 빈약한 막대기에 불과함을 보여 주듯 툭 부러지고 말았습니다.

"불을 붙이자! 태워 버리자고. 전염병과 같이 창고를 태워 버리면 돼."

고마키 다이가 의견을 냈습니다. 그러자 이시즈카 호노가 말렸습니다.

"안에 식량이 들어 있어요. 만약 그런 일을 벌이면 우리는 굶어 죽을 거예요. 감자 한 개 못 먹고 굶어 죽을 거라고요."

"이대로라면 전염병으로 죽을 거야. 굶어 죽기 전에 전염병으로 죽을 거라고."

"그래요, 전염병도 무섭죠. 하지만 굶주림도 무서워요. 텅 빈 배를 움켜쥔 채 뒹굴고 싶나 보죠?"

"시끄러워!" 고마키 다이는 도전적인 눈초리로 노려보았습니다. "전염병에 걸리고 싶어? 냄새나는 피를 토하면서 죽고 싶어?"

"식량이 더 있었다면 이렇게까지 되지는 않았을 거예요. 불을 붙일 수도 있었겠지요. 그거나 이거나 습격파인 당신들이 식량 모으기는 뒷전에 놓고 한가하게 훈련이나 한 탓이에요. 습격파는 '덴데라'에 피해만 끼치는군요."

이시즈카 호노는 분노를 감추지 않았습니다.

"뭐라고!"

"열 해 전의 대기근도 온건파가 비축해 놓은 식량 덕분에 최소한의 피해만 남기고 넘길 수 있었던 거예요."

"그만하지 못하겠나? 그런 이야기를 해서 어쩌자는 건가?"

미쓰야 메이가 낮은 목소리로 중얼거리자 말다툼 자체가 무의미하다는 것을 이해했는지 대립은 바로 풀렸습니다. 그 다음에는 침묵만이 남았고, 노파들은 마찬가지로 침묵하는 창고를 포위하는 작업에 열중했습니다.

그런 와중에 사이토 가유는 자신의 역할을 이해하고 창고 앞에 섰습니다. 그러고는 소리 높여 외쳤습니다.

"기리야마 소우, 들리나? 자네가 진심이란 건 알겠어. 그러니 문을 열어 달라는 뻔뻔스러운 제안은 안 할게. 하지만 이 말만 좀 들어줘. 이건 아니야. 이건 정말 아니야. 이런 식으로 저항해 봤자 죽기밖에 더하겠어? 창고 안에 있는 사람들도 밖에 있는 사람들도 똑같이 혼란에 빠져 죽기밖에 더하겠어? 이건 타파가 아니야. 주장도 아니야. 이봐, 어떻게 생각해? 대답해. 대답하라고."

대답은 없었습니다.

저항하지 않고 죽임을 당하는 것은 어렵겠다고 한 기리야마 소우의 말이 머릿속을 채웠고, 뒤이어 그것은 '산'에서 달아나 '덴데라'에서 사는 노파들이 공통으로 가진 개념임을 사이토 가유는 깨달았습니다. 즉 전염병에 걸린 세 사람은 '덴데라'에 사는 노파들과는 다른 장소에서 저항을 시작한 것입니다. 그 사실을 이해한 사이토 가유는 창고를 바라보며 그 세 사람을 얕보는 것은 위험하다고 생각했습니다. 그 세 사람은 죽다 말고 살아남은 이들이기에 앞서 죽을 각오로 살려는 이들이라고 생각했습니다.


2


밤이 되었지만, 상황은 진전될 기미가 없습니다. 창고 주위를 몇 개나 되는 모닥불로 밝히고, 무장한 노파들은 둘러앉아 공복과 추위와 초조함이 한데 섞인 고통과 싸우면서 창고의 새로운 움직임을 기다리고 있었습니다. 그러나 창고는 침묵을 계속할 뿐 주장 하나, 소리 하나 들리지 않았습니다. 이시즈카 호노 등은 교섭할 계기를 만들고자 몇 번이나 소리쳐 이름을 불렀고, 미쓰야 메이를 비롯한 노파 여덟 명은 '산'에 들어가 분비나무를 베었습니다. 통나무를 문에 부딪혀 창고를 부수려는 심산이었습니다. 이처럼 교섭과 공격이라는 두 가지 전략을 동시에 진행했습니다. 불을 붙이는 것은 마지막까지 금지했는데, 거기에는 누구나 동의하는 바였습니다. 창고에 보관한 식량을 잃는 것은 절대로 안 될 일이었기 때문입니다.

기리야마 소우 등이 창고에서 농성하고 있었기에 아무도 식량을 입에 넣지 못했습니다. '덴데라'에 사는 노파들은 만성적으로 굶주림에 허덕였기에 공복을 참는 데는 익숙했지만, 언제 먹게 될지 모르는 상황에서는 참기가 쉽지 않았습니다. 모닥불에 비친 노파들의 얼굴은 하나같이 피로에 찌들고 초조한 표정이었습니다. 사이토 가유도 마찬가지였습니다. 텅텅 빈 배가 불쾌하게 욱신거리고 체력에 앞서 기운이 떨어져 갑니다. 움직임 없는 창고를 고달프게 멍하니 쳐다보는데 이시즈카 호노가 다가왔습니다. 그 얼굴에도 역시 피로한 기색이 감돌았습니다.

"아휴, 가유 씨. 그런 데 서 있지 말고 불을 좀 쬐지 그러세요. 조금은 마음이 풀린답니다."

이시즈카 호노가 사이토 가유의 정면에 섰습니다.

"놔둬. 쬐고 싶어지면 쬘게."

"다들 전염병과 굶주림 때문에 화가 났지만, 당신은 다른 사람과는 다른 이유로 화가 난 것 같네요. 왜 그렇게 기분이 안 좋으세요?"

"기분이 안 좋은 게 아니야. 그냥, 뭔가 더 좋은 수가 있을 것 같은 느낌이 들어서."

"더 좋은 수……. 그런 게 있을 것 같지 않은데요, 제 생각엔." 이시즈카 호노는 뒤돌아 창고를 흘낏 보더니 말을 이었습니다. "식량은 전부 저쪽이 갖고 있어요. 갇힌 쪽은 우리라는 말이죠. 이 상황이 며칠씩 계속된다면 '산'에 들어가 식량을 찾아야겠지요."

"물은 어때? 아무리 식량이 있어도 물이 없으면 생명을 유

덴
데
라

지하기 어려울 텐데."

"창고에는 만약의 경우를 대비해서 물도 비축해 놓았어요. 아껴 마시면 며칠은 버틸 거예요. 물도 식량도 있으니 저 세 사람은 굶어 죽진 않을 거예요."

"대기근 때 습격파를 도와줬다느니 어쩼다느니 하고 말싸움을 했는데, 그건 무슨 소리야?"

사이토 가유는 마음이 쓰이던 질문을 생각해 냈습니다.

"아, 별 얘긴 아니에요. 아까 들으신 게 다예요. 열 해 전 대기근 때 이곳 '덴데라'에서도 식량이 바닥을 드러내고 다섯 명이 죽었어요. 그때 온건파가 모아 놓은 식량을 습격파에게 나누어 줬을 뿐이에요."

"빚을 지웠다는 말이군."

"사실을 따지자면 그렇게 되려나요. 그때 이후로 습격파의 압력이 줄고 온건파의 수가 늘었으니까요. 그때까지 온건파는 저와 마사리 씨 정도가 다였지요."

"그러면 시이나 마사리는 뭘 하고 있나? 그 '덴데라'가 지금 큰일이 난 판인데."

사이토 가유는 모닥불 빛을 쬐는 면면을 둘러보았지만 거기서 시이나 마사리의 얼굴을 찾지는 못했습니다.

"이런 거친 일은 젊은 사람들이 해야죠. 굳이 말하자면 습격파가 해야 하는 거고요."

"이시즈카 호노. 자네, 전염병에 관해 뭐 아는 게 있지는 않은가?"

사이토 가유가 목청을 가다듬고 물었습니다.

그러나 이시즈카 호노는 얼굴색 하나 바꾸지 않고 왜 그렇게 생각하세요, 하고 되물었습니다.

"근거는 없어. 왠지 그런 생각이 들었어. 그것뿐이다."

"제게 품으신 의심을 감추지 않고 말씀해 주셨으니, 저도 솔직하게 말씀드리죠. 전염병에 관해서는 정말 아무것도 몰라요."

"하지만 자네는 곰 국물을 안 마셨어."

"열여섯 해 전에 있었던 사건을 경험했으니 조심한 거죠. 그뿐이에요. 아침에 나키 씨가 얘기하지 않았나요? 전염병으로 돌아가신 분들이 잠든 묘지를 파헤친 새끼 곰 고기, 그런 걸 먹는다는 데 거부감이 들었어요."

"정말 그걸 믿는 건가? 곰 고기가 전염병을 다시 퍼뜨렸다고 믿는 건가?"

"모르죠." 이시즈카 호노는 귀찮다는 듯 고개를 흔들었습니다. "'덴데라'에서 그저 살아갈 뿐인 저희로서는 원인을 아는 건 불가능해요. 그러니까 조심하는 거예요. 아무 의심의 여지없는 이야기인 것 같은데요. 전염병의 원인이 곰 고기고 제가 그걸 알았다면, 적어도 온건파에게는 곰 고기를 먹이지 않았을 거예요."

이시즈카 호노는 그렇게 말하더니 창고와는 반대 방향으로 걸어가 어둠 속으로 사라졌습니다. 사이토 가유는 이시즈카 호노의 등을 한동안 바라보며 배웅했지만, 곧 그것이 자기 역할이 아님을 깨닫고 모닥불로 이동하여 노파들과 함께 온기를 쬐었습니다.

창고는 침묵을 관철하고 있었습니다.

그 속에서 환자 세 명이 무슨 생각을 하는지 궁금해하며 사이토 가유는 열로 따끔거리는 손바닥을 불결한 원숭이처럼 긁적였습니다.

마침내 어둠 속에서 영차 하는 소리가 들려왔습니다. '산'에 들어간 노파 여덟 명이 통나무를 안고 돌아온 것입니다. 사이토 가유는 통나무를 바라보며 아무리 단단히 잠긴 문이라도 이만한 걸 부딪치면 맥을 못 추겠다고 생각했습니다.

노파 여덟 명 역시 사태가 타개될 것을 확신하듯 하나같이 흥분한 표정이었습니다. 그들은 통나무를 땅바닥에 두더니 꽁꽁 언 몸을 모닥불에 쬈습니다. 미쓰야 메이는 온기를 쬐면서 다음 책략을 설명했습니다. 책략이라고는 해도 단순한 내용이었는데, 교섭 요청이 무시당했을 때 통나무를 사용하여 문을 부수고 안에 있는 환자들을 학살한다는 것이었습니다. 설명을 들은 노파들은 낙관과 안도의 웃음을 띠고 전염병을 죽이자, 전염병을 죽이자, 하고 으르렁거리듯 서로에게 말했습니다. 사이토 가유는 거기에 참가하지는 않았으나 창고에서 농성하는 세 사람을 학살하는 것을 부정하지도 않았고, 그 생각이 틀리지도 않았다고 생각했습니다. 기리야마 소우에 관해서도, 가쓰라가와 마쿠라에 관해서도, 이즈미 소모에 관해서도 제각각 정은 있으나 지금 상황에서 그리 절실하게 마음을 써 줄 수는 없었던 것입니다.

"그럼 시작해 볼까!"

미쓰야 메이가 통나무 쪽으로 달려가자 다른 노파들도 이동해서 네 명씩 좌우로 나뉘어 통나무를 들었습니다. 창고에서 봤을 때 오른쪽에 있던 통나무를 미쓰야 메이, 마카베 이누이, 호시나 규우, 이타노 우메가, 왼쪽에 있던 통나무를 닛타 지누, 고마키 다이, 도가와 구리, 소카베 나키가 각각 들고 돌격 의지를 가다듬었습니다. 이시즈카 호노가 돌아오지 않았기에 교섭은 오제 호토리가 했지만, 무슨 말에도 역시 반응은 없었습니다. 미쓰야 메이가 손을 들자 남은 노파들은 둘로 나뉘어 문을 부순 직후에 공격할 수 있도록 창고 옆으로 이동했습니다. 사이토 가유는 창고에서 봤을 때 왼쪽 무리에 들어 갔습니다.

준비가 끝나자 미쓰야 메이가 짐승처럼 포효했습니다. 그 목소리는 모든 노파의 흥분을 부채질했습니다. 전투의 감각으로 충만하여 사이토 가유는 숨을 헐떡이며 나무창을 꽉 쥐었습니다. 이제부터 그 무기로 뭘 죽일지를 생각할 수가 없어집니다.

통나무를 안은 노파 여덟 명은 노도와 같은 기세로 돌격했습니다. 그리하여 창고 문이 갑자기 열렸을 때 기세를 추스르지 못하고 통나무와 함께 창고 안으로 들어가고 말았습니다. 미쓰야 메이와 호시나 규우와 이타노 우메가 당황해서 창고로부터 뛰쳐나온 다음 순간, 창고 문은 다시 꼭 닫혔습니다. 무슨 일이 일어난 건지, 무슨 일을 당한 건지조차 알 수가 없었습니다.

사태를 파악하는 계기가 된 것은 창고 안에서 울리는 비명이었습니다. 그 소리를 들은 사이토 가유는 책략에 책략으로 한 방 먹었음을 겨우 이해했습니다. 통나무로 문을 부수리라는 것을 짐작한 세 사람은, 문을 몰래 원상태로 되돌리고 통나무가 돌진하는 데 맞춰 문을 활짝 열어 적을 창고 안에 가둔다는 책략을 짜냈습니다. 미쓰야 메이, 호시나 규우, 이타노 우메는 가까스로 도망쳤지만 남은 다섯 명, 곧 마카베 이누이, 닛타 지누, 고마키 다이, 도가와 구리, 소카베 나키는 갇히고 말았습니다. 그리고 지금 창고 안에서 복수의 비명이 들리고 있습니다. 문이 별안간 또다시 열리더니 노파 한 명이 내던져지고 곧장 잠겼습니다. 마카베 이누이였습니다. 배에 구멍이 몇 개나 뚫려 있었습니다. 사이토 가유는 마카베 이누이의 가슴이 오르락내리락하는 것을 보고 아직 숨이 붙어 있는 줄 알았지만, 그것은 그저 착각이었고 갓 죽은 살덩이가 경련하는 것이었습니다.

마카베 이누이의 시체가 던져진 이후 창고는 다시 침묵 상태에 돌입했습니다. 문은 열리지 않고 비명도 들리지 않습니다. 노파들은 닫힌 창고 문을 멍하니 바라볼 뿐입니다. 사이토 가유는 나무창을 땅바닥에 팽개치고 빠른 발걸음으로 그곳을 벗어났습니다. 큰일을 그르쳤다. 중요한 판단을 그르쳤다. 그런 감각이 머릿속을 장악하여 기리야마 소우를 향한 분노가 끓어오르는 동시에 창고를 에워싼 노파들에게까지 분노의 범위가 넓어져 갑니다. 사이토 가유는 분통을 터뜨리며 밤길을 걸었습니다. 노파 대부분이 창고 앞에 집결했기에 '덴데라'는 깊디깊은 고요함으로 가득 차 있었습니다. '산'과 별차이가 없을 정도입니다.

목소리라고 할 만큼 명료하지는 않았으나 그래도 무슨 소리가 들려 사이토 가유는 발을 멈췄습니다. 귀를 쫑긋 세우자 이번에는 분명한 신음이 들려옵니다. 해소되지 않는 고통과 공포를 조금이라도 밖으로 꺼내고 싶어 하는 듯한 신음이었습니다. 사이토 가유는 바로 옆에 있는 집 안을 훔쳐봤습니다. 화로 앞에 쓰러진 다치바나 이레와 다치바나 구시의 모습이 보였습니다. 두 사람 앞에는 돌솥이 놓여 있었습니다. 사이토 가유는 피 섞인 악취에 사태를 짐작하고 당황해서는 집에서 멀리 떨어졌습니다. 콧속을 밤공기로 씻어 내 보려고 공기를 들이마시며, 이시즈카 호노와 시이나 마사리는 지금 어디서 뭘 하고 있을지 상상했습니다.

"가유 씨."

덴
데
라

상상이 그대로 구현되기라도 한 듯 등 뒤에서 이시즈카 호노가 나타났습니다.

"곰 고기와 전염병은 관계없지 않은가!" 사이토 가유는 이시즈카 호노를 집 벽에 밀어붙였습니다. "다치바나 이레와 다치바나 구시는 곰 고기를 안 먹었어. 그런데도 냄새나는 피를 토하다니!"

"가유 씨. 당신이 보신 건 부디 알리지 말아 주세요."

이시즈카 호노는 심각한 표정이었습니다.

"전염병이 퍼지고 있어. 곰 고기와 관계없이 퍼지고 있다고. 어떻게 가만히 있겠어?"

"원인이 곰 고기가 아니란 걸 알려도 사태는 안 바뀌어요. 오히려 '덴데라'가 더욱 큰 혼란에 빠져 모두가 모두를 죽이고 다니기 시작하겠지요. 전염병은 곰 고기 때문에 일어난 거라고 해 두어야 해요."

"이시즈카 호노…… 역시 자네는 전염병에 관해 아는 게 있는 거로군."

"알았으면 도와줬겠지요. 가유 씨, 저는 온건파일 뿐 피도 눈물도 없는 괴물은 아니거든요." 이시즈카 호노의 눈동자에서 부당한 평가에 대한 순수한 분노가 넘쳤습니다. "창고 앞에서 가유 씨와 얘기한 다음, 당분간은 별 움직임이 없을 것 같아서 그 사이에 식량을 찾으러 '산'으로 가려고 했어요. 그때……."

"그때 피를 토하는 두 명을 봤단 말인가?"

"이건 아마도 저희 둘밖에 모를 거예요."

"언제까지나 숨길 수는 없을 텐데."

"제가 어떻게든 할 겁니다."

"바보 같은 소리."

"바보 같은 소리는 안 했어요. 저는 이곳 '덴데라'를 반드시 지키고 말 거예요. 이 정도 일로 끝나서야 되겠어요?"

이시즈카 호노의 목소리가 뜨겁게 달아올랐습니다.

"자네는 그런 기운이 어디서 나오는 건가?"

사이토 가유는 이시즈카 호노의 농후한 결의에 압도당해 벽으로 밀어붙인 손을 뗐습니다.

"가유 씨, 당신도 마찬가지예요. '덴데라'에 사는 사람에게는 '덴데라'밖에 없어요. '산맞이'는 이제 못 하고 '마을'을 습격해 봤자 승산도 없어요. 그런 우리가 있을 곳은 '덴데라'뿐이에요. '덴데라'를 지속하기 위해서라면 저는 어떤 비겁한 일도 할 거고 어떤 거짓말도 입에 담을 겁니다."

이시즈카 호노는 사이토 가유의 손에 눌렸던 어깨를 쓰다듬으며 대꾸했습니다.

"나는 거짓말은 입에 못 담아."

사이토 가유는 즉시 항변했습니다.

"이레 씨와 구시 씨가 어떻게 죽었는지 떠벌리고 다니겠다는 말씀이시군요. 그런 짓을 하면 다들 죽고 죽이느라 난리가 날 걸요. 당신은 '덴데라'에서 제일 나쁜 사람이 되는 거예요."

"시끄러워. 나는 바른말밖에 안 해. 이대로 가만히 있으라니 될 법한 소리야? 그런다고 해서 전염병이 잦아들지도 않을 텐데?"

"열여섯 해 전에는 잦아들었어요. 발병한 사람들을 죽이고 전염병은 사그라졌어요. 확실한 증거는 없지만…… 아니, 증거가 없으니 이번에도 같은 일을 해야 하는 거죠."

"다치바나 이레와 다치바나 구시를 죽이려는 건가? 아직 숨이 붙어 있는데?"

"그럴 거라고 하면 저는 나쁜 사람인가요?"

"나는 내가 믿는 대로 한다. 자네는 자네가 믿는 대로 하면 돼."

"그렇게 하도록 하지요. 창고에서 농성하는 세 명은 당신들에게 맡기겠어요."

사이토 가유는 창고 앞으로 돌아왔지만 새로 발병한 이들 이야기는 하지 말아야겠다고 마음먹었습니다. 모닥불을 쬐고 있던 하마무라 효우를 통해 사태가 전혀 진전되지 않았음을 알았습니다. 창고에서는 반응은 없고 내부에 갇힌 네 명의 안위도 여전히 모르는 채, 진전이라고 할 만한 것은 마카베 이누이의 시체를 한쪽으로 치운 것 정도였습니다. 그런 와중에도 미쓰야 메이는 마음을 다잡은 듯 이번에는 창고 안까지 들리지 않도록 작은 목소리로 의논 중이었습니다. 내용은 창고에 갇힌 닛타 지누, 고마키 다이, 도가와 구리, 소카베 나키가 만약 살아 있다면 어떻게 다뤄야 할지에 관한 것이었습니다. 동료로서 구출해야 할지, 발병 가능성이 있는 위험인물이니 동료에서 배제해야 할지에 관한 의논은 누구 할 것 없이 후자를 선택했기에 금방 끝났습니다. 피로에 지쳐 늘어진 노파들의 머릿속에는 자기 보신(保身)뿐이었습니다. 밤이 물러간 뒤, 누구 하나 한숨도 자지 못한 채 새로운 아침이 옵니다.

3

아침 햇살이 또다시 '덴데라'를 비춰도 사태는 진전될 기미가 없습니다. 노파들은 힘이 빠져 철퍼덕 주저앉은 채 화를 내고 있었습니다. 주저앉은 채 짜증을 내고 있었습니다. 사이토 가유는 언짢은 하품을 거듭하며 진전 없음의 두려움을 맛보고 있었습니다. 싸우기는커녕 지는 것조차 불가능한 채 그저 주린 배만 움켜쥘 뿐인 두려움을 맛보고 있었습니다. 그런 와중에도 미쓰야 메이만은 의욕을 잃지 않고 다시 분비나무를 베러 가자고 지시했지만 다들 아무런 반응을 보이지 않았습니다.

"한 번 실패한 것 가지고! 알아서들 해라. 난 혼자 할 테다!"

미쓰야 메이는 경멸의 시선을 가차 없이 던지고는 그대로 어디론가 사라졌지만, 노파들은 역시 아무 반응 없이 모닥불에 장작이나 던져 넣을 뿐이었습니다.

사이토 가유 또한 반응이 없었습니다. 기리야마 소우의 결단. 다치바나 이레와 다치바나 구시가 아무도 모르는 새 발병한 사실. 이시즈카 호노와 나눈 대화. 나쁜 사람인 자신. 그런 생각들을 두서없이 번갈아 머릿속에서 굴릴 뿐 문제를 해결하려는 행동으로 옮기지는 못했습니다. 새끼 곰의 털가죽을 목에 꽁꽁 둘러 고개를 파묻을 뿐이었습니다. 자신의 손바닥을 내려다보니 아침의 눈부신 햇살 아래에서는 영락없이 나무껍질처럼 보였습니다.

모두가 꾸물거리는 와중에도 시간만은 꾸준히 흘러 어느 사이엔가 햇볕이 내리쬐는 위치가 노파들의 머리 바로 위로 바뀌었습니다. 그러나 노파들은 모닥불 앞에서 움직이지 않았습니다. 공복이 전신을 덮쳐 상황을 판단하는 힘은커녕 상황을 진전시키려는 힘까지 앗아 가 버렸습니다. 사이토 가유는 그 모양새가 '산맞이'와 너무나도 닮았음을 깨달았습니다. 그러나 여기는 '산'이 아니라 '덴데라'입니다. '덴데라'에서 죽어 봤자 극락정토에는 못 갑니다. 사이토 가유는 정열이나 자긍심과는 정반대 쪽에 있는 맥 빠진 신음을 내며 주린 배를 꾹 눌렀습니다. 다른 노파들도 마찬가지로 위엄을 잃어버린 얼굴을 덜덜 떨며 모닥불을 쬐었습니다.

그러나 누구나 다 이렇게까지 흐늘흐늘 풀어지지는 않았습니다. 굴복하고 꾸물거리는 이들로만 이 세상이 구성되어 있지는 않습니다. 권위와 자긍심을 잃지 않고 손에 쥔 이들도 많으며, 그런 이들의 행동에 힘입어 상황은 앞으로 나아갑니다.

'덴데라'의 경우, 그들은 바로 창고에 있는 세 사람이었습니다.

공기가 급격히 뜨거워졌음을 느낀 사이토 가유는 늘어질 대로 늘어진 목주름을 펴고 고개를 들었습니다. 모닥불에는 변화가 없었습니다. 그러나 사이토 가유는 살갗에 따끔거리는 열기를 느꼈습니다. 누군가가 소리를 질렀습니다. 불타기 시작한 창고가 시야에 들어왔습니다. 대낮에도 주위가 훤해질 만큼 짙은 화염은 지붕을 날름날름 먹어 들어가서 사이토 가유가 사태를 인식했을 즈음엔 창고 지붕이 거의 다 불타고 있었습니다. 시커먼 연기가 뒤따라 발생하여 하늘로 올라갑니다. 불꽃 때문에 수분이 증발한 창고 벽이 끼익끼익 소리를 냅니다. 창고 벽면을 감싼 불꽃은 거의 투명했지만, 폭력과도 닮은 뜨거운 열기가 그 강력함을 충분히 전달합니다.

침묵을 관철하던 창고에서 튀어나온 갑작스러운 주장에 직면하여 노파들은 혼란에 빠졌습니다. 발화의 순간을 본 사람은 사이토 가유를 포함하여 아무도 없었습니다.

"불이야! 불이 났다! 누구냐, 불을 붙인 놈이? 서두른 놈

덴
데
라

이!"

하마무라 효우는 얼굴이 딱딱하게 굳어 있었습니다.

"아무도 안 했어. 아무도 불을 붙이지…… 아! 저놈들, 자기 손으로 불을 붙인 게 아닌가!"

호시이 고테이가 불쑥 고함을 질렀습니다.

어쩔 줄 모르는 노파들은 아랑곳 없이 불꽃은 더욱 힘차게 타오릅니다. 까만 연기가 엄청난 속도로 퍼져 눈 쌓인 바닥을 기듯이 뭉게뭉게 퍼집니다. 자욱한 연기에 가려 창고는 전혀 보이지 않습니다.

별안간, 불덩어리가 출현했습니다.

덩어리는 하마무라 효우에게 격돌했습니다. 불이 옮겨붙은 하마무라 효우는 절규하면서 검은 연기가 퍼진 땅바닥에 쓰러졌습니다. 하마무라 효우는 고통으로 몸부림치다가 결국 움직임이 둔해지면서 정지하여 꼼짝없이 재가 되었습니다. 사이토 가유는 열기와 연기 속에서 눈을 부릅뜨고 하마무라 효우를 태운 불덩어리를 발견했습니다. 거의 다 타 들어간 그 얼굴이 고마키 다이임을 확인한 사이토 가유는 모든 것을 깨달았습니다.

"도망쳐!"

사이토 가유는 반사적으로 소리쳤습니다.

그 외침이 끝날락 말락 하는 순간 불덩어리가 차례차례 튀어나왔습니다. 닛타 지누, 도가와 구리, 소카베 나키였습니다. 일동은 산 채로 몸에 화염을 휘감고 있었습니다. 사이토 가유의 경고 덕에 노파들은 불덩어리를 피할 수 있었습니다. 그러나 다음에 출현한 불덩어리는 대처하기가 어려웠습니다. 무슨 말인지 모를 소리를 외치며 바락바락 쫓아왔던 것입니다. 그 불덩어리가 오노데라 고토의 등으로 돌격했습니다. 오노데라 고토는 전신에 불이 붙은 채 땅바닥을 굴렀습니다. 살이 타는 냄새가 퍼졌습니다. 오노데라 고토를 태운 불덩어리는 다음 목표인 사이토 가유를 노리고 돌진했습니다. 연기를 헤치고 달려오던 불덩어리가 갑자기 엉뚱한 방향으로 휙 날아갔습니다. 나무창을 쥔 오부치 이쓰루가 연기 속에서 나타났습니다.

"괜찮나? 도대체 무슨 일이……."

오부치 이쓰루가 입가를 떨며 말했습니다.

휙 날아간 불덩어리는 땅바닥에 쓰러져 나뒹굴다 그대로 축 늘어졌습니다. 사이토 가유가 발로 눈을 끼얹어 타다 남은 불을 끄자 이즈미 소모의 얼굴을 겨우 확인할 수 있었습니다. 얼굴 표면이 검게 탔고, 피부 틈으로 엿보이는 붉은 살이 파삭파삭 소리를 내면서 열기로 팽창한 피가 넘쳐흐릅니다.

"자기 몸에 불을 붙여서 돌격했어. 죽어도 상관없단 거야."

사이토 가유가 숨이 차 어깨를 들썩이며 말했습니다.

"돌았어." 오부치 이쓰루가 까맣게 탄 이즈미 소모를 내려다보며 말을 이었습니다. "전염병에 걸려서 동료에게 죽임을 당하게 되었으니 돌아 버린 거야."

"방심하지 마라! 아직 안 끝났다! 무기를 들어라!"

어느 사이엔가 돌아온 미쓰야 메이의 목소리가 울려 퍼졌습니다.

노파들은 그 목소리로 대결의 정신을 자극받은 것이 아니라 오히려 방위의 감정에 등을 떠밀려 연기가 퍼진 땅바닥에서 무기를 찾기 시작했습니다. 허둥거리는 등이 몇 개나 보였습니다.

"메이, 뭘 하다 왔나?"

오부치 이쓰루가 바로 물었습니다. 미쓰야 메이가 이를 드러내며 대꾸했습니다.

"이시즈카 호노를 쫓아가 봤다. ……이제 끝이야. '덴데라'는 끝이야."

사이토 가유는 어쩌면 미쓰야 메이가 다치바나 이레와 다치바나 구시의 발병 사실을 알았을지도 모르겠다고 생각했으나, 확인할 수는 없었습니다. 불타오르는 창고에서 또다시 불덩어리가 튀어나왔기 때문입니다. 기리야마 소우와 가쓰라가와 마쿠라였습니다. 불덩어리가 다가오자 노파들은 애써 찾은 무기를 내팽개치고 부리나케 도망쳤습니다. 실제로 무기를 들어 봤자 어쩔 도리가 없기도 했습니다. 상대의 몸에는 불이 붙어 있으므로 닿는 것은 곧 죽음을 의미했고, 쳐 죽이려 해도 가까이 다가가야 했기에 죽음의 가능성이 높아질

뿐입니다. 미쓰야 메이는 얼굴을 벌겋게 물들이며 싸우라고 고함쳤지만, 그 말을 듣는 이는 아무도 없었습니다. 공황에 공황이 겹쳐 의미도 논리도 상실한 장소에서 불이나케 도망가느라 바빴습니다.

불덩어리 하나가 도미나가 간의 등에 달라붙었습니다. 도미나가 간은 눈알이 튀어나오도록 얼굴을 일그러뜨리고 놔라, 놔라, 하고 외쳤지만 불은 바로 옮겨붙었습니다. 도미나가 간은 타오르는 뜨거움에 이성을 잃고 정신없이 펄쩍거리며 사이토 가유, 오부치 이쓰루, 미쓰야 메이가 있는 쪽으로 달려왔습니다. 미쓰야 메이는 이 바보 자식이, 하고 소리치면서 온몸에 불이 붙은 도미나가 간의 가슴팍에 나무창을 꽂았습니다. 그러나 이번에는 도미나가 간에게 불을 붙인 불덩어리가 살려 줘, 살려 줘, 하고 소리치면서 사이토 가유에게 돌진해 왔습니다. 가쓰라가와 마쿠라의 목소리였습니다. 사이토 가유는 그 목소리에 흠칫한 탓에 판단력이 순간적으로 둔해져 도망칠 순간을 놓쳤습니다. 가쓰라가와 마쿠라의 불타는 양팔이 사이토 가유 쪽으로 뻗어 왔습니다. 목에 두른 털가죽과 머리에 난 상처를 감싼 천 조각이 타기 시작했습니다. 사이토 가유가 그것들을 내던짐과 동시에 미쓰야 메이가 가쓰라가와 마쿠라를 나무창으로 찔렀습니다.

"네놈도 바보야! 바보야! 바보야! 바보야! 바보, 바보, 바보, 바보 자식들!"

미쓰야 메이가 격정적으로 외쳤습니다.

가쓰라가와 마쿠라는 쓰러졌지만 배에 꽂힌 나무창을 쥐고 살려 줘, 하며 다시 신음했습니다. 미쓰야 메이는 불꽃이 나무창에 옮겨붙는데도 개의치 않고 가쓰라가와 마쿠라의 배에 나무창을 더 깊이 꽂았습니다. 가쓰라가와 마쿠라는 목숨이 끊어졌지만 불꽃의 기세는 변함없었습니다. 나무창에 옮아 온 불꽃은 그대로 미쓰야 메이의 소복으로 옮겨붙었습니다. 화르르 하는 소리와 함께 미쓰야 메이의 온몸을 시뻘건 화염이 삼켰습니다.

날뛰며 괴로워하는 미쓰야 메이의 몸에 붙은 불을 끄려고 사이토 가유는 황급히 눈을 뿌렸지만, 다른 불덩어리가 나타나 미쓰야 메이의 몸 위에 포개졌습니다. 불덩어리는 머리통으로 짐작되는 부위를 들었습니다. 기리야마 소우의 불타 문드러진 얼굴이 불꽃 틈으로 순간 보였습니다. 기리야마 소우는 그대로 숨이 다한 듯 불타는 미쓰야 메이와 한 덩어리가 되었습니다. 사이토 가유는 있는 힘껏 눈 뿌리기를 계속했으나 불꽃의 기세를 가라앉히지는 못했습니다.

"미쓰야 메이! 이봐, 이봐, 뭘 하는 거야. 이런 데서 죽어서 어쩌자고. 이런 한심해 빠진 일 때문에!"

사이토 가유가 꿈쩍도 않는 불덩어리를 향해 외쳤습니다. 그쪽으로 손을 뻗으려는 찰나 오부치 이쓰루가 사이토 가유의 몸통을 붙잡고 말렸습니다.

"뭘 하려는 거냐. 그만해라! 끝났다…… 다 끝났다."

그 말은 사실이었습니다. 주위를 열과 연기가 변함없이 지배하고 있기는 해도 사태는 완전히 끝이 났습니다. 검게 탄 노파들의 시신 여러 구에 남은 불꽃이 마저 타고 있을 뿐 아무것도 남지 않았습니다. 살아남은 노파들은 넋이 나간 표정을 띠고 연기로 뒤덮인 땅바닥에 주저앉아 있었습니다.

"끝났어."

사이토 가유는 이를 딱딱 부딪으며 그렇게 중얼거렸습니다. 동시에 창고가 와르르 무너지면서 일으킨 열풍으로 주위에 감돌던 검은 연기가 순식간에 걷혔습니다. 그리고 마주한 풍경은 평소와 별 차이 없었습니다. 검게 탄 시체가 몇 구 있을 뿐, 창고가 다 탔을 뿐, 그 외에는 평소와 그리 다를 바 없는 '덴데라'의 풍경이었습니다.

두 가지 굉음이 들려왔습니다.

얼굴의 왼쪽 반을 백발로 가린 노파가 다가옵니다. 바람이 불어 앞머리가 흩날리자 왼쪽 눈이 박혀 있어야 할 장소에 암흑이 도사린 것이 보입니다.

시이나 마사리입니다.

그 뒤를 이시즈카 호노가 따라오고 있었습니다.

시이나 마사리는 노파들 앞에 위엄있게 서더니, 그 자리를 위압하는 양 오른쪽 눈을 데구루루 굴렸습니다.

"모든 전염병은 불타 사라졌다." 그것이 첫마디였습니다.

"그런데 창고도 식량도 다 타 버렸군. 하지만 안심해도 좋다. 온건파가 비축해 둔 식량이 남아 있다. 이제부터 식량을 자네들에게 나눠 주겠다. 일단은 배부터 채우도록 해라. 따뜻한 걸 먹도록 해라." 그렇게 말하더니 다시금 오른쪽 눈을 움직였습니다. "전염병은 다 타서 없어졌지만, 치러야 할 대가는 크다. 살아남은 우리는 우선 '덴데라'를 재건해야 할 게다. 그러기 위해서라도 습격파는 오늘을 기점으로 해산하길 바란다. 미쓰야 메이는 죽었다. '덴데라'의 우두머리는 죽었다. 그밖에 많은 사람이 죽었다. 이런 상황에서 마을 습격은 불가능하다. 그리고 우리는 살아남아야 한다. '덴데라'를 다시 세우자. 그 작업은 우리 온건파가 지휘하겠다. 전염병은 없다. 안전이 돌아왔다. 그다음에 더욱 안전한 쉼터를 만드는 건 당연한 이치. 이때 온건파가 움직이는 것 또한 당연한 이치다. 식량은 내가, 온건파가 갖고 있다. 먹고 싶은 만큼 먹어라. 우리는 두 팔 벌려 받아들이겠다. 우리는 누군가를 적으로 삼으려는 것이 아니다. 하나로 뭉친 마음을 나누며 생활하고 싶을 뿐이다. '마을'을 향한 미움을 모르는 바 아니나 지금은 그런 걸 신경 쓸 때가 아니며, '마을'과의 싸움이 전부도 아니다. 이 의미를 지금은 몰라도 된다. 하여튼 오늘은 다들 전투하고, 노력하고, 승리했다. 자네들에게는 쉴 권리도 있고 밥을 먹을 권리도 있다. 그리고 나는 자네들에게 그것을 제공할 수 있다. 우리는 두 팔 벌려 받아들이겠다."

사이토 가유는 시이나 마사리의 말을 들으며 식욕과 수면욕이 온몸에 소용돌이치는 것을 느꼈습니다. 그와 동시에 자신의 안에 있는, 황금빛으로 번쩍이는 올바른 부분이 저놈은 거짓말을 하고 있다고 실로 또렷한 목소리로 외쳤습니다. '저놈은, 시이나 마사리는, 온건파는 거짓말을 하고 있다. 전염병은 끝나지 않았다. 전염병은 곰 고기와는 상관없다. 곰 고기를 먹지 않은 다치바나 이레와 다치바나 구시가 죽어 가는 모습을 나는 분명히 봤다. 시이나 마사리도, 이시즈카 호노도 아는 사실이다. 그런데도 전염병의 진실을 교활하게 숨기고 굶주림과 졸음과 두려움에 나자빠진 노파들에게 부드럽고 달콤한 말을 흩뿌려 회유하려 하고 있다. 굴복시키려 하고 있다. 구워삶으려 하고 있다. 미쓰야 메이를 잊게 하려 하고 있다. 안 넘어간다. 그런 제안에는 절대로 안 넘어간다. 거절, 부정, 반역의 등불을 절대로 끄지 않을 테다. '마을'도 '덴데라'도 상관없이, 습격파도 온건파도 상관없이, 이놈들의 파렴치한 꾀에 넘어가지 않겠다. 이놈들을 절대 인정하지 않겠다.'

　황금빛으로 번쩍이는 올바른 부분은 그처럼 외쳤지만, 사이토 가유는 만복감과 수면의 상상을 만끽하며 목구멍을 칠칠치 못하게 부르르 떨었습니다.

제2부

## 제7장 갈림길

1

　겨울은 의연히 이어졌고 그동안 많은 일이 일어나고 또 매듭지어졌으나, 국면이라는 다소 야단스러운 말로 상황을 보자면 무엇 하나 변화하지 않았음이 뚜렷이 드러납니다.

　'덴데라'가 탄생한 지 서른 해, '덴데라'에 사이토 가유가 온 지 삼십 일이 되었지만 '덴데라'는 변함없이 존재하고 사이토 가유는 변함없이 살아 있습니다.

　사이토 가유는 불타 무너진 창고에서 숯으로 쓸 만한 것을 골라내고 있었습니다. 쨍쨍한 햇살이 눈부신 아침을 선사했지만 '산'에서 불어오는 바람은 싸늘했기에, 감기 증상으로 화끈거리는 목구멍을 토하려는 고양이처럼 씰룩거리면서도 사이토 가유는 노동에 집중했습니다. 무언가를 잊고 싶다는 심리 작용 때문이 아니라 현실에 맞닿은 행동이었습니다. 시간이 흐른 결과로 며칠 전부터 살을 에는 추위가 한층 더 밀려들었기에 불씨가 더 많이 필요해진 것입니다.

숨결을 토하면 바로 얼어붙을 것만 같은 추위 속에서 사이토 가유는 작업을 계속합니다. 갈라지고 터진 손뿐만 아니라 상처는 거의 다 나았지만 흉터가 남은 머리에도 온통 숯 검댕이 묻은 데다, 소복도 때와 피가 묻어 더러워질 대로 더러워져 버렸기에 사람이 아니라 검은 덩어리로 인식하는 편이 자연스러울 정도였습니다. 검은 덩어리는 그런 상태에서 아흐레 전에 발생한 불덩어리 사건을 떠올리고 그때 죽은 노파들에 관해서도 생각했지만, 일하는 손은 멈추지 않았습니다.


2


국면에 변화가 없다고는 하더라도, 몇 가지 사건으로 '덴데라'에 사는 이는 쉰 명에서 열아홉 명으로 대폭 감소했습니다. 게다가 집 두 채와 창고 두 채를 못 쓰게 되어 온건파가 비축해 놓은 식량을 제외한 먹을거리를 잃었고, 미쓰야 메이가 불타 죽었고, 습격파는 머릿수와 권위에 손실을 입었고, 동시에 인원은 줄었을지언정 세력을 회복한 온건파에 흡수되어 시이나 마사리가 '덴데라'의 우두머리가 되었습니다.

새로운 우두머리는 우선 충분한 식량과 휴식을 노파들에게 제공했으며 다음에는 '마을'을 습격하려던 의욕을 '덴데라'

부흥에 쏟을 수 있도록 이런저런 작업을 지시했습니다. 그리하여 '덴데라'의 근간은 며칠 만에 복원되었고, 창고가 불탄 사건 이후 전염병 증세를 보이는 자도 없었기에 안전한 삶으로 돌아온 것이 확실해 보였습니다. 그렇다고는 해도 식량은 부족했고 노파들도 노동의 연속으로 피로에 찌들었습니다. 더욱이 사람 수가 열아홉으로 줄어들어 한 사람 한 사람의 발언과 주장이 눈에 띄기도 하였습니다. 그래도 시이나 마사리는 식량을 뿌리며 권력을 유지했고 노파들도 '덴데라'의 부흥에만 매진하고 있었습니다.

이것이 현재 상황입니다.

작업을 마치고 집으로 돌아오는 도중, 사이토 가유는 예전에 미쓰야 메이와 그 부하들이 살았고 지금은 시이나 마사리와 그 부하들이 사는 저택 뒤편에서 여러 개의 사람 그림자를 발견했습니다. 노파 세 명이 이야기에 몰두해 있었습니다. 다섯 해 전에 '산맞이'를 한 다카미야 호기, 이이쿠보 시지라, 구사치 마루였습니다. 사이토 가유는 이 세 사람을 잘 몰랐고 좋게 보지도 않았습니다. 미쓰야 메이가 살아 있었을 때부터 노동에는 거의 참가하지 않고 '마을' 습격에도, '덴데라' 유지에도 의욕 없이 빈둥대던 패거리였기 때문입니다. 세 사람의 태도는 '마을'에 살 때부터 그런 식이었습니다.

"자네, 꼴이 그게 뭔가? 시커멓지 않나. 정말 지저분하군그래. 그런 꼴이 될 때까지 일했다니, 고작 남 좋은 일 시켜 주려고······."

　다카미야 호기가 사이토 가유의 기척을 알아채고 핀잔을
쳤습니다.

　"날 놀리는 건가?"

　사이토 가유의 싸우려는 의지에 불이 붙었습니다.

　"놀리는 건 아냐, 놀리는 건 아냐." 다카미야 호기가 별 의
미도 없이 같은 말을 반복했습니다. "새카매질 때까지 일하
는 게 대견하다고 한 건데, 참."

　"자네들은 뭘 하는 건가? 지금은 새로운 창고와 함정을 만
드는 시간일 텐데."

　"우리는 할 일을 끝냈어."

　"그러면 다른 일을 거들어라."

　"어차피 곰이 망가뜨릴 함정을 만드느라 진을 빼긴 싫은
데."

　다카미야 호기가 실실 웃었습니다.

　곰은 아직 살아서 '덴데라'를 다시 습격하리라는 것이 시이
나 마사리의 의견이었기에, '덴데라'의 재건에 바쁜 와중에도
반 정도의 인원이 곰을 죽이기 위한 함정을 만드는 데 투입되
었습니다. 함정이라고 해도 그냥 오두막집일 뿐이지만, 시이
나 마사리는 거기에 아흐레 전 일어난 기리야마 소우 등의 봉
기 때 깨달은 불의 위력을 덧붙이려는 생각이었습니다. 곰을
오두막집에 가둔 뒤 화형에 처하려는 것입니다. 그 구상은 일

대 소동을 경험한 노파들에게 효과적인 작전이라는 평가를 받았고, 사이토 가유도 동의했습니다. 빈약한 무기 하나만 믿고 돌진해 봤자 곰의 조그만 눈을 찌를까 말까 하는 정도인데 그래서야 승산이 없다고, 머리에 생긴 흉터를 만지작거리며 생각했습니다.

"그 함정은 곰이 망가뜨릴 게 아니라 우리가 망가뜨릴 거야. 곰과 함께 말이다."

사이토 가유가 강한 어조로 말했습니다.

"그 수가 곰에게 통하면 좋겠지만, 나한테는 구덩이를 파서 산토끼를 잡으려는 애들 장난으로밖에 안 보여서 말이지."

다카미야 호기는 따분한 듯한 목소리를 냈습니다.

"처음부터 질 거라고 생각하니 그렇게 보이는 거다."

"그러면 이긴다고 생각하는 자네들이나 열심히 하면 되겠구먼."

다카미야 호기의 대꾸에 옆에 선 이이쿠보 시지라가 맞장구치듯 웃으며 이가 빠져 쪼그라든 입술을 바르르 떨었습니다. 구사치 마루는 별 반응 없이 작은 몸뚱이를 한층 더 조그맣게 보이게 하는 굽은 등에 손을 얹을 뿐이었습니다. 사이토 가유는 재 냄새가 섞인 자신의 몸 냄새를 슬쩍 맡고 화끈거리는 목구멍으로 헛기침하며 이놈들은 아무것도 안 하는 응석받이다, 이놈들보다야 구덩이에 빠져 죽어 가는 산토끼가 더 보기 좋을 지경이다, 하고 생각했습니다.

3

　'덴데라'를 부흥시키면서 시이나 마사리는 살아남은 노파 열아홉 명의 주거를 재편했습니다. 곰의 우악스러운 침입으로 못 쓰게 된 서쪽 집 두 채와 그 옆에 세워진 다른 두 채를 버리고, 동쪽에 세워진 집 다섯 채에 사람들을 나누어 배치했습니다. 동쪽 끝에 있는 집에 사이토 가유, 야마모토 시기, 히다카 노코비, 그 옆집에 오제 호토리, 쓰쓰미 우스마, 오부치 이쓰루, 그 옆집에 다카미야 호기, 이타노 우메, 히이라기 쓰사, 그 옆집에 아마미 아테, 아사미 히카리, 이이쿠보 시지라, 그 옆집에 호시이 고테이, 미나미데 다미시, 쓰카모토 데마, 그리고 저택에는 시이나 마사리, 이시즈카 호노, 호시나 규우, 구사치 마루가 살게 되었습니다. 새로운 배당에 어떤 의도가 숨어 있다는 생각을 사이토 가유는 해 왔습니다. 아마미 아테, 호시이 고테이, 오제 호토리, 아사미 히카리, 이타노 우메, 호시나 규우, 히다카 노코비까지 일곱 명은 한때 습격파에 속했습니다. 자기 의도에 어긋나는 일이 생길 모든 가능성을 없애 버리려는 시이나 마사리가 습격파의 연합을 방지하기 위해 이들을 분산시킨 것이라는 감이 들었습니다.

　이처럼 시이나 마사리의 꿍꿍이로 가득 찬 집에 돌아오자 야마모토 시기와 히다카 노코비가 화롯불을 쬐고 있었습니다. 사이토 가유는 히다카 노코비의 맞은편에 앉아 화로의 재 속에서 감자를 꺼냈습니다. 감자는 적당히 따끈해져 있었습니다. 사이토 가유는 감자를 쪼개 볼이 미어지도록 입에 넣었습니다. 전신이 꽁꽁 얼어 있었기에 뜨거운 감자가 닿은 잇몸이 델 것 같았지만 개의치 않고 입을 움직였습니다. 온건파가 비축해 둔 식량은 사이토 가유의 예상보다 조금 더 넉넉한 편이라 하루에 감자를 여러 개 먹어도 된다는 허가가 떨어졌습니다. 그래서 두 개째를 찾으려고 재를 뒤적이는데, 히다카 노코비가 먼저 찾아내어 사이토 가유에게 내밀었습니다.

"자네가 찾았으니 자네가 먹게나."

사이토 가유가 양보했습니다.

"이건 내 감자가 아니야. 온건파의 감자야. 온건파가 흘린 찌꺼기야."

히다카 노코비가 불만스러운 목소리를 냈습니다.

"그런 걸 신경 쓰고 앉아 있으면 살아갈 수가 없어."

"하지만 가유, 당신도 비슷한 생각을 하면서 그 감자를 먹고 있을 텐데?"

"습격과 낌새를 풍기는 이야기를 하는 건 지금 '덴데라'에선 위험하기도 하고 의미도 없어."

사이토 가유는 자신의 신념을 상대방에게 올바로 전달하기 위해 의식적으로 감자를 받아 들었습니다.

"이대로 있다가는 '마을' 습격이 꿈같은 이야기가 되고 말

거야." 히다카 노코비가 텅 빈 손바닥에 달라붙은 재를 바라보며 말을 이었습니다. "메이도 틀림없이 슬퍼하고 있겠지."

"그런 얘긴 하지 마."

전염병은 물론 미쓰야 메이나 기리야마 소우에 관한 이야기를 꺼내는 것도 시이나 마사리는 금지했습니다. 열여섯 해전과 마찬가지로 모든 것을 잊게 하려는 심산이었습니다.

"'하지 마'라고?" 히다카 노코비가 코웃음을 쳤습니다. "자네는 '덴데라'에서 산 지 얼마 안 돼서 그런 말이 나오는 거야. 전에도 말했겠지만 나는 여기서 산 지 열여덟 해가 됐어. 나이는 여든여덟이야. 아주 오래됐다고. 그러니까 메이가 어떤 사람인지는 잘 알아. 마사리에 관해서도 물론이고."

"시이나 마사리는 이런 전개를 예전부터 기대했던 걸까?"

사이토 가유는 목소리를 낮췄습니다. 히다카 노코비가 검버섯이 핀 목을 긁으며 대답했습니다.

"그놈은 메이를 미워했어. '산벌'을 받을 때 '마을' 아낙네들을 부추긴 건 메이였으니까. 그 둘은 '마을'에 있을 때부터 사이가 나빴지."

"몰랐어."

나이 차가 많이 났기에 '마을'에서 그들이 어떤 관계였는지 알지 못했던 사이토 가유가 그렇게 중얼거렸습니다.

"그건 그렇다 치더라도, 습격파 두목과 온건파 두목이니까 말이야. 마사리 처지에서는 곰이 나타난 게 그리 싫지만은 않았을 거야. 메이가 없으면 마을 습격도 어려운 데다 무엇보다도 슬퍼. 이쓰루도 슬프다고 탄식하고 있었는데. 괜찮으려나…… 그 할망구."

"고참은 이래저래 살기 어려운가 보군."

"말로는 다 못 해. '마을'을 공격하고 싶었는데 말이야."

"혼자서 해라. 그럴 용기가 있다면 말이야." 사이토 가유는 감자 껍질을 벗기며 대답했는데, 그러면서 자신이 시이나 마사리에게 굴복한 듯한 말투를 쓰고 있음을 깨달았습니다. 그래서 이렇게 덧붙였습니다. "물론 나한테도 나름의 생각은 있어. 누가 우두머리가 되든 '덴데라'에서 사는 건 의미가 없다는 판단이야."

"그래서 '산맞이'를 할 셈인가?"

"'산맞이'를 하려는 생각은 없어. 그거야말로 의미가 없는 일이야. 나는 이제 극락정토엔 못 갈 몸이야. 살아갈 뿐이지. 그러면 산 사람만 할 수 있는 일을 해야 해. 요즘은 그런 생각이 들어. 이제 그렇게 생각하게 되었어."

"습격도 산 사람만 할 수 있는 일일 텐데."

"아니야. 그건 작은 일이야. 움직임의 크기로만 보면 큰일이지만, '마을'을 습격한다고 아무것도 해결되진 않아. 적어도 내 기분을 바꾸지도 못하고 만족케 하지도 못 해."

"가유, 자네는 뭘 하고 싶나?"

"큰 목표를 세우고 싶어." 사이토 가유는 미쓰야 메이와 나

눈 마지막 대화를 회상하면서 답했습니다. "아무도 찬성해 주지 않아도 돼. 움직임의 크기로 봐서는 사소한 행동이라도 괜찮아. 다만 내가 믿을 수 있는 큰 목표가 필요해."

"그건 습격파와도, 온건파와도 상관없는 거지? 잘 이해가 안 가는군. 그리고 하나 더, 자네는 큰 목푠지 뭔지를 찾으려고 온건파가 대신 윗자리를 차지한 '덴데라'에서 온건파를 위해 일하겠다는 건가?"

"우선은 먹어야 해, 살아야 해."

사이토 가유는 감자를 입에 넣은 뒤 두 사람의 대화를 들었는지 못 들었는지 구분이 안 되는 야마모토 시기에게 시선을 던졌습니다.

야마모토 시기는 '덴데라'가 변화한 뒤에도 똑같은 태도로 예나 지금이나 똑같이 자기만 알아듣는 말을 웅얼거릴 뿐이었습니다.

사이토 가유는 감자를 씹으면서 어쩌면 야마모토 시기는 큰 목표를 품고 있을지도 모르겠다고 생각했습니다. 누가 동의해 주기는커녕 누구 하나 알지도 못하는 목표지만, 그래도 자신만은 확실한 만족감에 가득 차 그 큰 목표를 달성하기 위해 부지런히 애쓰느라 바쁜 것일지도 모르겠다고.

4

　사이토 가유는 밍밍한 감자로 채운 배를 쓰다듬으며 광장 구석으로 가서 이시즈카 호노를 중심으로 둘러선 원 안으로 들어갔습니다. 함정이 될 오두막집은 곰을 가둘 수 있을 만큼 튼튼해야 했고, 그렇게 튼튼한 집을 만들려면 목재와 인원이 많이 필요한 것은 당연지사였습니다. 땅을 고르고 그 위에 기둥으로 쓸 통나무를 꽂는 데까지는 보통 오두막집과 마찬가지였지만, 이 집은 벽까지 통나무로 만들어야 합니다. 이시즈카 호노는 그런 작업을 신이 나서 지휘했습니다. 아주 기분이 좋아 보였습니다. 사이토 가유의 노동 의욕이 급속히 시들었습니다. 이시즈카 호노 입장에서야 자기의 주장에 반대하는 사람이 없어졌으니 싱글거리며 명령하는 게 자연스러운 일이겠지만, 사이토 가유의 눈에는 그 태도가 용서할 수 없는 것으로 비쳤습니다. 그러나 '덴데라'의 흐름은 바뀌었고 자기 역시 흐름에 떠밀려 갈 뿐, 주류에 반대하면서 살기란 여간 어려운 일이 아닙니다. 그래서 감정을 숨긴 채 작업에 참가했으나 그런 마음으로 일한다고 해도 잘 될 리가 없어, 몇 번이나 실수로 목재에 발을 부딪치고 말았습니다. 그러자 이시즈카 호노가 경멸하는 시선을 던지며 가유 씨, 제대로 좀 하시죠, 하고 말하는 바람에 분노가 금세 부글부글 끓어올랐습니다. 등에 진 목재를 내던지고 자기가 얼마나 '덴데라'를 위해 열심히 일하고 있는지를 주장했으나, 일도 제대로 못 하는 사람이 자기 권리와 존엄성만을 근거로 자신을 변호하는 꼴이나 다를 바가 없었기에 남들의 찬동은 전혀 얻지 못했습니다.

"일을 못 하겠으면 집에 가시지 그러세요?"

아마미 아테가 손을 움직이며 충고했습니다. 사이토 가유의 내부에서 새로운 분노가 끓어올랐습니다.

"자네도 한패가 됐나? 아마미 아테, 자네는 습격파일 텐데? '마을'을 습격하는 이야기를 신이 나서 하지 않았나?"

"곰이 언제 또 올지 몰라요. 지금 중요한 건 그겁니다."

"맞아, 가유 씨. 온건파가 어쨌고 습격파가 어쨌고, 이제는 아무도 그런 얘기는 안 해."

호시나 규우까지 거들었습니다.

"그게 무슨 창피한 자세냐. 함정을 만들거나 말거나 상관없지만 그런 자세는 보이지 마라."

사이토 가유는 맥이 탁 풀려서 충고했습니다.

"가유 씨, 모두들 진지하게 살아가려 하잖아. 방해할 거면 집에 가. 체제가 바뀌어도 여전히 '덴데라'에 대해 불평을 늘어놓다니, 가유 씨야말로 창피한 줄 알아야지."

"적의 구슬림에 넘어가는 게 창피한 일이야."

"분위기를 어수선하게 만드는 말만 할 거면 곰 미끼로 써 버린다?"

호시나 규우의 말에 조롱에 가까운 웃음소리가 퍼졌습니다.

아마미 아테와 호시나 규우, 습격파의 최전선에 서 있던 두 사람이 이시즈카 호노에게 부려 먹히면서 분노하기는커녕 거리낌조차 품지 않고 일하는 모습을 사이토 가유는 용서할 수 없었습니다. 온건파보다 습격파 편을 들었던 것은 아니지만 그래도 용서할 수 없는 마음, 배신당한 마음이 한껏 차올라 사이토 가유는 그 자리를 떠났습니다. 곰을 잡을 함정을 만드는 일은 자신의 일이 아니라 남의 일이라는 깨달음 또한 충격으로 작용해 걸음이 휘청거렸습니다. 감상적이 되고자 하면 될 수도 있었지만, 존재하지 않는 타인을 이제 와서 그리는 것도 실례라고 강하게 반성했습니다. 더욱 고독한 길을 걷기 위해 다리에 힘을 주고 걸음만큼은 똑바로 걸으려고 애썼습니다.

사이토 가유의 발은 묘지로 향했습니다.

전염병 사건 이후, 금기의 땅으로 낙인찍힌 묘지에 들어가는 이는 없었습니다. 그래서 잔뜩 쌓인 눈이 묘지를 대부분 가리고 있었습니다. 비석 위에 쌓인 눈이 둥그스름한 짐승처럼 부풀었습니다. 묘지에는 거대한 정적만이 존재했습니다. 사이토 가유는 죽은 이를 생각하는 마음을 멈추려고 애썼지만, 그래도 구로이 구라, 미쓰야 메이, 기리야마 소우 등이 자연스럽게 머릿속에 떠오르고 맙니다.

회상이 머리를 점령하던 그때, 눈 밟는 소리가 들렸습니다.

묘지 안쪽, '산'과 '덴데라'의 경계선이라고 할 만한 위치에서 무언가 움직이는 것이 보입니다. 사이토 가유는 나무를 이용해서 몸을 숨기며 이동하여 여러 개의 발자국을 찾아냈습니다. 발자국은 '덴데라' 쪽에서 이어져 있었습니다. 발자국을 따라가 보니 요전에 만났던 세 사람, 즉 다카미야 호기, 이이쿠보 시지라, 구사치 마루가 보였습니다. 세 사람은 눈과 산죽 줄기를 장난치듯 밟으며 뭔지 모를 이야기를 나누고 있었습니다. 사이토 가유는 몸을 웅크리고 말소리가 들리는 거리까지 접근했습니다. 소리가 나지 않도록 조심스레 산죽 줄기 사이에 몸을 감추고 귀에 의식을 전부 집중했습니다.

"그놈들이 창고인지 함정인지를 만들고 있던데? 아주 갖은 공을 다 쏟고 있더구먼. 부지런도 하지. 그것보다 더 중요한 일이 있는 건 알지도 못하고."

다카미야 호기의 게을러터진 목소리가 간신히 들렸습니다.

"그러게 말이야. 조금만 부풀려 말하자면 '덴데라'를 살리는 거나 죽이는 거나 다 우리 소관인데 말이지. 부풀려 말하면 그렇다는 거긴 하지만."

맞장구는 이이쿠보 시지라의 목소리였습니다.

"문제는 그게 뭔지 짐작조차 잘 안 간다는 거잖아. 직접 붙잡고 캐물을까? 때려서라도."

"눈에 띄는 행동은 위험해. '덴데라'에는 지금 열아홉 명뿐이니까. 우리가 움직이면 눈에 띌 거야. 그리고 시이나 마사

덴
데
라

리는 눈치가 빨라. 미쓰야 메이와는 다르다고."

"내 생각에는 눈치 봐 가며 몰래 하느니 단번에 해치워 버리는 게 편할 것 같은데."

"네 머리통이 단순하니까 그렇지."

이이쿠보 시지라가 따끔하게 쏘아붙였습니다.

"너무하네." 서운함을 표현하면서도 다카미야 호기는 유쾌한 듯 웃었습니다. "그러면 자네는 어떤가? 무슨 생각이라도 있나?"

"글쎄. 조금만 더 감시를 계속해 보자고. 사는 집이 다르다는 게 장애물이긴 해도 어떻게든 되겠지."

가느다란 목소리가 들렸습니다. 구사치 마루였습니다.

"감시라……." 다카미야 호기는 불만스럽게 중얼거렸습니다. "그러다가 또 죽임을 당하면 어쩔 셈이야?"

"그렇게 되면 뭐 하는 수 없지 않겠어?"

이야기를 마쳤는지 세 사람의 발소리가 가까워집니다. 세 사람은 숨어 있는 사이토 가유를 눈치채지 못하고 '덴데라'로 돌아갔습니다. 대화 내용이 너무 단편적이라 무슨 뜻인지 추측조차 할 수 없었지만, '덴데라'에 좋은 이야기 같지는 않았습니다. 그러나 사이토 가유는 '덴데라'에서의 자기 위치를 규정하지 못했기에 훔쳐 들은 내용을 누구한테 이야기해야 할지, 아니면 아무에게도 이야기하지 않는 편이 좋을지 몰랐습니다. 사이토 가유는 새로운 발상을 품은 이들을 알아 버린 탓에 머리가 한껏 복잡해진 채 '덴데라'에 돌아가려고 몸을 일으켰습니다. 그 순간, 머리의 흉터에 차가운 것이 닿았습니다. 고개를 들자 물방울이 여러 개씩 얼굴로 떨어졌습니다.

비였습니다.

요즘 같은 계절, 요즘 같은 기온에 비가 오는 경우는 드문 일이었습니다. 사이토 가유는 느닷없이 내리는 비를 맞으며 마음이 기묘하게 회복되는 기분을 느꼈습니다. 처음에는 가느다란 빗줄기가 맥없이 내리는 정도였지만, 이윽고 빗발이 거세지면서 후드득후드득 쏟아지기 시작했습니다. 눈은 빗물을 흡수하다 못해 결국 질퍽거리도록 푹 젖어 투명해졌습니다. 사이토 가유는 빗속을 걸었습니다. 짚 도롱이와 짚신이 순식간에 흠뻑 젖었기에 거의 뼈와 가죽만 남은 노쇠한 몸은 금방 차게 식었습니다. 다시 고개를 들어 보니 푸른 하늘에 언제 모여들었는지 모를 비구름이 떠 있었습니다. 계절에 안 맞는 겨울비는 기아의 전조로서 '마을'에서는 불길하게 여겨졌습니다. 이런 비가 연속해서 내리면 젊은 아낙네들이 모여 '비 쫓기'를 했습니다. '산'에 여자가 들어가면 그 집에는 불에 관련된 재앙이 닥친다는 이야기가 전해져 내려왔는데, '비 쫓기'는 그 믿음을 거꾸로 이용한 경우입니다. 빗속에서 아낙네 여러 명이 '산' 앞에 자신들을 내보이는 태세로 서서 비가 멈추기를 언제까지고 기다리는 것입니다. '비 쫓기' 때문에 허파가 상하는 아낙네도 있었으나 풍습은 사라지지 않고 지금까지 계속됐습니다. 사이토 가유는 빗속을 걸으며 이대로 비가 계속 내리면 '마을' 아낙네들이 '산' 앞에 덜덜 떨며 서게 되겠다고 생각했습니다. 집으로 돌아와 보니 화로 앞에 앉은 야마모토 시기가 집을 지키고 있었습니다. 사이토 가유가 빗방울이 뚝뚝 듣는 소복과 짚신을 벗는 동안 야마모토 시기는 사이토 가유도, 빗소리에도 신경 쓰는 기색 없이 화로만 바라볼 뿐이었습니다.

5

비는 밤이 되어도 그치지 않더니 엉성하게 엮은 지붕을 통과해 실내까지 들어오기에 이르렀습니다. 사이토 가유와 히다카 노코비는 천장에 새로 짚을 끼워 넣어 보았지만, 비의 침입을 방지할 만큼의 효과는 없었습니다. 그래서 체념하고 빈 돌솥을 가져와 바닥에 놓았습니다. 돌솥은 금방 빗물로 가득 차서 몇 번씩 비워야 했습니다. 야마모토 시기가 도와주리라는 기대는 털끝만큼도 없었기에 둘은 교대로 빗물을 버렸습니다.

"비가 너무 많이 오는구먼." 히다카 노코비가 화로에 장작을 넣으며 말을 이었습니다. "함정이 망가지지 말아야 할 텐데. 이제 막 완성한 참인데 말이야."

"이런 비에 망가질 함정이라면 곰의 콧김 한 번에 날아가 버릴걸."

사이토 가유는 거의 마르지 않은 소복을 걸치고 심술궂게 내뱉었습니다.

"그냥 말해 본 거야. 함정은 괜찮을 걸세. 이제 안심하고 살 수 있겠어."

"식량을 더 모으지 않으면 안심하기엔 일러."

"함정도, 창고도 완성됐으니 내일부터는 다시 식량 찾기에 나서야지. 게다가 '산맞이'를 한 할멈이 있을 테니 빨리 구해 줘야 하지 않겠나. 눈이 핑글핑글 도는구먼."

히다카 노코비의 말을 듣고 사이토 가유는 자기 말고도 '산 맞이'를 하는 사람이 있다는 당연한 사실을 새삼 깨달았습니다. 올해 일흔 살을 맞은 사람은 사이토 가유 말고도 존재하는 것입니다.

"'산'에서 죽게 두는 편이 나을 것 같기도 한데. '덴데라'에서 살기도 쉽지 않아. 말을 듣지 않는 몸을 이끌고 식량을 찾으면서 비니 눈이니 곰이니 하는 것들에 벌벌 떨며 살기보다, '산'에서 극락정토를 생각하며 죽는 편이 나을지도 몰라."

사이토 가유가 중얼거렸습니다.

"어두운 '산'에서 혼자 죽는 게 나을 리가 없잖나. 게다가 머릿수가 늘면 늘수록 '마을'을 습격할 가능성도 늘어날 테고."

"히다카 노코비…… 자네 아직도 그런 생각을 하나?"

"가유도 같이 습격하지 않겠어?"

"뭐라고?"

"자네는 믿음직한 사람이니까 얘기할게." 히다카 노코비가
몸을 앞으로 기울였습니다. "오늘 함정을 만들 때 사람 눈을
피해서 얘기를 조금 해 봤는데, 오제 호토리는 습격을 포기하
지 않았대."

화로 안에서 장작이 타닥타닥 튀는 소리가 났습니다.

"……위험한 짓을 했군."

사이토 가유의 목소리도 자연스레 낮아졌습니다.

"사람 눈을 피해서 얘기했다고 했잖아. 이야기가 새어 나가
진 않았을 거야."

"둘이서 습격할 셈인가?"

"용기가 있으면 혼자서라도 하라고 한 건 가유였잖아."

"말이 그렇다는 거지."

"진짜 그럴 수야 없겠지만 말이야." 히다카 노코비가 조그
맣게 웃으며 덧붙였습니다. "섣불리 나서진 않을 거야. 때가
무르익기 전까지는 안 움직여."

"시이나 마사리나 이시즈카 호노는 자네들 속내를 꿰뚫어
보고 있을지도 몰라. 실제로 습격파는 사는 집도 분산돼 있
어. 경계하고 있다는 증거야."

사이토 가유는 돌솥에 부딪히는 빗소리를 들으며 일러 주었습니다.

"습격파가 분산되든 말든, 메이가 죽든 말든 '마을'에 대한 원한은 안 사라져." 히다카 노코비는 주름이 새겨진 뺨에 손을 얹었습니다. "온건파들도 '마을'에 각자 나름대로 원망스러운 마음은 있을 거야. 그런 마음이 '덴데라'에 있는 한 습격파는 안 사라져." 그러더니 사이토 가유의 얼굴을 바로 보았습니다. "내가 보기에 가유는 '마을'을 습격해야 할 것 같아. 자네의 본심이 뭔지는 모르겠지만, 자기도 자기 마음을 모르지 않나?"

"아는 척하지 마."

"자네가 원하는 큰 목표인가 하는 걸 어쩌면 '마을' 습격을 통해 얻을 수 있을지도 모르지 않나."

"아는 척하지 마."

사이토 가유는 거대한 불만 속에서 같은 말을 반복했습니다.

"나라고 '덴데라'가 좋은 건 아니야. 우두머리가 메이에서 마사리로 바뀌었다고 이러는 게 아니야. 옛날부터 그랬어. 전염병과 살인에 관한 진실을 감추다니, 하는 짓이 '마을'과 똑같으니까. 그리고 우리는 '덴데라'에서 태어나지 않았어. '마을'에서 태어나서 '마을'에서 자랐어. 태어나 누린 모든 삶, 모든 관계는 '마을'에서 만들어졌어."

히다카 노코비의 목소리에는 무게가 실려 있었습니다.

"하지만 히다카 노코비, 자네는 그런 '마을'을 공격하고 싶어 하고 있어. 몽땅 다 죽이고 싶어 하고 있어."

"다른 곳에서 태어나고 싶었어……. 그것뿐이야. 다른 곳에서 태어났으면 '산맞이'를 안 해도 됐겠지. 즐겁게 언제까지나 살 수 있었어. 행복하게 언제까지나 살 수 있었어. 태어난 것도 자란 것도, 하루하루의 삶과 관계도 전부 다 소중하게 품고 죽을 수 있었어. 하지만 여기선 그게 안 돼. '마을'은 폭력으로 움직이고 '덴데라'는 사람을 속여서 움직여. 그런데 관계만은 확실히 있어. 환장할 일이지."

"그래서 마을을 습격하겠다는 건가? 사이좋게 살 수 없으니까, 그런데도 삶은 하루하루 이어지는 게 괴로우니까 습격하겠다는 건가?"

"맞아."

"멍청한 소리군. 너무 극단적이야. 그런 생각을 가지고 습격이 성공할 것 같아? 몽땅 다 죽일 수 있을 것 같아? 피붙이와 이웃사촌의 목숨을 끊을 수 있을 것 같아? 게다가 히다카 노코비, 그렇다면 삶을 부수려고 하는 건 자네 자신이 아닌가?"

"맞아."

"모든 걸 부숴 버리면 만족하겠나?"

"부숴서 삶도 관계도 없어진다면, 나는 거짓말까지 하면서 살고 싶진 않았어. 전염병에 걸린 마쿠라를 몰래 잡아들이려고 했을 때, 열여섯 해 전에 전염병을 그런 식으로 숨겼을 때 잘못하고 있다고 생각했어. 이제 와서 말해 보나마나지만."

"히다카 노코비, 기리야마 소우에게 정보를 흘린 건 자네인 가?"

사이토 가유는 갑자기 자신을 덮친 직감을 말로 꺼냈습니다.

히다카 노코비는 놀라는 기색도 없이 고개를 끄덕이더니, 기리야마 소우의 언니와는 나이 차이가 얼마 안 났기에 친교 가 있었으며 그 여동생인 기리야마 소우와도 잘 알고 지내던 관계였음을 털어놨습니다. 사이토 가유는 팔짱을 끼고 들보 테두리에 고여 금방이라도 떨어질 것 같은 빗방울을 지켜보면서, 습격 하나를 놓고서도 이렇게 다양한 사고방식이 존재하는구나 싶은, 마치 피로와도 닮은 감정을 새롭게 느꼈습니다.

"습격할 이유는 저마다 다르군그래. 자네가 '마을'을 습격하려는 이유, 오제 호토리가 '마을'을 습격하려는 이유, 미쓰야 메이가 '마을'을 습격하려고 했던 이유, 다 제각각이로군."

"아마미 아테나 아사미 히카리가 여전히 마을을 습격할 생각이 있는지는 모르겠지만, 습격하려 했던 이유는 또 전혀 다를 걸세. 자신과 타인은 다르니까."

"다르다는 걸 안다면 나를 습격파에 꾀려는 짓은 관두게. 나는 자네들 생각에 편승할 마음이 쥐꼬리만큼도 없어."

사이토 가유가 이야기를 마치려는 듯 그렇게 쏘아붙이자 히다카 노코비는 벌떡 일어나 빗물이 고인 돌솥을 가지고 밖으로 나갔습니다. 그 태도는 결별이라기보다도 사이토 가유에게 곰곰이 생각할 시간을 주기 위한 것 같았고, 그렇다는 사실을 딱히 숨기려는 것 같지도 않았기에 사이토 가유는 콧방귀를 뀌었습니다. 한편 습격이라는 발상을 지금 같은 상황에서까지 지니고 있는 히다카 노코비가 부럽기도 했습니다. 사이토 가유는 고개를 돌린 채 '덴데라'에 애착을 갖지 못하고, 습격에도 의문을 품고, '산맞이'도 못 하는 처지가 된 자신이 이뤄야 할 큰 목표는 무엇인지 고민했습니다. 사이토 가유는 일흔 해나 되는 세월 동안 '마을'에서 별 생각을 하지 않고 살아왔기에 생각하는 데 익숙하지 않았습니다. 그래서 골똘히 생각하고 또 생각하면 반드시 해결책이 떠오르리라고 순진하게 믿는 구석이 있었습니다. 아무리 머리를 쥐어짜 봤자, 아무리 조언을 구해 봤자 절대로 해결할 수 없는 문제가 있다는 것을 몰랐습니다. 그것이 지금 사이토 가유의 한계였습니다.

텅 빈 돌솥을 안고 히다카 노코비가 돌아왔습니다. 히다카 노코비는 '마을'에서 지극히 평범한 사람이었습니다. 눈에 띄는 주장을 하는 일은 전혀 없었고, 여느 여자와 똑같이 시집을 가서 시집을 위해 살 뿐이었습니다. 그런 당연한 인생에서 지금으로 이어지는 생각과 분노를 어떻게 축적해 온 것인지 사이토 가유는 알 수 없었습니다.

이런 생각을 하다 보니 누구보다도 '마을'을 미워하는 이는 시이나 마사리가 아닐까 하는 생각이 문득 떠올랐습니다. 시이나 마사리는 자기 잘못도 아닌데 말려든 식으로 '산벌'을 받아 한쪽 눈을 잃었습니다. 그런 정황을 염두에 두면 시이나 마사리야말로 '마을'을 습격할 자격이 충분한데도, '덴데라'의 우두머리이자 온건파의 두목으로서 왜 '덴데라'의 부흥에 힘을 쏟는지 잘 알 수가 없었습니다. 시이나 마사리가 '마을'에 품은 생각을 상상해 보려고 하자 머릿속이 어지러웠습니다.

"왜 시이나 마사리는 '마을'을 습격하지 않는 걸까?"

의문은 스스로 깨닫지 못한 사이에 말이 되었습니다.

"어떻게 알겠어? 자신과 타인은 다른데 말이야."

히다카 노코비가 화롯불을 쪼이며 대꾸했습니다.

"시이나 마사리도 결국은 개인적인 이유가 있어서 움직이는 거라는 말이로군. 그러면 이시즈카 호노는 거기에 대해 무슨 생각을 하고 있을까?"

"그것도 타인으로서는 알 수 없지. 하지만 말이야, 습격파든 온건파든 간에 '마을'에 대한 원한만큼은 평등하게 품고 있을 거야. 복수하는 길, 분개의 창끝이 겨눠진 곳이 서로 다를 뿐일세. 가유, 자네가 얻고 싶은 큰 목표라는 것도 결국은 복수와 분개 속에 있지 않겠나."

그러면 이 할망구한테도 큰 목표가 있는 걸까, 하고 침묵한 채 앉아 있는 야마모토 시기에게 시선을 돌렸으나 야마모토 시기는 여전히 아무 반응도 없었습니다.

"큰 목표를 갖는 게, 나만의 생각을 지니는 게 이렇게 수고로운 일인 줄 몰랐어. 일흔 해나 살았는데."

사이토 가유는 생각하는 데 지쳐 한숨을 쉬었습니다.

"무슨 말을 하고 싶은 건지 알겠어. 이놈도 저놈도 자기 나름대로 움직이고, 나 자신도 역시 내 나름대로 움직이지. 놀랄 법도 해."

"놀란다…… 라. 맞아, 나는 '덴데라'에 오고 나서 계속 놀라고 있어."

"자신이 돌이나 나무가 아니란 걸 알았으니 놀라는 것도 당연하지. 자, 장작을 더 넣자고. 우리는 돌이나 나무가 아니니까, 몸이 따뜻하지 않으면 죽고 말아."

히다카 노코비는 땔감을 가지러 봉당으로 이동했습니다.

사이토 가유는 집의 외벽에 부딪히는 빗소리를 들으며, 비록 분명하지는 않을지라도 반성이 담긴 각오를 다졌습니다. 억지로 말로 표현하자면, 개인이 각자 지닌 큰 목표를 달성하려면 타인을 끌어들이거나 홀로 고립하거나 둘 중 하나를 택해야 했고 시이나 마사리가 우두머리가 된 현재의 '덴데라'에서는 그런 흐름이 더욱 거세졌기에, '덴데라'라는 커다란 테두리나 노파라는 작은 테두리를 일일이 거부할 것이 아니라 자기만의 큰 목표를 설정해야 한다는 결론이었습니다. 사이토 가유는 이때 처음으로 '덴데라'와 자신 사이의 거리, 노파들과 자신 사이의 거리를 객관적으로 볼 수 있었습니다. 그렇다고 뭐가 어떻게 바뀌는 건 없었지만, 그래도 부정하는 데만

힘을 쏟았을 때보다는 앞으로 나아갔다는 기분이 들어 만족
스러웠습니다.


6


그런 각오도, 어떤 새로운 생활도 야생에서 사는 '붉은 등'에
게는 관계가 없었기에 '붉은 등'은 네발로 대지를 박차고 거대
한 덩치를 이끌며 전진했습니다. 제 몸뚱이를 유지하기 위한
고기를 먹으러 두발짐승이 사는 땅으로 다시 향했습니다.


7


"나왔군." 시이나 마사리의 목소리는 태연자약했습니다.
"나왔군, 곰 자식."
곰의 재습격을 예상했던 시이나 마사리는 보초를 세워 밤
의 습격에도 대처할 수 있도록 했습니다. 보초 중 한 명인 쓰
쓰미 우스마의 보고를 듣고 즉시 전원을 저택으로 불러 모았
습니다. 사이토 가유와 히다카 노코비도 야마모토 시기를 데

리고 저택으로 들어갔습니다. 저택 일 층은 잔뜩 긴장한 노파들로 북적였습니다. 자신들이 뿜어내는 냄새 속에서 모두 시이나 마사리의 다음 말을 기다리고 있었습니다. 사이토 가유는 머리의 상처가 근질거리는 것을 느끼며 가까이에 확실히 존재하는 곰의 기색을 감지해 보려 했으나 거센 빗소리가 방해하여 전혀 느낄 수가 없었습니다.

시이나 마사리가 노파들 앞에 서더니 온전한 오른쪽 눈으로 노파 하나하나를 뚫어지게 쳐다보면서 입을 열었습니다.

"망을 보던 할멈의 보고로는, 곰이 '덴데라'에 들어와 묘지 근처를 어슬렁거리고 있다 한다. 그러나 겁먹을 것 없다. 미쓰야 메이 때와는 달리 우리에겐 함정이 있다. 불행히도 비가 내려 곰을 가둬 놓고 통구이를 만들지는 못하겠지만, 함정을 쓰는 방법은 또 하나 있다. 우리가 거꾸로 함정에 들어가면 함정은 난공불락의 성이 된다. 걱정하지 마라. 겁먹지 마라. 공포에 빠지지 마라. 공포야말로 죽음으로 가는 지름길이다. 마음이 흐트러지지 않으면 승리는 우리 것이다. 이제 아무도 죽지 않을 것이다. 이상."

노파들이 움직이기 시작했습니다.

사이토 가유와 히다카 노코비도 야마모토 시기를 데리고 밖으로 나왔습니다. 두꺼운 구름이 달을 가렸고, 비 때문에 모닥불을 지필 수 없었고, 곰에게 들킬까 봐 횃불을 밝히지도 못했기에 바깥은 거의 완벽한 암흑이었습니다. 사이토 가유는 눈에 바짝 힘을 주었지만 곰은커녕 자기 몸조차 제대로 보이지 않았습니다. 불길한 상상력이 앞서 불안의 씨앗이 몇 개나 싹을 틔울 것만 같았습니다. 같은 증상에 빠진 이들이 더러 있는지 공포에 질린 신음이 들렸습니다. 사이토 가유는 그 소리를 듣고 곧장 혐오감을 느꼈습니다. 자신이 파려던 두려움의 구렁텅이가 얼마나 부끄러운 것인지 깨닫고, 히다카 노코비와 함께 잡은 야마모토 시기의 팔에 힘을 주어 제 쪽으로 끌어당겼습니다. 자신이 한심하게 공포에 빠지면 야마모토 시기의 목숨도 위험하다는 무거운 책임을 느끼고 그 책임을 배짱으로 바꿨습니다. 물론 그런다고 해서 어둠의 농도가 옅어지는 것도 아니고 곰이 정확히 어디에 있는지 알 수 있는 것도 아닙니다. 광장 구석에 지은 함정에 도착할 때까지 무척이나 긴 시간이 걸렸습니다. 그래도 비 때문에 소리와 냄새가 차단된 덕분인지 곰에게 들키지는 않았습니다. 사이토 가유는 비를 맞으며 반대쪽 손을 어둠 속으로 뻗었습니다. 벽이 만져졌습니다. 사이토 가유는 완성된 함정을 직접 보지는 못했지만 이시즈카 호노에게서 대략적인 설명을 들은 바 있습니다. 그 설명대로 번듯하게 완성되었음을 증명하는 든든한 감촉에 마음이 놓였습니다. 함정의 문이 여러 사람의 힘으로 열리는 묵직한 소리가 들렸습니다.

사이토 가유를 비롯한 노파들이 안으로 들어가자 점호가 이루어졌고, 전원이 함정 내부에 들어왔음을 확인한 뒤 아사미 히카리와 아마미 아테가 있는 힘껏 문을 닫았습니다. 사이토 가유는 야마모토 시기를 앉힌 뒤 중앙에 파 놓은 간이 화로에서 나오는 어렴풋한 빛에 의지하여 함정을 관찰했습니다. 벽에서 천장까지 육중한 통나무가 몇 겹이나 빙 둘러 세워졌고, 벽에는 주먹만 한 구멍이 일정한 간격을 두고 뚫려 있습니다. 네 귀퉁이에는 쓰고도 남을 양의 나무창이 쌓여 있었습니다. 이런 함정 속에서 노파 열아홉 명은 서로의 어깨와 숨을 부딪치면서 힘을 모으듯 한데 앉아 대기했습니다. 그렇지 않아도 사람의 훈김으로 후텁지근한 함정 안에 긴장으로 뜨거워진 공기가 섞여 구역질이 날 만큼 짙은 냄새가 고였습니다. 사이토 가유는 끈적거리는 목구멍을 씰룩거리며 질식할 것 같은 괴로움을 느꼈습니다.

마침내 질퍽거리는 땅바닥을 커다란 것이 짓밟는 소리가 들렸습니다. 그 소리가 빗소리보다 서서히 커지면서 사이토 가유의 내장은 뜨겁게 펄떡이는 감각으로 뒤덮였습니다. 복부를 세게 누르고 그 감각과 격투하면서 귀를 기울이자 땅바닥을 짓밟는 소리가 더더욱 가까워져 왔습니다. 곰. 사이토 가유의 머리는 오직 곰으로만 점령당했습니다. 곰. 곰. 곰. 곰. 사이토 가유는 귀를 한층 더 쫑긋 세웠으나, 소리보다 명확한 기척이 나타났습니다.

벽에 뚫린 구멍으로 선명한 붉은색이 보인 것입니다.

어둠 속이기는 해도 또렷이 눈에 띄는 그 색깔이 무엇인지 사이토 가유는 알고 있었습니다. 곰의 뒤통수에서 등에 걸쳐 수북하게 자란 붉은 털이었습니다. 사이토 가유는 전신을 바싹 마른 나뭇가지처럼 굳히고 시뻘겋게 충혈된 눈동자로 벽에 뚫린 구멍을 노려봤습니다. 물에 젖어 더욱 선명해진 붉은 털은 어둠 속에서 대담해 보일 만큼 번들번들 빛나고 있었습니다. 함정 안쪽에서 그 털을 목격한 노파들은 뺨과 겨드랑이에서 대량의 땀을 순간적으로 주르륵 흘렸으나, 승리의 확신에 찬 태도로 지켜보는 이도 있었습니다. 그중 한 명이 시이나 마사리였습니다. 시이나 마사리는 곰에게서 가장 가까운 쪽 벽에 대기하며 오른쪽 눈을 크게 뜨고 구멍 바깥을 관찰한 다음 조용히 손을 들었습니다. 공격을 준비하라는 신호였습니다. 사이토 가유가 고개를 살짝 돌리자 시이나 마사리 근처에 있던 이시즈카 호노, 아마미 아테, 아사미 히카리, 오부치 이쓰루, 이타노 우메, 히이라기 쓰사가 쌓여 있던 나무창을 소리가 나지 않도록 가만히 손에 쥐는 모습이 눈에 들어왔습니다.

시이나 마사리가 손을 확 내렸습니다.

노파 여섯 명은 주먹만 한 구멍을 통해 나무창을 내질렀습니다.

다음 순간, 느닷없는 공격과 아픔에 놀란 굵직한 포효가 들리는 동시에 격렬한 소리와 충격이 함정을 덮쳤습니다. 함정 안에 있던 노파들은 화들짝 놀랐습니다. 이시즈카 호노와 아마미 아테와 이타노 우메가 반사적으로 주저앉았고, 아사미 히카리와 오부치 이쓰루와 히이라기 쓰사의 나무창이 부러졌습니다. 곰은 미친 듯이 화가 난 것처럼 몇 번이나 함정 벽을 휘갈겼습니다. 우지직하고 통나무가 꺾이는 소리가 들리자 노파들은 혼비백산했습니다. 그리 넓지 않은 함정 안에 모여선 노파들은 어깨와 엉덩이와 다리를 여기저기 부딪치며 소란을 떨기 시작했습니다.

"고작 하나 꺾였을 뿐이다. 공격을 계속해라."

시이나 마사리는 아무렇지도 않은 어조였습니다.

"오냐!"

시이나 마사리의 말에 용기를 얻었는지 히이라기 쓰사가 곧장 다음 나무창을 손에 쥐고 구멍으로 내다 꽂았습니다. 곰의 포효가 다시 한 번 들렸습니다. 사이토 가유는 거치적거리는 노파들을 밀치고 벽으로 달려갔습니다. 벽 저편에서는 다부진 앞발로 벽을 파괴하는 소리와 충격이 이어졌지만, 아무리 거대한 곰이라도 통나무로 만든 벽을 파괴하기란 쉬운 일이 아닙니다.

사이토 가유는 나무창을 손에 쥐고 벽에 난 구멍을 통해 단숨에 찔렀습니다.

깊숙이 찌르지는 못했지만, 나무창 끄트머리가 살을 파고드는 감촉이 손에 전해졌습니다. 사이토 가유는 나무창을 도로 끌어당겼다가 다시 푹 찔렀습니다. 아까보다 확실하게 느낌이 오는 것을 실감하고 뜨거운 흥분에 휩쓸렸습니다.

"찌를 수 있어! 찌를 수 있다고, 이봐, 곰을 죽일 수 있어!"

사이토 가유가 소리쳤습니다.

그 목소리에는 전투 의욕을 확대하는 효과가 있었습니다. 아마미 아테, 아사미 히카리, 오부치 이쓰루가 다시 나무창을 쥐고 구멍을 통해 내질렀습니다. 공격의 결과로 여겨지는 괴성이 몇 번이나 들렸습니다.

그러나 갑자기 감촉이 사라졌습니다.

포효도, 벽을 치는 소리도 들리지 않습니다.

사이토 가유는 나무창을 구멍에서 빼고 구멍 틈으로 바깥을 확인했지만, 그렇게 눈에 띄던 붉은 털이 아무 데도 보이지 않았습니다. 함정 바깥은 완전히 침묵에 잠겼습니다. 들리는 거라고는 빗소리뿐, 펼쳐진 거라고는 어둠뿐이었습니다.

"곰 자식, 도망갔나?"

히이라기 쓰사가 재미없다는 듯 콧방귀를 뀌더니 벽에 난 구멍을 내다보았습니다.

그로부터 지나가는 시간은 무척이나 길었습니다. 사방에 뚫린 구멍으로 확인한 결과 곰의 모습은 분명히 사라졌지만, 비와 어둠 탓에 시야가 넓지 않아 미처 보지 못했을지도 모를뿐더러 도망간 척하고 가까이에 숨었을 가능성 또한 있었습니다. 함정 내부에서 그런 사정까지 알 도리가 없었기에 확인할 수 있을 때까지 움직이지 않고 침묵할 수밖에 없습니다.

답답한 시간이었습니다. 노파들은 곰이 오기 전보다 더욱 긴장한 채 가만히 있느라 몸이 근질거림을 느끼며 언제까지고 기다렸습니다. 사이토 가유는 얼굴에 송송 난 땀을 닦고 벽에 달라붙듯 서서 구멍을 통해 바깥을 관찰했지만, 비 냄새 말고는 아무 정보도 얻지 못했습니다. 벽에 귀를 대 보았지만 쏴아아 하고 쏟아지는 빗소리에 가로막혀 아무것도 알 수가 없습니다. 결국 탁한 공기와 피로에 지쳐 비칠대다 주저앉는 노파가 나오기 시작했습니다. 간이로 만든 화로에서 불이 꺼지는 바람에 추위와 암흑까지 노파들의 심신을 할퀴었습니다. 벽에 난 구멍으로 시선을 던지던 사이토 가유도 예외는 아니었습니다. 아무것도 보이지 않는 이유가 어둠 탓인지 제 시야가 흐려진 탓인지 판단할 수가 없게 되었습니다. 몸이 제멋대로 덜덜 떨려 벽에 손을 짚었습니다. 바깥 공기를 흠뻑 들이마시거나 체내에 쌓인 불쾌함을 단숨에 통째로 토해 버리고 싶은 충동에 휩싸였습니다.

그런 고생을 견디다 보니 어느새 바깥이 밝아 오고 있었습니다. 비 때문에 눈앞이 뿌옇기는 했지만 곰의 모습은 여전히 찾을 수 없었습니다. 다른 구멍을 내다보던 노파들도 곰이 없다고 소리쳤습니다. 시이나 마사리는 모든 구멍을 확인하고 나서야 바깥으로 나가도 된다는 허가를 내렸습니다. 문이 열리고 상쾌한 냉기를 띤 공기가 들어왔지만, 노파들은 경계 태세를 늦추지 않고 신중하게 두리번거렸습니다. 그리고 나서 곰이 없음을 완벽히 확인한 뒤 자그마한 눈사태처럼 바깥으로 쏟아져 나왔습니다. 벽에는 금이 몇 개나 가 있었습니다. 아사미 히카리가 벽을 쓰다듬으며 더 보강해야겠다고 혼잣말처럼 중얼거렸습니다.

"진짜 대단하구려, 당신 진짜 대단하구려. 곰이 포기하고 물러가다니."

호시이 고테이가 붙임성 있는 어조로 시이나 마사리에게 아부를 늘어놓았습니다.

"그렇고말고요. 훌륭하세요. 마사리 씨, 역시 '덴데라'의 우두머리십니다. 지혜가 넘치세요."

이시즈카 호노도 한 수 거들었습니다.

"아직 못 죽였어." 시이나 마사리는 태도도, 표정도 바꾸지 않은 채 대답하더니 소박한 승리의 여운을 맛보려는 노파들을 향해 다시 섰습니다. "곰은 사라졌지만, 일시에 지나지 않는다. 놈은 곧 '덴데라'를 덮치러 또 올 것이다. 우리는 오직 '덴데라'에서만 살 수 있다. 죽을 각오로 지켜야 한다. 다음에야말로 곰을 불덩어리로 만들어 죽여야겠지. 그러기 위해서는 경계를 게을리하면 안 된다. 방심하면 안 된다. 망보기를 맡은 자들은 바로 배치된 곳으로 돌아가도록. 이상."

지친 노파들에게는 가혹한 명령이었지만, 그래도 다들 큰 공적을 세운 양 만족해했습니다. 곰에게 이길 수 있을지도 모른다는 희망을 처음으로 맛본 데 취해 있었습니다. 사이토 가

유도 빰에서 긴장을 풀고 전신에 솟은 땀과 기름을 비로 씻어
내렸습니다.

  승리의 가능성.

  타도의 가능성.

  그 가능성 덕에 노파들의 체온이 오르고 흥이 솟았습니다.
그 가능성은 열기와 흥이 동트는 '덴데라'를 짙은 안개가 되어
감쌌습니다.



. 8



  안개 때문에 아무것도 보이지 않자, 산등성이에서 두발짐
승이 어쩌고 있는지를 관찰하던 '붉은 등'은 발걸음을 돌렸습
니다. '붉은 등'의 앞발과 가슴에는 나무창에 찔린 자국이 여
러 개였지만 거대한 덩치에는 실로 하찮은 상처에 지나지 않
았습니다.

  그래도 '붉은 등'은 콧김을 가쁘게 내쉬었습니다.

  두발짐승의 움직임이 지금까지와는 달라 무서웠습니다.

  단순히 완력만 놓고 따지자면 자신이 훨씬 강하다는 사실
은 알고 있었지만, 두발짐승이 불을 뿜는 기묘한 봉을 쓰거나
불가사의한 상황에 자신을 빠뜨렸을 때 승산이 줄어든다는

사실 역시 '붉은 등'은 알고 있었습니다. 사실상 이번에 '붉은 등'은 허둥거리기만 했을 뿐 모습을 드러내지 않는 두발짐승에게 단 한 방도 제대로 먹이지 못했습니다. 패배는 '붉은 등'의 자긍심을 때려눕히고 본래 품었던 두발짐승을 향한 공포심을 다시 일깨웠습니다. 빗방울이 상처 자리로 스며들어 따끔한 통증이 느껴졌습니다. '붉은 등'은 기분 전환 삼아 분비나무를 냅다 쳤지만 금만 살짝 갔을 뿐이었습니다. 극한의 굶주림 탓에 '붉은 등'은 몸이 쇠약해져 갔습니다. 오른쪽 눈이 짜부라져서 물러난 뒤 배 속에 넣은 것이라고는 사실상 분비나무의 속껍질과 물뿐이었습니다. 영양 부족 탓인지 온전했던 한쪽 눈도 부옇게 보입니다.

'붉은 등'은 확연하게 굶어 죽어 가고 있었습니다.

이런 상황에서 고기를 획득하지 못한 '붉은 등'은 이 산을 버려야 하는 건 아닐까 생각하기 시작했습니다. 달리 갈 곳은 없었지만, 먹을 것이 없는 땅에서 연명하기란 불가능했고 두발짐승의 다음 움직임도 읽을 수 없게 되어 생명을 유지하는 난도가 상승했기 때문입니다.

피로에 지친 '붉은 등'은 등을 동그랗게 움츠렸습니다. 이 일대를 지배하는 영주로서 용납할 수 없는 자세였으나 걷는 것만으로도 피로가 밀려왔습니다. 밤톨 같은 코를 벌름거려 보았지만 후각도 둔해졌기에 비 냄새 말고는 맡지 못했습니다. 다갈색 털도 영양분을 섭취하지 못한 탓에 빗방울을 튕겨 내지 못해 체온은 점차 식어만 갔습니다. 그러나 '붉은 등'은 네 다리에 힘을 주고 간신히 몸을 일으켰습니다. 이대로 숨어만 있다간 굶어 죽기 전에 얼어 죽을 것이라고 본능이 경고했기 때문입니다. 야성은 무럭무럭 급속히 성장하여 두발짐승을 향한 분노로 이어졌습니다. 체력은 바닥을 기었지만, 분노는 무한히 솟구쳤습니다. 그리하여 '붉은 등'은 분노를 동력으로 삼아 뒷발에 힘을 집중하여 상체를 일으킨 뒤 금이 간 분비나무를 다시 쳤습니다. 분비나무가 손쉽게 부러졌습니다.

 '붉은 등'은 자신의 몸이 분노 덕택에 움직인다는 것을 깨달았습니다.

 확인해 보려는 듯 앞발에도 힘을 주자 '잡아먹어라'라는 발상마저 선명하게 부활합니다. '이 산은 두발짐승의 것이 아니다. 그런데도 패씸하게 삐기면서 돌아다닌다면 쓰러뜨려야 한다. 모두를 잡아먹어 나 자신을 살려야 한다.' 절대로 물러서지 않겠다고 '붉은 등'은 분노 속에서 맹세했습니다.

 그것은 주장이었습니다. 절대적이고 유일한 주장이었습니다. 두발짐승이 산에 오기 훨씬 전부터 '붉은 등'의 일족은 이 산에서 살며 산을 지배했습니다. 그런 장소를 침범당했으니 '붉은 등'이 분노하는 것은 타당합니다. 자기 영역에 들어오는 모든 것을 죽이고 내쫓는 일은 야생에 사는 생물로서 당연합니다. 그러나 두발짐승의 행동에 변화가 나타난 것은 사실이기에, '붉은 등'은 이번만은 순순히 후퇴하기로 했습

니다. 그와 동시에 자신의 행동 역시 변화시킬 수밖에 없다
고 생각했습니다.

멘
데
라

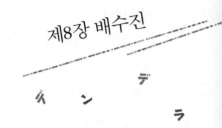

## 제8장 배수진

1

아침이 밝는 동시에 비는 놀라운 속도로 눈이 되어 '산'을 다시 순백으로 물들였습니다. 빗줄기가 휘저어 놓은 흙과 눈 녹은 물이 섞여 적갈색 시냇물이 몇 개나 생겼지만, 그 시내도 탐스러운 눈송이가 순식간에 덮어 가립니다. 이처럼 비와 안개가 걷히고 눈도 그친 뒤 활짝 갠 하늘 아래 펼쳐진 '산' 속을 사이토 가유, 호시나 규우, 쓰카모토 데마, 히이라기 쓰사, 오부치 이쓰루까지 다섯 명이 나무창을 지팡이 삼아 오르고 있었습니다. 식량을 찾는 한편 '산맞이'를 한 노파를 찾으려는 계획이었습니다. '덴데라'의 지휘를 시이나 마사리가 맡게 된 뒤에도 노파를 구하는 일은 예전과 다름없이 계속되었습니다. 노파 수색에 참가하는 것은 처음이라 사이토 가유는 다소 흥분해 있었습니다. 첫 번째 목적인 식량 찾기는 물론 지난 밤 '덴데라'를 습격한 곰에 관해서도 까맣게 잊어버리고, 산만한 시선이 여기저기를 불안정하게 헤매고 다닐 정도였습니다.

"가유 씨, 사람이 그런 데 굴러다니진 않아. 돌멩이가 아니라니까."

호시나 규우가 검붉게 탄 얼굴에 웃음을 띠었습니다.

"나도 알아."

사이토 가유는 들뜬 기분을 가라앉히려고 짐짓 목소리를 낮췄습니다.

"뭐, 오늘은 어디까지나 식량도 찾을 겸 해서 나온 거야. 본격적으로 사람을 찾진 않아."

"왜? 빨리 찾아서 구하지 않으면 죽잖아. 누구나 자네처럼 '산'에서 살 수 있는 건 아니라고."

"물론 빨리 구해 주고 싶지만, '산맞이'를 하는 할멈을 데리고 온 사람들과 마주치기라도 하면 큰일이니까."

호시나 규우는 하루 중 가장 쨍쨍하게 빛나는 햇빛에서 달아나려는 듯 종종걸음으로 걸었습니다.

'산맞이'는 낮부터 해질 무렵 사이에 이루어졌습니다. 이유는 단순했습니다. '산'까지 노인을 업어 온 사람이 안전하게 산에서 내려가기 위해서입니다. 물론 버려진 노인에게도 산에서 내려갈 기회를 주는 셈이지만, 아무리 산짐승이 다니는 길까지 빤히 안다고 해도 소복 한 벌만 걸친 노인이 혼자 힘으로 마을로 돌아갈 수는 없습니다. 그렇다고는 해도 '마을'로 돌아오는 노인이 개중에 있기는 했습니다. 사이토 가유는 창피한 줄 알아야 한다며 그 이야기를 수도 없이 들어왔고, 실제로 본 적도 있습니다. 숯쟁이 집에 시집간 여자였는데, 흉측한 괴물 같은 모습으로 울부짖으며 '마을'로 돌아왔습니다. '마을' 사람들은 바로 그 여자를 사로잡더니 절대로 극락정토에 못 보낸다는 집념이 담긴 고문을 가해 며칠에 걸쳐 집요하게 죽였습니다. 시체는 갈기갈기 찢어 똥오줌과 함께 흘려버렸습니다. 처녀 적에 그 일을 목격한 사이토 가유는 극락정토에 못 가고 똥오줌과 함께 버려진다니 정말이지 수치스럽다고, 한번 '산'에 들어갔으면 깨끗하게 죽어야겠다고 뼈저리게 다짐했습니다. 세월이 흘러 일흔이 된 사이토 가유는 '산'에 업혀 왔습니다. 어느 집에나 대체로 마찬가지입니다만, 사이토 가유를 산까지 데리고 온 이는 친아들이었습니다. 이 역할은 아들이 맡은 몫이기도 했습니다. 일흔 살이 된 부모를 업고, 일흔 살이 되면 아들에게 업히고, 그 아들도 또 아들에게 업혀 옵니다. 이러한 흐름 덕에 '마을'의 인구와 식량은 안정을 유지하게 됩니다.

'산맞이'를 할 때 애정은 무의미했습니다.

부모에게 보이는 애착이나 집착은 사람이니 당연히 있겠지만, '산맞이'는 반드시 따라야 하는 규칙이었고 거부해 봤자 가문이 망할 뿐이었기에 실행하는 것 말고는 어쩔 도리가 없었습니다. 그래서 '마을'에 사는 사람들은 '산맞이'에 얽혀 떠오르는 다양한 생각을 차단하는 데 능숙했습니다. 울면서 부

모님을 업어 나르는 이는 있어도 측은한 감정을 조금이라도
행동으로 옮기는 일은, 이를테면 '산' 속으로 나아가는 발걸
음을 멈추는 일은 결코 없었습니다. 사이토 가유의 아들은 울
지 않았지만, 어머니를 둘러업은 등이 부들부들 떨렸습니다.
사이토 가유는 그 사실이 딱히 싫지는 않았으나 이제부터 자
신은 한 발 먼저 극락정토에 갈 테니 슬퍼할 필요는 없다고
생각했습니다.

   그러나 사이토 가유는 지금껏 목숨을 부지하고 저처럼 '산'
에 업혀 온 노파를 찾는 작업에 열중하고 있습니다. 사이토
가유는 구조해서 '덴데라'에 데리고 온 노파가 무엇을 주장할
지가 궁금했습니다. 여러 노파처럼 기뻐할지, 자신처럼 격노
할지, 아니면 또 다른 태도를 보일지 궁금했습니다. 큰 목표
설정을 자신이 가야 할 첫 번째 길로 정한 사이토 가유였기에
새로운 말에 기대를 품었던 것입니다. 물론 새로운 말이 사이
토 가유의 마음에 딱 들어맞으리라는 법은 없지만, 그래도 기
대하지 않고는 배길 수가 없었습니다. 사이토 가유는 '산'을
걸으면서 자신과 똑같이 일흔 살이 된 이들의 얼굴을 떠올려
보려고 했으나 머릿속이 완전히 텅 비어 있었습니다. 그래도
기대하는 마음은 사라지지 않았습니다.

   사이토 가유는 계속 걸었습니다. 걷는 데 익숙해지기도 했
지만, 두 다리로 예전보다 더욱 굳건히 눈길을 밟고 나아갔습
니다. '덴데라'의 일원이 되었다는 증거입니다.

마침내 '산'으로 이어지는 오솔길이 골짜기 너머로 자취를 감췄습니다.

오른쪽에는 조금 깊은 골짜기가 이어졌고 왼쪽에는 분비나무 한 그루 정도 높이의 비탈이 솟아 있었습니다. 그 비탈에 난, 길이라고 할 수 있을까 싶은 위험한 선을 따라 노파 다섯 명이 일렬로 줄을 지어 전진했습니다. 호시나 규우, 오부치 이쓰루, 사이토 가유, 히이라기 쓰사, 쓰카모토 데마 순서였습니다. 사이토 가유가 골짜기 쪽을 내려다보니 눈을 뒤집어쓴 분비나무 여러 그루가 하얀 숲을 이루며 펼쳐져 있었습니다.

"그러고 보니…… 아직 듣지를 못했는데," 사이토 가유는 앞에서 걷는 오부치 이쓰루의 짚 도롱이를 쳐다보며 마저 물었습니다. "'산맞이'를 한 사람을 찾았는데 남자면 어떻게 할 건가? 죽여 버리나?"

"생각하는 것도 참. 죽이지는 않아. 눈치채이지 않도록 조용히 멀어질 뿐이야. 잊어버릴 뿐이야."

오부치 이쓰루는 좁고 가파른 길을 조심해서 지나가느라 그런지 벌벌 떨면서 대답해 주었습니다.

"남자 따위 똥이나 처먹으라지." 뒤에서 들려오는 거친 소리의 주인은 쓰카모토 데마였습니다. "우리를 이런 데로 쫓아 보낸 건 남자야. '덴데라'에 감히 들일까 봐?"

"하지만 남자들도 여자랑 똑같이 '산맞이'를 하는데?"

"자넨, 설마 남자도 구하려는 거야?"

쓰카모토 데마가 놀랍다는 듯이 물었습니다.

"싸우는 데 보탬이 될지도 몰라. '덴데라'에는 열아홉 명밖에 없으니 말이야."

사이토 가유가 생각을 말로 꺼냈습니다.

"우리한테는 함정이 있어. 그러니까 사람이 모자란다고 '덴데라'에 남자를 끌어들이진 않아. 실제로 우리끼리 곰을 쫓아내기도 했고. 다음에 나타나면 불쏘시개로 만들어 줄 거야. 콱 죽여 버릴 거라고."

제일 앞에서 걷는 호시나 규우가 말했습니다. 그 말이 너무 낙관적이라고 손가락질하는 이는 없었습니다. 사이토 가유 또한 다시 한 번 곰에게 승리할 수 있다는 강한 확신이 들었습니다. 노파들은 간밤에 곰을 물리친 뒤 자부심을 얻은 상태라 싸우는 데 힘을 보태기 위해 남자를 받아들이자는 의견이 받아들여질 여지는 없었습니다. 게다가 사이토 가유도 남자에 대해서는 복잡한 감정을 품고 있었기에, 가령 자신이 아니라 제3자에게서 이런 의견이 나왔다면 논리가 아니라 감정을 밀어붙여 부정했을 것입니다.

'마을'에 대해 생각하다 보면 남자에게 갖는 감정은 동시에 떠오르지 않더라도 늘 뒤를 따랐습니다. '마을'의 중심에 자리 잡고서 판단할 것을 정하고 온갖 일을 진행하는 주체는 모두 사내들이었습니다. 그러한 흐름을 이상하게 느낄 만큼 사이토 가유의 시야는 넓지 못했을뿐더러, 애초에 '마을'이 사내들 손에 관리되고 있다는 데 별 관심이 없었습니다. 그래도 남자들 마음대로 만들어지는 규칙이 적지 않다는 것이며, 달거릿간을 비롯하여 여자를 하대하는 듯한 태도에 불만이 있기는 했습니다. 하지만 여자들 사이에서 불만이 터져 나오는 일은 없었습니다. 입 밖으로 불만을 꺼내 봤자 뭐가 변하는 것도 아니었고, 살아가려면 남자에게 기대야 할 때가 많았기 때문입니다. 사이토 가유 입장에서는 남자에게 오로지 혐오감만 품기란 어려운 일이었습니다. '덴데라'에 남자를 들이는 게 이치에 맞지 않음을 직감으로 이해할 수는 있어도 그런 발상을, 그런 심정을 '마을'에 사는 남자들에게까지 품기란 어려운 일이었습니다. 남자들의 비호 아래에서 살아온 것은 사실이고, 여자였기에 이득을 본 경험도 있었고, 젊었을 적에는 다정하게 대해 준 남자들도 있었고, 그중 몇 명과는 사귀기도 했고, 그 결과 사이토 가유가 기분이 좋았던 것은 사실이기 때문입니다. 다른 여자들도 그리 다르지 않을 터였습니다. 유일하게 미쓰야 메이만이 화를 내며 '마을'의 아낙네들을 부추겨 생활의 개선을 촉구했지만, 그 파도도 미쓰야 메이가 '산'에 들어간 뒤에는 볼품없이 사그라졌습니다. 남자든 여자든 그냥 살던 대로 살았던 것입니다. 게다가 남자든 여자든 일흔이 되면 평등하게 '산맞이'를 한다는 현실이 있었기에 폭동과 같은 전개가 일어나지는 않았습니다.

"자기 남편이 '산'에 버려진 것을 발견해도 조용히 멀어질 텐가?"

사이토 가유는 자신의 내부를 꽉 채운 것의 정체를 알기 위해 그렇게 물었습니다.

"남편이라." 오부치 이쓰루가 무척이나 그리운 듯 그 말을 입에 올렸습니다. "우리 남편은 한참 전에 '산'에 들어갔으니까 뭐."

"'산맞이'를 하지 않고 아직 살아 있다면?"

"가유, 자넨 어쩔 것 같은가?"

"나는," 사이토 가유는 네 해 전에 '산맞이'를 한 자신의 남편에 관해 생각하려 했지만 금방 생각이 말끔히 정리될 것 같지는 않았습니다. "나는…… 구해 주고 싶을 것 같아. 당연하겠지."

"젊은 남정네라면 구해 주겠지만."

등 뒤에서 히이라기 쓰사가 대꾸했습니다.

"흐흥, 당신 같은 할망구를 상대나 해 주겠어? 거기에 친 거미줄이나 걷고 나서 말씀하시지."

쓰카모토 데마가 야유하자 사이토 가유를 제외한 노파 네 명은 천박한 소리를 내며 웃었습니다. 노파들은 남편에 관한 이야기를 남녀 간의 정담으로 돌리고 싶어 하는 것 같았지만, 그렇게 얼렁뚱땅 넘겨 버린 상태가 언제까지나 이어질 리 없기에 결국은 웃음을 거두고 말없이 산속을 헤쳐 갈 뿐이었습

덴
데
라

니다. 어색한 침묵이 내려앉았습니다. 짚신이 눈을 밟는 어수선한 소리와 나무에 쌓인 눈덩이가 떨어지는 소리, 불어오는 바람 소리. 주위에 있는 것은 그 정도였습니다. 그 이상 수확은 없었습니다. 산토끼도 없었고, 새도 없었고, 노인도 보이지 않아 노파 다섯 명은 지친 몸을 이끌고 길을 되짚어갔습니다. 수확이 없어 한층 더 어깨가 무거운 귀로였습니다.

"이게 웬일이야? 이런 적은 없었는데. 내가 '산'에 살던 세 해 동안은 이러진 않았어. 열 해 전 대기근이 있었던 해에도 산토끼 정도는 있었다고."

돌아오는 길에서도 앞장서 걷던 호시나 규우가 당황스러운 목소리를 냈습니다.

"아무리 한겨울이라고 해도 산토끼 한 마리도 안 보이는 건 확실히 이상한데. 다 죽어 없어졌나?"

히이라기 쓰사의 목소리가 등 뒤에서 들려왔습니다.

사이토 가유도 마찬가지로 불안을 품었습니다. '산'의 결실이 씨가 마르고 '산'에 사는 짐승이 대부분 굶어 죽은 건 아닌가 하고 새가 지저귀는 소리조차 들리지 않는 '산'을 걸으며 걱정했습니다.

"어제는 계절에 안 맞는 큰비까지 내렸으니⋯⋯. 또다시 대기근이 찾아올지도 모르겠구먼."

오부치 이쓰루가 중얼거렸습니다.

돌아오는 길에는 불안함에 등을 떠밀려 노파들은 오히려

더 활발해졌습니다. 저마다 불평불만을 열심히 입에 담았습니다. 다들 배가 고팠습니다. 입안에서 살살 녹는 기름진 고기를 꿈꾸었습니다. 그런 불만은 형태를 바꾸고 널리 퍼져 '마을' 습격에 관한 이야기로 옮아갔습니다. 호시나 규우가 오솔길을 따라가며 이대로 우리끼리 '마을'을 공격해 버릴까, 하고 농담 같은 말투로 제안했습니다. 오부치 이쓰루가 고개를 슬슬 저으며 조용히 못 하느냐고 주의를 주었습니다.

"규우, 그런 말은 '덴데라'에서 꺼내면 안 돼. 우리는 흘려 듣겠지만, 마사리 귀에라도 들어가면 어찌 되겠나? 무슨 벌을 받을지 아무도 모른다네."

"그렇군, 여기 있는 사람은 대부분 예전부터 온건파였지? 메이 씨가 죽고 마사리 씨가 새 우두머리가 되고 나서 온건파는 꽤 살기 편해졌겠어?"

호시나 규우는 불쾌하다는 듯 꼬집어 물었습니다.

"여기서 메이 이름을 꺼내지 마라, 어린 것이 까불기는."

오부치 이쓰루의 핀잔을 들은 호시나 규우가 우뚝 서더니 여기에선 나이 같은 건 관계없다고 말했습니다. 그러는 바람에 뒤에서 따라가던 노파 네 명도 걸음을 멈추었습니다.

"관계없다고? 헛소리 마라." 오부치 이쓰루의 등이 조금 떨리고 있었습니다. "나는 살아 있는 사람들 중에서는 메이 다음으로 '덴데라'에 오래 살았어. 그만큼 메이를 오래 알고 지냈다고. 내가 온건파인 건 맞지만 메이를 우롱하는 건 용서

못 한다."

"메이 씨는 죽었어. 언제까지 죽은 사람 생각이나 하고 있을 거야? 한심하게시리."

호시나 규우는 앞을 향해 시선을 못 박은 채 타박했습니다.

"그만해. 자네한테 그런 말할 자격은 없어."

호시나 규우의 말에 반응한 이는 사이토 가유였습니다.

"가유 씨, 자격이란게 무슨 소리지?"

호시나 규우는 역시 앞만 바라보았습니다.

"자네는 지금 시이나 마사리의 꾐에 넘어가지 않았나? 오부치 이쓰루처럼 원래부터 온건파였으면 몰라도, 완전한 습격파였는데 태도를 홱 바꿔서 온건파를 위해 움직이고 있지 않은가? 호시나 규우, 한심한 건 자넬세."

"나는 온건파를 위해 움직이는 게 아니야. 곰 죽이기를 거드는 것과 온건파를 위해 움직이는 건 다른 일이지. 그러는 당신도 마찬가지 아니야? 이렇게 식량을 찾는 건 온건파를 위해 일하는 게 아닌가?"

"나는 태도 이야기를 하는 거야. 그렇게 비아냥거리는 자네는 보기에 아름답지 못하군. 야기 사사카의 몸뚱이를 찾아 곰을 막아섰던 자네는 정말 아름다웠는데."

"이제 그만 떠들어."

히이라기 쓰사가 끼어들었습니다.

호시나 규우는 달리 생각할 거리가 있는지, 야기 사사카라는 죽은 이를 돌이켜 생각하는 건지 구별이 되지 않았으나 말 없이 발을 움직이기 시작했습니다.

그때부터 다시 침묵이 지배했습니다. '덴데라'의 우두머리가 미쓰야 메이에서 시이나 마사리로, 주도권이 습격파에서 온건파로 바뀐 데 관해서는 습격파든 온건파든 모든 노파가 이래저래 생각이 많은 듯했습니다. 습격파도 온건파도 아닌 사이토 가유는 형편이 조금 달랐지만, 그래도 마음이 무거워졌습니다. 텅 빈 위장이 자극받아 발효되는 느낌과도 비슷한 열을 띠었고 신물이 넘어와 소화가 제대로 안 되는 양 찌르르 아팠습니다.

"잠깐, 잠깐 기다려!"

소리친 이는 조용히들 하라고 입을 막았던 히이라기 쓰사였습니다.

앞을 걷던 두 사람이 멈추어 섰고, 사이토 가유도 걸음을 멈춘 뒤 피로에 지친 몸을 뒤로 돌렸습니다. 히이라기 쓰사의 얼굴이 창백했습니다. 매우 좋지 않은 일이 일어났고, 그 일은 현재도 진행 중이라는 사실을 안 사람만이 그런 낯빛을 띱니다. 사이토 가유는 무슨 일이 일어났는지 물어보려 했지만 그럴 필요가 없을 만큼 사태는 일목요연했습니다.

맨 뒤에서 따라오던 쓰카모토 데마가 보이지 않았습니다.

"언제부터 없었지?"

사이토 가유가 바로 물었습니다.

"몰라……. 계속 조용했으니까, 이상하다 싶어서 돌아봤거든. 그때는 벌써 없어졌더라고."

"골짜기로 떨어진 건 아닐까?"

오부치 이쓰루가 의견을 내놓았지만, 실은 자신도 그 의견을 못 믿겠다는 표정이었습니다.

"그러면 비명을 질렀을 텐데."

사이토 가유는 그 의견을 부정했습니다.

"데마 씨는 가는 길에는 확실히 있었어." 호시나 규우가 확신했습니다. "오는 길에서 무슨 일이 생긴 거야. 돌아가보자."

노파 네 명은 되돌아가기로 했습니다. 좁다란 오솔길 위에서 방향을 전환했기에 선두에 서게 된 히이라기 쓰사는 손에 쥔 나무창에 몸을 지탱하며 굼뜬 걸음걸이로 나아갔습니다. 빨리 가라고 오부치 이쓰루가 다그쳤으나 겁에 질린 히이라기 쓰사의 걸음걸이는 속도를 낼 줄 모릅니다. 노파 네 명은 마침내 오솔길 위에 퍼진 붉은 흔적을 발견했습니다. 이제 피를 보는 것은 익숙해졌으므로 노파들은 놀라기보다 먼저 경계심을 굳혔습니다. 핏자국은 비탈 쪽으로 이어졌습니다.

"잠복해 있었구먼." 오부치 이쓰루가 비탈을 노려봤습니다. "곰 자식, 싸우는 법을 바꿨어. 하던 대로 하면 못 이기는 줄을 알았나 봐."

오부치 이쓰루의 추측을 사이토 가유는 큰 놀라움과 함께 선뜻 받아들였습니다.

곰은 지금까지 정면으로만 공격을 시도했습니다. 뒤에서 의표를 찌르는 전법은 항상 노파들의 것이었습니다. 하지만 이번엔 거꾸로 노파들이 의표를 찔렸습니다. 게다가 더 불리 하게도 사이토 가유를 비롯한 네 명은 곰의 본거지라고 할 만 한 '산'에 들어와 있는 데다, 산짐승이 다니는 좁은 오솔길 위에 서 있습니다.

곰이 머리를 써서 공격하다니.

사이토 가유는 나무창을 쥔 손이 떨리는 것을 깨달았습니다.

"어떻게 해야 하지!"

히이라기 쓰사가 절규했습니다.

"조용히 해. 이대로 도망갈 수밖에 없어. 조용히 도망갈 수 밖에 없어."

호시나 규우가 주의를 주었습니다.

"하지만 쓰카모토 데마는?"

"포기하세."

호시나 규우의 결단을 들은 노파들은 한순간 말문이 막혔 으나 곧장 발걸음을 돌려 뛰었습니다. 그러나 좁은 오솔길 위 에서는 속도를 내는 데 한계가 있었고, 발을 잘못 디디면 골 짜기로 굴러떨어지고 맙니다. 사이토 가유는 그런 와중에도 열심히 뒤뚱거리며 발을 놀렸습니다. 그 와중에 코에 익은 농 밀한 냄새가 풍기고 눈을 헤치는 소리가 들렸지만 전부 무시 하고 그저 달렸습니다. 그러나 등 뒤에서 달리던 히이라기 쓰

덴
데
라

사가 비명을 지르고 몸에 피가 튀긴 다음에는 고개를 돌릴 수밖에 없었습니다. 날카로운 발톱이 히이라기 쓰사의 등을 뚫고 몸을 들어 올리고 있었습니다. 자기 배를 가르고 튀어나온 발톱을 놀란 표정으로 바라보며 히이라기 쓰사는 그대로 비탈 위쪽으로 끌려갔지만, 그 최후를 지켜볼 여유가 없는 노파 세 명은 오솔길을 하염없이 달렸습니다.

땅이 쿵쿵 울리는 소리와 함께 머리 위에서 곰이 얼굴을 내밀었습니다.

다음 순간 앞발이 쑥 내려옵니다. 노파들은 반사적으로 몸을 웅크렸습니다. 앞발은 사이토 가유의 머리카락을 스쳤습니다. 벽 틈으로 달아난 생쥐를 잡아채려는 고양이처럼 곰은 끈질기게 앞발을 뻗어 왔습니다. 노파들은 등을 웅크리면서도 종종거리며 달음질쳤지만, '으악' 하는 비명과 함께 머리를 감싸던 오부치 이쓰루의 오른손이 날아갔습니다.

"뛰어내려라!"

호시나 규우가 외쳤습니다.

생각할 여유도 없이 노파들은 골짜기로 뛰어내렸습니다. 사이토 가유는 소리와 풍경을 인식하지도 못한 채 자잘하고 딱딱한 무언가에 끊임없이 부딪혔습니다. 정신이 들었을 때는 이미 바닥에 세차게 부딪히는 충격이 지난 후였습니다. 호흡이 멈추고 뼛속까지 찌릿찌릿하고 시야의 구석구석에서 노란색, 초록색, 보라색이 점멸했습니다. 사이토 가유는 기침으로 등의 아픔을 쫓아 보내고는 어찌어찌 몸을 일으켜 세웠습니다. 숲 속에 있었습니다. 사이토 가유는 온몸을 내려다보고 짚 도롱이가 부서져 흔적도 없이 사라진 것, 허리와 다리에 무수한 상처가 난 것, 분비나무 가지가 낙하하는 충격을 완화해 주었다는 것을 알았습니다. 호시나 규우와 오부치 이쓰루도 마찬가지로 짚 도롱이를 잃고 마찬가지로 자잘한 상처를 입었으나 그래도 일어날 수는 있었습니다.

분비나무 숲에 가로막혀 골짜기에서 곰의 모습은 보이지 않았지만, 곧 추격해 오리라고 노파 세 명은 똑같이 생각했습니다. 쓸 수 있는 시간이 얼마 남지 않았습니다.

"그거…… 괜찮나?" 사이토 가유는 오부치 이쓰루의 오른손이 없어진 것을 알았습니다. "떨어져 나갔구먼."

"그것보다 큰일인 건 이 숲이야." 오부치 이쓰루는 없어진 손에 신경 쓰는 기색 없이 주위에 펼쳐진 분비나무 숲을 둘러보았습니다. "여기서부터 '덴데라'에 돌아갈 수 있을까?"

"갈 수 있어." 대답한 이는 호시나 규우였습니다. "나는 세 해나 '산'에서 살았어. 대략적인 지형은 머릿속에 들어 있지. '덴데라'에는 돌아갈 수 있어. 물론 곰한테서 완전히 도망쳐야 가능한 얘기지만."

"이건 꼭 전해야 해. 곰이 새로운 움직임을 보이기 시작했다는 걸 '덴데라'에 꼭 전해야 해. 그렇게 안 하면 아무 생각 없이 '산'에 들어왔다가 몽땅 죽어 버릴 거야."

오부치 이쓰루는 그때야 참혹하게 잘린 손목을 확인했지만 금방 고개를 들었습니다.

곰이 포효하는 소리가 들렸기 때문입니다.

사방팔방에 쩌렁쩌렁 울리는 소리에 분비나무에 쌓인 눈이 우수수 떨어졌습니다.

다음 순간, 냄새를 실은 바람이 세차게 나무를 흔들더니 곰이 골짜기로 낙하했습니다. 분비나무가 무참하게 부러지는 소리, 땅이 갈라지는 듯 무지막지한 충돌 소리, 눈을 온통 흩날리게 할 정도의 진동이 울리고 노파 세 명은 흩날리는 눈을 고스란히 뒤집어썼습니다.

눈이 내려앉음과 동시에 거대한 덩치가 모습을 드러냈습니다.

엄청나게 굵은 다리, 공격적으로 부풀어 오른 어깨, 바늘 같은 털이 무성한 배, 꿀 빛깔로 물든 발톱, 기괴하게 큰 머리, 위압적으로 빛나는 이빨, 거꾸로 선 등의 붉은 털, 한쪽만 남은 눈. 그 모든 것이 합쳐진 결과로서 존재하는 거대한 곰은 세 노파 앞에서 뒷발을 쩍 벌린 채 일어섰습니다. 그렇지 않아도 박력 넘치는 덩치가 두 발로 서자 더욱 커졌습니다. 곰의 발톱에는 히이라기 쓰사의 내장이 달라붙어 덜렁덜렁 흔들리고 있었습니다.

곰이 왼쪽 눈을 노파들 쪽으로 향했습니다.

그 눈에는 목가적인 우애의 눈빛이라곤 당연하게도 한 점도 없었고, 지극히 단순한 분노만이 번들거렸습니다. 곰은 시뻘건 입을 벌리고 들척지근한 입 냄새를 흩뿌리면서 한 걸음 앞으로 나섰습니다. 노파들은 한 걸음 물러섰습니다. 그러나 곰과 사람의 보폭은 절망적일 만큼 차이가 나기에 곰이 더 가까이 다가오도록 부추기는 결과를 불러오고야 말았습니다.

"자네들은 도망가게."

오부치 이쓰루가 곰을 노려봤습니다.

"어쩌려고 그래. 희생물이 되려는 건가? 그래봤자 아무도 못 살아."

호시나 규우가 말했습니다.

"너무 오래 살아서 벌 받는 게야."

오부치 이쓰루는 남은 왼손을 꼭 쥐더니 곰을 향해 돌진했습니다. 반대쪽으로 튕겨 나가듯 사이토 가유와 호시나 규우는 발걸음을 돌려 뛰었습니다. 조금이라도 거리를 벌려야 한다는 것은 알고 있었지만 사이토 가유는 그래도 오부치 이쓰루의 움직임을 끝까지 봐야 할 듯한 기분에 달리면서 뒤를 돌아보았습니다. 오부치 이쓰루는 곰 허벅지에 이와 왼손만으로 달라붙어 있었습니다. 곰은 확실히 강인한 다리와 발톱을 가지고 있지만, 그것들을 자유자재로 움직이기 위해 그만큼 살도 쪘습니다. 오부치 이쓰루는 곰의 공격이 닿기 어려운 장소에 파고든 것입니다. 물론 오부치 이쓰루의 행동은 기습에 지나지 않았고 공격과 더불어 이루어지지도 않았기에, 곰이 냉정함을 되찾은 순간 끝을 고했습니다. 곰은 신중하게 오른쪽 앞발을 허벅지로 뻗어 오부치 이쓰루를 끌어당겼습니다. 오부치 이쓰루는 발버둥을 쳤지만 곰에게 그 발버둥은 아무 의미도 없습니다.

사이토 가유의 어깨를 누군가가 퍽 쳤습니다. 옆에서 달리는 호시나 규우가 주먹으로 친 것이었습니다. 사이토 가유는 아픔이 주는 정보를 잽싸게 읽고 고개를 앞으로 돌렸습니다. 오부치 이쓰루의 행위는 새로운 위기를 '덴데라'에 전하기 위해 이루어진 것입니다. 그렇다면 용감한 행동의 결과로 주어진 끔찍한 죽음을 볼 필요도 없고, 볼 자격도 없고, 그저 하염없이 뛸 수밖에 없습니다.


2


'붉은 등'은 오랜만에 고기에 얼굴을 파묻고 실컷 먹었습니다. 고기의 자양분이 쇠약해진 몸에 흘러들어 피로와 뿌옇게 흐려진 시야와 배고픔을 싹 걷어치워 주었습니다. '붉은 등'은 입안에 고인 피를 깔깔한 혀로 핥으며 일단은 만족을 느꼈습니다. 그러나 아직 배는 만족스러울 만큼 채워지지 않았습니다. 그렇다고는 해도 이번 수법을 계속 쓰기는 어렵겠다고, 두발짐승은 이제 자기 꾀를 훤히 꿰뚫어 봤으리라고 '붉은 등'은 생각했습니다. 두발짐승은 또다시 다른 움직임을 보일 테고, 적어도 부주의하게 산에 들어올 일은 없을 거라고도 짐작했습니다. '붉은 등'은 두발짐승과 자신을 비교했을 때 임기응변에 있어서는 자기가 뒤진다는 것을 점차 자각하게 되었습니다. 두발짐승의 다음 행동을 예측한다 하더라도 그 예측을 바탕으로 어떻게 대처해야 할지까지 사고를 진전시킬 수 없다는 데 답답함을 느꼈습니다.

그래도 '붉은 등'은 잠을 청했습니다. 거대한 덩치는 휴식이 필요했습니다. '붉은 등'은 잠에 빠져들면서 이 시기를 버텨 내면 찾아올 봄을 생각했습니다.

3

"곰은 '덴데라'에 오지 않고 잠복해서 우리가 '산'에 들어가기를 기다리고 있다." 이시즈카 호노의 목소리에는 비꼬는 듯한 음색이 섞여 있었습니다. "당신들은 그렇게 주장하지만, 근거가 어디에 있죠? 곰이 그렇게 말해 줬나요? 해괴한 뜬소문을 퍼뜨려서 '덴데라'를 어지럽히지 마셨으면 하네요."

"죽여 주마!"

호시나 규우가 이시즈카 호노의 목덜미를 후려치려고 팔을 들려는 것을 사이토 가유가 말렸습니다.

"그만해. 이놈은 자긍심이 없어서 이해를 못 하는 거다."

사이토 가유가 참을성 있는 어조로 말했습니다.

"자긍심이라고요? 말장난을 쳐도 무의미해요. 동료를 못 본 척하고 도망친 당신들에게 그 말은 어울리지 않으니까요."

"죽여 주마! 아무것도 모르는 자네가, 이쓰루 씨의 용감함도 모르는 자네가 감히!"

호시나 규우가 울부짖듯 외쳤습니다.

어찌어찌 '덴데라'에 귀환한 사이토 가유와 호시나 규우는 그대로 저택에 뛰어 들어가 나무 막대기 끄트머리를 깎아 창을 만들던 이시즈카 호노, 시이나 마사리, 구사치 마루에게 무슨 일이 일어났고 무엇을 느꼈는지를 전부 설명했지만, 이시즈카 호노의 반응은 이처럼 더는 말을 붙이기도 어려웠습니다.

"식량 찾기는 계속할 겁니다."

이시즈카 호노는 쐐기를 박듯 선포했습니다.

"당신은 이쓰루 씨의 죽음을 무의미하게 만들 셈인가? 역시 안 되겠어. 온건파는 한심한 녀석들뿐이야."

호시나 규우의 떨리는 목덜미에서 때가 벗겨져 부슬부슬 떨어졌습니다.

"우리가 비축한 식량도 한없이 쌓여 있는 건 아니에요. '산'

에 들어가서 식량을 계속 찾지 않으면 굶어 죽어 버릴 텐데
요."

"그러다 곰한테 죽기라도 하면, '덴데라'가 아니라 '산'에서
죽는다면 책임은 당신이 질 거지? '손가락 베기'처럼."

'마을'에서는 벼의 품종 바꾸기부터 감자를 보존하는 방법
을 정하는 것에 이르기까지 온갖 새로운 변화를 사내들이 정
했는데, 그러다 큰 실책으로 이어지면 그 결과를 이끌어 낸
장본인에게 '손가락 베기'라고 불리는 벌을 내리고는 했습니
다. 이름 그대로 손도끼를 이용해 손가락을 절단하는 벌입니
다. '마을'의 운영을 방해하는 짓을 저지르면 아무리 권위가
높은 이라도 미움의 대상이 될 수 있고, 그 실책이 식량을 잃
는 데까지 이어지면 미움이 살의로 발전하는 것도 결코 이상
한 일이 아닙니다. '손가락 베기'는 그런 감정의 폭발을 손가
락 하나의 희생으로 진정시키려는 취지였습니다.

"각오는 돼 있어요." 이시즈카 호노가 고개를 끄덕였습니
다. "손가락을 물어뜯을 수도 있어요."

"손가락? 그걸로 될 성싶어? 자네가 판단을 그르쳐서 죽는
사람이 나오면 '덴데라'에 사는 사람들은 손가락 하나 가지곤
만족 못할걸. 목을 내놔야 할걸."

호시나 규우가 코웃음을 쳤습니다.

"규우 씨, 그러면 당신도 목을 잘릴 각오를 해 주셨으면 좋
겠네요. 당신의 의견을 받아들여 식량 찾기를 중지했다고 칩

시다. 그래서 굶어 죽는 사람이 나오면 당신 목이야말로 순식간에 날아갈 거예요."

"이시즈카 호노, 그런 식으로 도망갈 속셈인가?" 사이토 가유는 호시나 규우의 손을 떨치고 곧장 받아쳤습니다. "지금 말한 의견은 비겁한 사람이나 할 소리야. 각오의 종류가 달라."

"하지만 '산'에 들어가서 식량 찾기를 계속하지 않으면 굶어 죽는 건 당연하고, '산'에 곰이 있는 것 또한 당연해요. 곰이 무서워서 못 움직이는 게 훨씬 비겁한 행동 아닌가요?"

이시즈카 호노가 사이토 가유를 쏘아봤습니다.

결말이 날 기미가 없는 침묵이 뜨겁게 퍼졌습니다. 노파 세 명은 무거운 시선을 서로 부딪쳤지만, 이시즈카 호노는 시이나 마사리 쪽으로 시선을 옮겨 당신의 의견을 말씀해 주실 수 있을까요, 하고 청했습니다. 시이나 마사리는 입술을 조용히 떼더니 이시즈카 호노의 의견이 더 옳다고 했습니다.

"한편으로," 시이나 마사리가 틈을 두고 말을 이었습니다. "곰의 기습을 당한 이들의 의견을 무시하고 넘어갈 수는 없겠지. 눈물이 쏙 빠지도록 혼난 곰이 '덴데라'를 경계하고 꾀를 부린다는 생각은 딱히 기이한 것은 아닐세." 그리고 한쪽만 남은 눈을 호시나 규우 쪽으로 향했습니다. "듣게나. 나는, 목을 내놓을 각오로 명령을 내리는 나는, '덴데라'의 유지와 발전에 무게를 두고 있다네. 그리고 유지와 발전 중 더 중요하게 여기는 건 유지야. 유지가 없으면 발전도 없으니까. 그런 뜻에서 자네들의 의견을 지지하네. 우리는 곰을 죽이려고 함정을 만들었어. 작은 농성을 한 거야. 그러면 더 큰 농성도 가능하겠지."

"큰 농성? 무엇을 말씀하시는 건지요."

이시즈카 호노가 물었습니다.

"'덴데라'에 틀어박혀 농성하는 것일세. '덴데라' 자체를 함정으로 삼는 것일세. 앞으로 한동안 식량 찾기와 노파 수색을 일절 중지하겠네. 그리고 배고픔을 더는 참지 못한 곰이 '덴데라'를 습격하기를 기다릴 거야. 어느 쪽이 더 끈기가 있나 대결하는 것이지. 농성 기간은 남은 식량을 고려해서 결정한 뒤에 보고하겠다. 이상."

"마사리 씨. 그건 위험해요. 굶어 죽을 거예요."

"'산'에서 곰과 싸우는 건 어리석기 짝이 없는 일이야. 식량을 찾으러 나갔다 죽는다는 건 멍청한 짓이지. 우리가 곰한테 맞서려면 '덴데라'를 활용할 수밖에 없어. 곰이 '덴데라'에 오기를 기다리는 것 말고 애당초 할 수 있는 일은 없다네."

"하지만 비축해 둔 식량은 이제 정말……."

"이상."

시이나 마사리는 이야기를 중간에 끊은 것이 아니라 정말 다 끝났다는 듯 발걸음을 돌리더니 이 층으로 이어지는 사다리에 손을 얹었습니다.

"잠깐만." 불러 세운 이는 사이토 가유였습니다. "'덴데라' 를 버린다는 생각은 자네한테 없나?"

사이토 가유는 그렇게 말하면서 이건 아니라고 생각했습니다. 자신은 그런 말을 하고 싶은 게 아니라고 생각했습니다.

"버린다?" 시이나 마사리의 등이 움직이기를 멈췄습니다. "버리고 어디에 가려고?"

"그건 모르겠지만…… 땅은 얼마든지 있어. 이 땅을 고집할 필요는 없을 텐데. 곰이 못 올 만큼 먼 곳으로 이동해서, 거기 서 새로운 '덴데라'를 처음부터 만드는 것도 가능할 텐데. 그 정도로 의지가 있기만 하다면."

"'마을'에서 버려진 우리가 '덴데라'를 버리라는 거냐? 그 리고 여기가 아닌 다른 데서 살라는 거냐? 어리석군."

"왜 그러지? 왜 그렇게 '덴데라'를 고집하지? 다른 데서 살 아도 되잖나? 그래도 자네는 행복해질 수 있잖나?"

어느 사이엔가 말이 혀에 익었는지, 사이토 가유는 거리낌 없이 술술 의견을 이야기했습니다.

"나는 '덴데라'에서 도망칠 생각은 없어. 여기서 살고 여기 를 살릴 거라네."

"고집불통이군. 도무지 이해가 안 가."

"자네가 '마을'에서도, '덴데라'에서도 한심하게 살았으니 모르는 거야."

시이나 마사리가 이 층으로 사라져 버리면서 이야기는 정말로 끝이 났습니다. 사이토 가유는 수많은 곤혹스러움을 한 번에 맛보았고, 호시나 규우는 분노에 몸을 떨었고, 이시즈카 호노는 얼굴을 보이지 않은 채 저택 밖으로 나갔습니다. 한마디도 하지 않고 그 자리에 있었던 구사치 마루는 역시 끝까지 아무 말 없이 나무창 만드는 작업을 계속했습니다.


4


그날 밤, 시이나 마사리가 내린 명령을 전달하러 이시즈카 호노가 집집이 나타났습니다. 큰 농성을 내일부터 열이틀 동안 할 것이며 농성 중에도 망보기는 계속한다는 안내와 함께, 새로운 계산에 따라 나온 식량의 분배량을 알렸습니다. 승리의 확신에 활기가 넘치던 '덴데라'의 공기가 다시 무겁게 가라앉았습니다. 아직 아무것도 시작되지 않았는데도 노파들은 힘이 쭉 빠졌습니다. 이시즈카 호노는 사이토 가유가 사는 집에 왔을 때 나는 당신 의견을 인정 못 해요, 하고 내뱉듯이 한마디를 던지고 갔습니다.

"신경 안 써도 돼. 틀린 건 없어. 이쓰루가 목숨과 바꿔 가르쳐 준 정보야. 틀린 건 없어."

히다카 노코비가 고작 옥수수 낱알 몇 개가 들었을 뿐인 국물을 휘저으며 말했습니다.

"그래."

사이토 가유는 대답하긴 했지만, 의식은 다른 데에 가 있었습니다. 전혀 상관없는 것을 생각하는 중이었습니다. 시이나 마사리와 대화하던 중에 자동으로 튀어나왔던, '덴데라'를 버리고 다른 땅으로 이동하자는 발상에 관한 생각이었습니다. 왜 자기가 그런 말을 지껄였는지, 지금도 왜 그 생각이 자꾸 나는지를 생각하다 보니 이것이야말로 자신이 원하던 지금의 타파가 아닐까, 큰 목표가 아닐까 하는 감각이 퍼지기 시작했습니다. 거기에 부자연스러움이나 자의적인 느낌은 없었고, 혹시나 하고 염려하던 나쁜 사람 같은 추악함도 느껴지지 않았습니다. 사이토 가유는 스스로 자신을 속이고 있지는 않다는 데 일단은 안도했습니다.

그러나 가령 대이동을 한다고 하더라도, 혼자서는 할 수 없는 데다 애초에 혼자서 할 일도 아닙니다. 혼자서 이동하는 것은 그냥 이탈입니다. 그러나 여럿이 이동한다면 주장이 되고, 힘이 되고, 타파가 됩니다. 사이토 가유는 그 사실에 몹시 만족했습니다. '덴데라'는 침울함에 점령당했지만 사이토 가유는 활력에 휩싸였습니다. 타파하려는 발상은 '덴데라'가 침울해지면 침울해질수록 선명한 빛깔을 띠었습니다.


배는 굶주리고 공기는 가라앉은 열이틀의 막이 올랐습니다.

시간이 남아도는 노파들은 '덴데라' 안에서 일거리를 찾으려고 했으나, 집에서 나무창을 깎거나 밖에서 땔나무를 하는 것 말고는 할 일이 없었습니다. 다들 귀찮아하던 망보기를 맡은 노파들을 부러워하는 목소리까지 나올 정도였습니다. 사이토 가유는 하품을 거듭하면서 하릴없이 바깥을 어슬렁거리다 하얗게 물든 '산'으로 시선을 돌렸습니다. 오부치 이쓰루 생각이 났습니다. 어쩌면 곰의 맹렬한 추격을 피한 오부치 이쓰루가 '산'에 살아 있을지도 모른다는 말도 안 되는 공상이 펼쳐져 생각보다 더욱 끈덕지게 머릿속에 남았습니다. 사이토 가유는 '산'에서 시선을 돌려 땅바닥을 보았습니다. 눈만 없으면 땅을 갈아 작물을 키울 수 있을 텐데, 하고 한탄스레 생각한 순간 하나의 말이 불현듯 닥쳐왔습니다.

봄.

지금은 제일 추위가 매서울 때지만, 기어코 봄이 올 것입니다. 봄이 되면 형편도 조금은 펴지리라고, 비록 '덴데라'의 봄을 경험해 보지는 않았을망정 사이토 가유는 생각했습니다. 그렇다고는 해도 지금 같은 계절에 봄을 상상하는 것은 현실 도피나 마찬가지이므로, 사이토 가유는 봄과 비교하면 그나마 조금은 실감이 나는 대이동 생각으로 머리를 굴리며 계속 걸었습니다.

여러 사람의 목소리가 들려왔습니다.

아마미 아테, 호시이 고테이, 오제 호토리, 이타노 우메까지 과거 습격파였던 노파 네 명이 곰에게 파괴당한 빈집 벽을 거대한 물고기 뼈라도 바르는 양 해체하고 있었습니다.

사이토 가유는 가까이 다가가 뭘 하는 거냐고 물었습니다.

"망루를 세울 거예요." 아마미 아테가 벽에 달라붙은 얼음을 발로 차 깼습니다. "보초를 세워 두는 것보단 훨씬 나을 듯해서요."

"곰한테 죽는 건 멍청한 일이니까요. 굶어 죽는 게 더 멍청한 일이지만요."

오제 호토리도 고개를 끄덕이며 의견을 보탰습니다.

"망루는 괜찮은 생각이긴 한데, 시이나 마사리가 하라고 한 건가?"

"설마요, 저희 생각이에요. 온건파는 결정을 내릴 때도 느려 터졌으니까요."

오제 호토리가 부루퉁한 목소리로 대답했습니다.

큰 농성이라는 이번 명령은 능동적인 것은 아닙니다. 아무 할 일도 없이 곰이 습격해 오기만을 그저 기다리라는 명령 덕에, 자유 시간을 얻은 노파들은 저마다 지닌 사상을 부활시키려 했습니다. 제멋대로 움직이는 것을 막기 위해서는 일거리를 주어야 함을 사이토 가유는 배웠습니다.

"어떠세요? 가유 씨도 같이 만들지 않으실래요?"

아마미 아테가 권했습니다. 딱히 거절할 이유도 없었고 한가했기에 사이토 가유도 망루 만들기에 참가했습니다. 통나무를 여러 개 세운 뒤 그 위에 사람이 설 수 있을 만한 마루를 올리는 단순한 형태였지만, 물자도 도구도 부족한 '덴데라'에서 제대로 된 망루를 세울 수 없는 건 당연합니다. 노파들은 빈집에서 아직 쓸 만한 목재를 벗겨 내 부지런한 생쥐 가족처럼 빈집을 구멍투성이로 만들었습니다. 창고나 함정과는 달리 엉성하게 엮은 집을 분해하기는 쉬웠습니다. 이런 집이 곰 발에 걸리면 단숨에 무너지는 게 당연하겠다고 시린 양손을 비비며 사이토 가유는 생각했습니다. 망루를 세울 재료는 금방 모았지만, 땅바닥에 통나무를 세우는 게 난관이었습니다. 정확히 말하자면 통나무를 바닥에 고정하기 위해 구덩이를 파는 작업이 난관이었습니다. 꽁꽁 언 흙은 딱딱했고 쓸 만한 도구도 한정되어 있었기에 노파들은 기나긴 시간을 들여 땅을 팠습니다. 그러고 나서 힘을 모아 통나무를 들어 올려 구덩이에 넣었습니다. 호시이 고테이가 통나무에 몸을 부딪쳐 보았지만 조금 흔들리는 정도였습니다. 노파들은 통나무를 안정되게 세운 데 만족한 다음 통나무 꼭대기에 나무를 엮어 올려 간단히 마루를 만들었습니다. 다소 기울어지긴 했어도 번듯한 망루가 완성되었습니다.

"자, 올라갑시다. 이 망루에 제일 먼저 오를 자격은 우리에게 있으니까요."

아마미 아테가 들뜬 어조로 재촉했습니다. 노파들은 신중한 동작으로 망루에 오르기 시작했습니다. 사이토 가유도 조심스레 통나무를 붙들고 양팔에 힘을 주었습니다. 지쳐 쇠약해진 몸에는 힘든 동작이었지만 가까스로 다 올라 미덥지 못한 마루 위에 몸을 맞대고 선 노파들과 경치를 감상했습니다. 저녁 해가 저물어 가는 광경이 펼쳐져 있었습니다. '산'은 노을 빛깔로 아름답게 물들고 주황색 하늘이 스스로 빛을 뿜어내는 듯 화려합니다. 사이토 가유는 감탄의 목소리를 내는 것마저 잊어버리고 푹 빠져들었습니다. 망루의 높이는 노파 두 명의 키 정도였지만, 그래도 시야가 넓어지면서 눈에 익은 풍경에 신선함이 실렸습니다.

"저편에는 '마을'이 있겠군요."

아마미 아테가 '산'에 시선을 빼앗긴 채 꿈이라도 꾸는 듯한 말투로 중얼거렸습니다.

"그리고 우리는 반대편의 '덴데라'에 살고 있지요. 곰 때문에 습격도 못 하고 있어요."

오제 호토리는 말투도, 태도도 변함이 없습니다.

"안타깝네요……."

"'마을' 습격은 봄이 오기 전엔 해야 할 것 같아요. 우선 실행할 상황이 되어야겠지만요."

오제 호토리의 입에서 봄이라는 서정적인 말이 나오는 것을 의외라고 생각하면서, 사이토 가유는 왜 겨울이 끝나기 전에 습격하고 싶은 건지 물었습니다.

"이유는 별거 아녜요. '마을'과 '덴데라'의 전력에 차이가 벌어지니까 그렇죠. 겨울이라면 어느 쪽이든 지친 상태니 치고 들어갈 틈도 날 거란 말이에요."

"오제 호토리, 자네는 밤이나 낮이나 습격 생각만 하는군."

"더럽고 지저분한 '마을'을 싫어하는 건 당연한 얘기죠. 사이토 가유 씨, 당신은 그렇지 않나요?"

그 말을 무시하며 경치를 바라보다 보니, 사이토 가유는 마침내 눈앞에 펼쳐진 풍경이 감탄하는 마음을 교묘하게 비틀어 대이동의 욕망으로 탈바꿈시켰습니다. 사이토 가유는 그것을 깨닫지 못하고 그저 충실감만 맛보았습니다.

그러나 밤과 함께 찾아온 배고픔으로 사이토 가유는 정신을 차렸습니다. 오랜만에 느끼는 굶주림은 심각했습니다. 위장은 탐욕스럽게 꼬르륵거리며 소화할 때 나는 소리를 하염없이 냅니다. 감자와 말린 생선에 길든 위장에 옥수수 낱알이나 몇 개 들어간 국물 따위는 먹을 것 축에도 못 들어갑니다. 히다카 노코비는 장작으로 화로를 헤집으며 있을 턱이 없는 감자를 측은할 만큼 오랫동안 찾았습니다. 야마모토 시기는 배가 고플 텐데도 아무 변함없이 중얼중얼 뭔지 모를 소리를 웅얼거리고 있었습니다. 사이토 가유는 나른한 기분에 잠겨 멍해진 자신을 깨닫고 스스로 실망하며 일어났습니다. 사이토 가유는 그날 밤부터 밤새 보초를 서 왔습니다. 밤의 '덴데라'에 발을 내디뎠지만 모닥불 빛이 도달하지 않는 범위에는 암흑만이 존재할 뿐, 설령 곰이 거대한 덩치를 버젓이 내밀고 돌아다닌대도 눈으로 보기가 어려울 정도였습니다. 사이토 가유는 어둠 속에 서서 횃불에 의지해 망을 보았습니다. 아침이 훤히 밝을 때까지 차게 식은 몸에 깃든 수면 욕구를 다독이면서 '덴데라'를 지켰습니다.

정체(停滯). 굶주림. 지루함. 세 가지가 반복되는 일상은 노파들의 삶을 속속들이 괴롭혔습니다. 망보는 것 말고는 할 일이 없었고 건더기가 없다시피 한 국물 말고는 먹을 것이 없었습니다. 노파들은 극한까지 무기력해졌습니다.

큰 농성이 이레째에 접어들자 움직이는 데만도 의욕을 짜내야 했지만, 사이토 가유는 그래도 활동을 계속했습니다. 히다카 노코비는 종일 누워 뒹굴며 선하품을 거듭하거나 배가 고프다고 중얼거렸지만, 저런 식으로 게으름을 피우는 건 창피한 줄 모르는 천박한 일이라고 사이토 가유는 생각했습니다. 그런 놈들은 '마을'에도 있었습니다. '산벌'이나 '손가락 베기' 같은 벌을 남이 받는 것, 구경하는 것을 좋아하고 벌 받는 것을 보려고 비밀을 나불나불 밀고하는 무리였습니다. 그들은 밀고로 말미암아 비밀의 당사자가 벌 받는 모습을 오락이라도 즐기는 양 관찰합니다. 그런 치들은 타인을 손가락질할 때 말고는 대체로 누워 뒹굴거나 자기 비밀도 누가 폭로할지 모른다는 공포에 질려 얼굴을 벌겋게 물들인 채 지내는 시간이 태반이었습니다. 행여나 굶주림에 굴하여 한 번이라도 몸을 누인다면 그 치들과 똑같은 자세를 취하는 꼴이 되고, 모든 타락이 거기서부터 시작될 것을 염려한 사이토 가유는 억지로라도 일어나 돌아다니려고 했습니다. 실제로 타락한 히다카 노코비는 울적해져 짜증을 부리고 있었습니다. 얼마 안 되는 양의 식사를 마치면 바로 드러누워 게걸스레 숨을 들이마시며 아이고 배고파, 하고 구시렁거렸습니다. 사이토 가유는 히다카 노코비에게 동정보다도 실망이 앞서 머릿속에서 죽은 이를 떠올리려 했지만, 산 이가 보기 싫다는 이유로 죽은 이에 대해 떠올리는 것은 도피인 데다 그 역시 창피한 줄 모르는 천박한 일이라는 데까지 생각이 이르러 자기 자신에 대한 실망 또한 늘어만 갔습니다.

이틀이 더 지났지만 곰은 나타날 기색이 없습니다. 식량도 마침내 바닥을 드러내 노파들은 지푸라기를 가루 내어 물로 이긴 것을 돌솥에 넣어 먹었습니다. 쓸쓸한 맛만 나고 혀에 닿는 감촉이 거칠어 목구멍으로 넘기는 것만도 고달팠지만, 굶주림을 버티려면 그거라도 먹을 수밖에 없었습니다. 비축한 식량을 잃은 온건파는 그날 중으로 권력이 쇠퇴하여 시이나 마사리나 이시즈카 호노의 말을 듣는 사람이 줄어들었지만, 망보기는 자발적으로 지속했습니다.

이제는 저녁밥이 안 나오는 것이 당연해진 그날 밤, 사이토 가유는 화로 앞에 쭉 앉아 있었습니다. 야마모토 시기도 늘 그렇듯 같은 자세를 유지하고 있었습니다. 히다카 노코비는 화로 앞에 드러누워 텅 빈 돌솥을 원망스러운 듯 바라보았습

덴데라

니다.

"배고파라. 이렇게 힘든 일이 또 있겠어. 곰이 나와도 괜찮으니 '산'에 식량을 찾으러 가고 싶구먼."

히다카 노코비는 야윈 뺨을 쓰다듬으며 진심을 말했습니다.

"안 돼……." 사이토 가유는 굶어서 입안이 마른 탓에 쉰 목소리가 나왔습니다. "기껏 여태까지 기다렸는데 농성이 헛된 게 돼버리잖나. 곰도 배고플 거야. 얼마 안 가서 '덴데라'에 오겠지. 그때까지만 꾹 참아."

"왜 사는 걸까?"

"뭐라고?"

"이젠 잘 모르겠어." 히다카 노코비는 손을 뻗어 짚단에서 지푸라기를 한 다발 빼더니 그대로 입에 넣었습니다. "전염병에 벌벌 떨다, 곰한테 벌벌 떨다, 이젠 굶주리기까지 한단 말이지. 이렇게까지 해 가면서…… 왜 사는 걸까?"

"쓸데없는 생각 마."

"가유, 당신 말이 맞아. 순순히 '산맞이'를 할 걸 그랬어. 나는 말이야, 요새 그런 생각이 많이 들어. 내가 잘못 생각했다고."

"뭐가 말이냐?"

"마을을 습격한다는 생각 말이야. 기고만장했지. 뭘 믿고 그렇게 거드름을 피웠는지." 히다카 노코비가 힘없이 지푸라기를 뱉었습니다. "그냥 '산'에 들어갈걸 그랬어." 그렇게 중얼거리더니 푹 팬 눈을 파르르 떨었습니다. "'산맞이'를 했으면 지금쯤 극락정토에 가 있을 텐데. 극락정토에서 고기도 단것도 배불리 먹고 있을 텐데."

"그런 얘기는 그만해라. 슬퍼지잖아."

"한참 전부터 슬펐어. 아이고, 배고파. 죽고 싶구먼."

"사흘만 더 기다려. 사흘만 기다리면 처음 정했던 열이틀이 돼. 그래도 곰이 안 나오면 시이나 마사리도 판단을 다시 하겠지."

사이토 가유는 삶에 대한 집착을 상실해 가는 히다카 노코비의 기운을 북돋았습니다.

"사흘! 사흘이나 기다리라고!"

히다카 노코비가 놀랄 만큼 큰 소리를 냈습니다.

"큰 소리를 내도 배만 더 고파."

"게다가 어차피," 히다카 노코비가 윗몸을 일으키며 말을 이었습니다. "'산'에 들어가 봤자 산토끼는 씨가 말랐어. '산'에는 먹을 게 없어."

"히다카 노코비, 만약 그렇다면 나와 함께 '덴데라'를 나가지 않겠나?"

사이토 가유는 지극히 자연스럽게 계획을 털어놓고야 말았습니다.

지금이 그럴 만한 기회인지, 처음 말하는 상대로 히다카 노코비가 적절한지도 몰랐고 애초에 자신이 얼마나 진심인지도 불명확했지만, 그래도 한번 말을 꺼냈으면 끝까지 해야겠다고 판단했습니다. 잘하는 짓인지 몰라 무척이나 곤혹스러웠으나, 한번 입에서 나온 말은 중단할 수도 없고 농담으로 넘길 수도 없습니다. 마지막 한마디까지 다 할 수밖에 없습니다.

"'덴데라'를 나간다고? 무슨 소린가?"

히다카 노코비가 이해가 안 간다는 표정을 지었습니다.

"여기 '덴데라'를 나가서, 다른 곳에서 새로운 생활을 시작하지 않겠나?" 사이토 가유는 자기 입에서 흘러나오는 말을 마디마디 믿으면서 이었습니다. "대이동을 하지 않겠나?"

"대이동……."

히다카 노코비는 말을 씹어 삼키듯 천천히 입을 움직였습니다.

"이런 데서 곰을 기다려 봤자 뭘 어쩌겠어? 곰이 오든 그 전에 굶어 죽든, 어느 쪽이든 간에 죽기밖에 더하겠나? 어차피 죽을 몸이라면 그 몸을 다른 곳에, 다른 땅으로 이동해 보지 않겠나? 곧 봄이 와. 추위는 사라져. 눈도 녹아. 이봐, 새로운 데서 살아 보지 않겠나?"

"하지만 어디로 가겠다는 거야?"

"어떻게 알아? 모르겠지만, 해 봐야지. 곰한테 죽거나 굶어 죽느니보단 낫겠지." 사이토 가유는 자기 말에 등을 떠밀려 비틀거리면서도 일어나 섰습니다. "내일 이 이야기를 '덴데라' 사람들한테 해 보려고. 서두르지 않으면, 이대로 가다간다 같이 죽을 거야. 행여나 계획대로 곰이 왔다고 하더라도 굶어 죽어 가는 할멈들끼리 뭘 얼마나 할 수 있을지도 미심쩍고 말이지. 질지도 모르고 말이야. 그러니까 그렇게 되기 전에 이야기해 보려고. 얼마나 찬성해 줄지는 모르겠지만."

"가유, 그런 이야기를 한 건 자네가 처음일세."

"'덴데라'가 이렇게까지 위기에 빠진 적이 없었으니까 그렇겠지. 이제 여긴 다 끝난 곳이야. 그러면 버려도 되지 않겠어? 도망가도 되지 않겠어? 애지중지할 필요는 하나도 없어."

"나도 대이동에 참가하겠네."

"고맙네. 고마워."

사이토 가유는 진심으로 기뻐했습니다.

"우선은 얼마나 많은 사람이 찬성할지가 문제구먼."

"호시나 규우도 같이 한다고 하지 않을까 싶어." 사이토 가유는 그렇게 말하고 나서 미동조차 없는 야마모토 시기를 바라보았습니다. "이 할망구도 데리고 가야지."

돌발적이기는 했지만 새로운 전망을 입 밖으로 꺼낸 덕에 사이토 가유는 오랜만에 충실감을 맛보았습니다. 방대한 불안이 어깨를 짓누를 뿐인 '덴데라'에서 자신의 말은 무엇보다도 빛났습니다. 현재를 타파할 수 있을지도 모른다고 생각했습니다. 근본적으로 타파할 수 있을지도 모른다고 생각했습니다. 사이토 가유가 계획하는 대이동은 모든 문제를 내버려 두는 것을 허락해 주었습니다. 모든 문제를 내버려 뒀을 때에

덴
데
라

야 비로소 대이동은 가능했습니다. 크게 부푸는 꿈에 만족한 사이토 가유는 부드럽고 깊숙한 수면의 욕망에 휘감겨 굶주림에 괴로워하지도 않고 다디단 잠에 빠져들었습니다. 히다카 노코비가 망을 보러 집을 나가는 소리를 비몽사몽 속에서 듣다가 의식이 뚝 끊기듯 곯아떨어졌습니다.

다음 날 아침, 눈을 뜬 사이토 가유가 하루의 시작과 함께 본 것은 돌솥에 피를 대량으로 토하는 히다카 노코비였습니다.


5


히다카 노코비가 그대로 힘없이 쓰러졌습니다. 사이토 가유가 허둥지둥 안아 일으켰지만, 히다카 노코비는 반응이 없었습니다. 사이토 가유는 집에서 뛰쳐나가 손바닥에 눈을 담아 가지고 와서 히다카 노코비의 얼굴에 끼얹었습니다. 마침내 히다카 노코비가 눈을 가늘게 뜨고 붉게 얼룩진 입으로 뭔지 모를 소리를 중얼거렸습니다. 입에서 냄새가 풍겼습니다.

전염병이 다시 발생한 것이 명백했습니다.

히다카 노코비가 전염병에 걸렸다는 것도 명백했습니다.

사이토 가유의 머리는 단숨에 과거로 돌아가 전염병이 일으킨 학살과 불길을 재생합니다.

"안 돼."

저도 모르게 중얼거렸습니다.

안 돼. 그런 광란이 다시 몰아닥친다면 이번에야말로 '덴데
라'는 끝장이다. 안 돼. 그런 생각에 히다카 노코비의 이름을
몇 번이고 불렀습니다. 히다카 노코비는 별 변화 없이 뭔지
모를 말을 웅얼거렸습니다. 몽롱한 시선은 힘없이 공중을 떠
돌았습니다. 그러다가 갑자기 양 눈에 빛이 돌아오더니, 어린
나무처럼 몸을 튕겨 사이토 가유에게서 떨어졌습니다.

"아니야! 어, 어쩌다…… 어쩌다 이런 일이? 어라? 아니야,
이건 전염병이 아니야. 그냥 몸이 좀 안 좋아진 거야. 그렇고
말고. 그렇고말고. 그렇고말……"

이어지는 말은 없었습니다. 또 피를 토하고 고통 속에서 웅
크린 것입니다. 대량으로 흐르는 피가 퍼져 아무 반응 없이
앉아 있는 야마모토 시기의 소복을 적셨습니다.

"움직이지 마! 일단 누워. 누워 있어."

사이토 가유는 히다카 노코비의 등을 토닥였습니다.

히다카 노코비의 입에서 피가 멈추지 않았습니다. 목덜미
를 경련하며 몇 번이고 등을 떨다 몸속에 남은 피를 죄다 꺼
내려는 양 계속 피를 토했습니다. 사이토 가유는 히다카 노
코비의 등을 문지르는 것 말고는 뭘 해야 할지 몰라 답답함
을 견디지 못하고 야마모토 시기에게 도와 달라는 시선을 던
졌지만, 야마모토 시기는 몸에 피가 묻건 말건 미동조차 없이

화로 앞에 가만히 앉아 있을 뿐이었습니다.

마침내 나오던 피가 잦아들자 히다카 노코비는 자기 피가 흥건한 마루에 양손을 짚었습니다. 그리고 떨리는 손으로 입가를 닦았습니다.

"……맞구먼. 이건 전염병이야. 나는 전염병에…… 전염병에 걸렸어. 가유, 그렇지? 아닌가?"

히다카 노코비의 목소리는 너무도 또박또박했습니다.

"……맞아."

"전염병은 뿌리 뽑힌 게 아니었나? 없어진 게 아니었나? 역시 곰 고기를 먹어서……."

"그건 아니야. 곰 고기는 전염병의 원인이 아니야. 히다카 노코비, 자네는 아무 잘못 없어."

"잘못했어. 난 잘못했어." 히다카 노코비는 입속에 남은 피를 모아 뱉었습니다. "열여섯 해 전에 전염병에 걸린 사람들을 죽였고, 이번에도 죽였으니까."

"자네는 나쁜 사람이 아니야. 그런 이야기는 안 해도 돼."

"대이동에는 참가를 못 하겠구먼." 히다카 노코비의 눈가에 눈물이 고였습니다. "부탁일세. 이 이야기는 아무한테도 하지 말아 주겠나? 남의 손에 죽기 싫어. 학살당하기 싫어. 불덩어리는 되기 싫어."

"안심해. 아무도 그런 짓은 못 하게 할게. 하지만 전염병이 다시 일어났다는 건 알려야 해."

"학살은 싫어! 싫어……!"

히다카 노코비는 몸을 일으켜 붉게 물든 양손을 사이토 가유 쪽으로 뻗어 왔습니다. 사이토 가유가 그 손을 누르며 안심시켰습니다.

"진정해. 죽이게 하진 않는다니까. 절대로 못 죽이게 할게."

"전염병이다! 날 죽일 거야!"

"절대로 못 죽이게 한다고 했잖아! 학살한다고 전염병이 없어지진 않아. 나는 그걸 안다고. 그러니까 죽이게 놔두진 않을 걸세."

결의를 선언한 사이토 가유였지만, 할 수 있는 일이라고는 히다카 노코비를 달래서 눕히고 피를 닦는 정도뿐이었습니다. 눈으로 바닥을 닦고 히다카 노코비를 눕히는 동안 사이토 가유는 냉정함을 잃었습니다. 혼란에 혼란이 겹쳐 낮은 신음까지 냈습니다. 어리석은 짐승과 같았습니다. 손발이 활발하게 움직이고는 있으나 거의 자동적인 동작에 지나지 않았고, 그것을 증명하듯 사고도 굳게 닫혀만 갔습니다. 꿈쩍도 안 하는 야마모토 시기에게 화풀이하고 싶은 마음이 치밀어 사이토 가유는 자기혐오에 빠지면서 히다카 노코비를 내려다보았습니다. 히다카 노코비는 자기 피에 젖은 소복으로 몸을 감싸고 거친 호흡을 반복하다가 마침내 잠이 들었습니다. 숨결은 평온했지만, 얼굴은 흙빛이었고 때로 눈꼬리가 알 수 없는 이유로 부르르 경련했습니다.

사이토 가유는 집을 나와 한없이 절망적인 아침 속을 걸었습니다. 목적지는 시이나 마사리가 사는 저택이었습니다. 어떤 반응이 나올지는 짐작할 수 없었지만 그래도 전염병이 발생했다는 사실은 전해야 한다고 생각했습니다. 사이토 가유는 머릿속이 계속 혼란스러웠으나, 시이나 마사리의 입에서 살해 명령이 떨어진다고 해도 기어코 반대하고야 말겠다고 눈을 밟으며 다짐했습니다. 히다카 노코비가 희생양이 되는 것만은 막아야 했습니다. 사이토 가유는 그렇게 다짐하는 한편으로 대이동 이야기도 해야겠다고 생각했습니다. 이 모든 일에 시이나 마사리가 어떤 반응을 보일지는 짐작할 수 없었지만 그래도 사이토 가유는 저택에 들어갔습니다.

그리고 사태가 더더욱 진전한 것을 알았습니다.

저택에는 먼저 온 손님이 있었습니다. 오제 호토리였습니다.

오제 호토리의 소복은 붉게 물들었고 고약한 냄새가 공기 중에 감돌았습니다.

"이게 도대체 무슨 일이냐!" 오제 호토리의 격앙된 목소리를 듣는 것은 처음이었습니다. "이게 말이 돼? 나는 전염병 따위로 죽기 싫다고. 이봐, 온건파! 이게 무슨 일이야? 나는 곰 고기를 안 먹었어. 곰 고기를 먹은 사람들도 죽였어. 그런데 왜 전염병에 걸리느냐고."

오제 호토리는 금방이라도 덤벼들 듯한 시선을 시이나 마사리와 이시즈카 호노에게 향했습니다. 이성이라곤 한 점도 찾아볼 수 없는, 혐오의 열기에 모든 것을 내어 준 듯 눈빛이 이글이글 타오르고 있었습니다. 이런 오제 호토리를 보는 것도 사이토 가유는 처음이었습니다.

시이나 마사리와 이시즈카 호노는 미친 듯이 날뛰는 오제 호토리를 정면으로 마주하고 있었습니다. 도망치지도, 부정하지도, 흘려 넘기지도 않고 자신이 지닌 정보와 자긍심을 활용하여 타도하고자 하는 뜻만이 존재했습니다. 구사치 마루만이 자기는 상관없다는 양 딴청을 피우고 있었습니다.

"저희한테 그런 질문을 하셔도 곤란할 뿐인데요." 이시즈카 호노의 표정에는 흔들림이 없었지만, 그것이 노력의 결과라는 사실은 딱딱하게 긴장한 뺨으로 분명히 알 수 있었습니다. "호토리 씨, 이성을 좀 찾으시지요. 우리로서도 전염병의 원인을 파악하지는 못했으니까요."

"나는 이런 데서 죽기는 싫어. '마을'을 쳐부숴야 하는데. 어쩌다 전염병에 걸려 가지고!"

"전염병에 대해서는 다시금 조사해 보려고 합니다."

이시즈카 호노는 구슬리는 듯한 말투로 대꾸했습니다.

"다시금……이라고? 장난하는 거냐? 장난에도 정도가 있지. 나를 우롱하는 것도 작작 좀 해라!"

"잠깐만요, 호토리 씨. 왜 저한테 화를 내시는 거죠?"

오제 호토리가 이시즈카 호노에게 덤벼들려는 것을 사이토 가유가 잡아 눌렀습니다. 오제 호토리는 발버둥을 치며 놓으

멘
데
라

라고 소리쳤지만, 사이토 가유는 자기 팔을 오제 호토리의 팔에 감아 못 움직이게 했습니다. 그때야 사이토 가유의 존재를 다들 알아챘습니다.

"가유 씨, 거기서 뭘 하고……."

이시즈카 호노는 사이토 가유의 얼굴을 보고 그다음에 피로 얼룩진 소복으로 시선을 떨어뜨리더니 눈을 휘둥그레 떴습니다.

"나는 아냐. 히다카 노코비가 전염병에 걸렸어. 오늘 아침에 알았다."

사이토 가유는 엉겁결에 변명했습니다.

"……히다카 노코비가." 오제 호토리는 웃는 얼굴과 비슷한 표정을 지었습니다. "나만 걸린 게 아니로군. 하핫, 뭐야? '덴데라'에 또 전염병이 밀어닥친 건가? 이제 정말 끝장이군."

"오제 호토리, 자네는 언제 전염병에 걸렸나?"

"조금 전에 피를 토했어. 곰 고기도 안 먹었는데 피를 토했다고. 냄새나는 피를 많이도 토했지."

오제 호토리가 거칠게 대꾸했습니다.

"이봐, 이시즈카 호노. 이걸 '덴데라' 할멈들한테 어떻게 설명할 거야? 전염병의 원인이 곰 고기가 아니라는 건 이제 일목요연해졌어. 훤하게 드러났다고."

사이토 가유는 다치바나 이레와 다치바나 구시에 대해 생각하면서 이시즈카 호노를 쏘아봤습니다.

"그러니까 그런 말씀을 하셔도 곤란하기만 하다니까요. 전염병에 관해서는 거의 아무것도 모르는 게 현실 아닌가요?"

이시즈카 호노는 그렇게만 대꾸했습니다.

"전염병의 정체도 모르겠다, 비축해 놓은 식량은 다 떨어졌겠다, 이제 온건파의 평판도 바닥을 치겠군."

"가유 씨, 지금 그런 이야기를 할 상황이……."

"어쩔 거야?" 오제 호토리가 사이토 가유의 팔을 뿌리쳐 풀었습니다. "대답해라, 온건파. 어쩔 거야? 나를 어쩔 거야? 전염병을 어쩔 거야? 확 퍼뜨려 줄까?"

이시즈카 호노가 대처하기 어렵겠다는 판단이었을까요, 시이나 마사리가 앞으로 나오더니 한쪽만 남은 눈을 빙그르르 굴렸습니다. 그 눈에서 초조함은 읽을 수 없었습니다.

"전염병을 숨기지 않은 것은 칭찬하겠네." 시이나 마사리가 오제 호토리를 바라봤습니다. "자네를 죽여 봤자 '덴데라'에서 안심하고 살 수 있을 거라곤 생각지 않네. 우리는 그것보다 전염병의 원인을 찾는 노력을 하려고 해."

"노력! 한가한 소리 하고 자빠졌네. 나는 어떡하라는 거냐?"

"자네가 지난 며칠 동안 무슨 행동을 했는지 들려주게나. 우리는 '덴데라'에서 열이틀 동안 농성을 하고 있어. 전염병이 외부에서 왔다고는 생각할 수 없네. 그렇다면 원인은 '덴데라'의 어딘가에 있다는 것이겠지." 시이나 마사리는 다음으로 사이토 가유에게 시선을 돌렸습니다. "한시바삐 히다카 노코비를 데려오게. 이야기를 듣고 싶네. 이 두 사람의 공통된 행동에 전염병의 원인이 도사릴 가능성이 있으니까 말일세."

"……그것보다 '덴데라'에서 나가는 방법은 어떤가? 지금부터라도 늦지 않네. 대이동을 시작하세. '덴데라'를 버리세. 지금 당장."

사이토 가유가 시이나 마사리의 정면에 섰습니다.

"이놈, 또 그런 말을……."

"자네야말로 언제까지나 '덴데라'를 고집하니까 이런 꼴이 되는 거야. 곰도 전염병도 없는 새로운 땅을 찾으려는 생각을 왜 못 하나?"

"이봐, 사이토 가유. 자네는 전염병에 안 걸렸으니까 그런 말이 나오는 거야. 새로운 생활의 꿈에 젖어 황홀하겠군그래."

오제 호토리의 목소리는 사나웠습니다.

"'덴데라'를 버릴 생각은 없어." 시이나 마사리의 의견은 단호했습니다. "더욱이 전염병에서 도망칠 생각도 없어. 어리석은 헛소리는 관두고 얼른 히다카 노코비를 데려오게. 너무 소란은 떨지 말고."

"젠장, 자네들은 아직도 참을 수 있다는 건가?"

사이토 가유는 말대꾸를 했지만, 홧김에 내던진 말에 불과했습니다. 해야 할 말도, 해야 할 행동도 전부 다 했다는 것을 알았으며, 지금 해야 할 일은 히다카 노코비에게서 이야기를 듣는 것이라는 사실 또한 잘 알았기 때문입니다.

사이토 가유는 분통이 터지는 것을 다독이며 발걸음을 돌려 저택에서 나왔습니다. 그러자 어느새 이동했는지 구사치 마루의 등이 보였습니다. 다음 순간 떠오른 생각은 말로 표현하면 그저 직감에 지나지 않았지만, 구사치 마루가 어디론가 멀리 도망갈 것처럼 보였기에 사이토 가유는 구사치 마루의 등을 붙잡고 뒤통수를 눈 위에 눌렀습니다.

"도망가지 마라. 어디 가려고?"

"좀 비키지그래? 아프고 차가워."

구사치 마루는 눈 속에서 말을 우물거렸습니다.

"솔직히 말하면 비켜 주지. 자네는, 자네들은, 어디에 가려는 건가? 대답을 거부하면 여기서 죽인다."

"그러든가."

"젠장."

사이토 가유는 혀를 찬 뒤 구사치 마루에게서 몸을 뗐습니다.

구사치 마루는 초연한 태도로 일어나더니 얼굴과 소복에 붙은 눈을 떼고 어떤 동요도 없는 표정을 사이토 가유에게 향했습니다. 상대는 어떤 종류의 위협에도 굴하지 않을 것임을 사이토 가유는 즉시 깨달았습니다. 이런 부류는 '마을'에도 적잖이 존재했습니다. 뭘 어떻게 해도 움직일 줄 모르고 아무 것도 전해지지 않습니다. 사이토 가유는 그런 사람에게 대응 할 방도를 모릅니다.

"자네 같은 놈이 나는 제일 싫어."

"갑자기 그런 말을 들어도 뭐라고 해야 할지 모르겠군. 당 신한테 폐를 끼치진 않았을 텐데."

구사치 마루의 입에서도 말이 술술 나왔습니다.

"폐라고?"

"예를 들어 하는 얘긴데, 내가 '덴데라'를 망가뜨린다고 해 도 당신한테 피해가 가나?"

"몰라. 그런 건 모르겠어. 하지만 이 이상 사람이 죽는 건 나 한테도 피해야. 자네들은 누굴 또 죽이려는 게 아닌가? 그리 고 어디론가 가려는 속셈이 아닌가?"

"간다니, 어딜?"

"어떻게 알아? 그냥 그런 생각이 든 거야. 자네와 다카미야 호기와 이이쿠보 시지라 셋이서 어디로 갈 속셈이 아닌가 생 각해 본 거야."

"어디론가 갈 쪽은 당신일 텐데. 지금부터 대이동을 할 거 잖아? 곰도 전염병도 없는 장소로 대이동을 할 거잖아? 좀 가 르쳐 줘 봐, 거긴 어디에 있는데?"

"그건 자네들이 누구보다도 더 잘 알지 않나?"

"대단하구면, 정황을 파악하는 능력이 뛰어나구면, 아직 익숙지는 않지만."

구사치 마루는 평가라도 하는 듯 고개를 주억거리며 말했습니다.

"무슨 소릴 하는 건지⋯⋯."

"직감이 발달했어." 구사치 마루가 말을 잇습니다. "어쩌면 '덴데라'를 이끌 수 있었을지도 모르겠군. 경험만 있었다면 말이야. 이런 안타까운 일이 있나."

"헛소리 말고 질문에 대답해라." 짜증이 솟은 나머지 사이토 가유는 목소리가 높아졌습니다. "자네와 다카미야 호기와 이이쿠보 시지라는 무슨 꿍꿍이속인 게냐? 습격파도 아니고 온건파도 아닌 자네들은 뭐냐?"

"당신도 아무 파도 아니지."

"똑같이 취급하지 마라."

"그렇구먼. 당신은 결국 이동파라고 할 수 있으려나."

"아니, 진짜 이동파는 자네들이지. 왜냐하면, 자네들은 어디로 이동할지 이미 정해 놨으니까." 사이토 가유는 구사치 마루에게서 시선을 떼지 않고 감만으로 구성된 말을 꺼냈습니다. "전염병을 퍼뜨려서 '덴데라'를 없앤 뒤 자네들은 어디로 가려는 건가?"

"내가 무슨 전염병의 원인인 것처럼 말하는군."

"아니란 건가?"

"나는 아니야."

"······나는 아니라니?" 오싹한 기분이 사이토 가유의 등줄기를 달렸습니다. "뭔 소리야? 방금 한 말은 뭐야?"

"말 그대로일세. 난 말이야, 그렇게 할 생각은 없어. 나는······ 아니, 이건 다카미야 호기와 이이쿠보 시지라도 마찬가지지만, 우리 셋만 있으면 아무 상관도 없어. 다른 할멈들이야 어찌 되든 상관없다고. 하지만 그 할멈은 다른 것 같아."

"그 할멈이 누구냐?"

"오제 호토리와 히다카 노코비의 이야기를 종합하면 저절로 알게 되지 않을까?"

"빙빙 돌리지 마라. 제대로 말해."

"아 참, 그리고,"

"내 말 들어!"

"우리가 이제부터 가려는 곳은 정말 좋은 곳일지도 몰라. 곰이 없을지도 몰라. 전염병이 없을지도 몰라. 게다가 굶주림도 없을지도 모르지."

"어딘데? 거기가 어딘데?"

"당신이 누구보다도 잘 아는 곳이라네."

구사치 마루는 그 말만을 남기고 등을 돌려 걸어가려 했습니다.

사이토 가유가 더 캐묻거나 구사치 마루를 후려치기 위해 발을 내디뎠을 때, 멀리서 누군가가 뛰어오고 있었습니다. 나무창을 메고 잽싸게 뛰는 그 노파는 아사미 히카리였습니다.

하얀 숨결을 내뱉으며 단숨에 뛰어오는 아사미 히카리를 보고 사이토 가유의 직감이 최악의 사태를 알렸습니다.

"무슨 일이야?"

사이토 가유는 직감에도 불구하고 물었습니다.

"곰이 나타났어……."

아사미 히카리가 손에 든 나무창을 힘껏 쥐었습니다.


6


'붉은 등'은 다시 배가 고파 신음하고 있었습니다.

예측대로 두발짐승은 그 뒤부터 산에 들어오지 않았고, 그렇다고 두발짐승이 사는 땅에 들어가는 일도 꺼려졌기에 습격을 참았지만 참는 것도 이제 한계였습니다. '붉은 등'은 산을 내려가 두발짐승이 사는 땅으로 이동하기 시작했습니다. 곰은 본디 밤중이나 이른 새벽에 활동하는 것이 보통이지만, 공복이 이성을 날려 버렸기에 아침에 움직였습니다. 그것은 야생의 틀에 어긋나는 행위였지만 고기의 노예가 된 지금의 '붉은 등'에게는 상관없는 일이었습니다. '붉은 등'은 재빨리 이동하여 두발짐승이 사는 땅이 내려다보이는 산등성이에 도착했습니다. '잡아먹어라'란 발상만이 '붉은 등'을 움직였습니다. 있는 것은 그것뿐이었습니다. 아니, 있다고 한다면 사실 하나 더 있었습니다. 중요한 발상이 또 하나 있었습니다.

'붉은 등'은 봄에 승부를 걸고 있었습니다.

어찌 되든 봄이 될 때까지만 살아남으면 괜찮을 거라는 근거 없는 확신과도 같은 감각이 있었습니다. 그 발상은 곰의 판단을 힘차게 떠밀어 일말의 주저마저도 날려 버렸습니다. 필사적이었습니다. 결사적이었습니다. 목숨을 잃을지 모른다는 각오도 마쳤습니다. 이러한 '붉은 등'이었기에 신중함이나 경계라는 개념은 결여되어 있었습니다. 그런 개념을 버리지 않으면 승리할 수 없음을 알았던 터입니다. '붉은 등'은 앞발에 힘을 주고 날카로운 송곳니를 훤하게 드러내고서 두발짐승이 사는 땅으로 돌진했습니다.


7


시이나 마사리는 즉시 노파들을 소집했지만, 곰은 그보다 더 빨리 돌진하기 시작하여 노파들이 저택을 향해 나섰을 즈음에는 벌써 망루를 파괴하고 있었습니다. 망루가 종잇장처럼 일격에 무너지는 소리를 들으며 노파들은 저택 앞에 모였습니다. 그러나 전원이 모인 것은 아니었습니다. 사이토 가유, 이시즈카 호노, 아마미 아테, 아사미 히카리, 호시나 규우, 이타노 우메, 쓰쓰미 우스마, 오제 호토리 그리고 시이나 마사리까지 아홉 명뿐이었습니다. 야마모토 시기는 그렇다 치더라도 나머지 여섯 명이 모습을 드러내지 않았습니다. 호시나 규우는 혀를 차며 겁쟁이 자식들, 하고 중얼거렸습니다. 그러나 사이토 가유는 어느새 어디론가 사라지고 만 구사치마루, 다카미야 호기, 이이쿠보 시지라, 그리고 갑작스러운 전염병에 절망한 히다카 노코비까지 네 명은 적어도 겁을 먹고 불참한 건 아니라고 생각했습니다.

"곰을 송두리째 태워 버리겠다." 시이나 마사리가 앞으로 나왔습니다. "그러기 위해서라도 곰을 함정으로 꾀어내라. 한 사람 한 사람이 장기판의 말이 되어 곰을 유인하는 거다. 그러면 우리가 승리한다. 그것 말고 승리란 없다. 죽으란 말은 결코 안 하겠지만 자기 목숨이 그리 귀중한 것은 아니라고 생각해라. '덴데라'에서 살고 '덴데라'에서 죽은 이들을 생각하며 싸워라. '덴데라' 자체를 생각하며 싸워라. 나도 그런 각오를 하고 곰 앞에 서겠다. 함정으로 꾀어내기 위한 말 중 하나라는 의식을 갖고 곰 앞에 서겠다. 이상."

노파들은 광장으로 흩어졌습니다.

사이토 가유가 배치된 장소로 가면서 얼굴을 들자 광장 구석에 지은 함정이 시야에 들어왔습니다. 보강을 여러 번 한 함정은 더할 나위 없이 훌륭했습니다. 게다가 함정 옆에는 장

작불이 기세 좋게 타오르고 있어 그 광경을 본 노파들은 용기
와 자부심 그리고 절대적인 결의를 얻었습니다.

곰이 망루를 더욱 파괴하는 데 열중하는 광경이 사이토 가
유가 선 위치에서도 눈에 들어왔습니다. 어느 정도 결의가 서
긴 했어도 저런 짐승을 정말 함정까지 유인할 수 있을지 의문
이었습니다. 게다가 곰은 함정 앞에서 한 번 호되게 당한 적
이 있습니다.

자신의 힘을 과시하듯 날뛰던 곰이 불현듯 동작을 멈추더
니 몸을 둥글게 움츠렸습니다. 사이토 가유는 곰이 어쩌려는
건지 지켜보았습니다.

"이리로 돌진한다!"

사이토 가유가 소리쳤습니다.

추측은 옳았습니다. 곰이 갑작스레 돌진했습니다.

땅이 울리는 듯한 소리가 나는, 실로 기세가 엄청난 돌진이
었습니다. 주위의 눈을 밟아 흩뿌리며 달리는 곰은 그렇게 멀
던 거리를 순식간에 좁히고 성큼성큼 접근했습니다. 야만스
러운 짐승이 한층 더 거대해지는 것만 같은 감각에 노파들은
겁을 먹고 다리가 얼어붙어서 곰을 유인할 엄두도 내지 못했
습니다. 곰은 보통 수준을 벗어난 속도로 달려와 굵은 앞다
리도, 마구잡이로 헝클어진 털도, 피와 고기를 탐하는 송곳니
도, 강인하게 떡 벌어진 어깨도, 한쪽만 남은 눈도, 등에 펼쳐
진 붉은 털도…… 이 모든 것을 보이며 다가왔습니다. 노파

들은 움직이지도 못했습니다. 사이토 가유도 나무창을 앞으로 겨누는 정도밖에 할 수가 없었습니다. 움직이지 않는 다리를 저주하면서 하나같이 죽음을 각오한 순간, 곰은 방향을 바꿨습니다. 창고의 잔해를 박차고 저편으로 달려가 사라졌습니다.

"……뭐야?"

땅에 못 박히는 주술에서 풀려난 호시나 규우가 곰의 등에 눈길을 주었습니다.

"이러면 안 되는데." 시이나 마사리가 불안한 기색으로 중얼거렸습니다. "쫓아간다. 서둘러라."

노파들은 바로 뒤를 쫓아가 곰의 목적을 알아차렸습니다. 동쪽에 세워진 집 다섯 채 중 두 채가 반쯤 무너져 있었습니다. 벽은 물론이고 지붕까지 집요하게 벗겨 낸 집 안에서 애처로운 비명과 살을 뼈째 씹어 으적으적 부수는 소리가 울렸습니다. 그 소리는 진저리가 나도록 오랜 시간에 걸쳐 천천히 이어졌습니다.

"아아! 잡아먹히고 있어."

쓰쓰미 우스마가 낙담하는 소리를 냈습니다.

"잡아먹히고 있어. 집에 숨는 바람에."

호시나 규우가 이를 악물었습니다.

"덮치려면…… 저항하지 않는 쪽부터 덮친다는 건가."

아사미 히카리가 노파가 으적으적 씹히는 소리 속에서 중얼거렸습니다.

벽에 뚫린 구멍에서 산산이 조각난 살점이 튀더니, 그 직후 미나미데 다미시의 몸통 대부분이 남은 살덩어리가 튀어나왔습니다. 그 참상을 확인했는지 옆집에서 호시이 고테이가 기어 나왔습니다. 호시이 고테이를 발견한 곰은 옆집 벽을 파괴하고 놀라 자지러지는 호시이 고테이의 머리를 덥석 깨물었습니다. 호시이 고테이는 외마디 소리도 내지 못하고 목숨이 끊어졌습니다. 곰은 경련하는 호시이 고테이의 몸을 앞발로 누르더니 당당한 기세로 게걸스레 탐하기 시작했습니다. 노파들은 떨어진 위치에서 그 광경을 지켜볼 뿐 달리 어쩌지 못했습니다. 나무창을 움켜쥔 채 그저 보기만 할 뿐이었습니다. 이처럼 호시이 고테이가 먹히는 모습을 관찰하던 사이에 기묘한 소리가 들렸습니다. 그와 동시에 무방비하게 양손을 든 노파가 뛰어오는 모습이 보였습니다.

"곰……! 여기다, 여기에 고기가 있다! 전염병에 걸린 더러운 몸이다! 젠장, 전부 다 네놈 탓이야!"

히다카 노코비였습니다.

고함을 지르며 식사 중인 곰을 향해 정면으로 달려갔습니다. 거리가 있어 명확하게 알 수는 없었으나 히다카 노코비는 우는 듯 보였습니다. 통곡하는 듯 보였습니다.

"뭐 하는 거야! 물러서라. 잡아먹힌다!"

사이토 가유가 소리쳤습니다.

    그러나 히다카 노코비는 곰에게 접근하더니 거대한 엉덩이를 후려쳤습니다. 그 행동에 모든 노파가 놀랐지만, 무엇보다 놀란 쪽은 곰이었습니다. 곰은 식사를 중단하더니 히다카 노코비를 앞발로 갈겼습니다. 히다카 노코비는 당연하게도 휙 날아갔습니다. 몸의 앞쪽이 피로 범벅되어 있었습니다. 사이토 가유는 그쪽으로 뛰어가려 했으나 호시나 규우에게 제지당했습니다. 사이토 가유는 히다카 노코비의 이름을 끝없이 불렀습니다. 그러자 히다카 노코비는 그 목소리에 정신이 든 것인지 덜덜 떨면서도 몸을 일으켰습니다. 그때 히다카 노코비의 갈라진 배에서 긴 창자가 한꺼번에 흘러나와 쏟아졌지만, 히다카 노코비는 파들파들 경련하는 창자를 팔에 걸치더니 그대로 다시 뛰었습니다.

    "저 할망구…… 곰을 유인하려는 거야."

    오제 호토리가 갈라진 목소리로 중얼거렸습니다.

    히다카 노코비는 무슨 말인지 모를 소리를 외치며 죽을 각오가 됐다는 기세로 뛰고 또 뛰었습니다. 곰은 다음 표적을 히다카 노코비로 정했는지 호시이 고테이의 시체를 발톱으로 할퀴더니 한쪽만 남은 눈을 히다카 노코비 쪽으로 향했습니다. 히다카 노코비가 발치에서 펄떡이는 장을 제 손으로 잡아 뜯으며 계속 뜁니다. 노파들은 그 광경을 지켜보다가 광장으로 돌아가라는 시이나 마사리의 목소리에 정신을 차리고 뛰어 돌아왔습니다.

"곰……, 곰 자식…… 자, 난 여기에 있다……. 이놈, 네놈은 전염병에 걸린 나를 먹을 테냐? 전염병인데 먹다니……. 하하……, 핫, 먹다니!"

히다카 노코비는 눈이 잘 보이지 않는 듯 비틀거리면서도 발을 앞으로 내디뎠는데, 그 발은 함정이 있는 광장 쪽이 아니라 저택으로 향하고 있었습니다. 곰은 히다카 노코비의 등을 바라보다가 특별히 해를 입지는 않으리라는 생각을 굳혔는지 돌진하기 시작했습니다. 히다카 노코비는 순식간에 발톱에 걸려 튕겨 나가더니 공중에서 창자를 전부 쏟아낸 다음 저항 없이 그대로 낙하했습니다. 곰은 그 광경을 끝까지 보시도 않고 발걸음을 돌려 미나미데 다미시와 호시이 고테이의 시체 쪽으로 돌아가려 했습니다.

다시 광장에 집합한 노파들이 생각대로 움직이지 않는 곰한테 답답해하며 괴로워하고 있을 때, 저택의 이 층 누각에서 나무창이 날아와 곰의 뒤통수를 가격했습니다. 곰은 움직임을 멈췄습니다. 사이토 가유는 처음에 미쓰야 메이가 공격한 것이라고 한 점 의심도 없이 믿었지만, 이윽고 미쓰야 메이는 이미 죽었음을 기억해 냈습니다.

저택의 이 층 누각에는 어느 사이엔가 호시나 규우가 서서 나무창을 냅다 던지고 있었습니다.

"곰 자식이! 웬일이냐, 곰! 겁이라도 먹은 게냐? 어디 한번 덤벼 봐라!"

곰의 행동은 지극히 빨랐습니다. 그 거대한 덩치가 단숨에 저택 앞에 나타나더니 흙담을 몸으로 뚫고 그대로 저택 벽에 격돌했습니다. 튼튼하게 지어진 저택이 충돌 한 번으로 무너지는 일은 없었으나, 그래도 금이 몇 줄 생기며 전체가 불안정하게 흔들렸습니다. 호시나 규우는 넘어질 것 같은 몸을 추스르며 이 층 누각에서 곰의 머리통을 나무창으로 계속 때렸습니다. 곰은 몸을 일으키더니 이 층 누각을 포함한 저택 윗부분을 갈겼습니다. 두 번, 세 번 때리자 통나무가 낙하하고 널빤지가 떨어져 나오면서 이 층 누각은 요란하게 무너져 내렸습니다.

"아아…… 저택이, 저택이……."

이시즈카 호노가 입술을 떨며 붕괴하는 저택을 바라보았습니다.

곰이 다시 몸을 부딪치자 대량의 먼지와 눈가루가 날리며 '덴데라'에서 가장 큰 건물이었던 저택이 무너졌습니다. 붕괴한 저택 안에서 호시나 규우가 기어 나왔지만 팔이나 어깨에 목재가 박히고 양 눈도 짜부러져 있었습니다. 그래도 억지로 몸을 일으켜서 어디론가 가고자 했으나 곰 발톱이 호시나 규우의 등을 관통했습니다.

호시나 규우의 목숨이 끊김과 거의 동시에 그림자가 두 개 움직였습니다. 아사미 히카리와 아마미 아테였습니다. 두 사람은 붕괴한 저택까지 뛰어가더니 곰을 가로막듯 나란히 서서 나무창을 겨누었습니다. 곰도 전투 의식에 감화되었는지 입에서 거품이 섞인 타액을 흘리며 큰 포효를 내지르고 둘을 향해 돌진했습니다. 아사미 히카리는 일촉즉발의 순간에 몸을 굴려 피했지만, 아마미 아테는 네발에 납작하게 깔려 몸 대부분이 뭉개졌습니다. 아사미 히카리는 곧바로 일어나 나무창을 내던지고 곰이 자기 쪽을 보도록 주의를 끌더니 전속력으로 광장을 향해 달렸습니다. 곰은 입에서 타액을 질질 흘리며 아사미 히카리의 등을 쫓아갔습니다.

이 자리에서 모든 생명이 순간적으로 끝이 납니다. 사이토 가유는 숱한 죽음을 생각할 겨를도 없이 거의 반사적으로 몸을 튕겼습니다. 이타노 우메도 그랬는지 표정은 겁에 지배당했을지언정 몸은 용감하게 앞으로 향했습니다. 사이토 가유와 이타노 우메는 광장으로 오는 아사미 히카리의 앞쪽에 섰습니다. 등 뒤에서 곰이 쫓아왔습니다.

"이제 됐다. 우리한테 맡겨라!"

사이토 가유가 외쳤습니다.

그 목소리가 들렸는지 들리지 않았는지는 알 수 없지만, 아사미 히카리가 그 장소에 엎드리자 곰은 아사미 히카리의 몸을 뛰어넘어 사이토 가유와 이타노 우메가 있는 쪽으로 급속하게 접근했습니다. 눈앞에는 눈을 박차고 돌진하는 곰이 있습니다. 순간 눈이 마주친 것 같은 기분이 들었습니다. 사이토 가유는 나무창을 꽉 쥐었습니다. 돌진하는 기세에 꺾여 나무창은 가루처럼 부서졌습니다. 바로 옆에서 무언가가 휙 날아가는 것이 보였습니다. 이타노 우메였습니다.

불현듯 소리가 사라졌습니다.

소리 없는 공간에 존재하는 것은 사이토 가유와 곰뿐이었습니다. 곰의 얼굴과 사이토 가유의 얼굴은 접촉한 것이나 다름없을 만큼 가까운 거리에 있었습니다. 곰의 얼굴에 난 털한 가닥 한 가닥이 극명하게 보일 정도였습니다. 하나 남은 곰의 작고 둥근 눈동자도 확실하게 보였고, 그 안에 자신의 모습이 고스란히 비치는 것도 보였습니다. 몸 냄새도 맡을 수 있었습니다. 피와 지방과 흙과 나무들과 눈이 동시에 부패한 것처럼 짙은 냄새였습니다. 사이토 가유는 곰을 느낀 다음 순간, 뇌리에 한 가지 광경을 떠올렸습니다. 그것은 곰과 세 번째로 대치했을 때 떠올린 것과 같은 종류의 광경이었습니다. 그러나 사이토 가유는 눈앞에 펼쳐지는 풍경을 무시했습니다. 그리고 곰의 다른 한쪽 눈을 때려 짜부라뜨리고자 오른팔을 뻗었습니다. 자신의 손이 곰의 눈을 짜부라뜨렸는지 아닌지는 알 수 없었습니다. 갑자기 시야가 심홍색으로 물들었나 싶더니 급격하게 귀가 제 기능을 되찾아 굉음이 온몸을 거칠게 찢고, 그대로 곰의 돌진에 휘말려 몸뚱이가 휙 날아간 것입니다. 사이토 가유의 몸은 땅바닥에 패대기쳐져 눈가루를 흩날리며 몇 번이나 팅기고 굴렀습니다. 겨우 움직임이 정지했을 때에는 맨 처음 서 있던 위치에서 꽤 멀리 떨어진 곳에 쓰러져 있었습니다. 그래도 사이토 가유는 뿜어져 나오는 코피를 개의치 않은 채 고개를 들고 곰을 찾았습니다.

완전히 격앙된 곰이 엄청난 속도로 돌진을 계속하여 함정으로 향하는 것과, 열린 함정 문 앞에 시이나 마사리가 서 있는 것이 보였습니다.

시이나 마사리는 곰이 맹렬하게 전진하며 일으키는 돌풍에 머리와 소복을 나부끼고 있었습니다. 머리카락이 말려 올라가 남아 있는 오른쪽 눈이 드러났습니다. 그 오른쪽 눈은 곰을 바라보고 있었습니다. 입가에는 미소가 떠올랐습니다. 승리를 확신한 이만이 지을 수 있는, 실로 우아한 미소였습니다.

곰은 시이나 마사리를 몸으로 밀며 함정으로 쑥 들어갔습니다.

그 순간, 이시즈카 호노와 쓰쓰미 우스마와 오제 호토리가 함정의 묵직한 문을 닫았습니다. 그러고 나서 바로 옆에 지펴 놓은 장작불을 밀기 시작했지만 좀처럼 기울어 쓰러지질 않습니다. 함정에 갇힌 곰이 벽을 때리고 있는지 통나무에 금이 가는 소리가 들려왔습니다.

"뭐 하고 있느냐! 태워라!"

시이나 마사리의 비명이 함정 안쪽에서 울렸습니다.

사이토 가유는 장작불을 밀어 넘어뜨리는 것을 돕고 싶었지만, 몸에 힘이 들어가지 않아 일어날 수조차 없었습니다. 사이토 가유는 자신의 무기력함에 미칠 듯이 화가 났지만, 장작불과 격투하던 이시즈카 호노가 우는 것을 알고 신뢰하는 마음이 샘솟았습니다. 실제로 장작불은 그 직후에 옆으로 쓰러져 불이 붙은 대량의 장작이 함정 지붕으로 쏟아졌습니다. 얼마 지나지 않아 발생한 짙은 연기 사이에서 작은 불꽃이 얼굴을 내밀었나 싶더니, 금세 함정 윗부분을 뒤덮고 삽시간에 활활 타올랐습니다. 함정 안에서는 곰의 공격에 따른 충격과 진동 그리고 시이나 마사리의 커다란 웃음소리가 울렸습니다. 곰이 후려칠 때마다 함정 벽이 불안하게 흔들렸습니다. 사이토 가유는 눈 위에 쓰러진 채 빨리 타기를 빌었습니다. 빨리 타라, 빨리 타라, 빨리 불타올라라, 하고 빌었습니다. 불꽃은 천장 부분을 태우고는 있었으나 함정 전체를 휩싸지는 못했습니다. 엄청난 기세로 검은 연기가 하늘을 향해 올랐지만 불꽃이 그만큼 빠른 속도로 옮아가지는 않았던 것입니다. 이시즈카 호노, 쓰쓰미 우스마, 오제 호토리 또한 간절히 비는 듯한 표정으로 지붕 위에 퍼지는 불꽃을 바라보고 있습니다. 그러는 사이에도 곰은 함정을 후려쳤습니다. 사이토 가유는 움직이고 싶어도 정말 힘이 하나도 남아 있지 않아 대량의 코피를 흘리며 사태를 지켜볼 수밖에 없었습니다. 불꽃 일부가 지붕을 따라 벽으로 옮아갔습니다. 그러자 그렇게나 뜸을 들이던 불꽃은 눈 깜짝할 사이에 벽 전체를 휘감았습니다.

함정이 불꽃에 휘감겼습니다.

함정 내부에서 포효가 들려왔습니다. 시이나 마사리의 웃음소리는 이제 들리지 않았습니다. 곰만이, 곰이 울부짖는 소리만이 '덴데라' 전체에 울렸습니다. 당황하여 제정신을 잃은 소리였습니다. 곰이 겁을 먹었음을 알아 챈 사이토 가유의 입가에 자연스럽게 웃음이 흘렀습니다. 활활 타오르는 불꽃에 삼켜진 함정을 후려치기는 어려운지, 아니면 연기를 들이마셔 못 움직이게 된 것인지 벽을 때리는 소리는 이제 들리지 않았습니다. 함정을 에워싸고 타오르는 불은 그 기세를 더해 하나의 거대한 불덩어리로 화했습니다. 그리고 곰은 그 안에 갇혀 있습니다. 함정은 맹렬하게 타올라 멀리 떨어진 곳에 있는 사이토 가유에게까지 열기가 전해졌습니다. 사이토 가유는 뜨거운 열기에 얼굴이 화끈거리는 와중에서도 이겼다고 잠꼬대처럼 중얼거렸습니다. 이겼다. 이겼다. 이겼다. 이겼다. 이겼다. 사이토 가유는 활활 타오르는 함정을 눈에 깊이 아로새겼으나, 그것만으로는 모자라 저 불꽃을 더 맛보고 싶다는 욕망의 발작을 일으켰습니다. 사이토 가유는 욕망에 충실하게 움직이려고 팔을 사용하여 몸을 일으키려고 했습니다. 그러나 움직여지지 않았습니다. 움직여지지 않는 것은 몸이 아니라 팔이었습니다. 이상하다 싶어 시선을 돌려 보자 오른팔이 다친 것이 보였습니다. 팔꿈치 앞쪽이 이상한 방향으로 꺾이고 손바닥은 몇 갈래로 찢겨 핏줄이 몇 가닥이나 밖으로 나와 있었습니다. 팔꿈치 대부분이 도려내져서 희뿌연 색의 지방, 피로 얼룩진 분홍빛 살, 동강이 난 반투명한 근육에다 뼈까지 드러나 있었습니다. 뒤이어 아무것도 보이지 않게 되었습니다. 시야가 급격하게 암흑으로 물들고 그다음에는 아무것도 기억나지 않았습니다.


8


그날 중에 몇 번이나 눈을 떴습니다. 머리가 핑핑 돌고, 시야는 붉고, 명료한 것은 무엇 하나 없었습니다. 그렇게나 활약하던 귀가 말을 듣지 않는 것과 온몸을 휘감은 권태감으로 열이 난다는 것을 알고 그대로 실신했습니다. 그다음에 정신이 들었을 때는 자신의 몸이 짚가리 속에 들어 있는 것을 깨달았지만 왜 이런 상태에 놓였는지는 알 수 없었습니다. 꿈이 아닐까 생각도 해 보았으나 꿈속에서 사이토 가유는 아직 어린 소녀인 경우가 대부분이기에 그 발상은 바로 지워 버렸습니다. 그처럼 애매모호한 느낌 속에 떠 있던 사이토 가유를 확실하게 덮치는 것이 있었습니다. 아픔이었습니다. 덜렁덜렁 흔들리는 사이토 가유의 오른팔을 누군가가 들어 올렸습니다. 그게 누구인지는 몰랐지만, 소복이 보였기에 노파 중 한 명이라고 짐작했습니다. 노파의 양옆에도 노파가 있었습니다. 사이토 가유는 아픔이 확대되는 것을 깨달았습니다.

오른팔에 통째로 불이라도 붙은 것 같은 아픔이었습니다. 그렇게나 아픈데도 팔꿈치 아래쪽은 감각조차 없습니다. 사이토 가유는 공포와 격통 속에서 비명 지르려고 했습니다. 그러나 입에 천 조각이 가득 물려 있어 불가능했습니다. 할 수 없이 코에서 대량의 콧물과 함께 숨을 뿜어내며 겁쟁이 어린애처럼 찐득거리는 눈물을 흘렸지만, 그래 봤자 비명 한 번 지르는 것만 못했습니다. 그러기를 반복하며 격통과 싸우다 보니 새로운 종류의 아픔이 문득 찾아들었습니다. 아픔 속에 기묘하게 시린 감각이 섞여 있었습니다. 눈물로 된 막으로 덮인 눈동자를 움직여 관찰해 보니 도려내진 곳에 눈을 채워 넣는 것 같았습니다. 눈은 순식간에 녹아 붉은 물방울이 되어 뚝뚝 하고 묵직한 소리를 내며 바닥에 떨어졌습니다. 노파 중한 사람이 역시 이래서는 안 되겠다고 중얼거렸습니다. 그 목소리는 어쩐지 먼 곳에서 들려오는 것 같아 사이토 가유는 혼란에 빠졌지만, 우선 도대체 뭐가 안 되겠다는 건지가 궁금해 눈을 더 크게 뜨고 상황 파악에 힘썼습니다. 그러자 돌로 된 칼이 빛나는 것이 보였습니다. 돌칼이 살에 박히는 순간 아픔이 밀려왔습니다. 사이토 가유는 울부짖었습니다. 그래도 돌칼의 움직임은 멈추지 않았고 산 사람의 살을 써는 소리가 서걱서걱 울렸습니다. 시야가 온통 붉게 물든 탓에 뭐가 어찌되고 있는지를 감각과 아픔만으로 이해할 수밖에 없게 되었습니다. 사이토 가유는 공포를 극복하고자 고통 속에서 눈을 부릅떴습니다. 그러나 다음에는 시각보다도 후각을 자극당하는 사태가 벌어졌습니다. 다른 노파가 손에 든 물체에서 나무를 태우는 듯한 냄새가 났기 때문입니다. 냄새대로 그것은 불이 붙어 끝이 빨개진 나뭇조각이었습니다. 노파는 그것을 포돗빛의 신선한 피를 내뿜는 살에 갖다 댔습니다. 살이 불에 타는 자극적인 냄새와 함께 아픔이 부글부글 끓어 튀기는 듯한 감각에 휩쓸려 사이토 가유는 힘 조절도 못 하고 이를 악물었습니다. 입에 든 천 조각 덕에 혀를 깨무는 일은 없었지만 이가 몇 개나 부러지고 말았습니다. 그러나 그때의 사이토 가유에게 그런 사소한 사실을 깨달을 여유 따위는 없었습니다. 피부에 닿은 나뭇조각이 떨어질 때마다 나뭇조각에 달라붙은 살점이 찌이익 하고 따라 벗겨져 사이토 가유는 탁한 눈물을 흘리며 소리를 질렀지만, 소리를 지르는 것만으로는 견딜 수가 없었고 견뎌야 할 이유도 모르게 되어 타는 나뭇조각을 후려쳐 던져 버리고자 왼팔을 뻗었습니다. 안타깝게도 자유롭게 움직일 수는 없었습니다. 사이토 가유의 양다리, 왼팔, 머리가 각각 노파들 손에 짓눌려 있었던 것입니다. 세차게 발버둥을 쳐 보았습니다. 그러나 노파들이 빈틈없이 꾹 누르고 있어 이렇다 할 힘이 남지 않은 사이토 가유는 도망칠 수가 없습니다. 그 사이에도 도려내져 드러낸 살이 몇 번이나 불에 그슬렸습니다. 고통 속에서 어느 사이엔가 기운이 빠질 대로 빠져 마침내 사이토 가유는 다시 실신했습니다. 진짜 꿈

덴
데
라

을 꾸었습니다. 역시 자신이 아직 소녀였을 적, 얼굴과 목에 주름이 새겨지지 않았고, 손바닥과 발바닥이 갈라지지 않았고, 귀와 이가 아직 팔팔한 채 아름답게 활동하던 시절의 꿈이었습니다. 꿈속의 사이토 가유는 들을 뛰어다니며 까닭도 없이 웃고 있었지만, 그런 광경은 실제 인생에서는 전무에 가까웠습니다. 밭에 나가 척박한 땅을 갈고 집 안에서 콩을 고르고 어린 남동생을 재우다 성인이 되어 아이를 낳는 것으로 젊은 시절을 마쳤을 뿐입니다. 웃음다운 웃음을 띨 여유 따위는 없었습니다. 그러나 사이토 가유는 자신이 불행하다고 생각하지는 않았습니다. 꿈속의 사이토 가유는 아까부터 불가사의한 소리가 들리는 것을 알아챘습니다. 소리에 발맞추듯 작은 진동이 느껴지는 것도 알아챘습니다. 꿈속의 사이토 가유는 주름 한 줄기 없는 팽팽한 목을 들어 하늘을 올려다보았습니다. 활짝 갠 하늘에는 이변이 없었기에 착각한 거겠지 하고, 탱탱한 뺨을 가만히 떨며 미소 지었습니다. 그것은 실제로는 노파가 주먹 크기만 한 돌을 가지고 드러난 뼈를 쳐서 부수는 소리와 진동이었습니다. 노파가 돌을 내려칠 때마다 뼈에 금이 더 깊게 패면서 그 충격으로 뼈 주변의 살이 물결치듯 떨리고 지방과 피가 섞인 액체가 방울져 떨어졌습니다. 진동은 사이토 가유의 두개골까지 떨리게 했습니다. 그 탓도 있어 사이토 가유는 눈을 번쩍 떴습니다. 그 순간 다시 돌이 뼈와 부딪쳤기에 사이토 가유는 눈을 희번덕거리며 눈가에

맺힌 눈물방울이 공중에 흩어지도록 몸을 튕겼습니다. 돌이
뼈를 칠 때마다 실신하여 자신이 소녀였던 시절로 돌아가 웃
음을 띠었지만 똑같은 이유로 다시 정신을 차렸습니다. 이 같
은 상황의 반복으로 머릿속이 빙빙 휘저어지며 본디 흐릿했
던 꿈과 현실의 경계선이 더욱 혼란스럽게 뒤섞였습니다. 그
결과 사이토 가유는 현실에서 땀을 뿜어내며 격통에 신음하
는 순간과 꿈속에서 미소 지으며 하늘을 바라보는 순간을 동
시에 체험하게 되었습니다. 마침내 뼈가 완전히 부서지고, 오
른팔이 떨어져 나가고, 뼈가 튀어나온 부분이 깎이기까지 모
든 과정을 마쳤을 때 사이토 가유에게 있었던 온갖 감각은 파
김치가 되어 흐릿해졌습니다. 사고도 의식도 토막토막 끊겼
습니다. 그러나 그런 상태일지언정 사이토 가유가 지닌, 절대
움직이지 않을 소중한 부분에는 죽기 싫다는 말 한마디가 존
재하고 있었습니다. 그 말은 눈치채지 못하는 사이에 굳세고
끈질기게 뿌리를 내렸습니다. 죽기 싫다는 말의 응원을 받으
며 사이토 가유는 크게 심호흡을 반복하고 또다시 꿈속으로
빠져들었습니다. 꿈속의 사이토 가유는 역시 소녀 모습이었
습니다. 빛깔 고운 나들이옷에 몸을 감싼 채 새니 나비니 하
는 것들을 발견하는 것만으로도 행복을 느끼고 부드럽게 미
소 지으며 '마을' 안을 조용히 거닐었습니다. 무척 아름다운
꿈이었습니다. 무척 그리운 꿈이었습니다. 일찍이 정말 경험
한 적이 있는지는 알 수 없었으나, 그래도 아름다움과 그리움

덴
데
라

을 부정하기란 사이토 가유 본인에게조차 불가능한 일이었습니다.

꿈이 끝나고 사이토 가유는 자신의 의지로 눈을 떴습니다.


9


이시즈카 호노, 아사미 히카리, 이타노 우메, 쓰쓰미 우스마, 오제 호토리까지 다섯 명의 노파가 정신을 차린 사이토 가유를 내려다보고 있었습니다.

"······얼마나 잤지?"

백 해 만에 말하는 것 같은 목소리였지만, 그래도 알아들었는지 이시즈카 호노가 얕게 고개를 끄덕인 뒤 무거운 표정이 달라붙은 얼굴을 살짝 떨며 사흘 동안이요, 하고 대답했습니다. 사이토 가유는 자신에게 실망하여 이렇게 사태가 심각할 때 사흘 동안이나 잠들어 있었다니 이런 얼빠진 놈이 다 있나, 하고 깊이깊이 반성했습니다. 막 눈을 뜬 참이었지만 의식은 명료했습니다. 그래서 노파들 사이에 흐르는 침체된 공기와 '덴데라'의 가라앉은 분위기를 파악할 수 있었습니다. 거기에 있는 것은 사건이 완료되었을 때 감도는 권태였습니다. 모든 것이 사이토 가유가 잠든 사이에 죄다 마지막까지 진행되어 끝을 본 것 같았습니다. 그러나 사이토 가유는 노파들의 눈에 새로운 진행형의 빛깔이 깃든 것을 곧바로 발견했습니다. 불안을 나타내는 창백한 납빛이었습니다.

"곰은, 어떻게 됐어?"

사이토 가유가 묻자 노파들은 납빛 눈이 더욱 어두워지도록 그림자를 드리우더니 얼굴을 돌렸습니다. 구체적인 내일을 상상할 수 없는 이만이 띠는 종류의 눈빛이었습니다. 사이토 가유는 그런 눈빛을 띤 노파들을 묵묵히 바라볼 따름이었습니다. 마침내 쓰쓰미 우스마가 거의 울 것처럼 입술을 일그러뜨리며 도망갔다고 대답했습니다.

"도망갔다고?" 이해할 수가 없었습니다. "그게 무슨 말이야? 불이 그렇게 활활 타올랐는데?"

"불이 너무 빨리 탔어." 쓰쓰미 우스마가 양손으로 머리를 감쌌습니다. "불탄 건 함정뿐이었고, 곰은 타서 허물어진 벽을 부수고…… 달아나 버렸어."

"곰은 아직 팔팔한가?"

"화상을 입은 것 같았지만, 그래도 도망갔어. 줄행랑을 쳤어."

"안 돼요. 이제 안 돼요." 이시즈카 호노도 머리를 감쌌습니다. "마사리 씨도, 누구 할 것 없이 다 허무하게 죽었어요. 아아, 아무 의미도 없었으니 역시 허무하게 죽은 거죠. 이제 '덴데라'는 끝났어요."

그 말을 듣고 시이나 마사리와 호시나 규우와 히다카 노코비 등이 곰에게 죽었다는 것을 떠올리며, 사이토 가유는 말로 다할 수 없는 분노에 휩싸여 상반신을 일으켰습니다.

오른팔이 없었습니다.

소복 올을 풀어 만든 붕대가 상처에 감겨 있는 것을 사이토 가유는 남 일처럼 한동안 가만히 지켜보았으나, 욱신거리는 아픔이 그 광경과 직결된 것을 깨닫고 오른팔을 상실한 이가 자신임을 알아차렸습니다. 꿈의 단편을 되새기고 자네들이 치료해 준 것이냐고 물었습니다.

"치료라고 해도, 찢어진 핏줄을 태워서 막고 뼈를 부쉈을 뿐이에요. 팔을 잇지 못했어요. 면목이 없습니다."

이시즈카 호노가 고개를 내저으며 답했습니다.

"면목이 없다는 소리는 하지 마라. 나를 파렴치한 인간으로 만들 셈이냐?"

사이토 가유는 일어섰습니다. 피가 모자라서인지 몸은 차마 두고 볼 수 없을 만큼 비틀거렸고 제대로 서 있는 것만으로도 고생이었지만, 그래도 사이토 가유는 자신이 아직 움직일 수 있음에 행복을 맛보며 잃어버린 오른팔을 포기할 수 있었습니다. 제 힘으로 걷는 것은 그래도 쉽지 않았기에 마루에 놓인 나무창을 지팡이 삼아 체중을 지탱했습니다.

"그런데 다른 할멈들은 뭘 하고 있나? 모여 있지 않으면 위험할 텐데? 또 언제 곰이 올지 모르니 말일세."

사이토 가유는 노파 다섯 명을 휘둘러보았지만 아무도 대답하지 않았습니다. 침체된 분위기에 흠뻑 절어 녹초가 된 모양이었습니다. 사이토 가유가 다시 입을 떼려던 순간 쓰쓰미우스마가 갑자기 마루를 후려치며 그러니까 이제 끝장이야, 하고 고함치듯 말했습니다.

"끝장이라니, 뭐가? 좀 알아듣게 말해라."

"왜 알아듣지를 못해? 곰이 나오든 말든 '덴데라'는 끝장이야! 다 죽어!" 쓰쓰미 우스마가 이번에는 정말로 고함을 질렀습니다. "전부 다 죽어. 전부 다 죽어……."

"움직일 수 있으면 보고 오시는 게 좋겠어요. '덴데라'가 어떻게 됐는지를요. 당신이 잠들어 있던 사흘 동안 어떻게 되었는지, 어떻게 끝났는지를 보고 오시는 게 좋겠어요."

이시즈카 호노가 힘없이 말했습니다.

굳이 그렇게 말하지 않아도 그리 할 생각이었습니다. 사이토 가유는 나무창을 움켜쥐고는 몸을 질질 끌다시피 집을 나섰습니다. 그리고 다음 순간, 노파들의 절망이 무슨 뜻이었는지를 즉시 이해했습니다.

'덴데라'는 정말 끝장이 나 있었습니다.

곰의 습격으로 망루와 저택과 집 두 채가 파괴된 '덴데라'에는 침묵만이 가득했습니다. 함정도 불에 타 허물어졌기에 곰을 타도할 능력을 완전히 잃어버린 '덴데라'에는, 노파들의 자취는커녕 목소리도 존재하지 않았습니다. 하얀 눈에 두껍게 둘러싸인 '덴데라'에 있는 것이라고는 무너진 집들과 노파의 시체뿐, 그밖에는 아무것도 없습니다.

붕괴가 있을 뿐입니다.

완료가 있을 뿐입니다.

사이토 가유는 속속들이 파괴된 '덴데라'를 바라보며 그래도 너무나 조용한 데 대해 의문을 품었습니다. 그 발상이 깃든 찰나, 사이토 가유는 등골이 제멋대로 서늘해지는 감각에 휘말려 나무창을 땅바닥에 꽂고 몸의 방향을 전환한 뒤 무사히 건재한 집 세 채를 바라보았습니다. 그 중 한 채에 노파 다섯 명이 있는 것은 앞서 확인했습니다. 사이토 가유는 그 옆집으로 서둘러 다가가 안으로 들어갔습니다. 집 안은 바깥과 다름없는 추위에 점령되어 있었습니다. 온기 대신 실내를 지배하는 것은 맡아본 적이 있는 고약한 냄새였습니다. 불이 없는 화로 앞에 노파 세 명이 드러누워 있었습니다. 다카미야 호기, 이이쿠보 시지라, 구사치 마루는 저들이 토한 대량의 피 속에서 죽어 있었습니다. 사이토 가유가 다가가 보니 그 시체는 셋 다 똑같이 오싹할 만큼 만족스러운 표정을 띠고 있었습니다. 고통의 결과는 어디에도 보이지 않았습니다.

사이토 가유는 그 옆집으로 걸음을 재촉했습니다. 생각대로 움직여지지 않는 몸에 짜증을 내면서 겨우 도착했습니다. 그곳 또한 냉기와 침묵이 감돌았습니다. 사이토 가유는 구르듯 안으로 들어갔습니다.

평소와 다르지 않은 모습으로 화로 앞에 앉은 야마모토 시기가 있었습니다.

사이토 가유는 야마모토 시기의 등 뒤에 서서 어깨를 두들겼습니다. 야마모토 시기의 자세가 흐트러지면서 그대로 옆으로 쓰러졌습니다. 야마모토 시기의 입가에서 배 언저리에 걸쳐 피를 토한 자국이 보였습니다. 사이토 가유는 놀라서 균형을 잃고 호되게 엉덩방아를 찧었습니다. 그래도 바로 나무창을 부여잡고 이런저런 이유로 벌벌 떨리는 몸을 억지로 일으켜 세우려 했지만, 하반신에 힘이 들어가질 않았습니다. 할 수 없이 남은 왼팔로 힘들여 몸을 끌어당기며 야마모토 시기에게 접근했습니다. 야마모토 시기의 얼굴에는 온기가 없었고 언제나 뭔지 모를 말을 웅얼거리던 입술도 보랏빛으로 변해서는 움직이지 않았습니다. 죽은 것이었습니다. 야마모토 시기의 입가에서 독특한 냄새가 풍기는 피의 잔향이 감돌았습니다.

돌솥에 식사하고 남은 찌꺼기가 있었습니다.

일흔 해나 되는 세월 동안 거의 활용하지 않았던 사이토 가유의 머리가 불현듯 팽팽 돌아가기 시작했습니다.

처음 느끼는 그 감각은 이윽고 두통으로 변화했지만, 오른팔을 잃었고 왼팔로는 나무창을 짚어야 했기에 머리를 감쌀 손이 없습니다. 생각을 계속할 수밖에 없습니다. 모든 것을 알 수밖에 없습니다.

나무창 끝으로 돌솥 바닥을 찔러 보니 표면에 언 살얼음이 부서지고 반투명한 국물과 함께 딱딱한 물체가 모습을 드러 냈습니다. 감자 조각이었습니다. 사이토 가유는 나무창을 내 던지고 감자를 집어 들었습니다. 그것은 감자가 분명했지만, 선입관의 효과도 있었기에 사이토 가유는 감자가 머금은 독 특한 냄새를 맡을 수 있었습니다.

　그 순간, '덴데라'에서 보낸 하루하루가 폭발적으로 스쳐 갔습니다. 사고하려 하기도 전에 자동으로 머리가 회전하는 동시에 두통이 심해지며 현기증이 사이토 가유를 덮칩니다. 사이토 가유는 무자비한 현기증 탓에 어지러운 와중에서도 자신이 알 도리가 없는 타인의 일상이 상상 속에서 진행되는 것을 느낍니다. 구멍이 메워지는 것을 느낍니다. 야마모토 시 기의 일상이, 구사치 마루 패거리의 일상이 메워지는 것을 느 낍니다. 야마모토 시기의 평소 태도를 기억에서 더듬습니다. 구사치 마루의 말을 더듬습니다. 자의적이고 오만하여 추측 이라기보다도 망상이라고 표현하는 편이 정확했지만, 사이 토 가유는 머릿속에 깃든 결론을 확신했습니다.

　대이동의 욕망이 사라지는 것을 알았습니다. 대이동의 욕 망이 그저 거짓말일 뿐이었다는 것도, 자기 자신을 속이려는 움직임이었다는 것도 알았습니다. 사실이었습니다. 사이토 가유는 대이동 따위 하고 싶지 않았던 것입니다. 여기가 아닌 다른 땅에는 가고 싶지 않았던 것입니다.

사이토 가유가 하고 싶었던 것은, 사이토 가유가 지녔던 큰 목표는, 대이동 따위가 아니었습니다.

처음부터 하나밖에 없었습니다.

사이토 가유가 거기까지 생각할 수 있었던 것은 명료한 의지를 지닌 여러 구의 시체를 목격한 다음이었습니다. 명료한 의지란 곧 극락정토를 향한 갈망이었습니다.

극락정토에 가고 싶다는, 굳건하고 열렬한 갈망이었습니다.

"아니었구나……." 모든 것을 안 사이토 가유는 현기증 속에서 중얼거렸습니다. "전염병이 아니었구나. 죽인 거였구나."

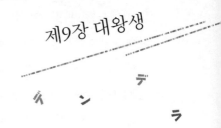

제9장 대왕생

1

"전염병이 아니었다고요?" 맨 처음 반응한 이는 이시즈카 호노였습니다. "무슨 말씀인지 모르겠네요. 가유 씨, 당신…… 무슨 말을 하시는 건가요?"

"사실을 말하는 거야. 이곳 '덴데라'에 전염병 같은 건 한 번도 있었던 적이 없어. 열여섯 해 전에도, 이번에도 전염병 같은 건 있었던 적이 없어."

집에 돌아온 사이토 가유는 불이 든 화로 앞에 앉아 곤혹스러운 표정을 띤 노파 다섯 명을 둘러보며 사실을 일러 주었습니다. 그러자 이시즈카 호노가 물고 늘어졌습니다.

"하지만 많은 사람이 피를 토하고 죽었는데요. 이건 사실이에요. 그렇다면 누가 봐도 전염병이 맞지 않나요? 그게 아니라면 도대체 뭔가요?"

"식중독이야."

"……식중독? 음식을 먹고 탈이 났다고요?" 이시즈카 호노는 어이가 없다는 듯한 목소리를 냈습니다. 혼란이 가득한 얼굴에 혼란이 한 꺼풀 더 겹쳤습니다. "뭐예요, 그게? 지금 농담하시는 건가요?"

"내가 농담할 리 없지 않나?"

"그러면 시기 씨나 마루 씨가 죽은 것도 식중독이라고 하시려고요?"

"그래." 사이토 가유가 분명하게 고개를 끄덕였습니다. "하나 묻겠네. 시체를 방치당한 그 할멈들은 언제부터 증상이 나타났지?"

"곰이 도망친 뒤 바로. 그 할망구들이 피를 토한 건 그러고 나서 얼마 지나지 않아서였어. 순서도 기억이 나. 먼저 그날 밤에 야마모토 시기가 피를 토했어. 다음 날 아침에는 구사치 마루와 다카미야 호기. 이이쿠보 시지라는 모르겠네. 발견했을 때는 이미 쓰러져 있었어. 결국 그 뒤로 다들 픽픽 쓰러져 죽었지만."

오제 호토리는 자신의 몸에 잠복한 의혹의 정체가 누구보다도 신경이 쓰이는 듯, 사이토 가유와 마주 보며 앉았습니다.

"그놈들은 관계없으니 순서도 아무 상관이 없어."

"뭐라고? 관계없다는 게 무슨 소리야? 구사치 마루도 피를 토하고 죽었는데? 그리고 나도 피를 토하고 죽을 텐데?"

"맞아. 지금은…… 자네들 이야기를 하는 거야. 야마모토 시기한테 당한, 자네와 히다카 노코비 말일세."

사이토 가유는 대화의 주도권을 다시 앗아 왔습니다.

"야마모토 시기한테 당했다고?"

오제 호토리는 이해가 안 된다는 듯 눈썹을 모았습니다.

"오제 호토리, 자네 야마모토 시기한테서 먹을 것을 받지 않았나?"

"먹을 것? 아니."

"그러면 히다카 노코비한테서는? 혹시 감자를 받지는 않았나?"

"같은 날에 보초를 섰으니 그때 찐 감자를 받았는데……."

"잠깐만요. 왜 노코비 씨가 감자를 갖고 있었던 거죠?" 이시즈카 호노가 끼어들었습니다. "지금 '덴데라'에는 식량이 거의 안 남았어요. 남한테 줄 수 있을 만큼의 감자를 노코비 씨가 가지고 있었다고는 생각할 수 없어요."

"감자를 갖고 있었던 건 야마모토 시기야."

"시기 씨가?"

"히다카 노코비는 야마모토 시기한테서 감자를 받았어. 먹으면 식중독에 걸리는 위험한 감자를 말이지."

"가유 씨, 지금 직접 보고 온 것처럼 말씀하시는데……."

"아무것도 보지는 못했어. 하지만 진실이라고 확신한다네."

"증거는 있나?"

오제 호토리가 불만을 품은 목소리를 냈습니다.

"야마모토 시기의 시체 앞에 돌솥이 있었어. 속에는 찐 감자가 들어 있었지. 누가 그걸 먹고 피를 토한다면 그게 증거가 되긴 하겠지만."

"멍청한 소리예요."

이시즈카 호노가 비난하는 듯 눈을 가늘게 떴습니다.

"그거 좋은데? 이봐, 이시즈카 호노, 자네가 먹어 보지 그래? 어차피 굶어 죽거나 곰한테 죽을 목숨이니 아깝지는 않겠지?"

오제 호토리는 웃으며 대꾸했습니다.

이시즈카 호노는 대답 없이 비난의 시선을 오제 호토리를 향해 돌릴 뿐이었습니다.

"그런 식으로는 당연히 입증할 수 없겠지. 그래도 히다카 노코비와 히다카 노코비한테서 감자를 받은 오제 호토리가 같은 시기에 발병했으니, 엉뚱한 이야기는 아니란 것은 이해가 가지 않나?" 사이토 가유는 두 사람을 보며 말을 이었습니다. "히다카 노코비는 '마을' 습격을 포기하지 않고 오제 호토리와 결탁했네. 그러니까 히다카 노코비가 야마모토 시기한테서 받은 감자를 오제 호토리에게 조금 떼어서 나눠 주는 게 이상한 일은 아니고, 둘만 발병한 것 또한 이상한 일은 아니야."

이처럼 논리를 사용하여 타인에게 설명하는 것은 처음이었기에 사이토 가유는 말하면서 머릿속이 어지러웠습니다. 그래도 어찌어찌 거기까지 말한 뒤 결과를 확인하듯 노파들을 둘러보았습니다. 노파들은 설득당한 표정은 아니었으나, 그래도 사이토 가유의 말을 완고하게 부정하지는 않고 저마다 생각에 빠진 듯했습니다.

"여하튼, 그런 식으로 상황이 흘러갔다는 건 인정하지요. 하지만 아직 맨 처음 떠오른 의문이 남아 있어요. 시기 씨가 가진 감자는 어디서 난 거죠? 남몰래 밭을 일구었던 것도 아닌데요."

이시즈카 호노가 뺨에 송송 솟은 땀을 닦으며 대꾸했습니다.

"당연히 비밀 밭 같은 건 없었겠지. 그래서 열여섯 해를 기다린 거야. 지난번에 전염병이 일어난 게 열여섯 해 전이라는 걸 생각해 봤네. 야마모토 시기는 그때 이미 '덴데라'에 살고 있었지? 자세한 내막은 알 수 없지만, 약초밭 집 식구였던 야마모토 시기는 그때 그게 전염병이 아니라는 걸 눈치챈 것 같아. 식중독이라는 걸 눈치챈 것 같아. 어쩌면 열여섯 해 전에 죽은 사람 중 몇 명은 야마모토 시기가 시험 삼아 식중독에 걸리는 감자를 슬쩍 먹여서 죽였는지도 몰라. 여하튼 야마모토 시기는 많은 사람이 식중독으로 죽는 것을 제 눈으로 봤어. 그 순간…… 자신이 품었던 큰 목표를 실행할 수 있다는 걸 깨달았겠지."

"도대체 뭔가요? 시기 씨의 큰 목표라는 게?"

"극락정토에 가는 걸세."

화로가 화드득 불똥을 튀겼습니다.

아무도 입을 열려고 하지 않았습니다. 침묵에 휩싸인 집 안을 사이토 가유는 휘둘러보고 자기 말의 무게를 인식한 뒤, 긴장해서인지 앞머리가 갑자기 신경이 쓰여 쓸어 넘기려 했습니다. 그러나 아무리 기다려도 머리카락이 움직이지 않아서 이상하게 여기다가, 자신의 오른팔이 이제는 존재하지 않음을 깨닫고 왼손으로 대신 넘겼습니다. 그러고 나서 다시 입을 열었습니다.

"직접 들은 건 아니지만, 야마모토 시기는 극락정토에 가고 싶어 했어. '덴데라'에서의 새로운 생활 같은 건 바라지 않았어. 그런데도 자네들은 '산맞이'를 하려던 야마모토 시기를 구해 냈지. 그게 원흉이야."

"시기 씨가 극락정토에 가고 싶어 했다고요? 죽고 싶어 했다고요?"

이시즈카 호노가 얼굴을 쑥 내밀고 물었습니다.

"그랬을 거야. '마을'에서 그렇게 활발했던 야마모토 시기가 '덴데라'에 들어온 순간 죽은 사람처럼 아무것도 안 하게 됐다는 게 그걸 증명해 주지. 그 할멈은 '덴데라'에 들어와서 '덴데라'에서 죽은 걸세." 사이토 가유는 야마모토 시기에게 내심 공감하면서 답했습니다. "아마 야마모토 시기는 실망했을 거야. 그만큼 굳게 각오하고 결심해서 죽어야겠다는 바람을 완벽하게 갖추고 '산'에 들어갔는데, 먼저 '산'에 들어가서 미련 없이 죽었겠지 하고 믿었던 할멈들 손에 구출당해서는 살겠다, 살겠다고 시끄럽게 떠드는 소리를 매일같이 들었으니 말이야. 골탕 먹은 것 같은 기분이 들었겠지. 나처럼 말일세."

'나처럼'이라는 말에 반응하여 집 안에 있는 노파 다섯 명, 곧 '덴데라'에서 살아남은 노파 전원이 사이토 가유에게 시선을 집중했습니다. 사이토 가유는 자신이 하는 말의 무게를 다시금 느끼면서, 올바르게 죽으려 했던 할멈도 있었다는 점을 상기했습니다.

"야마모토 시기가…… 극락정토에 가길 원했다는 거지." 지금까지 묵묵히 이야기를 듣고 있던 아사미 히카리가 말문을 떼더니 느릿느릿한 걸음으로 출입구 앞으로 이동했습니다. "그런 야마모토 시기가 열여섯 해 전에 큰 난리를 경험하고, 전염병의 정체가 식중독이라는 것을 꿰뚫어 봤다……는 거로군. 그래, 웬만큼…… 이해가 가네."

"뭐야, 난 이해가 안 가는데? 그런 감자를 아무것도 모르고 재수 없게 먹은 게 나거든?"

오제 호토리는 벌떡 일어나더니 아사미 히카리를 때리려고 뛰어나갔지만, 발작처럼 피를 토하는 바람에 도리어 아사미 히카리의 부축을 받고 말았습니다. 오제 호토리는 피를 토하면서 제기랄, 하고 괴롭게 신음했습니다.

"'덴데라'를 계속 유지하기 위해 사람을 죽이고, '마을' 습격을 밀고 나가기 위해 사람을 죽이고…… 큰 목표를 위해 자네들도 사람을 죽였어. 야마모토 시기도, 자기의 큰 목표를 실행했을 뿐이야."

사이토 가유가 차갑게 내뱉었습니다.

"하려면 혼자서 할 것이지!"

오제 호토리가 소리치더니 아사미 히카리의 손을 뿌리치고 원래 자리로 돌아갔습니다.

"그럴 수는 없었겠지. 왜냐하면, 야마모토 시기는 전원을 극락정토로 데려가고 싶었으니까." 사이토 가유는 오제 호토리를 지켜보며 다시금 말을 이었습니다. "야마모토 시기는 '덴데라'에서 한심하게 살아가는 자네들을 보는 데 신물이 난 게야. 자네들과 말도 섞기 싫어서 죽은 듯이 산 게야."

사는 보람이 존재하는 동시에 죽는 보람도 존재한다는 것을 사이토 가유는 그 자리에 있는 누구보다도 깊이 이해했습니다. 그리고 죽는 보람을 잘 알고 추구하는 이는 삶과 마찬가지로 노력하여 죽음으로 향하는 길을 쉼 없이 달린다는 것 또한 이해하고 있었습니다.

"야마모토 시기가, 그러면 연기를 했다는 거야? 노망이 든 게 아니라?"

오제 호토리가 작은 소리로 쿨룩거렸습니다.

"아마 그랬을 걸세. 야마모토 시기는 '덴데라'에서 죽은 듯이 살면서 전염병…… 아니, 식중독이 다시 일어나기를 기다렸어. 모조리 죽일 기회를 기다렸어."

"아, 마쿠라 씨가 전염병에 걸렸으니까……. 그래서 시기 씨가 움직인 거로군요."

이시즈카 호노가 절망적인 목소리를 냈습니다.

"이번에 일어난 전염병은 열여섯 해 전과 같은 증상이었지? 식중독이 다시 일어난 것을 알고 야마모토 시기는 움직였어. 그때는 일단락이 지어졌다고는 해도 곰 때문에 한창 소동을 피웠고, 나도 감옥에 갇혀 있었지. 가쓰라가와 마쿠라 집에서 식중독을 일으킨 감자를 훔치더라도 누가 눈치를 챘겠나. 애당초에 송장처럼 안 움직이던 야마모토 시기한테 관심 갖는 사람은 아무도 없었을 게야."

"가쓰라가와 마쿠라가 전염병에 걸리고 오오이 쓰구가 죽었다는 걸 알고서, 우리가 광장에 모여 죽여라, 죽여라, 하고 법석을 떨던 때 온 동네 집이 텅텅 비었어. 훔쳤다면 그때 훔쳤겠군."

사이토 가유의 설명에 이어, 오제 호토리가 입가를 닦으며 추측을 덧붙였습니다.

"아니, 야마모토 시기는 그렇게 태평하게 기다리진 않았어." 사이토 가유는 기리야마 소우 등이 발병한 시기를 돌이켜 보며, 또 아무것도 모른 채 언니와 똑같이 죽어 간 기리야마 소우를 생각하며 고개를 저었습니다. "바로 움직였을 거야. 자기를 눈여겨보는 사람이 없으니 작업하기 쉬웠겠지. 기리야마 소우와 이즈미 소모가 전염병에 걸린 건 야마모토 시기가 술수를 부린 게 분명해. 다치바나 구시와 다치바나 이레도 그랬을 거고."

이어서 사이토 가유는 다치바나 구시와 다치바나 이레 자매가 피를 토한 채 쓰러져 있었다는 사실을 밝혔습니다. 상황은 이미 다 끝난 것이나 마찬가지였기에 사이토 가유와 이시즈카 호노의 판단을 나무라는 이는 없었습니다. 그러기보다도 설명을 계속 듣기를 원했습니다.

"이봐, 모조리 죽이고 싶었으면, 이놈이고 저놈이고 몽땅 극락정토에 데려가고 싶었으면 얼른 모든 사람한테 감자를 먹여 죽이면 되지 않았겠어? 기리야마 소우 패거리가 들고일어나고, 시이나 마사리가 '덴데라'의 우두머리가 된 다음에는 한동안 아무 일도 없었다고."

오제 호토리가 반박했습니다.

"그건 나도 잘 모르겠지만, 자기들끼리 죽고 죽이든지 곰한테 죽든지 해서 알아서 죽게 놔두는 게 편하겠다고 생각했을지도 모르지. 감자가 모든 사람을 죽일 만큼의 양은 안 됐을 거라는 게 내 추측이지만."

"가유 씨." 이시즈카 호노가 입을 열었습니다. "시간이 꽤 오래 지나고 나서 노코비 씨한테 감자를 먹인 건 왜 그랬을까요?"

"내가 원인이야. 나는 배고파서 힘들어하는 히다카 노코비한테 대이동을 계획하자는 이야기를 했어. 모든 사람을 데리고 '덴데라'를 나가자는 이야기였지. 야마모토 시기는 우리와 같이 살았으니 당연히 그 이야기를 들었겠지."

"조바심이 났다는 건가?"

아사미 히카리가 중얼거렸습니다.

"대이동 같은 걸 하게 되면 죽이기가 어려워질 거라고 예상하고서, 야마모토 시기는 우선 우리 집 돌솥에 남은 감자를 넣어 놨어. 아무것도 모르는 히다카 노코비는 그 감자를 오제 호토리한테도 나눠 줬지. 그건 원래 내가 먹었어야 할 감자였는데." 사이토 가유는 바로 앞에 앉은 오제 호토리에게 솔직한 심정으로 머리를 숙였습니다. "미안하네."

"이봐, 사과하지 마! 한 번만 더 사과하면 자네 나한테 맞을 줄 알라고!"

오제 호토리가 콧방귀를 뀌며 대꾸했습니다.

사이토 가유는 조용히 고개를 들었습니다. 자신을 향한 오제 호토리의 표정은 딱딱하게 굳어 있었지만, 거기에는 분노나 원한 같은 종류의 감정은 들어 있지 않았습니다.

"사이토 가유……." 아사미 히카리가 입을 열었습니다. "모든 것은 자네 추측에 지나지 않지만, 나는 자네 생각을 지지하네. 여기서 하나 더 묻고 싶은데, 왜 야마모토 시기는 마지막까지 전부 다 죽이지 않고 혼자서 죽음을 택한 건가? 어중간하지…… 않나? 몽땅 다 죽일 수 있었는데."

"글쎄 말일세. 이제 우리가 살아남지 못할 거라고 예상했을지도 모르지."

사이토 가유는 거기까지 추측할 수는 없었기에 대충 넘겨짚었지만, 자기가 한 말이 꼭 틀리지만은 않을 것 같은 느낌이 들었습니다.

"그러면…… 구사치 마루는 뭔가? 왜 그 세 명만 죽인 건가?"

"구사치 마루, 다카미야 호기, 이이쿠보 시지라는 자살이야."

"자살?"

오제 호토리가 목소리를 높였습니다.

"그놈들은, 습격파도 온건파도 아닌 그놈들은 야마모토 시기와 똑같이 죽고 싶어 했어. 극락정토에 가길 바라고 있었어. 실제로 들은 건 아니지만 맞을 걸세."

사이토 가유는 구사치 마루와 나눈 짧은 대화를 찬찬히 되새겨 보았습니다. 구사치 마루는 곰도, 전염병도, 굶주림도 없는 곳으로 간다고 했습니다. 그 장소는 사이토 가유가 누구보다도 더 잘 알 거라고도 했습니다. 사이토 가유는 그런 장소를 극락정토 말고는 모릅니다.

"일도 안 하고 슬그머니 숨어서 뭘 하는가 싶었더니, 그랬군요. 죽으려 했던 거군요."

이시즈카 호노는 이제는 세상에 없는 세 명에게 비난의 시선을 던지고 싶다는 듯 눈가를 일그러뜨렸습니다.

"그놈들이 식중독에 대해 알았는지는 확실치 않지만, 야마모토 시기가 가진 감자를 수상쩍게 생각하고 있었던 건 사실이야." 사이토 가유는 잃어버린 오른팔을 괜스레 흘끗 보았습니다. "기리야마 소우 등이 들고일어났을 때 우리는 창고 앞에 진을 쳤어. 야마모토 시기는 그때 '덴데라'를 마음대로 돌아다니면서 먹으면 식중독에 걸리는 감자를 다치바나 이레와 다치바나 구시한테 먹였어. 그러는 모습을 그 세 사람 중 한 명이 목격했지. 다치바나 이레와 다치바나 구시는 어느새 죽었다고 알려졌고. 의심을 품으려면 얼마든지 품을 수 있지."

"멍청한 녀석들! '마을' 습격도 안 하고, '덴데라'를 지키지도 않고 그냥 죽는다니."

오제 호토리가 분노에 떠밀려 거칠게 말을 내뱉었습니다.

"야마모토 시기와는 달리 셋이서 조용히 죽었어. 너무 화내지는 말게나. 극락정토로 떠난 사람을 비웃을 수 있는 사람은 아무도 없다네."

바라지도 않았는데 '덴데라'로 이끌려 온 사이토 가유는 자기는 이미 더럽혀졌다는 이유로 죽음을 단념했습니다. 한 번 구출되고 만 몸으로는 '산맞이'를 완수할 수 없다고 판단했으므로, 직접적인 원인인 노파들을 탓할 뿐 새로운 방법으로 죽기를 모색하지는 않았습니다. 그런 뜻에서 사이토 가유는 야마모토 시기와 구사치 마루 등의 행동에 부러움을 품었습니다. 물론 방법을 두고서는 의견이 갈리는 부분이 여러 군데 있었지만, 그래도 실제로 죽었으니 인정하지 않을 수 없습니다.

"나는 비웃을 테다!"

습격이 제일가는 목적인 오제 호토리는 완전히 깔보는 태도를 취했습니다.

"이제 설명은 끝났네. 내가 수상쩍다고 느낀 점, 내가 생각하고 추측한 점을 정리하면 그렇다는 거야." 사이토 가유는 이야기를 매듭짓듯 말을 꺼냈습니다. "'덴데라'에 전염병 같은 건 없었어. 그러니 안심하게나. 우리가 전염병에 걸려 죽을 일은 없어. 뭐, 조심하려면 '덴데라'에 남은 감자를 전부 다 태우는 게 낫겠지만."

"그런 이야기를 이제 와서 해 봤자 뭐가 어떻게 되겠어요? '덴데라'가 무너진 건 변함이 없잖아요? 이제 우리 여섯 명밖에 없으니까요. 마사리 씨도 곰한테 죽고 말았으니까요." 그렇게 말하는 이시즈카 호노의 눈가에 금세 눈물방울이 맺혔습니다. "아아, 마사리 씨가 없으면 '덴데라'도 존재할 수가 없어요. 마사리 씨만큼 '덴데라'에 마음을 쏟은 분도 없었으니까요."

"시이나 마사리 말인가……. 이시즈카 호노, 그 할멈은 무슨 생각이었던 건가? 시이나 마사리는 '마을'에서 끔찍한 꼴을 당했어. 자기와는 거의 아무 상관도 없는 일 때문에 사람들 앞에서 창피를 당하고 한쪽 눈이 짜부라졌어. 누구보다도 '마을'을 미워했어도 이상하지 않았을 텐데."

"미워한다고요? 당연하지요. 마사리 씨는 누구보다도 '마을'을 미워했어요."

"그러면 왜 습격파 쪽으로 돌아서지 않았지?"

"마사리 씨는 더 장기적으로 보고 계셨어요. 당신이 죽은 다음 일도 생각하셨어요." 이시즈카 호노의 어조에 열기가 솟았습니다. "'마을'을 향한 분노를, '마을'에 대한 복수를, 폭력이 아니라 땅으로 승부를 걸어서 승리하려고 하셨던 거예요."

"땅으로 승부를 건다고? 그게 무슨 말이냐? 알아듣게 말해라."

"이곳 '덴데라'를 마을보다 더 풍요로운 곳으로 만들겠다는 것이 마사리 씨의 진심이었어요." 이시즈카 호노는 눈물 어린 눈동자를 사이토 가유 쪽으로 향했습니다. "이 땅에서 달아나지 않고 굳세게 뿌리를 내려 버려진 사람들만의 이상향을 만들려고 한 거예요. 버려진 사람들을 구하고, 다음 차례에 버려진 사람들도 구하고, 당신이 죽은 이후에 살 세대의 사람들도 구해서 누구나 조용히 풍요롭게 살아갈 수 있는 멋진 땅을 만들고 싶으셨던 거예요."

이시즈카 호노는 단숨에 그렇게 말하더니 와락 울음을 터뜨리고 엎드려 흐느꼈습니다.

사이토 가유는 시이나 마사리의 본심을 그때야 겨우 알 수 있었습니다. '마을'을 습격하는 것보다 훨씬 아름다운 이야기라는 생각이 들었지만, 이제 와 그런 이야기를 들었다고 해서 딱히 뭐가 어떻게 되지는 않습니다. 그래서 이렇게 말하고 말았습니다.

"그러기에는 너무 늦었군. 죽어 버리면 끝이지. 타인을 위해 아무리 마음을 쓰더라도 죽어 버리면 끝이야. 타인에게 마음을 쓰면서 행동하는 한계가 바로 그거지."

"죽어 버리면 끝. 게다가 목숨을 걸어서까지 곰을 함정에 몰아넣었는데도 곰은 꾸역꾸역 살아남았으니 말이야."

오제 호토리가 야유하듯 대꾸했습니다.

"그래, 곰은 살아 있어. 그렇게 심한 상처를 입었으니 미쳐 날뛰고 있겠지. 분명히 또 올 거야. 그때 우리 여섯 명이 함께 대항해야 해. 그렇다는 건 곧…… 진다는 거지. 죽는다는 걸세."

아사미 히카리가 낮은 목소리로 중얼거렸습니다.

사이토 가유도 같은 의견이었습니다. 그것이 사실이기도 했습니다. 무슨 술수를 쓴다 해도 곰한테 이길 수 없음은 자명했습니다. 살아남은 노파 여섯 명은 새로운 길을 찾아야만 했습니다. 새로운 방법으로 곰을 타도하거나, 여기에서 도망치거나, 도망치지 않고 싸우다 죽거나, 싸우지 않고 죽거나 넷 중 하나를 선택해야 했습니다. 노파 여섯 명은 그것을 알

덴
데
라

기에 무겁게 가라앉은 표정을 띠었습니다.

"똑같이 죽는다고 해도 곰 먹이가 되긴 싫구먼." 오제 호토리가 다시금 입을 열었습니다. "사이토 가유, 뭐 좋은 생각 없나?"

"있기는 있어."

"알려다오. '덴데라'에 우두머리는 없어. 그리고 나는 머지않아 죽을 거야. 그래서 그런가, 머리를 쓸 기운도 사라졌어."

"내 생각은 다 같이 실행하는 건 아닐세. 거기에 타인은 없어. 고독한 생각이야."

"뭐든 상관없어."

"해산하세." 사이토 가유는 머릿속에 떠오른 말을 입 밖으로 꺼냈습니다. "오제 호토리, 자네 말대로 '덴데라'에 우두머리는 없어졌네. 그리고 여섯 명만 있는데 '덴데라'라고 부를수는 없지. 게다가 여기엔 곰이 올 거야. 그렇다면 해산할 수밖에 없어. 남고 싶으면 남아라. 이동하고 싶으면 이동해라. '마을'을 공격하고 싶으면 공격해라. 곰과 싸우고 싶으면 싸워라. 죽고 싶으면 죽어라."

"에구, 말하는 것 좀 보시게?" 오제 호토리가 콧방귀를 뀌었습니다. "아주 자유로워졌구먼?"

"잊고 있었는데, 우리는 처음부터 자유로웠어. '마을'에서 쫓겨난 그 순간부터 자유로웠어. '덴데라'에 붙들릴 필요는 없네. 나를 포함해서 여기에 있는 모두가 자유야. 그러니까

이제 해산해서 각자 하고 싶은 대로 움직이지 않겠나? 어떤
가, 그러면 되겠지?"

그 말은 다섯 명의 노파에게 비처럼 평등하게 떨어져 흘러
들었습니다. 웃는 사람이 있는가 하면 겁을 먹는 사람도 있
었습니다. 오제 호토리는 들뜬 듯한 웃음을 띠었지만, 쓰쓰미
우스마와 이타노 우메는 불확실한 앞날에 불안을 느꼈는지
얼굴이 새파랗게 질렸습니다.

"가유 씨…… 해산한 다음에 당신은 어디로 갈 건가요? 도
망갈 건가요? 죽을 건가요?"

이시즈카 호노가 눈물 어린 눈을 비비며 물었습니다.

"아니, 싸운다. 곰을 쓰러뜨릴 거다."

"곰을 쓰러뜨린다니…… 그런 말도 안 되는……."

"난 진심이야. 곰을 쓰러뜨릴 거다. 혼자서 할 거다."

"말도 안 되는 일이라는 걸 모르시나요? 그것마저 모르게
된 건가요?"

"그럴지도 모르지." 사이토 가유의 입가에 자조에 가까운
미소가 떠올랐습니다. "그래도 나는 진심일세."

"가유 씨……."

"난 말이야, 이상향 같은 건 만들기 싫고, 계속 살기도 싫고,
다음 세대의 징검다리가 되기도 싫어. 그런 데는 관심이 없
어. 처음부터 죽고 싶을 뿐이었어. 그게 내 큰 목표야. 어떤 경
험을 해도 결국 그 목표는 바뀌지 않았어. 그러니까 나는 내

인생을 스스로 마감할 걸세."

"무슨…… 계책을 세운 모양이군. 가르쳐다오."

아사미 히카리가 사이토 가유의 말을 통해 추측하고 그렇게 물었습니다.

"그래." 사이토 가유가 살짝 고개를 끄덕인 다음 말을 이었습니다. "곰을 쓰러뜨리려면 이제 이 방법밖에 없을 것 같은데……."


2


'붉은 등'은 괴로워하며 화상을 치유하고자 눈 위에 거대한 몸뚱이를 굴렸으나 기운도 체력도 아직은 충분했습니다. 앞발, 엉덩이 그리고 얼굴에 화상 자국이 몇 개나 생긴 탓에 점액이 끈적하게 덮인 속살이 노출되어 얼얼하게 아프긴 해도, '붉은 등'의 거대한 덩치에 비하면 다친 곳은 극히 일부에 지나지 않을뿐더러 등 뒤의 붉은 털도 거의 무사합니다. '붉은 등'은 승리를 확신했습니다. 두발짐승에게 결정적인 한 방을 먹였다는 것이 만족스러웠습니다. 여유롭게 먹지는 못했지만 위장이 만족할 만큼 배 속에 고기를 집어넣었고, 또 두발짐승이 사는 땅에 가면 고기가 남아 있다는 것도 알았기에 승리의 확신을 맛보았습니다.

'붉은 등'은 본디 지녀 왔던, 이 일대 영주로서의 자긍심을 완전히 부활시켜 다시 거머쥐었습니다. 두발짐승에 대한 분노는 자취를 감췄습니다. '잡아먹어라'라는 발상은 여전히 사고 대부분을 차지했지만, 그 발상 또한 분노보다 식량 확보 쪽으로 이유가 대부분 옮겨 가고 있었습니다. 게다가 '붉은 등'은 자신의 몸이 제대로 활동 가능하다는 것을 인식했습니다. 화상을 입기는 했어도 죽음에서는 제법 멀어졌기에 죽음의 기척은 조금도 느껴지지 않습니다. '붉은 등'은 이 일대를 호령하는 영주로서 군림하는 기쁨을 맛보며, 다시 새끼를 배고 새로운 영주가 되기 위한 교육을 이번에야말로 확실히 베풀어야겠다고 생각했습니다.

그때 '붉은 등'의 코에 따뜻한 기운이 쏟아졌습니다.

구름이 갈라진 틈에서 햇살이 비치고, 그 햇살이 '붉은 등'의 얼굴에 부드럽게 와 닿은 것입니다.

그 빛은 지금까지 비친 빛과는 분명히 종류가 달랐습니다. 생명을 튕겨 내는 빛이 아니라 너그럽게 감싸는 듯한 빛이었습니다. '붉은 등'은 햇살을 직접 받아먹듯 혀를 내밀어 보았습니다. 햇살에는 맛도 무게도 없었지만 그래도 위장이 반응했고, 거기에서 봄이 오는 징조를 재빨리 포착했습니다. 곰이라는 종족은 봄에 너무나도 민감합니다. 곰은 본래 겨울 동안 굴에 틀어박힙니다. 그 속에서 잠이 들었다가 깼다가 오락가

덴데라

락하며 가만히 드러누워 있다가, 바깥에 봄이 완연하면 누가
가르쳐 준 것도 아닌데 그 사실을 알고 발딱 일어나 구멍에서
나옵니다. 올해처럼 추운 겨울을 밖에서 보내는 경우는 당연
하게도 처음이었지만, 그래도 봄이 오는 징조를 느끼는 민감
한 촉각은 잃지 않았습니다. '붉은 등'은 화상 자국이 남은 몸
을 쭉 뻗으며 봄이 오는 징조를 좀 더 맛보려 했습니다.


3


"말도 안 돼요. 죽을 작정이세요? 그런 건 계책이 아니에요.
가유 씨, 그러는 건 그냥 자포자기일 뿐이에요."
처음 말문을 연 것은 이번에도 이시즈카 호노였습니다.
"아냐, 괜찮은 생각이야. 자포자기인 건 맞지만."
오제 호토리가 들뜬 목소리로 덧붙였습니다.
"진심인가? 진심으로 하려는 건가?"
아사미 히카리가 물었습니다.
"물론이지. 이것 말고 곰을 쓰러뜨릴 방법은 없을 걸세."
"사이토 가유, 끼워 주게. 냄새나는 감자를 먹고 죽어 버릴
몸이지만, 그래도 길 안내쯤은 할 수 있어. 나도 따라가겠네."
"안 돼."

"뭐라고?"

"못 들었나? 이건 나밖에 못 해." 사이토 가유는 경망스러운 언동을 비난하듯 오제 호토리를 노려보았습니다. "오제 호토리, 자네는 '덴데라'에서 산 지 오래됐네. '마을' 사람들한테 눈치 채일지도 몰라."

"알 게 뭐야? '덴데라'는 망했고 사람은 죽어서 씨가 말랐어. 이제 와서 그게 대수야?"

"여보세요, 호토리 씨. 생각 없는 말씀은 그만하시죠." 이시즈카 호노가 대드는 듯한 표정을 지었습니다. "저는 여길 재건할 거예요. 마사리 씨의 유지를 받들어 '덴데라'를 이상향으로 만들 거예요."

"자네가 하는 말이야말로 생각이 없군. 재건이 뭐 어째? 웃기고 자빠졌네. 이봐…… 설마 그런 소릴 진지하게 하는 거야?"

"'덴데라'의 첫 번째 우두머리였던 메이 씨는 오직 혼자서 이곳을 만들었어요. 저도 똑같은 일을 시작할 뿐이에요. 생각 없는 소리가 아니라고요."

이시즈카 호노의 눈에 이제 눈물방울은 사라지고 결심만이 깃들었습니다. 그 눈을 본 오제 호토리는 재미없다는 듯 어깨를 으쓱하더니 살아남은 놈들은 다 바보라고 중얼거렸습니다.

"오제 호토리. 우리는 해산하겠지만, 서로 관계가 없어지지만, 남을 방해하면 안 돼. 자네는 자네의 큰 목표를 찾게나. 자네가 알아서 삶을 마감하게나."

사이토 가유가 오제 호토리를 설득했습니다.

"내 목표가 '마을'을 망가뜨리는 것 말고 또 뭐가 있겠나! 빌어먹게 더러운 마을, 거기에 사는 더 더러운 놈들을 남김없이 죽이는 것 말고 또 뭐가 있겠나! 그다음 일은 몰라. 그러니까 날 데리고 가 다오, 사이토 가유."

오제 호토리는 입에서 피와 타액이 섞인 파편을 튀길 정도로 격앙되었습니다.

"그런 게 아니야. 나는 꼭……."

"자네와 같이 못 가면 혼자서라도 '마을'을 습격할 거야. 그런 다음 '마을'에 사는 놈들한테 몰매를 맞고 고문을 당해서 울며불며 깡그리 떠들어 주겠네. 자네들을 방해하겠다고."

"그러니까 그런 게 아니야. 나는 꼭 '마을'을 습격해야겠다고 생각하는 건 아니야. 곰을 쓰러뜨릴 걸세. 내가 하고 싶은 건 그것뿐이야." 사이토 가유가 참을성 있게 다시 한 번 말했습니다. "그것뿐이라고."

"사이토 가유."

"왜?"

"자네, 정말로 곰을 쓰러뜨리고 싶나?"

오제 호토리는 흥분을 내부로 욱여넣고 대신 끈덕지게 질문을 꺼냈습니다.

"왜 그런 걸 묻나?"

"자네는 '덴데라'에도 '마을'에도 딱히 관심이 없는 것 같으니까. 자네한테는 굳이 희생양이 되면서까지 곰을 쓰러뜨릴 이유가 없어."

사이토 가유는 그 자리에서 뭐든 대답을 하고 싶었지만, 대답할 만한 말이 없는 것이 솔직한 현실이었습니다. 사이토 가유의 속내에는 사고와 사상이 꼿꼿이 서 있기는 했으나, 분명한 언어와 태도가 되어 바깥으로 드러나는 일은 많지 않았습니다. 말로 꺼낸 순간 흩어져 날아갈 것만 같은 빈약한 것뿐이었기에 오제 호토리에게 대답할 수가 없습니다.

평소의 사이토 가유라면 그런 상황을 인식한 단계에서 대화를 딱 잘라 버렸을 테지만, '덴데라'의 해산을 자기 입으로 말했을 때의 용기 또는 무책임함을 떠올리고 어떻게든 말로 드러내려는 노력을 해 보았습니다.

"곰이 물론 밉기도 해. 그놈은 구로이 구라를 죽였어. 미쓰야 메이를 죽였어. 할멈들을 많이 죽였어. 그러니 미운 마음은 당연히 있네. 그리고 오제 호토리, 자네는 나더러 관심이 없다고 했지만, 나도 머리는 있으니 '마을'이나 '덴데라'에 대한 생각이 그래도 조금은 있어. 내가 '마을'을 마음 깊숙이 미워하는 것도 아니고, 이시즈카 호노처럼 '덴데라'를 키우는 데 관심이 있지도 않다는 건 맞네. 하지만 나도 생각이 있고 고민이 있다고. 정말 조금뿐이라고 해도, 자네들이 비웃을 정도라고 해도, 머리가 자기 마음대로 쌓아 올리는 생각은 있어. 그리고…… 생각도 생각이지만, 이제 죽고 싶다네. 죽으려면 곰과 싸우는 게 제일 빨라. 죽을 수도 있고 곰도 쓰러뜨릴 수 있다면 이보다 더 좋은 일이 어디 있겠나? 그렇게 생각했어. 알겠나?"

"뭘 어떻게 알겠어?"

오제 호토리가 불만스럽게 한쪽 눈을 치떴습니다.

"나는…… 알겠네." 아사미 히카리가 고개를 끄덕였습니다. "사이토 가유, 자네가 아무 생각도 하기 싫다는 건 알겠네. 자네한테는…… 진심 같은 게 없는 거야."

"뭐라고?" 사이토 가유는 화를 내려고 했지만, 맥이 탁 풀리는 듯한 감각에 휩쓸려 종국에는 도리어 미소를 짓고 말았습니다. "그렇구먼. 아사미 히카리, 자네 말이 맞을지도 몰라. 나한테는 진심이 없어. 생각할 마음이 없어. 그러니 자네들에 관해서도 별생각이 없어. '마을'이나 '덴데라'가 어찌 되든 상관없어. 어쨌든 그냥 죽고 싶을 뿐일세."

"가유 씨, 당신은 이상한 사람이에요." 이시즈카 호노는 절실한 측은함이 담긴 시선을 사이토 가유에게로 향했습니다. "어떻게 그렇게까지 아무것도 안 가진 채 살아오실 수 있었나요? 통 모르겠군요."

"나도 자네가 뭘 생각하는지 몰라. 같은 '마을'에서 똑같이 살아왔는데, 뭘까, 이 차이는? 나는 자네들이 어쩌다 그렇게 '마을'을 미워하게 됐는지를 모르겠어. 미워할 만큼 '마을'이 우리한테 못되게 굴었나? 그렇게 힘들게 살았나? 사내들이 그렇게 나쁜 놈들이었나? 아니면 '산맞이'가 문제란 건가? 하지만 '산맞이'가 있으니까 마지막에는 이놈이나 저놈이나 다 똑같이 죽지 않나. 한편으로 나는 이시즈카 호노, 자네처럼 '덴데라'를 유지하겠다고 생각하는 것도 이해가 안 가. 그냥 얼른 죽으면 될 것을, '산맞이'를 해서 죽으면 될 것을 이런 식으로 억지로 사니까 억지로 살고 싶어지는 거야. 통 모르겠어."

"아, 제 이유는 간단해요. 저는 당신과 달리 한심한 극락정토 따위 안 믿거든요."

"나도 안 믿어."

"안 믿는다고요? 하지만 당신은……."

"같은 말을 또 하게 하지 마라. 죽고 싶을 뿐이야." 사이토 가유는 자신의 목소리에 진지함이 담겨 있다는 것에 놀랐습니다. "나는 극락정토라는 큰 목표를 버렸어. '산맞이'를 해서 죽지 못했으니 극락정토에도 못 가. 그렇게 됐으면 버려야지. 그리고 그냥 죽어야지. 나는 말이야, 그런 수고스러운 것들은 다 걷어치워 버리고 고독하게 죽을 걸세. 그때 곰을 길동무 삼을 수 있다면 뭐라 할 사람도 없지 않겠나."

"난 뭐라고 할 거다!"

오제 호토리가 불만스럽게 주장했습니다. 하지만 사이토 가유는 오제 호토리의 태도를 가볍게 흘려버렸습니다.

"이야기를 마치겠네. 내 큰 목표는 안 바뀌어. 자네들은 자네들의 큰 목표를 이루게나. 우리는 오늘 해산할 거야. 이제 각자 맘대로 움직이는 걸세. 다만 다른 사람의 큰 목표를 비웃진 말게. '덴데라'를 유지하겠다는 사람을 비웃지 말게. 여기에서 도망치는 사람을 비웃지 말게. 죽는 사람을 비웃지 말게."

"자네는 원하던 대로 죽으니 그런 말을 지껄일 수 있는 거지."

오제 호토리가 밉살스럽게 말해도 해산은 착착 진행됩니다. 누가 먼저 말을 꺼냈는지는 모르겠지만, '덴데라'가 '덴데라'로서 제 기능을 하는 마지막 하루인 오늘 조촐하게나마 잔치를 열자는 이야기가 나왔습니다. '덴데라'에 살아남은 사람은 여섯 명뿐이고, 식량은 거의 고갈된 것이나 다름없고, 감자도 위험하기에 먹을 수가 없습니다. 그래도 노파들은 그렇게나 각양각색이던 의식과 주장을 잔치라는 말로 통일시킨 끝에 꼭 잔치를 벌이자며 신이 났습니다. 오제 호토리와 아사미 히카리는 모자란 장작을 패고, 이시즈카 호노와 쓰쓰미 우스마는 어질러진 시체를 치우고, 한쪽 팔이 없는 사이토 가유와 허리를 다친 이타노 우메는 집집을 물색하여 먹을 것을 찾았습니다. 어느 집을 뒤져도 먹을 만한 것은 딱히 없었지만, 그래도 옥수수 가루, 말린 생선 조각, 누가 몰래 사냥해서 만든 말린 산토끼 고기 등이 나왔습니다.

노파들이 저마다 자기 일을 마치자 캄캄한 밤이 되었습니다. 무너진 '덴데라'에 부드러운 달빛이 비추었습니다. 노파여섯 명은 호시이 고테이, 아마미 아테, 호시나 규우, 히다카노코비, 미나미데 다미시, 야마모토 시기, 시이나 마사리, 다카미야 호기, 이이쿠보 시지라, 구사치 마루의 시체를 힘을모아 묘지에 묻었습니다. 사이토 가유는 한쪽 손만 가지고 땅을 파헤치면서 산 이보다 죽은 이가 더 많아졌다는 데 대해생각해 보려고 했지만 그리 잘되지 않았습니다. 이시즈카 호노는 다시 눈물을 비치면서 짓무른 살점과 그슬린 뼈만 남은시이나 마사리의 시체를 정성스레 땅에 묻고 있었으나, 사이토 가유는 그런 태도로 시체를 대하지는 못했습니다. 히다카노코비의 노출되어 쪼그라든 창자를 봐도, 호시나 규우의 구멍투성이가 된 몸을 봐도 아무 느낌이 들지 않았습니다. 오제호토리도 마찬가지인지 통나무를 나를 때와 다름없는 손길로 시체를 옮깁니다. 여기에서는 죽는다는 것이 본격적으로무의미해졌다고 사이토 가유는 생각했습니다.

작업을 마치고 나서 노파 여섯 명은 광장에 모였습니다. 외롭게 남은 집에서보다 무너진 '덴데라'의 중심에서 당당하게잔치를 여는 게 맞다고 공통으로 느꼈기 때문입니다. 무너진저택의 벽 조각을 주워 모아 즉석에서 화로를 만들고 돌솥을불에 올렸습니다. 국물에서 말린 생선과 고기 냄새가 풍겼습니다. 거기다가 옥수수 가루를 넣자 식욕을 자극하는 소리가 보글보글 끓어올라 노파들은 배에서 꼬르륵 소리를 냈습니다. 달빛이 비추는 밤중에 초라한 만찬이 시작되었습니다. 노파들은 불을 둘러싸고 고기와 연골을 먹으며 옥수수 가루를 넣어 걸쭉해진 뜨거운 국물을 들이켰습니다. 쩝쩝거리는 소리와 함께 돌솥에 든 내용물을 싹 비웠습니다. 오랜만에 느끼는 만복감에 푹 감싸이자 졸음과 피로가 퍼져 노파들은 순식간에 축 늘어졌습니다. 이제 식량은 정말 바닥을 드러냈지만, 불안하다는 말을 꺼내는 이는 없었습니다.

"좋네요. 많이 먹는 건 정말 좋네요."

이시즈카 호노는 '덴데라'의 유지를 큰 목표로 삼았기에 본디 폭식을 말려야 할 처지였지만, 실로 만족스러운 표정을 띠고 있었습니다.

"곰을 쓰러뜨리면 또 '산'에 들어갈 수 있어." 사이토 가유는 화로에 불을 지피며 말했습니다. "그러면 지금보다 식량을 훨씬 더 많이 찾을 수 있을 걸세. 버려진 노파들도 찾을 수 있을 거고. 그러면 '덴데라'에 활기가 돌아오겠지."

"아, 저는 그 일을 꼭 이루어 내야만 해요." 이시즈카 호노는 앞날의 풍경을 상상하는 듯 고개를 들었습니다. "그러고 보니 저와 함께 '덴데라'를 재건하실 분은 없나요? 여기에 남을 분은 없나요?"

그 질문에 조금 망설이는 듯한 표정이기는 했으나 쓰쓰미 우스마와 이타노 우메가 나섰습니다. 두 사람은 '덴데라'의 재건을 큰 목표로 삼지는 않은 것 같았지만, 달리 살길을 찾지도 못한 모양이었습니다. 당연한 일이라고 생각하며 사이토 가유는 제멋대로 해산을 선언했다는 데 다소나마 미안한 기분이 들었습니다. 자유로우면 자유로울수록 움직이기가 어려워지는 것은 사이토 가유 자신도 잘 아는 바입니다. 그래도 쓰쓰미 우스마와 이타노 우메는 무너진 '덴데라'에 이대로 주저앉아 있어 봤자 얻을 것이 없음을 아는지 해산하는 데도, '덴데라'를 재건하는 데 참가한다는 흐름에도 불만은 없는 듯했습니다.

드러내놓고 불만을 표출한 이는 오제 호토리였습니다. 음식도 별달리 입에 대지 않고 혼자 남겨진 어린애처럼 부루퉁한 표정으로 어둠 속에 펼쳐진 '산'만 말없이 바라보고 있었습니다. 그렇다고 해서 오제 호토리를 데려갈 수는 없었습니다.

"아사미 히카리, 자네는 어쩔 건가? 여기에 남을 텐가? 여기가 아닌 다른 곳에 갈 텐가? 아니면 죽을 텐가?"

사이토 가유가 옆에 앉은 아사미 히카리에게 물었습니다.

"'산'에서…… 떠나려고 하네. 식중독도 위험하고, 이 주변에는 희망이 없어. 곰도 있고 말일세. 그렇다면 '산'에서 멀리 떨어진 땅으로 떠나야겠어. 어디까지 갈 수 있을지는 모르겠지만."

"곰은 내가 쓰러뜨릴 걸세."

"그렇다고 해도 말이지…… 그렇다고 해도, 나는 멀리 갈 거야. 멀리 가고 싶어."

"알겠네." 사이토 가유가 고개를 끄덕였습니다. "이제 아무말 않겠네."

"여보세요, 가유 씨. 당신, 언제 출발하실 건가요?"

이시즈카 호노가 사이토 가유에게 물었습니다.

"내일 아침에는 여기에 없을 거야."

"곰은 아무쪼록 잘 부탁해요. 저와 우스마 씨와 우메 씨는 '덴데라'에 남을 테니까요. 또 곰한테 공격받는 건 생각하기도 싫어요."

"다시 원래대로 얄미워졌구먼. 이시즈카 호노, 나를 못 믿겠으면 아사미 히카리와 함께 새로운 곳에 가면 되지 않겠나?"

"'산'에서 멀어지면 '산맞이'를 하러 온 사람들을 찾기가 어려워지니까요. 저희는 오래 살고 싶은 게 아니에요. '덴데라'를 다시 세우고 싶은 거예요."

"……다 똑같은 말처럼 들리는군."

"똑같은 말이라고요?"

"나도, 자네들도, 다 똑같은 말을 하는 것처럼 들렸어."

사이토 가유는 자신의 생각을 그대로 말로 꺼냈습니다.

"죽는 것과 사는 것이 똑같나요? 제가 듣기로는 정반대 같은데요. 그런 식으로 비교한다면 저는 오래 살고 싶어요. 당신이 얼마나 비웃든 간에 오래 살 거예요."

"그렇게 하라고. 나도……."

"어쩌시려는 거죠?"

"아니다." 사이토 가유는 말을 자르고 일어났습니다. "이제 자야지."

배웅하는 이는 없었지만, 그게 당연합니다. 사이토 가유는 '덴데라'와는 관계가 없어졌기에 배웅할 일도 없고 배웅을 받을 일도 없습니다. 고독했던 노파들이 뿔뿔이 흩어져 다시 고독으로 돌아갑니다. 거기에 연대(連帶)는 없습니다. 있는 것은 고독뿐입니다. 사이토 가유는 그 고독을 가장 처음 맛보게 되었을 뿐입니다.

사이토 가유는 홀로 잠들고자 '덴데라'의 동쪽 끄트머리에 선 집에 들어갔습니다. 사이토 가유는 '덴데라'에 오고 나서 줄곧 그곳에서 지내 왔습니다. 방치된 야마모토 시기의 시체를 치운 그 집은 한 명이 쓰기엔 넓었습니다. 사이토 가유는 대자로 드러누워도 남아도는 횅한 바닥에 짚을 깔고 잠이 들었습니다. 배가 불러서인지 잠 덩어리가 곧장 내부에 들어오더니 금세 녹아들어 사이토 가유를 수면에 빠뜨렸습니다. 죽은 이도, '덴데라'도, 내일 일도 머릿속에는 없었습니다. 꿈도 꾸지 않고 잤습니다.

그처럼 깊은 잠을 단호하게 끊어내고 사이토 가유는 짚에서 몸을 일으켰습니다. 시간이 꽤 흐른 것 같았고 주위는 암흑으로 가득 차 있었기에, 화로를 뒤적여서 불씨를 키워 방

안을 어렴풋하게 밝혔습니다. 그런 다음 아직 반쯤 잠에 빠진 몸을 깨우려고 눈을 비빈 뒤 물병에서 물을 떠 마셨습니다. 물은 사이토 가유의 내장을 한계까지 차게 식혀 잠의 여운을 지워 버렸습니다. 사이토 가유는 화로의 잿더미 속에서 찾은 구운 감자 몇 개를 바구니에 넣어서 소복 허리끈에 동여매고, 화롯불로 횃불을 만들고, 도롱이를 걸친 뒤 바깥으로 나왔습니다.

아직 아침이 오지 않아 밖에는 새카만 어둠이 펼쳐져 있었지만, 사이토 가유는 발을 앞으로 내디뎠습니다. 왼팔로는 횃불을 들어야 했기에 지팡이처럼 짚을 나무창이 없었고, 그만큼 걷기가 어려웠지만 발걸음에는 생기가 묻어났습니다. 갓 걸음마를 배운 짐승처럼 활발하고 경쾌한 걸음이었습니다. 마침내 걸음은 뜀박질이 되었습니다. 사이토 가유는 짚신 바닥으로 바작바작 부서지는 눈의 소리와 감촉을 즐기면서 눈이 예전보다 더 단단해졌음을 깨달았습니다. 낮의 열기로 녹은 표면이 밤의 찬 공기에 식어 우툴두툴하게 얼어붙은 것입니다. 사이토 가유는 얼어붙은 눈을 자근자근 밟으며 뛰었습니다. 시야가 어둠에 익숙해지자 드넓게 펼쳐진 눈이 푸르게 빛나는 것처럼 보였습니다. 사이토 가유는 동이 트기 전에 아무에게도 들키지 않고 '덴데라'를 나가려는 생각이었습니다.

그러나 앞서 온 것 같은 횃불 두 개의 불빛을 보고 자신의 계획이 실패했음을 알았습니다.

'덴데라'와 '산'의 경계 부근에 오제 호토리와 아사미 히카리가 서 있었습니다.

둘 다 횃불을 들고, 도롱이를 걸치고 있었습니다. 늘어뜨린 바구니에서 식량 냄새가 옅게 풍겨 나왔습니다. 오제 호토리는 빙글빙글 웃으며 자기 쪽으로 다가오는 사이토 가유를 가만히 바라봤습니다. 아사미 히카리는 표정이라고 할 만한 표정 없이 횃불을 높이 들어 사이토 가유를 위해 빛을 비춰 주었습니다.

"잘도 알았군."

사이토 가유는 두 사람 앞에 서서 불만보다 평가에 중점을 둔 목소리로 대꾸했습니다.

"자네가 무슨 생각을 하는지쯤이야 알 만하지."

오제 호토리가 대답했습니다.

"사이토 가유……. 자네는 혼자 가고 싶겠지만, 무모한 일이야." 아사미 히카리가 횃불을 내리며 제안했습니다. "우리를 데려가게."

"하지만……."

"방해는 안 할게. '덴데라'에도, 자네한테도. 그러면 불만 없지?"

오제 호토리가 미소 지으며 물었습니다.

"아무리 얘길 해도 말을 안 듣겠지? 이런 식으로 앞서 오기까지 했으니 말이야."

덴
데
라

"빨리 알아들어서 좋군. 자, 그러면 얼른 '산'으로 들어가 보실까?" 오제 호토리가 '산' 방향으로 몸을 돌렸습니다. "안내는 내가 해 주지."

"나는 곰을 찾겠네. 곰에 대해서라면 내가 누구보다도 잘 아니까……."

아사미 히카리도 몸을 돌렸습니다.

"아사미 히카리. 자네는 괜찮겠나? 자네의 큰 목표는 '산'에서 멀리 떠나는 거였을 텐데."

"곰을 찾고 나서 그러도록 하지. 곰을 찾는 대로…… '산'을 떠날 거야. 나는 자네와는 다르니까 말일세. 죽을 생각은 없으니까 말일세. 아무나 다 죽고 싶어 한다고 생각하진 말게나."


4


노파 세 명은 밤의 '산'에 발을 들여놨습니다. 사이토 가유의 마음은 안정된 상태였기에 공포감은 들지 않았습니다. '산맞이'를 하고자 '산'에 들어가 까마귀가 날개 치는 소리를 들으며 하염없이 손을 모으고 있었던 맨 처음과 그야말로 똑같은 감정을 다시 느꼈습니다. 자신의 상태를 두고 퇴화라고 부르는 이가 있을지도 모르겠지만, 사이토 가유는 지금의 마음 가짐에 대해 크게 고마움을 느꼈습니다. 앞장선 오제 호토리와 아사미 히카리에게 이런 실감을 이야기해 봤자 비웃음당할 것을 알기에, 입을 다문 채 조용히 걸었습니다. '산'은 변함없이 험준했고 눈이 한층 두껍게 쌓여 있어 들어가면 들어갈수록 짚신이 무용지물이 되었습니다. 사이토 가유 일행은 눈이 스며들어 얼얼해지기 시작한 발을 질질 끌며 이동을 계속했습니다.

"이 근처는 제철이 되면 산포도가 많이 열려." 오제 호토리가 별반 특별해 보이지 않는 눈 표면을 가리키며 종알종알 떠들었습니다. "나는 '덴데라' 따윈 어찌 되든 상관없었지만, 생각할수록 화만 났지만, 산포도 철이 되면 마음이 조금은 풀어지곤 했어. 아주 조금이지만. 그리고 저쪽, 저 안쪽에는 말이야, 지금은 눈에 묻혀 있지만, 늪이 있어서 뱀이 우글거리지. 까맣고 조그만 뱀들이 조그만 이빨을 드러내고 덤비려 든다고. 몇 번이나 물렸어. 발 쪽을 몇 번이나."

오제 호토리가 들뜬 목소리로 하는 이야기를 들으며 '산'으로 더 깊이 들어가자 서서히 비탈이 가팔라져서, 지팡이처럼 쓸 나무창을 못 짚는 사이토 가유는 몇 번이나 균형을 잃었습니다. 그러자 아사미 히카리가 사이토 가유의 횃불을 빼앗아 들고 자기 나무창을 건넸습니다. 이런 식으로 계속 나아가다 보니 오부치 이쓰루 등이 죽은, 짐승이 다니는 좁다란

길 앞에 도착했습니다. 사이토 가유는 짙은 어둠 때문에 거의 아무것도 보이지 않는 오솔길을 조심스레 지났습니다. 선두에서 걷는 오제 호토리는 온갖 분노에 불감증이 된 듯 변함없이 들떠서 나아가고 있었지만, 불현듯 허리를 꺾어 말고 피를 토하기 시작했습니다. 어떻게 해 줄 수 있는 일이 없었으므로 사이토 가유와 아사미 히카리는 입에서 나오는 피가 멎을 때까지 말없이 기다렸습니다. 피가 멎자 오제 호토리는 아무렇지도 않은 듯 일어나 피를 다 토해 버렸어, 하며 웃더니 다시 다리를 움직였습니다.

오솔길을 지난 다음에도 가파른 길은 쭉 이어졌습니다. 나무들의 윤곽조차 뚜렷하게 보이지 않는 데다, 깊고 깊은 '산'을 반도 채 못 올랐다는 데 사이토 가유는 강하게 불만을 느꼈습니다. 마침내 동이 텄습니다. 주위는 전체적으로 푸른빛을 띠었고 조금이나마 시야가 트였습니다. 사이토 가유 일행은 푸르게 물든 '산'을 하염없이 걷고 또 걷다가, 아직 약하긴 해도 태양 빛이 비추는 곳에서 휴식을 취하기로 했습니다. 다타 버린 횃불을 내던지고, 눈밭에 짚을 깔고, 짚 위에 주저앉아 짚신을 벗었습니다. 노파들의 발은 짙은 보랏빛으로 변했고 감각은 둔해져 버렸습니다. 사이토 가유는 발의 통증을 견디며 바구니에서 감자를 꺼냈습니다. 그 모습을 본 오제 호토리와 아사미 히카리가 놀라움을 한마디씩 표했습니다.

"자네, 그 감자는 어디서 났나?"

오제 호토리가 감자를 뚫어지게 쳐다보았습니다.

"어디서 났겠나, 야마모토 시기가 남긴 감자라네."

사이토 가유는 껍질을 벗기지도 않고 감자를 깨물었습니다. 감자는 이뿌리에 냉기가 스며들 만큼 차디찼습니다.

"그걸 왜 먹어. 나처럼 되고 싶어? 피를 토하고 싶어?"

"이제부터 곰이랑 술래잡기를 할 거야. 배를 채워 놔야지."

"그래도……."

"식중독에 걸려 봤자 결과는 똑같잖아. 나는 죽을 테니까. 그러려고 왔으니까."

사이토 가유는 감자를 우적우적 씹었습니다.

"대단한 각오군. 나는 여기서 죽을 생각은 없네. 안전한 걸 먹겠어."

아사미 히카리는 그렇게 말하며 바구니에서 조금 남은 말린 생선을 꺼냈습니다.

"그래, 그러도록 하게."

사이토 가유는 식은 감자를 억지로 꿀꺽 삼켰습니다.

오제 호토리는 사이토 가유가 감자를 먹는 모습을 한동안 바라보다가, 에라 모르겠다는 듯이 혀를 차더니 사이토 가유의 바구니에서 감자를 하나 널름 채가 한입에 꿀꺽 삼켰습니다. 그러고 나서 작게 웃더니 자신은 이걸 먹어 봤자 상관없다고 쾌활한 목소리로 말했습니다.

날이 더 밝아지자 노파들은 이동을 재개했습니다. 몸은 뼛속까지 싸늘해지고, 코는 호되게 얼어맞은 것처럼 감각을 잃고 손가락에 힘이 들어가지 않는 지경이 되었으나 괘념치 않고, 괘념할 여유도 없이 걷고 또 걸었습니다. 산죽 줄기를 헤치고 여기저기 불쑥 솟은 나무들을 넘어 나아갔습니다. 이렇게 깊은 산중까지 온 것이 사이토 가유는 처음이었습니다. 낯선 풍경을 둘러보고 이제는 정말로 '덴데라'에 돌아갈 수 없게 됐다고 되뇌며 입안을 핥아 감자의 뒷맛을 확인했습니다. '산'은 더욱 험준해져 이제 길이라고 있다고 말하기 어려울 정도가 되었습니다. 한층 더 불안정해진 발치를 눈이 가린 탓에 구덩이나 바위틈에 발이 끼었고, 그때마다 사이토 가유는 넘어지고 엎어져 몸을 바닥에 찧었습니다. 그 모습을 비난하는 이는 없었습니다. 사지가 멀쩡한 오제 호토리와 아사미 히카리도 마찬가지로 고생하고 있었기 때문입니다. 사이토 가유는 어느 사이엔가 피가 나는 뺨과 팔에 짜증을 느끼면서도 앞으로 나아가기를 멈추지 않았습니다. 올라도, 올라도 끝이 안 보이는 길 같지 않은 길을 여기저기 다쳐 가며 나아가다 보니 불현듯 탁 트인 공간에 다다랐습니다. 사이토 가유의 입에서 무심코 오오, 하는 소리가 튀어나왔습니다.

그곳은 일흔 살을 맞은 노인들이 평등하게 버려지는 '산맞이 터'였습니다.

사이토 가유는 이처럼 밝은 햇살 아래에서 '산맞이 터'를 보는 것은 처음이었는데, 신선한 점이 그 밖에도 또 하나 있었습니다. '산맞이 터'는 탁 트여 있었으므로 나무에 가로막히는 일 없이 햇볕이 직접 내리쬐어 눈이 대부분 녹아 있었습니다. 그래서 수없이 많은 백골이 널브러진 모습을 너무나 잘 볼 수 있었습니다.

갈비뼈와 두개골처럼 눈에 띄는 뼈는 물론, 어디에 붙어 있던 뼈인지 알 수 없는 것이나 잘게 부서져 조각 난 것까지 온갖 뼈가 눈 대신 땅바닥을 하얗게 뒤덮었습니다. 자신은 이런 장소에서 죽음을 기다리고 있었구나 하는 생각이 들어 사이토 가유는 숨이 헐떡거릴 지경이었습니다. 분비나무 그림자 아래 봉긋하게 솟은 물체를 발견하고 시선을 향하자, 거기에는 원래 모습 그대로 고스란히 백골이 된 노인이 정좌하고 있었습니다. 손을 합장한 것처럼 보였습니다.

사이토 가유의 걸음은 지극히 자연스럽게 '산맞이 터' 중앙으로 나아갑니다. 발바닥에서 와드득와드득 뼈가 부서지는 소리가 울렸습니다. 아는 이의 뼈를 밟아 부수지는 않았을까 생각하면서도 계속 걷다 보니 이번에는 바위 그림자 속에서 눈에 띄는 것을 찾았습니다. 새로운 시체였습니다. 사이토 가유가 '산맞이'를 한 뒤에 생긴 시체이겠거니 싶었습니다. 얼굴을 확인해 보았지만, 산짐승이나 까마귀한테 먹히기라도 했는지 얼굴이 너덜거려서 누군지 알 수가 없습니다.

일행은 '산맞이 터'를 뒤로했습니다. 사이토 가유와 아사미 히카리는 침묵했지만, 오제 호토리는 화가 나서 말이 더 많아졌습니다. 귓불을 추위가 아닌 다른 이유로 붉게 물들이고 끔찍해라, 끔찍해라, 하고 소리치듯이 말하기를 거듭했습니다.

"이럴 수가 있나? '산'에 들어올 때마다 화가 나지만 오늘처럼 화가 난 적은 없다고. 여기 좀 봐, 이걸 어떻게 용서하겠어?" 오제 호토리는 하얀 숨을 내뱉으며 분비나무를 나무창으로 후려쳤습니다. "버린다니…… 사람을 버린다니 이상하잖아! 역겨워. '마을'에 사는 놈들은 하나같이 다 역겨워. 미쳐도 단단히 미쳤어!"

"무슨 마음인지는 알겠지만 조용히 하게. '산맞이'를 하러 '마을' 사람들이 근처에 와 있을지도 몰라."

아사미 히카리가 조용히 타일렀습니다.

"그러면 죽여 버리지 뭐!" 오제 호토리가 더 크게 소리쳤습니다. "믿을 수가 없어. 이해가 안 돼. 도대체 뭐야, 그놈의 '마을'은……. 내가 옛날에 살았던 덴 말이야, 이런 짓은 안 했다고. 당신네 '마을' 놈들이 왜 머리가 이상한지 알아? 가난해서 그래. '마을' 놈들은 너 나 할 것 없이 미치광이야. 내가 살던 데랑은 하늘과 땅 차이라고. 창피할 만큼 가난한 '마을' 같으니! 그래서 돌아 버린 '마을' 같으니!"

매섭게 외쳐댔으나, 오제 호토리의 새처럼 날카로운 눈은 울음의 예감으로 젖어 있었습니다. 사이토 가유와 아사미 히카리는 각자 감정을 억누르고 오제 호토리가 진정할 때까지 지켜보았습니다.

그러고 나서 노파들은 다시 이동을 개시했지만, 이제부터는 이동의 의미가 달라집니다.

곰을 발견하기 위한 이동이 됩니다.

너무나도 거대한 '산' 전체를 보면 곰의 큰 덩치도 사소한 점 하나에 지나지 않으므로 수색에는 어려움이 따릅니다. 하지만 이 어려움을 극복하지 않고서는 사이토 가유의 계책을 실행하기가 어렵기에, 다들 온 정성을 쏟아 곰의 흔적을 찾았습니다. 곰을 찾는 데는 아사미 히카리의 경험과 지식에 온전히 기대야 했습니다. 곰이 나무껍질을 벗긴 흔적이나 휴식을 취한 흔적이 틀림없이 있을 테니 찾아보라고 들었으나, 그런 것을 보는 눈이 없는 사이토 가유와 오제 호토리는 미세한 흔적을 알아볼 도리가 없었습니다. 시간은 성과 없이 흘러가고 수확은 하나도 못 거둔 채 밤이 찾아왔습니다. 사이토 가유 일행은 키 큰 나무 아래 구렁에 잠자리를 만든 뒤, 차게 식은 초라한 저녁밥을 빠르게 입에 털어 넣었습니다. 어둠이 '산'을 뒤덮었기에 이날의 수색을 단념한 노파들은 체온을 보존하려고 도롱이에 파고들어 누웠습니다. 사이토 가유가 신음을 흘렸습니다. 피로에 지쳐 머리끝에서 발끝까지 마비된 듯 저릿저릿했습니다. 게다가 이곳은 '산' 속이기에 구렁을 이용해 봤자 휘몰아치는 바람을 다 막지는 못하고 지필 불도 없습니다. 노파들은 아픔에 가까운 추위를 견디며 억지로 의식을 꺼뜨렸습니다. 사이토 가유는 제대로 잔 것 같은 느낌이라곤 전혀 없었으나, 그래도 아침이 왔음을 깨닫고 몸 상태를 가늠해 보고자 일어났습니다. 뼈마디가 꺾일 듯이 아팠고 목구멍은 부어 있었습니다. 사이토 가유는 목구멍이 부은 것을 창피해해야 마땅할 일이라고 판단하고 아무한테도 말하지 않았습니다.

'산'에서 보내는 이틀째 아침이 시작됐습니다. 그러나 그날도 곰의 흔적을 찾지 못한 채 속절없이 시간만 흘렀습니다. 사이토 가유는 조바심이 났습니다. 이대로 곰을 찾지 못하고 '산'에서 죽는 것은 아닌가 싶어 조바심이 났습니다. 진짜 속내는 그런다 하더라도 별 상관은 없었으나, 왠지 모르게, 말로 표현하기엔 어려운 부분이 그런 식의 죽음을 강하게 부정하고 있었습니다. 사이토 가유는 그런 감정이 성가시다고 느꼈지만, 거부하지 않고 받아들이며 곰 수색을 계속했습니다.

오제 호토리가 또 피를 토했습니다.

몇 번이나 쿨룩거리며 기침하더니 그대로 쓰러지고 말았습니다.

사이토 가유와 아사미 히카리가 재빨리 뛰어갔지만 할 수 있는 일은 얼마 없었습니다. 등을 문지르거나 눈을 먹이는 정도가 다였습니다. 오제 호토리는 피가 섞인 눈을 거칠게 퉤뱉은 뒤 그냥 놔두라고 했습니다.

"뭘 하고 있나? 빨리 곰을 찾아야지. 나를 챙길 만큼 한가하지 않을 텐데? 안 그래? 응?"

사이토 가유와 아사미 히카리는 혼자 힘으로 못 걷게 된 오
제 호토리를 잠자리까지 옮겨다 놓고 나서 다시 '산'을 헤맸
습니다. 그러다가 사이토 가유는 남다른 분비나무를 발견했
습니다. 단단한 다갈색 나무껍질이 벗겨져 있었고, 속껍질 부
분에 새겨진 발톱 자국도 여러 개 눈에 띄었습니다. 사이토
가유는 서둘러 아사미 히카리를 불렀지만, 아사미 히카리는
분비나무를 제대로 보지도 않고서 오래된 흔적이라고 알려
주었습니다. 그러나 분비나무를 매만지면서 발톱 자국 아래
쪽이 까슬까슬하게 일어나 있는 것은 곰 발톱이 맞다는 증거
라고 말을 잇더니, 곰이 근처에 있을 가능성이 높다고 격려하
듯 이야기했습니다. 하지만 흔적은 그 이후로 또 자취를 감추
고 헛도는 시간만이 다시 지났습니다. 나무 사이로 보이는 하
늘은 어느 사이엔가 주황빛을 띠었고, '산'에 부는 바람도 밤
의 농도가 점점 짙어졌습니다. 이처럼 이틀째 역시 수확 없이
끝나려 하였습니다.
　　"곰 자식. 안 찾을 때는 나오고 찾을 때는 안 보이는군."
　　사이토 가유는 초조함 속에서 중얼거렸습니다.
　　"짐승이란 대체로…… 그런 법이지."
　　아사미 히카리가 다독였습니다.
　　"어떻게 하지? 한번 '덴데라'로 돌아가는 것도 방법이겠지
만, 나는 그러기 싫어."
　　"식량은 아껴 먹으면 며칠은 더 버틸 수 있을 걸세. 문제는

체력이야. 사이토 가유, 아직 움직일 수 있겠나?"

"놀리지 마라." 사이토 가유는 한쪽만 남은 왼팔을 난폭하게 휘두르며 말을 이었습니다. "못 움직이는 쪽은 오제 호토리야. 이제 오래는 못 살겠지."

"어쩔 수 없네. 살려 낼 방법이 없으니." 아사미 히카리는 발치의 눈을 툭툭 차서 흩뜨리며 숨을 골랐습니다. "조금이라도 '마을'에 가까이 갈 수 있었으니, 그 할망구로선…… '덴데라'에서 죽느니보다는 나았겠지."

"내버려 둘 수밖에 없나?"

"오제 호토리도 그러길 바라고 있어."

"오늘은 잠자리로 돌아가세." 사이토 가유가 제안했습니다. "이렇게 어둑어둑하면 찾을 것도 못 찾아. 오제 호토리가 어쩌고 있는지도 마음이 쓰이고."

잠자리로 돌아왔을 때 오제 호토리는 그대로 누워 있었습니다. 도롱이에서 빠져나온 얼굴에 서리가 내렸어도 잠이 들어 작게나마 숨을 몰아쉬고 있었습니다. 사이토 가유와 아사미 히카리는 오제 호토리가 깨지 않도록 조용히 식사를 시작했습니다. 감자는 꽝꽝 얼어서 먹을 수가 없었습니다. 사이토 가유는 홧김에 감자를 내던져 버렸습니다. 감자는 어둠이 한 발짝 일찍 갉아먹은 '산' 깊은 곳으로 사라졌습니다. 감자를 내던진 것만으로도 호흡이 거칠어졌습니다. 아사미 히카리가 물었을 때는 역정을 내며 얼버무렸지만, 사이토 가유에게는 체력이 거의 남아 있지 않았습니다. 목구멍은 점점 퉁퉁 부었고, 오른팔이 잘린 단면이 아팠고, 허리와 다리에서 물에 젖은 솜처럼 나른한 기운이 가시지를 않아 마음먹은 대로 힘을 줄 수가 없었습니다. 설령 곰을 찾더라도 계책을 실행할 체력이 없으면 의미가 없으므로, 손에 숨결을 호호 불어 체온을 유지하려 했지만 그다지 효과는 없었습니다.

밤이 찾아왔습니다. 아무리 기다려도 잠이 오지 않아 사이토 가유는 잠자리에서 몸을 둥글게 웅크렸습니다. 백발 끄트머리와 속눈썹이 얼어붙었고 손발톱에는 추위 때문인지 작게 금이 갔습니다.

"일어나 있었나?" 아사미 히카리가 사이토 가유 옆에 주저앉았습니다. "안 자면 죽어."

"죽는 건 무섭군."

사이토 가유의 입에서 그런 말이 엉겁결에 흘러나왔습니다.

"그런가……. 무서운 거로군."

아사미 히카리는 고개를 끄덕일 뿐이었습니다.

"무서워." 사이토 가유는 몸을 웅크린 채 다시 한 번 말했습니다. "나는 별로 머리를 안 쓰니까, '산맞이'가 뭔지도 잘 몰라. '극락정토'가 뭔지도 잘 몰라. 죽고 싶다는 생각밖에 없어. 그래도, 죽는 건 무섭군."

"자네는…… 당연한 말을 하고 있어. 누구든지 죽는 건 무섭다네."

"그러게 말일세, 내가 당연한 말을 했구먼."

사이토 가유는 신선한 놀라움에 충격을 받았습니다.

그러고 나서는 딱히 말이 없었습니다. 사이토 가유와 아사미 히카리는 잠을 포기한 채 아침 햇살이 서서히 나타나는 광경을 그저 바라만 보았습니다.

새벽녘의 메마른 햇살이 어둠을 걷어내기 시작할 즈음 오제 호토리가 눈을 떴습니다. 오제 호토리의 얼굴은 놀랍도록 야위어 있었고, 주름의 홈 색깔이 검어 보일 만큼 얼굴색도 좋지 않았습니다.

"돌아왔구려……. 다행이야. 다행이야. 겨우 올 수 있었군. 올 수 있었어."

눈을 가늘게 뜬 오제 호토리가 잠꼬대처럼 중얼거렸습니다.

"환각을 보고 있어. 이제 글렀군."

사이토 가유는 낙담하여 한숨을 쉬었습니다.

"뭐라고? 사이토 가유, 왜 당신이 여기에 있어? 이게 무슨 일이야?" 오제 호토리는 전혀 모르겠다는 듯 눈을 찡그리고 사이토 가유를 바라보았습니다. "내가 사는 곳에는 당신이 있으면 안 되는데."

"아, 꿈을 꾸나 보군. 행복했던 시절의 자기가 주인공인 꿈." 사이토 가유는 자신 또한 같은 상황을 경험했음을 떠올리며 말을 이었습니다. "창피한 일이지만, 지금 상황에선 창피한 줄 모르지."

"……초점이 흐려."

아사미 히카리의 말이 맞았습니다. 오제 호토리의 눈동자는 보이는 것인지 보이지 않는 것인지 판단이 안 설 만큼 어수선했습니다.

"여기 봐, 자네도 좀 봐봐. 어때…… 예쁘지? 내가 옛날에 살았던 덴 말이야, 이런 것들이 가득 차 흘러넘치는 곳이었어. '마을'이랑은 천지 차야. 새가 한가득 날아들고 다람쥐나 토끼도 많았어. 두더지도 통통하게 살이 쪘다고……. 땅에 빠릿빠릿하게 구덩이를 얼마나 많이 파는지. 그리고 말이야, 조금 더 가 보면 좁다란 풀밭이 나와. 봄이 되면 머위며 뱀밥으로 가득 차지. 이끼 무성한 강에도 물고기가 잔뜩 헤엄치고 있어. 하나같이 팔뚝만 해. 잔등에 초록빛이 선명한 붕어며 굵직한 잉어며……. 저기 좀 봐, 저쪽에 있잖아? 저놈들을 말이야, 풍덩거리며 손에 잡히는 대로 움켜쥐는 게 얼마나 기분이 좋은데."

오제 호토리가 꺼져가는 듯한 소리로 중얼거렸습니다.

"이제 글렀구먼." 사이토 가유는 절망해서 중얼거렸습니다. "붕어와 잉어는 같은 자리에 안 있는데."

"자네가 사는 '마을'이랑은…… 다르다고. 지저분하지 않아." 오제 호토리의 횅뎅그렁한 시선이 허공을 헤맸습니다. "진흙탕에는 거북이며 뱀장어가 있어. 발을 집어넣을 때마다 깜짝 놀라서 도망가는 게 재미있지. 게다가 말이야, 사는 곳도 자네의 '마을'이랑은 다르다고. 누구나 말쑥한 옷을 입고 언제든지 웃고 있어. 언제든지 말이야. 머위가 나는 초봄이 끝나면 빨갛고 파란 꽃이 피고, 봄이…….'

거기서 피를 토하더니 꿈 이야기가 끊겼습니다. 뿜어내듯이 몇 번이나 토한 피가 오제 호토리의 얼굴에 묻어 붉게 물들였습니다. 사이토 가유와 아사미 히카리는 피를 닦으려고 했지만, 입에서 끊임없이 피가 나오는 바람에 포기했습니다.

"사이토 가유, 자네한테 보여 줄 수 있어서…… 다행이야."

오제 호토리의 온 얼굴 근육이 경련했습니다. 미소를 지으려는 모양이었습니다. "어떤가? 내가 살던 곳이 어떤가? 내 말이 맞았지? 내 말대로 정말 아름다웠지?"

"알았으니까 이제 그만 말해."

오제 호토리로서는 사이토 가유의 지시를 따를 생각은 없었겠지만, 앞니만 보일 정도로 입이 닫히더니 쉭쉭 하고 소리가 날 만큼 깊은 호흡을 몇 번 거듭한 다음 그대로 움직이지 않게 되었습니다.

"묻어야지. '산맞이'를 하러 온 사람들한테 들키면…… 문제가 될 테니 말일세."

아사미 히카리는 오제 호토리의 임종을 지켜본 뒤에 의견을 내놓았습니다.

잠자리를 마련했던 구렁에는 눈이 없었기에 땅을 파는 것이 그리 어렵지는 않았지만, 우울하고 끈기가 필요한 작업이었습니다. 사이토 가유와 아사미 히카리는 오제 호토리의 몸 전체가 겨우 들어갈 만큼 구덩이를 파고서, 시체를 눕히고 흙을 끼얹었습니다. 사이토 가유로서는 대충 만들더라도 비석이나 공양탑 같은 것을 놓아 주고 싶었지만, 아사미 히카리 말대로 '산맞이'를 하러 산에 들어온 '마을' 사람에게 들킬 가능성이 있었기에 단념했습니다. 작업을 마치고 나니 '산'에서 보내는 사흘째 아침이 갓 시작된 참인데도 피로가 몰려왔습니다. 사이토 가유는 그 자리에 퍼질러 주저앉고 말았습니다.

그러나 아사미 히카리는 그러지 않았습니다. 두 눈동자를 진지하게 반짝이더니 거의 호흡을 멈춘 상태에서 경계하는 표정을 짓고 있습니다. 귀를 별개의 생물처럼 민감하게 움직이며 춥기만 한 '산'에서 땀을 흘렸습니다. 목 주위의 주름이 긴장으로 떨렸습니다.

"왜 그래?"

"조용히 해라."

아사미 히카리의 목소리는 작았습니다.

그 태도에서 사이토 가유는 상황을 알아챘습니다. 다음 순간 입안의 침이 삽시간에 빨아들인 것처럼 바짝 마르고 부어오른 목구멍이 화끈거렸습니다.

아사미 히카리는 오제 호토리를 묻은 곳에서 나오더니, 경계를 풀지 않은 채 작은 새처럼 고개를 바삐 휘저으며 사이토 가유에게 손짓했습니다. 사이토 가유도 경계하면서 이동했습니다. 아사미 히카리는 바람의 방향이 신경 쓰이는지 입을 반쯤 벌리고서 목을 쭉 빼고 있습니다. 사이토 가유는 그 뒤를 따랐습니다. 아사미 히카리는 거의 기어오르다시피 '산'의 비탈을 뛰어올랐지만, 한쪽 팔밖에 없는 사이토 가유는 쫓아가는 것만도 버거웠습니다. 아사미 히카리는 앞을 향한 채 신경질적인 목소리로 소리 내지 말라고 따끔하게 일렀습니다. 사이토 가유도 그러고 싶었지만, 한쪽 팔만으로 소리 없이 이동하기란 어려운 일이었습니다.

노파 둘은 '산'을 뛰어올라 무성하게 우거진 산죽 사이에 빠져들듯 몸을 숨겼습니다. 아사미 히카리는 얼굴만 신중하게 내밀어 주위를 확인했습니다. 사이토 가유는 방해가 될까 봐 우려해 몸을 움츠리고 침묵했지만, 자네도 보라는 지시에 얼굴을 내밀어 아침의 빛이 펼쳐진 '산'을 시야 가득 담았습니다.

멀찍이 떨어지기는 했지만, 곰이 보였습니다.

곰은 '산'을, 자기 영토를 당당히 걷고 있었습니다. 굵은 네 다리를 천천히 움직이자 군데군데 타서 짓무른 상처가 남은 커다란 몸이 앞으로 나아갔습니다. 불룩 솟은 어깨와 엉덩이 근육이 건강하게 활동하는 모양이며, 등에 난 붉은 털이 수북하고 반질반질한 것으로 보아 곰이 활기와 패기를 잃지 않았다는 사실을 사이토 가유는 알 수 있었습니다. 아사미 히카리도 그렇게 느꼈는지 아쉽다는 듯 조그맣게 숨을 토했습니다.

곰은 눈보다 귀와 코를 쓰는 듯 가늘게 떨며 주위를 어슬렁
거립니다. 그리고 때로 움직임을 멈추고서 붉은색 털을 흔들
며 다리를 땅바닥에 비빕니다.

"우리 기색을 느끼고 있는 것 같지만…… 아직 찾지는 못했
어." 아사미 히카리가 사이토 가유의 귓가에 속삭였습니다.
"하지만 찾는 것도…… 시간문제야. 바람 아래쪽으로 이동하
긴 했지만, 곰 코를 피할 수는 없네."

"들키는 건가?"

"시간문제야. 사이토 가유, 여기서부터는 자네가 판단해야
할 지점일세."

사이토 가유는 바짝 마른 목구멍을 씰룩이며 곰을 바라보았
습니다. 내장은 잔떨림으로 철렁였지만, 온몸은 죽은 개처럼
경직되고 말았습니다. 눈알의 깊숙한 밑바닥이 조금도 움직이
지 않고 그저 곰만을 응시합니다.

그래도 사이토 가유는 이상할 만큼 침착하고 고요했습니
다. 안심했다고 표현할 수 있을 정도였습니다. 사람이 곰과
동화(同化)하는 일은 옛이야기 속이 아닌 한 불가능하지만, 그
래도 사이토 가유는 곰에게 깃든 감정과 감각과 교감하는 듯
한 기분이었습니다. 그리하여 또다시 뇌리에 한 가지 풍경을
떠올리게 되었습니다.

만
데
라

5

　'붉은 등'은 두발짐승이 가까이에 있음을 알아챘으나 모습을 찾지는 못했습니다. '붉은 등'은 짜증이 나서 어디 있는지 모를 두발짐승을 위협하고자 땅바닥과 앞발을 비벼 소리를 냈습니다. 동시에 몇 번이나 코를 씰룩거리며 부드러운 털에 덮인 귀를 움직였습니다. '붉은 등'은, 아니 곰은 청각과 후각을 주로 사용하여 사냥감의 위치를 추적합니다. '붉은 등'은 주위에 감도는 냄새에 주의를 기울였습니다. 그러고 나서 입을 반쯤 벌리고 혀를 쭉 내밀어 찬 공기를 흠뻑 들이마셔 보았습니다. 이처럼 바람의 흐름 자체를 코로 맡아 보려고 했으나, 조금 전까지 냄새가 나던 두발짐승의 기색이 느껴지지 않아 바람 아래로 도망갔으려니 짐작하고 눈을 부라렸습니다.

　눈에 익은 산 풍경이 시야에 들어왔습니다.

　질리도록 본, 제가 지배하는 영토였습니다.

　'붉은 등'은 곧바로 자신이 통치하는 산의 일대로 길을 잘못 든 두발짐승을 찾아냈습니다. 두발짐승은 산죽 수풀 속에서 얼굴을 내밀고 있었습니다. 그 얼굴이 자기가 선 쪽을 향한 것을 알고 두발짐승 또한 이쪽을 눈치챘다고 판단했으나, '붉은 등'은 망설임 없이 두발짐승 쪽으로 머리를 돌렸습니다. 두발짐승 두 마리가 산죽 사이에 숨어 있었습니다. 그중

한 마리와 시선이 겹친 순간, 미지의 감각에 사로잡혔습니다. 너무나도 불가사의해서 몸이 휘청거릴 정도였습니다. '붉은 등'은 그 시선에서 옛날에 보았던 광경을 떠올립니다. 두발짐승이 사는 땅에 두 번째 습격을 감행했을 때, 그중 한 마리와 눈이 마주치고 그 눈에서 마치 동지라도 만난 것 같은 눈빛을 보았던 기억을 떠올립니다.

'붉은 등'은 두발짐승을 이해하지 못합니다.

무엇을 생각하며 뭘 위해 사는지 이해하지 못합니다.

어떠한 이유로 존재하는지마저도 이해하지 못합니다.

그런데도 '붉은 등'을 바라보는 두발짐승의 눈에는 뻔뻔하도록 깊은 이해의 눈빛이 깊숙이 깃들어 있었습니다. '붉은 등' 입장에서는 불쾌하기도 했지만, 불쾌함보다도 부자연스러운 어색함이 한 발짝 앞섰습니다.

'붉은 등'은 경계심도 아니고 불안도 아닌, 처음 맛보는 감각에 휘감긴 것을 알았습니다. 야생의 사고만으로 사태를 공략하는 데 어려움을 느꼈습니다. '붉은 등'은 그야말로 완전한 짐승이기에, 그보다 더 나아간 판단은 할 수 없습니다. 고독하게 살며 새끼를 낳고 키우는 흐름에서 벗어나는 삶을 살기란 불가능합니다. 그래서 '붉은 등'은 생각을 멈추려 했고, 생각을 멈추는 데 금방 성공했습니다. 자신과 두발짐승의 차이를 놓고 고민하는 따위의 짓은 하지 않고 자신의 발톱과 송곳니만을 순수하게 믿기로 했습니다. '잡아먹어라'라는 발상

덴데라

에만 따르기로 했습니다. 그것이 '붉은 등'의 한계점임과 동시에 야생의 힘이기도 했습니다.

'붉은 등'은 살아남아야 합니다. 싸늘하고 메마른 겨울을 버티고 따뜻한 봄 속에서 건강을 말끔히 회복해야 합니다. 이 일대의 영주로서 살아가며 다음에 낳을 새끼를 새로운 영주로 키우기 위해 살아야만 합니다. 살아야 할 이유는 그뿐이었으나, '붉은 등'에게는, 아니 야생에서 사는 생물에게는 그것으로 충분했습니다. 실로 단순한, 그러나 그만큼 강하고 굳은 이유였습니다.

'붉은 등'은 거대한 덩치에 있는 힘껏 힘을 주었습니다.

다리에도, 어깨에도, 배에도, 엉덩이에도 유감없이 활력이 도는 데 만족한 뒤, 몸 곳곳이 한데 모여 소리를 내듯 포효했습니다. 주위 나무가 떨리고 나뭇가지에 쌓인 눈 덩어리가 몇 개씩 낙하했습니다. 위협이었습니다. 선전포고였습니다. 산에 사는 자신보다 작은 짐승이라면 이 소리를 듣기만 해도 깜짝 놀라 튕겨 오르듯 도망칠 터입니다. 하지만 두발짐승은 미동도 않고 '붉은 등'을 똑바로 바라봅니다. 생각하지 말아야겠다고 덮어 둔 두발짐승에 대한 공포가 다시 부활했습니다. 산에 사는 어떤 짐승보다 약한데도, 포효를 듣고 맹렬한 위협에 겁을 먹었을 텐데도 왜 도망가지 않는지 이해할 수 없었습니다. 그리고 지금 '붉은 등'에게 이런 태도를 드러낸다는 것은 여지없이 대결의 승낙을 의미했기에, '붉은 등'은 모든 망

설임을 벗어던지고 등에 난 붉은 털을 거꾸로 세우며 걸어가
두발짐승과의 거리를 좁혔습니다. 두발짐승은 움직이지 않
고 산죽 사이에 가만히 있을 뿐이었습니다.

'붉은 등'은 겨울을 버티고 살아남기 위해 단숨에 덤벼들었
습니다.


6


"왔다." 사이토 가유는 곰이 돌진하기 시작했음을 알아챘
습니다. "이다음부턴 내가 하겠네. 아사미 히카리, 자네는 숨
어 있게나."

그렇게 말한 뒤 산죽 사이에서 뛰쳐나가자, 조금 머뭇거리
다가 곰은 반대 방향으로 달려갔습니다. 사이토 가유는 극한
까지 긴장하여 눈동자가 충혈되었습니다. 자신의 주위에 존
재할 것이 틀림없는 소리도 풍경도 못 느끼게 되었습니다. 하
염없이 바람처럼 뛸 뿐이었습니다. 산죽과 나뭇가지에 걸려
소복이 찢어진 줄도 몰랐습니다. 그래서 아사미 히카리가 바
로 뒤에서 달리고 있다는 것을 깨닫는 데 시간이 걸렸습니다.

"왜 쫓아오나! 자네는 살고 싶다면서. 멀리 가고 싶다면서.
곰한테 죽는다!"

사이토 가유는 필사적으로 달려가면서 소리쳤습니다.

"자네 혼자서는 금방 따라잡힐 거야. 곰의 다리 힘은 알고 있을 텐데."

"하지만……."

"도움이 되고 싶어."

"맘대로 해라, 바보 자식!"

사이토 가유는 다시 소리친 다음 골짜기를 훌쩍 뛰어내렸습니다. 착지하면서 동시에 발목을 삐었지만, 개의치 않고 달리기를 재개합니다.

노파 두 명은 '산'을 달려 내려갔습니다.

사이토 가유는 쓰러진 나무를 뛰어넘고 구렁을 건너뛰고 눈밭을 미끄러지듯 달려 내려갔지만, 변함없이 이어지는 '산'의 풍경이 급속도로 흘러가는 바람에 방향감각을 잃고 말았습니다.

갈팡질팡하는 사이토 가유의 왼팔을 아사미 히카리가 잡더니 끌어당기듯 내달렸습니다.

"이쪽이야." 아사미 히카리가 사이토 가유의 팔을 움켜잡은 채 앞에 나서 달립니다. "역시 내가 없었으면 안 됐겠구먼."

사이토 가유는 아사미 히카리의 판단에 감사하면서 팔을 잡은 손을 뿌리치고 달렸습니다.

둘은 자칫하면 넘어질 정도의 속도로 '산'을 달려 내려갔지만, 그래도 곰의 다리 힘에 이길 수 있을 리가 없습니다. 짐승 냄새, 살의에 가득 차 으르렁거리는 소리, 뿜어져 나오는 분노의 감정이 덮쳐 왔으나 뒤돌아서 확인할 여유 없이 앞만 보고 하염없이 달렸습니다. 그래도 '산'의 경치는 바뀌지 않습니다. 나무들이 울창하게 우거졌고 땅바닥에는 두툼하게 쌓인 눈이 펼쳐져 있습니다. 사이토 가유는 이를 악물고 몸에 남은 힘을 전부 뽑아내듯이 달렸습니다. 찬 공기가 코와 입에 들어올 때마다 허파가 아프다고 비명을 지르고, 휘둥그렇게 뜨인 눈이 완전히 말라 바작거리며 일그러지고, 이미 감각을 상실한 양발은 땅바닥을 밟고 있는지도 알 수 없을 지경이었습니다. 그래도 여전히 달리기를 계속했습니다. 그러나 곰은 노파들의 바로 옆까지 접근했습니다. 뜨거운 숨결에 사이토 가유의 등이 후끈합니다.

"이대로 뛰어내려." 앞에서 달리던 아사미 히카리가 지시했습니다. "곧장 달리게. 주위가 탁 트이면…… '마을'이 눈앞일세."

아사미 히카리는 갑자기 정지하더니, 곰 쪽으로 돌진했습니다.

곰은 갑작스러운 행동에 대처하지 못했는지 아사미 히카리와 함께 비탈길을 낙하하듯 굴러떨어져서 굵직한 분비나무에 격돌했습니다. 곰과 분비나무 사이에서 몸을 빼낸 아사미 히카리는 충격으로 볼이 깨져 버렸지만, 아랑곳없이 곰의 앞다리에 엉기듯이 꽉 달라붙었습니다. 곰은 앞다리를 움직이

덴
데
라

며 다른 한쪽 앞다리 끝에서 빛나는 발톱을 아사미 히카리에게 박았습니다. 사이토 가유는 '마을'에 도착하는 것만을 생각하며 온 정신을 집중해 발을 움직였습니다.

이것이 바로 사이토 가유가 생각한 계책이었습니다.

얼마 안 남은 노파들만으로 곰을 쓰러뜨릴 힘이 없다면, 곰을 '마을'로 유인하면 된다. 그렇게 하면 곰은 '마을' 사람들 손에 죽을지도 모른다. 거꾸로 '마을' 사람들이 곰한테 죽을지도 모른다. 그러나 이런 계책을 실행하려면 누군가가 '마을'까지 곰을 유인해야만 한다. 그리고 그 일은 사이토 가유 말고 할 수 있는 사람이 없다. 다른 노파가 실행했을 경우 모든 일이 끝난 뒤 살아남은 '마을' 사람들이 수상하다고 생각하고 '산'을 뒤질 것이다. 그리고 '덴데라'를 발견할 것이다. 그러나 사이토 가유는 다른 노파들과 달리 '산'에 들어온 지 아직 오래되지 않았다. 죽지도 못하고 돌아온 겁쟁이라고, 사이토 가유를 본 '마을' 사람들은 판단할 것이다. 그 결과 '마을' 사람들에게 비참하게 죽어도 상관없다. 그러기 전에 곰한테 잡아먹혀 죽어도 상관없다. 만약 살아남는다고 하더라도 배 속에는 감자가 있다.

죽을 수 있다.

사이토 가유는 계속 달렸습니다. 한쪽만 남은 팔을 흔들며 달린다는 의식만을 폭발시켰습니다. 아무것도 보이지 않았습니다. 아무것도 느껴지지 않았습니다. 짚신이 찢어지고, 백

발은 곤두선 채 얼어붙고, 코피가 흐르고, 도롱이는 날아가고, 소복 앞자락도 벌어져 사이토 가유는 괴물 같은 모습이 되었습니다. 죽을힘을 다해 '산'을 뚫고 나아가며, 자신이 괴물이 아니라 사람으로서 죽기를 뜨겁게 바랐습니다. 한 명의 인간으로서 죽기를 바랐습니다.

별안간 곰의 기척이 다시 나타났습니다.

조금은 거리를 벌렸다고 판단한 사이토 가유가 뒤돌아보자 곰이 쫓아오고 있었습니다. 아사미 히카리의 피를 뒤집어쓴 곰은 등의 털을 한층 더 붉게 번쩍이며 쫓아왔습니다. 굵은 다리를 무지막지한 속도로 움직이고 주위의 눈을 발로 차 흩뜨리며 닥쳐왔습니다. 하나 남은 눈이 번들번들 빛이 났고 거기에는 분노만이 깃들어 있었습니다. '잡아먹어라'라는 말이 사이토 가유의 머리 중추에 갑자기 출현하여 곰의 주장이 머릿속에 뛰어들었다는 것을 알았습니다. 머리를 휘저어 그 주장을 지우고 다시 앞쪽을 향해 비탈을 뛰어서 미끄러져 내려갔습니다. '산'의 풍경에 변화가 나타났습니다. 극적인 변화가 아니라 사소한 변화에 지나지 않았으나, 그래도 사이토 가유는 옛 기억을 떠올리고는 착각이 아님을 확인합니다. '산맞이'를 할 때 분명히 본 풍경이었습니다. 아들에게 업혀서 분명히 본 풍경이었습니다. 사이토 가유의 입가에 자연스럽게 웃음이 흘렀습니다. 입속으로 바람이 들어가 사이토 가유의 늘어진 뺨이 두꺼비처럼 부풀었습니다. 그러는 사이에도 곰

덴
데
라

은 이쪽으로 접근합니다. 곰의 으르렁거리는 소리가 바로 옆에서 났지만, 사이토 가유는 계속 달렸습니다.

열심히 달리다 보니 그렇게 많이 있었던 분비나무 수가 줄어든 것을 깨달았습니다. 눈이 녹아 흙이 드러난 곳도 드문드문하지만 눈에 들어왔습니다. 무엇보다도 비탈이 완만해지고 발 디디는 느낌이 평탄해졌습니다. '마을'에 가까워진 것이 확실했습니다. 거의 반라의 사이토 가유는, 거의 괴물인 사이토 가유는, 그래도 완전한 인간인 사이토 가유는, 죽을 각오로 계속 달립니다. 등 뒤에서는 곰이 쫓아오는 소리가 변함없이 들립니다. 사이토 가유는 달리는 와중에서도 한동안 맡지 못한 냄새가 피어오르는 것을 깨달았습니다. 땅바닥의 물기 어린 냄새였습니다. 오랫동안 눈 아래에 숨어 있던 땅바닥이 눈이 녹으면서 겉으로 드러나 꼭꼭 모아 놓았던 짙은 냄새를 풍기고 있었습니다. 사이토 가유는 함성이 나올 것만 같은 기분을 맛보았으나, 위험은 끝나지 않았습니다. 곰이 서서히 닥쳐옵니다. 곰 또한 필사적이었습니다. '잡아먹어라'라는 말에 충실하게 움직이는 데 필사적이었습니다. 살아남는 데 필사적이었습니다. 생명을 다음으로 잇는 데 필사적이었습니다. 그것을 아는 사이토 가유는, 그러나 자신은 죽기 위해, 끝나기 위해 필사적이라고 생각하면서 속도를 올렸습니다. 지금 여기서 죽는 것만은 용서받을 수 없다고 생각하면서 달렸습니다. 그러나 사이토 가유의 육체는 이미 한계를 넘어섰습니다. 두 다리를 움직이자는 생각만이 머릿속을 가득 채웠습니다. 갈라진 입술에 피가 배고, 부석부석한 눈꺼풀이 바람에 흔들리고, 입안에는 시큼한 맛이 퍼지고, 콧속에는 코피가 차 부글부글 소리가 났습니다. 즉 빈사에 가까운 상태였지만 그래도 다리만은 보란 듯이 움직이고 있었습니다. 그러나 그것도 힘이 들 지경에 이르렀습니다.

지금까지 완전히 감각을 잃었던 사이토 가유의 발바닥이 불현듯 무언가를 밟았습니다. 그것은 오랫동안 맛보지 못했던 무척이나 부드러운 감촉이었습니다. 그런 데 마음 쓸 여유가 없는 사이토 가유는 무시하고 달렸지만, 또다시 무언가를 밟고는 시선을 조금 아래로 숙이는 것을 자신에게 허락하고 땅바닥으로 눈을 향했습니다.

그것은 갓 싹이 튼 복수초였습니다.

놀라서 시야를 넓혀 보니 두께가 얇아진 눈을 가르고 얼굴을 내민 복수초 꽃봉오리가 땅바닥에 숱하게 흩어져 있는 광경이 보였습니다. 노란빛을 띤 봉오리는 꽃받침 위에 부풀어서 눈을 밀어 올리고 땅바닥으로 나오려 하고 있습니다. 작은 봉오리였지만 당당한 주장입니다. 사이토 가유는 이제부터 흐드러지게 피려 하는 수많은 꽃봉오리를 보고 봄이 찾아올 것을 알았습니다. 복수초로 막을 여는 봄이 찾아올 것을 알았습니다. 그리고 힘이 샘솟는 것을 느꼈습니다. 물론 말끔하게 죄다 회복할 리는 없지만 앞으로 한동안은 전속력으로 달릴 수 있을 만큼은 되었습니다. 사이토 가유는 복수초 봉오리를 밟고 달려 나갔습니다. 동그스름한 복수초 봉오리가 여기저기에 나와 있었습니다. 봉오리 아래에는 굵직한 뿌리가 길쭉하게 뻗었겠지요.

사이토 가유는, 곰은, 그런 풍경 속을 계속 달렸습니다. 분비나무는 헤아릴 수 있을 만큼으로 줄어들었고 있는 것은 복수초 꽃봉오리와 얇게 쌓인 눈에 덮인 땅바닥뿐입니다. '산'은 이미 다 넘었습니다. 사이토 가유는, 곰은, 거의 같은 위치를 달리고 있었습니다. 사이토 가유는, 곰은, 너무나 자연스럽게 달리고 있었습니다. 사이토 가유가 복수초에서 고개를 들자, 그리 멀지 않은 곳에 '마을'이 보이기 시작했습니다.

　"50명의 노파가 곰과 싸우다 하나둘씩 죽어가는 이야기다." 일본어판 해설을 쓴 노리즈키 린타로가 한마디로 간추린 『덴데라』의 줄거리다. 초고가 400자 원고지 777매, 깎아내고 다듬은 최종 원고도 600매를 훌쩍 넘었다는 장편소설을 이렇게 간단히 요약해버리는 것은 작가와 작품에게 실례가 아닌가 하는 생각마저 든다. 그러나 작가 본인은 자신의 야심작을 한층 더 짤막하게 뭉뚱그린다. "사람과 곰이 서로 죽일 '뿐'인 이야기"라고.

　정확히 말하면 할머니가 일방적으로 학살당하는 이야기다. 책의 첫머리에 실린, 죄다 할머니뿐인 50명의 등장인물 명단에 부담을 느낄 필요는 없다. 따라 읽기에도 혀가 꼬이는 희한한 이름이 붙은 이 할머니들은 평균 나이 80.56살이라는 게 믿기지 않을 만큼 힘차게 곰과 맞서다 추풍낙엽처럼 잇따라 죽어버린다. 곰 이빨에 물려 죽고, 발톱에 찔려 죽고, 전염병에 걸려 죽고, 급기야 서로 죽여서 죽는다. 죽을 때는 여러 명이 한꺼번에 숨이 끊겨 무대에서 사라진다. 결국 독자가 기억해야 할 인물은 손가락으로 꼽을 정도다.

그중 한 명이 이 책의 주인공 할머니인 사이토 가유다. 일흔 살이 된 사이토 가유는 자신이 살던 '마을'의 법도에 따라 '산'에 버려진다. 극락왕생할 것이라고 굳게 믿으며 평온하게 죽음을 맞이하려던 순간, 앞서 버려진 노파들 손에 구조되어 목숨을 건진다. 그들은 주어진 운명대로 죽기를 거부하고 '덴데라'라는 이름의 공동체를 만들어 살고자 발버둥치고 있었던 것이다. 버려질 때 입은 흰 소복에 흙과 땟국을 묻힌 채, 입에 풀칠하려고 하루 종일 숲을 헤매는 노파들 앞에서 사이토 가유는 분노와 수치심에 사로잡힌다. 명예롭고 깨끗하게 이승을 떠나 극락왕생할 길은 이제 막혔다. 창피한 줄 모르고 부득부득 살아남은 자들의 일원이 되어 불명예스러운 삶을 견뎌야 한다. 예상치 못한 여분의 삶, 그리고 '마을'의 법도에서 벗어난 최초의 삶에 직면하여 사이토 가유가 갈팡질팡하고 있을 때 굶주린 곰과 정체 모를 전염병이 '덴데라'에 닥쳐온다. 새로운 삶에 익숙해지기도 전에 사이토 가유는 죽음의 위협에 맞서 싸우게 된다.

옛날 가난한 촌락에서 먹을 입을 덜고자 노인을 버렸다는 이야기는 일본 도호쿠 지방에서 전설처럼 전해져 내려오고 있다. 후카자와 시치로의 원작 소설을 바탕으로 이마무라 쇼

헤이 감독이 찍은 영화 〈나라야마 부시코〉를 통해 널리 알려진 이 풍습은 '고려장'이라는 이름으로 우리에게 익숙하다. '나라야마 부시코, 그 이후'를 다뤘다는 기발함으로 『덴데라』는 일본 독자들의 눈길을 끌었고, 옮긴이 역시 '고려장으로 버려진 할머니들이 살아남았다면 어떻게 되었을까' 하는 호기심을 품고 책을 펼쳤다. 노인을 비롯한 현대 사회의 소수자 문제와 연결해 읽을 수도 있겠다는 기대도 있었다.

그러나 실제로 『덴데라』를 읽으면서 떠오른 것은 〈나라야마 부시코〉보다도 동명의 원작 소설도 있는 영화 〈배틀 로얄〉, 윌리엄 골딩의 소설 『파리대왕』, 우메즈 가즈오의 만화 『표류교실』 따위의 작품이었다. 셋 다 10대 청소년이 비현실적인 극한 상황에 놓여 죽고 죽이는 이야기다. 그만큼 『덴데라』의 할머니들은 비참하고 잔인하게 죽어나갈뿐더러, 하는 말과 행동거지도 노인이 아니라 젊은이 같다. 책장을 넘기다 보면 이런 할머니가 있다니 말도 안 된다는 생각이 수없이 든다. 나무창을 쥐고 풀쩍 뛰어오른 뒤 공중에서 몸을 힘껏 틀어 곰의 눈을 찌르는가 하면, "비겁하게 사는 '마을' 녀석들을 엉망으로 들쑤셔주마!"라며 고래고래 고함을 지르기도 한다. '주의(主義)'니 '자부심'이니 하는 추상적인 어휘를 동원하며 날이 선 논쟁을 벌이는 장면도 곧잘 나온다. 작가는 이따금 문득 생각났다는 듯이 등장인물의 주름살을 묘사하거나 노인다운 어미를 말투에 가미하지만, 애당초 할머니의 모습을 현실적으로 그려내는 데 별 관심이 없는 듯하다. 이 소설의 또 다른 한 축인 곰 '붉은 등'의 생태가 풍부한 자료 조사(작가는 『덴데라』를 쓰면서 자신의 고향인 홋카이도에서 발생한 산케베쓰 곰 습격 사건 관련 자료를 다수 참조했다고 밝히고 있다)를 바탕으로 실감 나게 서술되어 있는 것을 보면, 작가가 고증을 게을리했다고 나무랄 수만도 없다. 오히려 의도적으로 등장인물이 노인으로서 지닐 법한 물성(物性)을 지웠다는 해석이 적절할 성싶다.

『덴데라』를 쓴 사토 유야는 젊은 독자를 대상으로 한 장르 소설을 주로 펴내는 브랜드 '고단샤 노블스'를 통해 데뷔했다. 『덴데라』를 전후로 해 순문학으로 활동 영역을 옮기기는 했으나, 본디 정통 문학보다는 만화와 게임을 비롯한 이른바 '하위문화'에 친숙한 작가다. 만화에 익숙한 독자라면 『덴데라』의 독특한 인물 묘사에서 만화 캐릭터의 자취를 발견할 수 있을 것이다. 노리즈키 린타로의 흥미로운 비유를 빌려오자면 노파들은 '고운 말씨를 쓰는 온건파의 2인자(이시즈카 호노)', '주인공의 병약한 친구(구로이 구라)' 식의 표면적 특성으로만 구분된다. 마치 '우아한 양갓집 아가씨 스타일의 학생회 임원', '난치병을 앓는 소녀'와 같은 만화나 게임 속 단골 조연 캐릭터의 패러디처럼 보인다.

일반적으로 만화나 게임에서는 이처럼 기호화된 캐릭터에 깊고 복잡한 내면을 채워 넣지 않는다. 대신 독자가 매력을

덴
데
라

느낄 만한 온갖 '설정'과 '코드'와 '속성'으로 캐릭터를 장식한다. 그러나 사토 유야는 『덴데라』의 노파들에게 인물을 구별하는 데 필요한 최소한의 묘사 이상의 특성을 부여하지 않는다. 독자가 등장인물에게 매력을 느끼는 근거가 될 '재료'를 제공하지 않는다. 만화처럼 '얄팍한' 인물 묘사 방식을 빌려 쓰면서도 핵심적인 부분은 비워버린 것이다. 그래서 『덴데라』의 노파들은 실재하는 노인으로서의 리얼함도, 픽션으로서의 캐릭터를 구성하고 규정하는 장식물도 없는 '껍데기'가 된다. 노파들이 허무하리만큼 맥없이 속속 죽어 버리는 이유, 달리 말해 작가가 자신이 창조한 인물들을 서슴없이 죽일 수 있었던 이유도 여기에 있으리라. 이 껍데기들은 작가가 전달하고자 하는 메시지를 투명하게 실어 나른다. 독자는 캐릭터적 특징이 가장 옅은, 누구보다도 투명한 껍데기인 주인공 사이토 가유를 통해 그 메시지와 정면으로 마주하게 된다.

"가유 씨, 당신은 어느 쪽을 고를 건가요? 당신의 주의
(主義)를, 주장을 알려주세요. 온건파인가요? 습격파인가
요?"—이시즈카 호노

"아무것도 결정하지 않고, 모든 것에 불평만 늘어놓는
자네야말로 파렴치한 인간이야. 자네야말로 나쁜 사람이
야. 뭐가 됐든 결정하고 행동해 보라고."—후쿠자와 하쓰

"그러면 사이토 가유, 큰일을 한번 해보지 않겠나? 그야말로 엄청난, 무지막지한, 누구나 입을 쩍 벌릴 만한 일을 해보지 않겠나? 이놈이고 저놈이고 다 때려죽인다든지, 이놈이고 저놈이고 다 무릎 꿇린다든지, 그런 일을 한번 해보지 않겠나? 앞으로 나아가보지 않겠나? 이봐, 큰 목표를 세우라고. 자네의 큰 목표는 뭔가? 자네는 뭐가 되고 싶나?"—미쓰야 메이

사이토 가유의 외부로부터, 그리고 내면에서 끊임없이 제기되는 이 질문이 얼핏 황당무계한 판타지 소설 같기도 한 『덴데라』를 단숨에 가장 현실적인 '우화'로 만든다. 의인화된 동식물이나 사물이 등장하는 우화가 으레 그렇듯, 『덴데라』를 이해하는 데 등장인물이 노파라는 사실은 중요하지 않다. 그들이 산에 버려진 노파라는 사실은 『덴데라』라는 우화의 핵심적 메시지를 전달하는 데 유용한 장치일 뿐이다. 그 장치에 리얼한 구체성이 담겨 있지 않다는 바로 그 이유 때문에, 버려진 노파가 아닌 독자들은 사이토 가유에게 던져지는 질문을 소설 속 어떤 노파의 몫이 아니라 현실을 사는 자신의 몫으로 직접 받아들이게 된다. 이렇게 생각해보면 동화를 읽어주는 것처럼 '습니다'로 끝나는 문체가 쓰인 데도 이유가 있다.

『덴데라』는 판단과 선택과 책임에 대한 이야기다. 생각해본 적이 없는 인간이 생각하는 법을, 그 생각을 말로 표현하고

행동으로 옮기는 법을 배우는 이야기다. 사이토 가유는 '마을'의 규율에 따라 70년을 살면서 생각이라는 것을 한 적이 없다. 생각할 필요도 없었고 생각할 여유도 없었다. 그러니 생각을 말로 표현하고 행동으로 옮긴 적은 더더욱 없다. 하지만 산에서 죽는 데 실패하고 '덴데라'에서 삶을 이어 가게 되면서 더는 '마을'의 규율에 의지할 수 없게 된다. 자신이 이승에 존재한다는 사실 자체가 '마을'의 규율에 어긋나는 일이다. '마을'의 규율이 무너진 자리에서 이제부터 무엇을 어떻게 할지는 오로지 사이토 가유 개인이 스스로 판단하고, 선택하고, 책임져야 할 문제다. 산에 버려진 노파라는 설정이 유효하게 작동하는 지점은 바로 여기까지다.

그리하여 처음으로 '개인'이 되고자 하는 사이토 가유와 기묘한 유대 관계를 형성하는 것이 오직 하나의 '개체'로서 자신의 삶을 이끌어 나가는 야생 동물인 곰이다. 곰은 배를 채워 생존하기 위해 사이토 가유와 목숨을 걸고 맞서 싸우면서도 사이토 가유에게 일종의 동지 의식을 품는다. 개인으로서 사이토 가유가 찾아낸 '주장'과 곰이 지닌 '주장'이 격렬하게 부딪치는 마지막 장면은 『덴데라』의 백미라 할 만하다. 이런 해석을 머릿속에서 이리저리 굴리지 않아도 박력 넘치는 액션, 그로테스크한 호러, 짜릿한 미스터리를 비롯한 이 소설의 탁월한 오락적 요소는 책을 펼친 독자를 단숨에 결말까지 데려다 놓는다. 하지만 결코 희망적이지는 않아도 폭발적인 해

방감을 선사하는 이 마지막 장면에서 독자는 '개인'으로서 자기 자신의 '주장'은 무엇인지 스스로 묻지 않고는 배길 수 없으리라.

덴
데
라

# 덴데라

ⓒ 사토 유야, 2013

2013년 1월 20일 초판 1쇄 발행

**지은이** 사토 유야
**옮긴이** 임정은
**펴낸이** 우찬규
**펴낸곳** 도서출판 학고재

**주소** 서울시 종로구 계동 101-12번지 신영빌딩 1층
**전화** 편집 (02)745-1722 영업 (02)745-1770
**팩스** (02)764-8592
**홈페이지** www.hakgojae.com

ISBN 978-89-5625-196-7 03830